L'aube écarlate

TOME 1

JENN GUERRIERI

L'AUBE ÉCARLATE

TOME 1

ROMAN

HARPERCOLLINS FRANCE
83-85, boulevard Vincent-Auriol, 75646 PARIS CEDEX 13.
www.harlequin.fr

ISBN 978-2-2804-9986-6 — ISSN 2271-0256

À PROPOS DE L'AUTRICE

Jenn Guerrieri vit dans le sud-est de la France. Rêveuse et passionnée de lecture elle se lance dans l'aventure Wattpad en septembre 2017. Sa signature ? Raconter des histoires d'amour impétueuses avec des personnages masculins au caractère bien trempé. *L'Aube écarlate* est son premier livre publié dans la collection &H.

Trigger Warnings

Violence, torture, traumatismes liés au deuil, langage grossier, mention de drogue et d'alcool, description explicite de blessure

PLAYLIST

Happens to the Heart – Leonard Cohen
Down to the Bottom – Dorothy
Red Hot Mama – Ray Miller And His Orchestra
Something in the Way – Nirvana
Ghosts – Nathan Wagner
No Time to Die – Billie Eilish
Joke's on You (Acoustic) – Charlotte Lawrence
There's a Hero in You – Tommee Profitt, Fleurie
I Love Paris – Ella Fitzgerald
Play with Fire – Sam Tinnesz, Yacht Money
Tomorrow We Fight – Tommee Profitt, SVRCINA
Psycho Killer – RAINNE
Game of Survival – Ruelle
Black – Kari Kimmel
Singing with the Wolves – Anica
Pacify Her – Melanie Martinez
Try Me – The Weeknd
Black Sea – Natasha Blume
Dreamin – The Score, blackbear
Through the Valley – Shawn James
Solitude – M83, Felsmann + Tiley
The Wolf – Fever Ray
Easier – Mansionair
Darkside – Oshins, Hael
Alone and Forsaken (from The Last of Us) – Hank Williams
Better Version – Sabrina Claudio
Creep – Radiohead
Cinnamon Girl – Lana Del Rey
Even if It Hurts – Sam Tinnesz
The Guardian (Ellie's Song) – Shawn James
The Death of Peace of Mind – Bad Omens
Pain's My Only Home – Zevia
You Want It Darker – Leonard Cohen

« En tout homme résident deux êtres : l'un éveillé dans les ténèbres, l'autre assoupi dans la lumière. »

KHALIL GIBRAN

PROLOGUE

Armance

Du sang.

Tachant les murs, chacun de mes vêtements déchirés, ma peau couverte d'éraflures et quelques mèches de mes cheveux ternes…

Incrusté sous mes ongles cassés… il y a du sang partout.

Même les rideaux immaculés de la chambre, le seul élément à peu près intact du décor, ont été souillés par ces éclaboussures écarlates.

L'odeur métallique me prend à la gorge et me retourne l'estomac. Mes chaussures imbibées du liquide poisseux me poussent à ne plus esquisser le moindre mouvement.

Tétanisée, je fixe le fond de la pièce plongée dans l'obscurité la plus totale.

Il est là.

Je sens sa présence.

Il me regarde, silencieux et patient, attendant le moment opportun pour agir.

— Tue-moi.

Cette supplique que j'articule à grand-peine me fait autant souffrir qu'une pelletée de verre pilé qu'on m'aurait enfoncée de force dans le gosier. Mon corps entier tremble de froid et d'abattement. Les joues striées de larmes brûlantes, je ne suis même pas en état d'enchaîner correctement deux respirations à la suite.

Lorsque l'horreur rapplique à l'improviste, deux choix s'imposent à nous : se battre à cor et à cri pour la repousser, ou bien la laisser nous engloutir complètement.

En cette sombre soirée, je ne veux plus être maîtresse de mon destin, mais laisser les choses venir telles quelles. Je tire ma révérence, entièrement sous le joug de la vague de désespoir qui se déverse sur moi. Je veux que quelqu'un me mette la tête sous l'eau et la maintienne fermement pour supprimer mes chances de remonter à la surface.

Plus rien ne me comblera, mis à part ce dernier souffle libérateur que je réclame tant.

À quoi bon se battre ?

On m'a tout pris.

Tout est terminé.

— S'il te plaît… Achève-moi, le supplié-je à nouveau dans un souffle douloureux.

Sans dire un mot, mon redoutable adversaire daigne sortir de la pénombre et traverser la chambre ravagée d'un pas étonnamment tranquille. Pour me rejoindre, il enjambe avec dextérité les débris de meubles et marche sur des morceaux de verre qui craquent sous la semelle de ses chaussures.

À mesure qu'il abolit la distance entre nous, les lumières blafardes de la pleine lune éclairent les traits tranchants de son visage imperturbable. Sa haute stature ne m'intimide même plus dès lors qu'il s'immobilise à quelques centimètres de moi. Son long et épais manteau noir m'effleure, tandis que ses yeux vairons me perforent de part en part. À travers eux, je vois le reflet de ma propre mort.

Elle m'appelle, m'attend les bras grands ouverts.

Encore un petit pas au bord du gouffre.

Juste un seul.

Et ce sera la délivrance.

Dans un élan de profonde détresse, je m'autorise à attraper sa main virile aux veines apparentes afin de la placer sur ma gorge. Comme s'il lisait dans mes pensées, il serre ses phalanges gelées autour d'elle. En général, des choses mortelles se produisent à chaque fois que cet homme établit un contact physique avec quelqu'un. Je ne me fais plus aucune illusion, rien de bon n'émane de lui. Galvanisé par ses envies de vengeance, il n'est que destruction et terreur.

Le sang est sa peinture, la chair humaine son étendard. Et je ne suis qu'un pion sans importance sur lequel il répandra toute sa folie meurtrière.

Alors j'accepte de lui donner un coup de main, de réveiller la bête sanguinaire en lui.

Même si le chagrin continue de m'accabler, la peur, elle, vient de me quitter.

— Vas-y, l'encouragé-je.

Étrangle-moi. Qu'on en finisse.

Et je clos les paupières, acceptant cette funeste tragédie.

Sa prise se raffermit et me coupe aussitôt le souffle. Nouveau spasme de douleur dans mon ventre. Un nœud se coince au fond de ma gorge, sous la pression de mes sanglots, impossibles à extérioriser désormais. Je lui facilite la tâche en ne me débattant pas, en ne cherchant pas d'air. L'agonie débute et je le supplie intérieurement pour que ma fin soit rapide.

Puis, sans crier gare, il relâche la pression au bout de quelques secondes et fait glisser ses longs doigts fuselés jusqu'à la naissance de mon cou. Malgré moi, je me remets à inspirer de manière laborieuse.

Lorsque j'ouvre les yeux, mon ennemi me contemple, le regard pétillant de malice. Constamment armé de ce rictus mauvais qu'il a l'habitude d'arborer quand il lui vient l'envie de pactiser une nouvelle fois avec le diable pour commettre l'irréparable.

— Sais-tu pourquoi on me craint tant ?

Sa voix grave est semblable à une sombre berceuse, dont les accords épars suffisent à me perdre plus que je ne le suis déjà. Il se penche à mon oreille et remonte doucement l'arc de mon lobe du bout de ses lèvres carmin. Je frémis sous l'effet de cette caresse minutieuse.

— Parce que j'ai tout perdu. Exactement comme toi. Et quand il n'y a plus d'enjeu dans nos actes on se fiche bien des conséquences à venir. Plus rien ne peut nous arrêter. Aucune faiblesse ne viendra te freiner. Alors je me dois de te le rappeler : tu n'es et tu ne seras jamais plus forte qu'en cet instant de ta courte vie.

Pour appuyer ses propos, sa bouche se pose délicatement sur la balafre encore rouge au niveau de ma joue. Je sens mes jambes flancher sous les tremblements incessants de mon corps affaibli.

— Plus la moindre contrainte pour te forcer à obéir. Fini d'être servile, oublie ta bonne foi et fie-toi à ton instinct. Bienvenue dans mon monde, Armance Faure.

Un goût de bile investit ma bouche. La pièce se met à tourner violemment et la fatigue alourdit mes paupières. J'ai la sensation que ma conscience se détache de mon enveloppe charnelle. Et quand le sol se dérobe sous mes pieds les ténèbres finissent par m'emporter.

Je m'effondre comme une masse dans ses bras qui se referment sur moi.

Chapitre 1

Le Corbeau

Oswald

Adossé à la carrosserie noire de la Farman A6, je laisse mes paupières s'entrouvrir lentement, le temps que je puisse m'accommoder à la luminosité des environs. Un épais mur de brume se dresse devant moi, flottant dans le lointain tel un ballet spectral. L'odeur de terre humide embaume l'air et le froid vif régnant en maître me fait presque claquer des dents.

J'ai comme premier réflexe de tendre l'oreille. Rien à signaler. Tout est calme. Ce petit moment de flottement que je m'autorise me donne l'impression de naviguer hors du temps.

C'est fascinant de voir à quel point, au gré des éléments, la nature peut se transformer. Et, sans ciel dégagé, elle paraît d'autant plus oppressante et inhospitalière. L'ombre inquiétante des arbres dépourvus de feuillage ressort à peine au milieu du brouillard, qui dissimule l'horizon et brouille nos sens. Ce n'est plus qu'un monde où les regards se perdent et où les hommes errent à l'aveuglette. Une terre régie par la désolation. Un gouffre rempli de noirceur où le vent lugubre sonne comme le glas.

Je referme les yeux et inspire par le nez, emporté par une exaltation singulière.

Ça y est, je me trouve dans mon élément.

Un bruit de battement d'ailes m'extirpe de ma léthargie. Je relève le nez et découvre un oiseau au noble plumage noir, perché sur une branche à quelques mètres du lieu où je me situe. Le « Phénix des hôtes de ces bois » me fait l'honneur de sa présence aujourd'hui. Je bloque ma respiration et m'interdis le moindre geste brusque afin de ne pas l'effrayer. Le corbeau incline son bec vers le ciel camouflé et il croasse.

Une fois.

Deux fois.

Trois fois.

Puis il s'arrête.

Ses cris se muent en des échos sinistres qui percent le silence sépulcral. J'ai à peine le temps de reprendre ma respiration qu'il s'envole et disparaît au fin fond des méandres brumeux.

Mes lèvres s'ourlent en un sourire discret et je me frotte les mains avec satisfaction. Trois croassements signifient un mauvais présage. Une mise en garde, celle qui annonce que le souffle de la mort s'apprête à franchir le seuil de cette bâtisse.

Une agonie prochaine arrive…

J'arrive.

Je décolle paresseusement mon dos du véhicule et jette un regard en biais à l'homme installé derrière le volant. Edgar. Un grand et solide gaillard au crâne rasé, d'une trentaine d'années, dont l'œil bleu, aussi translucide que la glace, pourrait percer n'importe quelle boîte crânienne. Il a perdu l'usage de l'autre dans des circonstances effroyables. C'est un ancien canonnier, qui autrefois tenait un bar clandestin. Fidèle comme une ombre. L'idée de se retourner contre moi ne lui effleurera jamais l'esprit.

Je tapote le toit du véhicule dans l'objectif de retenir son attention.

— Je pense que je vais bien m'amuser.

Le coin de mes lèvres s'étire, je trépigne d'impatience. Mon acolyte redresse la tête, et sous son chapeau noir j'aperçois son unique œil qui scintille comme un saphir.

— Ne traînons pas. Fais ce que tu as à faire, et vite. On se gèle les couilles ici ! me tance-t-il.

Il est l'un des rares individus à faire preuve d'autant de familiarité avec moi, mais je le lui permets. Edgar n'aime pas patienter. Un comble pour un homme qui a croupi, dans des conditions plus que bestiales, au fond des tranchées boueuses et remplies de rats. Là où la vie humaine a été bafouée sans la moindre limite.

Ce qu'il y a de remarquable dans cette histoire, c'est qu'après que nous avons connu l'enfer sur terre plus rien ne nous paraît effrayant, même pas l'odeur pestilentielle de la mort.

Oh non… car maintenant que nous l'avons apprivoisée nous nous amusons avec elle.

Tenir les rênes de cette valse macabre, tel est notre dessein.

Je clappe de la langue et époussette ma veste anthracite. Après une petite révérence ironique face à l'attitude hermétique de mon chauffeur, je tourne les talons et remonte l'allée de terre. Les mains plongées au fond de mes poches, je commence à siffloter joyeusement. L'air humide me fouette le visage et fait virevolter quelques-unes de mes mèches brunes.

Une sombre énergie crépite au fond de moi, je la sens même couler furieusement le long de mes veines. Cette galvanisation de mes sens… je compte bien l'utiliser à bon escient. Au fil de mon avancée, les contours de la bâtisse émergeant des ombres se dessinent de manière plus distincte.

Une vieille ferme.

Et bientôt un champ de cendres.

Je dépasse un puits en pierre et me dirige vers l'étable animée par un cortège de cris et de respirations défaillantes. Mon rictus s'épanouit et je poursuis ma route en sifflant encore plus fort pour les avertir de ma présence.

Il a été prévenu.

Il connaissait les risques qu'il encourait.

Aujourd'hui, il va payer le prix fort.

Je sors un couteau et m'amuse à le faire tournoyer entre mes doigts. Au moment où je foule le sol poussiéreux de cet abri en bois, je laisse la lame érafler un verrou de rouille et de fer, provoquant un grincement perçant. L'agitation s'estompe et les regards convergent dans ma direction.

Le sang, la sueur, la peur imprègnent l'air. Et ce spectacle auquel j'assiste ne fait qu'accentuer mon excitation.

Mes hommes encerclent ma victime déjà au sol : un vieux paysan à l'allure chétive, arborant l'apparence misérable d'un clébard galeux. Dès que nos regards se croisent, il plonge son visage buriné entre ses mains et sanglote. J'examine avec délectation cette petite chose décharnée qui me ferait presque avoir un pincement au cœur.

Pathétique.

Cet homme n'est qu'un traître. Et que méritent les traîtres ?

Une fin spectaculaire.

Place au prélude.

Je passe ma langue sur la rangée de mes dents et serre le poing.

— Fini de pleurer dans les chaumières ? soupiré-je en retirant mes gants.

L'homme respire mal. J'ignore si c'est à cause des coups portés par mes subordonnés ou bien parce que la peur l'étrangle. Peut-être un peu des deux.

Peu importe. Ce qu'il semble oublier, c'est qu'il est en train d'ajouter des pelletées de terre à sa tombe en essayant de m'amadouer avec sa mine de chien battu, les joues maculées de larmes.

Des larmes salées de mensonges.

Notre première – et dernière – rencontre ne se présente pas sous les meilleurs auspices. Et c'est bien regrettable. En général, quand je me déplace en chair et en os lors de ce genre de visite, la seule chose à faire est de prier. Même les divinités auxquelles on ne croit pas.

Ma réputation n'est plus à faire, et le fermier comprend vite qui je suis dès l'instant où il bloque sur mes iris qui ont fait et font encore couler beaucoup d'encre. Mon œil gauche est bleu tandis que des stries marron colorent celui de droite. Cette anomalie fascine autant qu'elle effraye.

— Pas trop tôt ! rouspète quelqu'un.

Un jeune blond à la stature élancée se détache de la mêlée. Ses mèches folles camouflent la moitié de son visage. Lui, c'est Léon, l'un de mes meilleurs poulains. Ne jamais se fier à son visage poupin et juvénile qui lui confère un air de grandeur et de noblesse, parce que je ne connais pas plus sanguinaire que lui. Un véritable charognard en quête de chair fraîche. Son plaisir, il le trouve dans la souffrance qu'il inflige à ses proies. Quelque peu imbu de sa personne, il se prend pour le diable en personne et agit sans la moindre considération morale. Il représente à lui tout seul une arme démentielle qui provoque de sérieux ravages parmi ceux qui rêvent de me mettre un couteau dans le dos.

Aussi excité qu'une puce, Léon sautille presque sur place, l'œil pétillant.

— Il n'est pas très drôle celui-ci, Os' ! Aucune résistance, il se soumet en un rien de temps ! lâche-t-il d'un ton presque las. Mais maintenant que t'es là les choses vont enfin se corser pour lui ! Prêt, mon vieux ?

En guise de conclusion, il lui assène un violent coup de pied dans les côtes après avoir éclaté de rire. Notre souffre-douleur se tord en deux, jusqu'à se rouler en boule, et continue de pleurnicher.

— Il s'agit d'un énorme malentendu ! S'il vous plaît ! Épargnez-moi !

Je lève les yeux au plafond, un brin agacé par les jérémiades habituelles que l'on ne cesse de déblatérer quand je décide de sortir mes griffes acérées.

J'avale les derniers mètres entre nous et je m'agenouille afin de me placer à sa hauteur. Ma main se referme sur le col de sa chemise souillée par son propre sang pour l'attirer brutalement vers moi. Nos visages sont proches, son souffle erratique s'écrase sur ma peau. Il empeste le fumier et la plus vile déloyauté.

— Un marché est un marché. D'abord, tu n'as pas intercepté mes derniers petits paquets clandestins et je t'en veux beaucoup pour ça, commencé-je d'un ton léger.

À cette pensée, un goût d'amertume se distille sur ma langue. Par sa faute, je ne bénéficierai pas de mes doses de cocaïne ces prochains jours. Ce qui veut dire : pas d'allégresse lors de mes futures virées nocturnes. Rien pour m'emporter dans les voluptés de cette vie mondaine.

Envie de planer, d'oublier, de savourer les théâtres du plaisir, de plonger dans ces « folles » années. Sous ses aspects frivoles et enjôleurs, la drogue a fini par inonder les rues de Paris. Après la guerre, des trafics souterrains se sont développés, un marché s'est mis en place et, grâce à mon réseau, j'ai obtenu la mainmise sur certains commerces florissants au cœur de la capitale.

Dans les bars, les *dancings*, les bordels... de Montmartre à la Bastille, des Halles à Montparnasse... les paquets de « coco » circulent partout. Après l'opium, c'est devenu la substance du rêve et du sexe. De toutes les frasques nocturnes, en définitive.

— Ensuite..., poursuis-je bien trop calmement, la bombe que tu as construite pour son compte à lui a été posée dans le longeron de ma voiture, sous le pédalier précisément. Je t'avoue que, là, mon quota de patience commence sérieusement à déborder. Allons-y franco, des arguments pour ta défense ?

Comme si ce n'était pas suffisant, ce maraud a jugé malin de servir le clan rival dans mon dos. Grave erreur que de vouloir me duper.

Un élan de panique le gagne immédiatement.

Le Corbeau a des yeux partout. Grâce aux investigations

menées par mes hommes, nous avons pu découvrir un atelier de poudre noire dissimulé à l'arrière de sa maison : ingrédient phare qui a servi à la confection de la bombe artisanale. Et lorsque les véhicules de nos ennemis numéro un se sont garés devant sa ferme pour récupérer la marchandise le lien a vite été établi.

— Je ne savais pas que vous étiez la cible, je le jure !

La bêtise qu'il vient de proférer à voix haute empire son cas.

— Après des mois de bons et loyaux services, tu décides de retourner ta veste et de bosser pour ces rats ? Tu me fais vraiment ce coup ? Quel gâchis. Trois de mes hommes ont été tués dans l'explosion. Et ce, sous mes yeux. Dans la voiture que j'étais censé emprunter.

Et par je ne sais quel miracle Edgar m'a sauvé la vie en me retenant par le bras une précieuse minute, pour me bassiner avec le dernier rêve qui l'avait accompagné toute la nuit.

— Alors dis-moi... comment comptes-tu régler tes dettes à présent ?

Mon intonation se fait plus tranchante, ce qui provoque un sursaut chez lui.

— Je... je n'ai pas eu le choix... Ils m'ont menacé... Je ne voulais pas... je le jure...

Je le fais taire d'un mouvement las de la main. Tout ce qu'il déblatère m'importe peu. Aucune excuse ni belle parole ne fera pencher la balance, ma décision a déjà été prise.

Nonchalamment, je tire sur la chaînette en argent de ma montre à gousset et je profite de ce moment de fausse distraction pour l'espionner en train de soulever lentement le bas de son pantalon.

Le prélude est terminé et cette petite comédie doit cesser.

— Peut-être que tu souhaites les régler en me poignardant, n'est-ce pas ? lui susurré-je malicieusement.

Et là, il arrête son mouvement et se fige des pieds à la tête. Pris la main dans le sac.

La seconde d'après, je le prends au dépourvu en le frappant

à la poitrine pour le faire basculer en arrière. Il s'écrase au sol, le souffle coupé. Profitant de mon avantage, je broie son thorax avec ma chaussure, et j'y mets tout mon poids, histoire de bien le maintenir en place. Il gesticule de douleur, les dents si serrées qu'il pourrait se les briser d'un instant à l'autre. Je me penche ensuite vers lui et retire la lame qu'il avait pris soin de glisser dans sa godasse abîmée.

— Non mais je rêve ! Il cachait bien son jeu ! Passe-moi le couteau et laisse-moi saigner ce porc, Os' ! s'écrie Léon, fou de rage.

D'une simple œillade, je lui intime l'ordre de ne pas s'en mêler. Mon bras droit comble sa frustration en se mettant à faire des allers-retours incessants, tel un fauve emprisonné au fond de sa cage. Je me redresse en examinant l'arme blanche entre mes mains.

— Il t'a demandé de m'achever lors de cette rencontre, comprends-je.

Le masque se fissure, s'effrite. Et ce que ma victime me laisse percevoir derrière est tout bonnement hideux. Une haine viscérale se peint sur son visage fendu d'une horrible grimace. Il crache du sang et me dévisage maintenant, dévoilant ses véritables intentions : me tuer.

— Que ce soit moi ou un autre, on finira par avoir ta peau ! me hurle-t-il. Va au diable ! Toi et toute la vermine qui t'accompagne !

J'incline lentement la tête sur le côté, sans jamais détacher mon regard du sien.

— « On » ? Pourquoi t'inclure encore dans le lot ?

Derrière moi, Léon éclate d'un rire fou. Sans préambule, je claque des doigts et l'un de mes hommes m'apporte une corde, que je m'empresse d'enrouler autour de lui. Ce dernier gigote dans tous les sens lorsqu'il se rend compte que je l'attache au pilier en bois derrière lui. J'use de toute ma force et je parviens à le ficeler comme un bon gigot qui ne demande qu'à rôtir. Je resserre les liens et fais un nœud qui résistera à toute tentative d'évasion. Aucune fuite possible. Il demeure condamné à subir le sort que je lui réserve. Alors que mes assistants disposent plusieurs fagots de bois sec autour de lui, son visage se décompose, ce qui me fait doucement sourire.

— Voilà ce que ça fait de s'aventurer sur une corde raide. Tu ne sais pas si tu vas tomber du bon ou du mauvais côté. À ton avis, où ta chute t'a-t-elle conduit ? Moi je penche plutôt pour...

Des cris de détresse m'interrompent. Une femme assez âgée, affublée d'une longue jupe ample, d'un corsage à col montant avec un tablier par-dessus, se précipite dans notre direction, les cernes baignés par des pleurs incontrôlés. Sûrement la compagne du traître.

— Non ! Non ! Non ! hurle-t-elle.

Je fais signe à mes hommes, et plus particulièrement à Léon, qui a déjà sorti son pistolet de son manteau, de rester à leur place. D'un bond, je me mets debout et intercepte cette vieille folle qui me fait perdre mon temps. J'agrippe son poignet sans la moindre délicatesse et, en deux temps trois mouvements, je lui coince le bras dans un angle douloureux. Son dos se retrouve plaqué contre mon torse. Elle tente de se débattre, mais se fige dès l'instant où elle sent la lame de mon couteau effleurer sa gorge.

— On est venu profiter du spectacle ? Plus on est nombreux, plus la fête est folle après tout.

Elle tremble contre mon buste et s'étouffe dans ses propres sanglots.

Ma patience est écoulée. Sans ménager ma force, je me débarrasse de la paysanne en la poussant. Lorsqu'elle s'écroule au sol, mes hommes se jettent sur elle pour la maintenir en place. J'admire sa combativité, hélas, sa force née du désespoir ne suffira pas. Ça ne suffit jamais malheureusement.

Je m'avance vers son compagnon et m'accroupis devant lui. Mon index se pose sous son menton, je veux qu'il me regarde dans le blanc des yeux. Ses pupilles sont dilatées par la terreur.

— Tu sais... c'est en embrassant la mort que l'on se sent

le plus vivant. L'esprit se connecte au corps pour ne former qu'une seule et même entité. Alors déguste bien ces dernières secondes, parce que tu réaliseras enfin la saveur de tout ce que tu as vécu.

Je lui tapote l'épaule et me penche à son oreille dans l'unique intention de lui dévoiler mon dicton fétiche :

— « Celui qui est capable de tromper une fois est traître pour toujours. Et d'un traître le Corbeau ne veut pas. »

Je m'éloigne ensuite et ordonne la libération des chevaux au fond de l'abri. Mes camarades obtempèrent sans rechigner. Ils ouvrent les box et les animaux, apeurés, s'enfuient au grand galop. J'observe durant un bref instant ce vent de liberté qui les emporte.

Avec une lenteur calculée, je sors une cigarette de ma poche, l'allume et la cale au coin de mes lèvres, sous les cris stridents de la paysanne et les yeux exorbités de son mari. J'inspire ma première latte avec une délectation proche de la jouissance avant de faire volte-face vers ma victime. Je tends le bras, concentré sur le bout rougeoyant de la cibiche.

— Tu savais ce que tu risquais en jouant avec le feu.

Qu'il en assume les conséquences.

Je conclus ces paroles en laissant tomber ma cigarette allumée sur la paille sèche à ses pieds.

En un temps record, les flammes éclatent et tout s'embrase.

Une fin spectaculaire.

Le feu commence à lécher les vêtements du supplicié avant de ronger sa peau. Il se débat avec violence. Un acte inutile, puisqu'il est déjà prisonnier de cette fournaise. Ses cheveux hirsutes deviennent une torche, tandis que ses globes oculaires s'enfoncent dans ses orbites. Sa chair se consume, révélant l'ossature de son crâne. La morsure du feu demeure épouvantable, l'agonie est atrocement lente et insurmontable, mais surtout fascinante à regarder.

Un petit rire m'échappe. Les pairs qui m'entourent, eux, restent de glace. Le plus jeune, fraîchement recruté au sein de mes rangs, détourne le regard et, secoué d'un haut-le-cœur, crache ses tripes à cause de l'odeur insoutenable de la graisse brûlée. Je m'approche de lui et saisis son visage en plantant mes ongles dans ses joues pour le forcer à ne pas rater une miette de la scène.

— Ne m'offense pas et apprends. C'est ce qui t'arrivera si tu choisis le mauvais camp. Tu ne dois plus jamais avoir peur.

Mon avertissement le fait déglutir et il m'obéit avec une certaine réticence, qui me déplaît au plus haut point.

La femme, toujours retenue par mes hommes, hurle jusqu'à s'époumoner. Une euphorie diabolique m'anime. Au milieu des flammes incandescentes, les cris redoublent et se révèlent si aigus qu'ils en deviennent inhumains. Une mélodie mortuaire qui finit par être couverte par les craquements du bois sec qui flambe devant nous.

La fumée épaisse commence à nous étouffer. D'un signe de tête, je fais comprendre à tout le monde qu'il est temps de débarrasser le plancher. Une fois la fermière relâchée, elle tombe à genoux. Je lui précise qu'elle peut soit décider de rejoindre son mari dans les flammes, soit s'en tirer vivante en fuyant ses terres.

Elle refuse de bouger, les poings tremblant sur sa jupe sale. Je lui accorde une minute pour se décider. Pendant que le compte à rebours est lancé, elle retrousse faiblement les manches et je remarque sa peau couverte de meurtrissures qui s'étendent de ses poignets jusqu'en haut des bras. Des plaies désordonnées et sauvages, pareilles aux rayures du pelage d'un tigre.

Sa signature à lui.

Et là, je comprends le message qu'elle me transmet : même si elle choisit la fuite, elle sera condamnée. Parce qu'il la retrouvera et l'abattra comme une pauvre bête.

Je détourne le regard lorsqu'elle se met à faire le signe de croix, puis je sors de la poche intérieure de mon manteau une plume noire, que je relâche devant elle. Elle plane paisiblement dans les airs, jusqu'à atterrir sur ses genoux repliés.

— Vous n'êtes qu'un monstre ! sanglote-t-elle en la fixant. Un annonciateur de la mort et amateur de cadavres. J'ai pitié de vous. Que Dieu s'occupe de votre âme, le Corbeau !

— Faudrait-il qu'il m'en reste une. Et cessez de vous effarer du cri de cet oiseau. On dit que les loups ne se mangent pas entre eux, mais saviez-vous que sur le même principe les corbeaux ne se crèvent pas les yeux entre eux ?

Elle ne réplique pas. Elle ne dit même plus rien du tout. Seuls les violents spasmes qui secouent son corps me répondent.

Je l'entends prier, les paupières closes, tête inclinée vers le sol, comme résolue à son propre sort. Son temps est écoulé.

Qu'il en soit ainsi.

Je lui tourne le dos et l'abandonne sur place. Après être sorti de l'étable, je demande à Léon de verrouiller les issues en posant une lourde poutre en bois contre les deux portes, qui se referment en un boum fracassant.

Et puisqu'on fait tout dans les règles de l'art je rappelle à mes acolytes de piller les lieux avant de tout brûler.

Ils s'exécutent sur-le-champ, tandis que je rejoins mon véhicule en reprenant mon sifflotement. À mi-chemin, j'essuie la sueur sur mon front et je jette un dernier coup d'œil par-dessus mon épaule pour contempler cette toile de fond ensevelie par les flammes.

Un prodigieux tableau. Le mien. Ma création la plus saisissante, éclaboussée de sang, de pleurs, de chair brûlée et de monstruosités.

Mon œuvre à moi, c'est la déchéance.

Mon terrain de jeu, c'est l'enfer.

Pour quiconque croisera ma route, je ne ferai qu'exacerber sa noirceur ainsi que sa douleur. J'en fais le serment.

Chapitre 2

Belle dérobade

Armance

Je savais que je n'aurais pas dû.

— Dégagez le passage ! m'époumoné-je en bravant le flot de passants.

C'était trop tentant.

Je coince sous le bras mon sac en toile rempli de nourriture et continue de détaler à toutes jambes. L'attention générale se recentre sur moi, et les personnes les plus réactives s'écartent de mon chemin, m'offrant une ligne droite parfaite pour mon sprint.

J'ai été trop gourmande.

— Voleur ! Au voleur ! Rattrapez-le ! hurle ma cible du jour derrière moi.

Hélas, son cri se noie à travers toute cette affluence. J'ai l'avantage.

Mais… c'est ainsi que je fonctionne.

L'air froid de cette matinée morose et humide m'agresse les joues. Mes godasses salies par la boue martèlent la chaussée, j'accélère le rythme le long du boulevard des Italiens et je me mets à slalomer entre les piétons. Avec un peu de chance, ma poursuivante me perdra de vue. Cette marée humaine est peut-être encombrante, mais elle peut aisément m'aider à me fondre dans la masse pour brouiller les pistes.

Aujourd'hui, les halles sont pleines à craquer. Légumes, viande, poisson, blé, farine, fleurs et babioles... tout se vend ici. Depuis le développement des chemins de fer, les quantités d'approvisionnement ont largement augmenté. Une aubaine pour tous ! Les commerçants, soucieux d'écouler leurs marchandises, ont installé leurs étals le long de l'avenue et même dans les rues adjacentes.

Cet endroit vibre d'une énergie particulière, une constante agitation y règne. Les discussions bruyantes s'entremêlent et forment un vacarme aussi bourdonnant qu'un essaim d'abeilles. Je connais par cœur ce décor bigarré à l'allure pittoresque. Chaque bâtiment. Chaque passage. Chaque odeur. Et chaque couleur.

Un espace que j'ai appris à apprivoiser pour mieux m'octroyer des libertés. Cet immense garde-manger à ciel ouvert représente ma corne d'abondance. Une réserve où je me permets d'avoir tous les droits. Là où je me contrefiche des valeurs morales ou d'une quelconque forme d'altruisme. C'est mon échiquier. Je joue selon mes propres règles. La loi du plus fort prime sur tout le reste.

Chacun pour soi, et Dieu pour tous.

J'erre, je vole, je m'enfuis. Et je recommence le lendemain. Ma vie n'est qu'une perpétuelle boucle sans fin, dépourvue de saveur et de lueur.

De la survie. Ce n'est rien d'autre que de la survie.

Devant moi, un groupe de chalands se presse vers un étal rempli de fruits et légumes. Je suis prise de court par cet obstacle inattendu et percute de plein fouet une femme caparaçonnée d'un long manteau dont le col et les manchettes sont couverts de fourrure. Son compagnon la rattrape *in extremis*. Pour ma part, je perds l'équilibre et glisse.

Je serre mon sac contre ma poitrine et amortis ma chute

d'une main. Grâce à cette bonne réception, je me remets sur pied assez vite et poursuis ma route en galopant de plus belle.

Après un furtif regard derrière moi, je sens mon visage blêmir. La maraîchère, chez qui je me suis servie sans scrupule, est toujours à mes trousses. Moi qui pensais qu'elle allait vite cracher ses poumons... la vieille bique se montre beaucoup plus coriace que je ne l'avais imaginé ! Sa volonté force mon respect, mais la fatigue aura raison d'elle bien avant moi.

J'opte pour un autre stratagème et je change subitement de direction. Il faut que je traverse la route. Tandis que je m'engage sur les pavés, un coup de klaxon retentit. Mes pieds butent sur le sol et j'amorce un brusque mouvement en arrière pour éviter de me faire renverser par l'automobile. Un trafic intense anime le boulevard, certaines zones sont même embouteillées par un flot dense de voitures et de promeneurs.

— Regarde où tu vas ! Complètement marteau celui-là ! s'offusque l'homme derrière son volant.

J'ignore le flot d'injures et je poursuis ma course. Courant à en perdre haleine, je détecte un petit passage étroit qui m'est familier. C'est ma chance ! Je plonge à nouveau dans la foule et, au passage, effleure un homme en train de retirer les écailles de son poisson. De forts effluves de mer et d'iode m'agressent aussitôt le nez et me soulèvent l'estomac.

Ça en revanche, jamais je ne m'y ferai. Quelle puanteur !

Je parviens enfin à gagner l'artère étroite et puise dans mes dernières forces pour échapper à la vieille femme. Le brouhaha du marché s'estompe, mes pas résonnent contre le sol et je m'enfonce dans cet enchevêtrement de ruelles bordées d'habitations et d'ateliers plus ou moins vétustes.

Une minute plus tard, je repère plusieurs draps blancs accrochés à un long fil. Je me précipite vers l'étendage et me cache derrière. Une faible brise les agite légèrement et un doux parfum de linge propre, aux notes de lilas et d'orange, embaume l'air. Aux aguets, je tends l'oreille.

Silence de cathédrale.

Je crois bien que je l'ai semée.

Ma main relâche le sac, qui tombe à mes pieds. À bout de souffle, je m'accroupis et baisse la tête pour reprendre ma respiration en prenant appui sur le mur.

Il s'en est fallu de peu !

J'essuie les perles de sueur sur mon front, puis réajuste ma casquette en *tweed* avant de soulever mon bas de pantalon et refaire les lacets de mes chaussures usées.

— C'était une belle dérobade, monsieur Faure !

Pas le temps de comprendre d'où provient cette voix, une ombre surgit de nulle part et se jette sur moi. Je me retrouve propulsée au sol et roule plusieurs fois avant de me faire brutalement plaquer par un individu. Il m'écrase de tout son poids pour m'immobiliser et se suspend à mes lèvres.

Je reconnais immédiatement ces iris noisette qui ont l'habitude de pétiller de malice sous ces mèches châtains. Sans parler de la pointe d'eau de Cologne aux senteurs extatiques, qui suffit à charmer et enrôler ses proies. Je suis confrontée à son visage aux traits fins, déformé en une moue moqueuse. Son nez droit se plisse et un sourire mutin voltige sur ses lèvres charnues.

Léandre.

Ce dernier me débarrasse de mon couvre-chef et l'envoie valdinguer à quelques mètres de nous. Ma longue chevelure blonde se libère et le jeune homme en profite pour glisser les doigts à travers mes mèches dorées.

— Ou plutôt devrais-je dire… mademoiselle Faure.

Je souris à mon tour. Le grimage est ma signature. Jouer un rôle m'aide à me désinhiber et à considérer la réalité comme une immense scène de théâtre. La vie n'étant plus qu'un jeu, tout devient alors plus facile à supporter. Effacer mon identité permet d'éroder les tourments qui s'acheminent jusqu'à ma conscience. M'oublier moi-même ne m'effraye pas, c'est ce que je cherche à faire. Délaisser la personne que je suis pour mieux repousser mes limites. Dans cette jungle urbaine… ai-je le choix ?

Ainsi, plusieurs fois par semaine, j'entre dans la peau d'un personnage : ça peut aller d'une mendiante à une bourgeoise, d'une danseuse de *French cancan* à une campagnarde… je mélange les allures et les visages, utilise mon corps, ma voix ainsi que les émotions pour tisser une histoire différente de ma réalité. Tout cela afin qu'on ne puisse jamais me reconnaître, mais surtout pour dissimuler les traces après mes effractions. Une kyrielle de costumes et de maquillage dérobés se trouve ensevelie au fond d'une cabane près de chez moi, ce qui me permet de changer d'identité autant de fois que je le souhaite. Aujourd'hui, j'ai jeté mon dévolu sur un jeune ouvrier, affublé de vêtements dépareillés, à l'allure très modeste, sans aucun artifice.

Léandre, toujours posté au-dessus de moi, relève la tête et découvre mon sac rempli de provisions.

— Tu es venue m'apporter mon festin de la semaine ? C'est trop, fallait pas !

Mes paumes se plaquent sur ses épaules et je parviens à l'éjecter sur le côté. Sur ma lancée, je me jette sur lui et l'enjambe en dépliant mon couteau caché au fond de ma manche. La pointe de la lame effleure dangereusement sa pomme d'Adam. Il déglutit.

— Pas touche !

— Tu m'as convaincu, c'est bon. Range-moi ça ! ricane-t-il en levant les mains en signe de reddition.

Je réprime un rire et le déleste de mon emprise en me relevant d'un bond. En un coup d'œil, j'aperçois sa besace… tristement vide. On dirait bien qu'en cette fin de matinée il va rentrer bredouille.

— En petite forme, Léandre ?

Après avoir récupéré ma casquette, je lui tends une main, qu'il saisit pour se relever.

— Mon acquisition du jour est aussi vide que mon estomac.

C'est injuste, parce que j'aurais préféré que ce soit le cas de mes deux bourses préférées.

Cette remarque charmante m'encourage à le lâcher. Il retombe aussitôt sur les fesses.

— Aïe ! Tu es une vraie sauvage avec moi !

Je pose les mains sur les hanches et le lorgne d'un air dédaigneux.

— Très belle envolée verbale. Tu l'as dans l'os et c'est bien fait !

Il me renvoie un sourire carnassier et se relève tout seul avant de balayer la poussière sur sa veste marron et de remettre son béret à l'endroit. Orphelin et sans travail à vingt ans, Léandre demeure un marginal de la société et cette étiquette collée sur son front le rend on ne peut plus fier. Hostile à toute forme d'autorité, il fait partie d'une bande de voyous à Montmartre, appelée communément les « Loups de la Butte ». Un rôdeur et un voleur au goût prononcé pour le tabac, l'alcool et les belles filles. Un ami de longue date sur lequel je peux compter.

Notre première rencontre remonte à il y a quatre ans, au lendemain de la guerre, au moment où la vie est devenue chère et où le travail s'est fait de plus en plus rare.

Au moment où j'ai cessé d'être cette petite fille qui se reposait sur la protection parentale.

J'avais quinze ans.

Je me souviens de cette soirée d'hiver comme si c'était hier. Ma famille et moi crevions de faim, je déambulais donc dans les rues avec l'infime espoir de leur rapporter quelque chose à se mettre sous la dent. Une fois la nuit tombée, je m'étais mise à fouiller les ordures et à me battre avec les rats pour récupérer des miettes encore comestibles. J'avais honte, à tel point que j'étais effrayée à l'idée de me faire surprendre par un passant. Et par je ne sais quel concours de circonstances je me suis retrouvée devant les cuisines de ce bistrot. Un chef et son commis, préparant de la viande dégageant un fumet qui sentait divinement bon. Et quand j'ai aperçu des tablettes de chocolat noir sur un billot derrière eux mon corps s'est tendu de toutes parts. L'appel de la faim m'a violemment tordu les entrailles. Cet agrégat d'odeurs alléchantes n'a fait que raviver la souffrance d'avoir le ventre vide. Le tableau misérable et pathétique de ma propre vie venait de se briser sur mon crâne.

Je claquais des dents à cause du froid, mais me forçais à serrer les mâchoires pour étouffer la vague de sanglots qui prenait de l'ampleur au fond de ma gorge. Au final, mes résistances ont cédé. Les larmes ont dévalé mes joues. Mon esprit marchait vers la potence. Debout et flageolante, j'étais au bord de la chute vertigineuse, celle dont on ne pouvait pas se remettre.

Je pleurais, pleurais et pleurais. Sans jamais m'arrêter. Et personne ne faisait attention à moi. J'étais prisonnière en haut d'une tour de solitude, mon destin n'avait jamais été aussi bancal et incertain. Jusqu'à ce que je le croise, lui. Ce fameux Léandre.

Témoin de mes pleurs incontrôlés devant ce restaurant, il s'est arrêté à mon niveau et a posé une main sur mon épaule. J'ai sursauté, puis il m'a chuchoté que désormais tout allait rentrer dans l'ordre. Sur ces mots, il a attendu patiemment que les cuisiniers prennent une pause pour filer derrière les fourneaux et rafler tout ce qu'il pouvait. Sous le choc, je n'ai pas desserré les lèvres de toute la scène, ni cligné une seule fois des yeux.

En moins d'une minute, il est revenu les mains remplies de provisions. Des légumes, des fruits, des bocaux de sucre, d'épices et même des pâtisseries… il y en avait pour tout un régiment ! Il a ensuite tout rassemblé dans un sac avant de me le tendre, le sourire aux lèvres.

Amusé par ma stupeur, il a cassé une tablette de chocolat sous mon nez et m'a forcée à avaler un carré. Sa saveur cacaotée a éclaté sur ma langue, un plaisir immense pour mes papilles.

« Ça te fera du bien. Maintenant terminée la soupe à la grimace ! Comment tu t'appelles ? » m'a-t-il ensuite demandé.

J'ai relevé la tête, les yeux toujours brillants, mais cette fois-ci de reconnaissance.

« Armance. »

Ma voix n'était qu'un murmure. Il m'a tendu la main et je l'ai serrée en retour.

« Eh bien, Armance... je suis ravi de faire ta connaissance. »

Et ainsi, depuis cette étrange soirée... nous ne nous sommes plus lâchés.

Parfois, je m'interroge sur nos conditions à tous les deux. Comment en sommes-nous arrivés là ? À moisir dans les immondices d'une telle déchéance ? J'en veux toujours autant à la terre entière. Mes rancunes ne se tarissent pas depuis qu'une réalité s'est ancrée dans mon esprit : je ne parviendrai jamais à jouir ne serait-ce que d'un fragment de liberté. Même si la guerre est bel et bien finie, mon chemin de croix, lui, n'est pas près de s'achever. D'autres galères et hivers rudes sont à prévoir.

Ce sentiment d'impuissance, parsemé d'amertume et d'incompréhension, me poursuit comme une épée de Damoclès.

Face à une société qui me tourne le dos, bien trop occupée à faire la fête et à rire aux éclats, je suis condamnée à voler pour survivre.

Je ne peux m'empêcher de penser que ce monde dans lequel nous évoluons n'est qu'hypocrisie. La provocation et l'extravagance qui flambent au cœur de la capitale ne sont que des masques pour oublier la violence inhumaine de la Grande Guerre. Les gens aspirent à effacer de leur mémoire cette barbarie, moi j'en suis incapable, parce que j'en porte le fardeau sur mes épaules. Chaque jour. Je compromets mon avenir avec mes délits pour aider ma famille, parce que je souhaite que ma mère trouve le courage de se relever, et que mon petit frère connaisse des jours meilleurs.

Léandre s'adosse au mur et sort de quoi fumer de sa poche.

— Partante pour une virée nocturne ce soir ? me propose-t-il.

Je ramasse mon sac et le jette sur mon épaule.

— Est-ce que par virée nocturne tu entends « bal » ?

— Tu n'as pas envie de danser à la Closerie des Lilas ? Moi oui !

Je me mords la lèvre pour me retenir de glousser.

— Si je me souviens bien, c'est surtout le bataillon de femmes aux courbes plutôt attrayantes qui t'avait émoustillé la dernière fois.

Il tire une taffe et j'écoute le crépitement du bout de sa cigarette qui se consume. La fumée qu'il rejette entre ses lèvres brouille son air espiègle durant un instant éphémère.

— Je n'ai qu'une hâte, enfiler mon nœud papillon et mon costume trois pièces pour qu'elles tombent toutes en pâmoison !

Il sourit avec une telle spontanéité que moi-même j'en reste figée : sa plus redoutable arme de séduction pour allonger sa liste de prétendantes.

— Surtout Marie.

— Surtout Marie, répète-t-il avec un clin d'œil.

Une beauté de son acabit a de quoi en rendre jalouse plus d'une. Marie Clémart, une brune sulfureuse de la petite bourgeoisie, qui se plaît à suivre la mode du moment. Avec sa coupe à la garçonne, ses paupières ombrées, sa bouche en cœur et ses vêtements issus des dernières créations de grands couturiers, Marie est follement moderne et… libérée. Un trait de caractère qui a tout de suite retenu l'attention de Léandre.

— Elle n'a qu'une envie : me revoir, rêvasse-t-il.

— Tu te vantes.

— Un peu ces temps-ci.

— Si elle aime les farauds, alors c'est sûr qu'elle craquera pour toi !

Il se décolle du mur et me bouscule gentiment d'un coup d'épaule.

— J'ai le droit de piocher un truc dans ton sac ? me demande-t-il soudainement.

Je pose mon index sur mon menton et feins de réfléchir avant de lui tendre la main. Alors qu'il ne comprend pas où je veux en venir, son front se plisse.

— Genou à terre et un baisemain. Tout de suite ! clamé-je.

— Tu ne perds pas le nord, Faure.

J'éclate de rire tandis qu'il continue de fumer en silence.

— Je suis prêt à faire du troc avec toi, me relance-t-il.

Mon hilarité s'estompe et mon dos se tend.

— Du troc ? répété-je, les sourcils froncés.

— Ouais, une tablette de chocolat contre...

Il fouille à l'intérieur de sa veste et en ressort un petit sachet en tissu qu'il agite sous mon nez.

— Ceci.

— Qu'est-ce que c'est ?

— Si tu acceptes mon marché, tu le sauras.

La curiosité me ronge et l'emporte. Il en faut peu pour me convaincre. J'accepte et je lui offre ce qu'il souhaite. Sans qu'il ait le temps de dire ouf je lui arrache le sachet des mains et l'ouvre sans tarder. Mes paupières clignent à plusieurs reprises. Durant un bref instant, j'ai l'impression que ma vision se joue de moi, or l'objet qui se matérialise au centre de ma paume ne sort pas de mon imagination et a de quoi me couper le souffle.

J'étais loin de m'attendre... à ça.

Des pendants d'oreilles.

De splendides pendants d'oreilles argentés, incrustés d'une petite pierre bleue au bout. Je m'extasie un long moment devant la beauté de ce bijou, parce qu'il est rare pour moi de tenir un bien aussi précieux.

— Quel magnifique objet volé..., soufflé-je, une pointe de malice dans la voix.

Son sourire s'étiole.

— Volé ? Est-ce que tu es au courant que tu m'offenses ?

— Crache le morceau. Tu ne vas pas me dire que tu es allé le payer dans une grande joaillerie place Vendôme !

— Je l'ai acheté ! se défend-il.

J'emprisonne les boucles d'oreilles dans mon poing, puis je croise les bras en continuant de le fixer. Il grogne et jette son mégot par terre avant de l'écraser avec le bout de sa godasse.

— D'accord ! capitule-t-il. Je l'ai payé avec l'argent d'objets volés ! Mais ça ne compte pas ! La transaction était parfaitement légale !

Sa mine qui se renfrogne me fait à nouveau sourire. Une douce chaleur monte en moi. Mon regard s'attendrit et mon cœur nage en pleine allégresse. Bien que j'ignore comment l'interpréter, cette attention me touche. Je me remets à contempler ces belles pièces. Tel un diamant parfaitement taillé, de beaux reflets azur scintillent et ondoient au milieu de la pierre à chacun de mes mouvements.

— En quel honneur m'offres-tu un tel présent ?

Il hausse les épaules.

— Je sais pas trop. Cette couleur m'a fait penser à toi. Il est assorti à tes yeux et...

Il se pince les lèvres et hésite à poursuivre.

— Et ? l'encouragé-je.

— Je me dis que tu pourrais les porter ce soir, lors de notre escapade !

— Je n'ai pas encore accepté.

— Tu vas refuser après ce cadeau d'exception ? riposte-t-il avec une moue déçue.

Je lève les yeux au ciel.

— C'est d'accord, don Juan. En espérant que Marie succombera cette fois-ci.

— Elle a déjà succombé, mais elle est timide. Je dois être trop impressionnant, car j'illustre à merveille le chic et la modernité de Rudolph Valentino, déballe-t-il fièrement.

— Si tu le dis.

Il récupère sa besace par terre et me fait signe qu'il doit débarrasser le plancher.

— À ce soir ?

— À ce soir.

— Je viendrai te récupérer à 19 heures tapantes. Ah ! Et ne sois pas en retard ! Je n'ai pas envie de poireauter des heures dans le froid cette fois-ci ! s'écrie-t-il alors qu'il commence à s'éloigner.

— Tu m'en demandes trop !

Il sort la tablette de chocolat que je lui ai donnée, coupe un carré et me l'envoie. Je le rattrape au vol et les réminiscences de notre première rencontre surgissent dans ma tête. Léandre abaisse son couvre-chef, me gratifie d'une courbette et tourne les talons.

— En vous souhaitant une belle journée, monsieur Faure ! me salue-t-il sans se retourner.

— T'es pas croyable, Léandre..., murmuré-je, la poitrine plus légère.

Chapitre 3

Bague en or

Armance

J'estompe mon fard à paupières clair par-dessus ma longue frange de cils et je saisis ensuite mon pinceau pour redessiner minutieusement mon arc de Cupidon à l'aide d'un rouge criard.

Une teinte voyante, à la limite de l'agression visuelle, que j'exècre du plus profond de mon âme. Mes gestes sont appliqués, je pourrais reproduire cet enchaînement les yeux fermés tant je le connais par cœur, et pourtant je ne m'habituerai jamais à ces artifices.

Une fois ma lèvre supérieure tracée en forme de cœur, je repose mon matériel, recule d'un pas et observe mon reflet dans le miroir fêlé suspendu juste au-dessus de la cuvette. Comme à chaque fois, je me reconnais à peine.

Qui suis-je ? clame cette petite voix intérieure que je tends à ignorer.

Je bouge lentement la tête à droite, puis à gauche, pour me détailler sous tous les angles. Une peau lisse et pâle, un teint de porcelaine et un minois de jolie poupée, je m'initie bêtement aux caprices de la mode. Soigner une apparence festive en adoptant une tenue pimpante en vogue. Tous ces efforts dans le but de rentrer dans le moule d'une société qui regarde de travers la misère. J'en ai un haut-le-cœur.

La fêlure du miroir donne l'impression qu'une méchante cicatrice me cisaille la joue. Il n'y a pas plus belle métaphore pour décrire mon état intérieur.

Qui suis-je vraiment ?

Une femme anéantie et pleine de colère.

Un rat d'égout qui écœure les passants, condamné à manger les miettes que la société laisse traîner à ses pieds.

La Ville lumière ne m'éclaire pas, elle a abandonné mon âme tapie dans l'ombre.

Cette litanie, je me la répète aussi souvent que possible. Est-ce que m'apitoyer sur mon sort est bien utile ? Certainement pas, mais au moins je me rappelle d'où je viens et à quelle place je dois rester. Lorsque ça devient au-dessus de mes forces, je détourne le regard du miroir. Ce que j'y vois est dur à accepter. Je range mon maquillage sous le lavabo, puis un soupir m'échappe quand je quitte l'unique chambre qui compose notre logis.

Ma famille réside à Montmartre, là où sont rassemblés les derniers riverains du maquis. Certains vivent encore sous le toit précaire des cabanes en bois. Un village de bric et de broc qui accueille les classes infortunées de Paris. Des ferrailleurs, des chiffonniers, des ouvriers… les plus modestes se côtoient dans ce labyrinthe d'artères noires et nauséabondes. Et, face aux villas de luxe et aux immeubles Art déco qui pullulent de plus en plus dans le coin, les Loups de la Butte, ces malfrats que fréquente Léandre, continuent de régner en maîtres des lieux et de mener une lutte acharnée contre les flics ainsi que les bourgeois.

Je ne vis pas à l'intérieur de l'une de ces cabanes précaires, mais dans un appartement au premier étage, juste au-dessus d'une scierie. Les murs sont aussi fins que du papier à cigarettes, ils couvrent à peine le fracas des portes ainsi que les pleurs et les cris des enfants.

J'avance discrètement sur le pavement du couloir et mes

doigts effleurent le mur abîmé couvert de faïence. Ici, les pièces exiguës me donnent l'impression de vivre dans un trou à rat. Le mobilier éclectique qui l'habille ne fait que me renvoyer en pleine face notre sinistre misère.

J'atterris au milieu du petit salon. Les volets sont encore ouverts, c'est pour éviter qu'une odeur de moisi et de renfermé ne nous prenne à la gorge. Je traverse la pièce pour les fermer, puis tire les rideaux pour occulter les fenêtres.

J'allume ensuite la lampe à huile, décorée d'un liseré de feuilles sur le fût. Grâce à cette clarté tamisée, je prends le temps de regarder mon petit frère dans les bras de ma mère, endormis tous les deux sur le canapé qui fait face à un bureau installé dans un angle de la pièce.

Les longs cheveux blonds de ma figure maternelle luisent comme des fils d'or. Sa peau est blanche comme la neige. Une pâleur qui n'a rien de noble, puisqu'elle est maladive. Ses joues se creusent, des rides lui sont apparues et la fatigue s'imprime perpétuellement sur son visage. Même quand elle se trouve dans les bras de Morphée, un pli barre son front. Dormir est censé être un moment d'apaisement, seulement, elle, le répit ne l'atteint jamais.

Mon ange blanc a connu l'horreur, jusqu'à en perdre la tête. Auparavant infirmière, ma mère a œuvré au front durant la Grande Guerre. Elle soignait les plaies, s'occupait des pansements, des bandages, elle venait en aide aux médecins lors des amputations de soldats. Elle a donné de sa personne pour accompagner ces hommes aux visages déchirés et arrachés par les éclats d'obus et les balles des mitrailleuses.

« Les balles allemandes ne sont pas dangereuses : elles traversent les chairs de part en part sans faire aucune déchirure », racontaient les journaux.

Des bobards débités à tout va pour manipuler la population de l'arrière. Et le pire c'était que j'y croyais. Je m'accrochais à ces mensonges pour garder bon espoir. Me bercer d'illusions pour draper une vérité morbide était ma seule solution pour tenir. Hélas, le retour à la réalité a été la vague qui m'a entraînée vers le fond.

Ces fleuves de sang écoulés... il fallait le voir pour le croire. Quatre ans d'horreur absolue. Et le choc que cela a engendré a détruit ma mère. Le coup de grâce a été la mort de mon père. Son courage l'a quittée, elle s'est écroulée, et depuis n'a plus aucune force pour remonter la pente. Pas de pont solide érigé pour l'extirper de cette boucherie.

D'un pas feutré, je m'approche de ma famille, puis dépose mes lèvres sur le front d'Elliot, le cadet qui a hérité de la chevelure noir corbeau de mon père. Du haut de ses dix ans, il en fait déjà voir de toutes les couleurs à l'institutrice de sa classe. Lui inculquer l'obéissance et la propreté s'avère être un sacré défi. Ce petit malin préfère faire le pitre devant ses copains et aller au coin avec son bonnet d'âne, plutôt que de suivre sérieusement ses leçons.

Je me redresse en silence, caresse les cheveux de ma mère et débarrasse le plancher d'ici avant qu'ils ne se réveillent. À la volée, j'attrape mon manteau, je prends mon trousseau de clés pour le ranger au fond de ma besace, puis sors de mon immeuble.

Dehors, la nuit est tombée, un courant d'air me prend au dépourvu. Je frissonne et resserre les pans de mon épaisse veste afin que le vent ne s'y faufile plus. À quelques mètres de moi, je détecte la présence de Léandre sous un lampadaire éteint. Le dos appuyé contre, la clope au bec, il m'attend patiemment.

Sa tignasse brune se retrouve plaquée en arrière. Un miracle, car démêler ses cheveux représente pour lui un vrai supplice. En règle générale, il préfère ne pas y toucher et enfiler l'une de ses casquettes sur la tête. Je dois avouer qu'il a une certaine prestance, vêtu de cette longue veste cintrée coordonnée avec un pantalon effilé d'un bleu sombre.

— On s'est permis un peu de fantaisie ce soir ? Très original les rayures ! le complimenté-je avec ironie.

Ses bras s'ouvrent en grand et il se pavane devant moi en

tournant sur lui-même. Après une dernière bouffée de tabac, mon ami se débarrasse de sa cigarette.

— Tout ce qu'il y a de plus neutre et de plus raffiné. Toi en revanche, tu es...

Il se fige en examinant mon manteau troué et le pantalon usé qui m'a servi lors de ma petite débandade aux halles ce matin.

— Eh bien... aux dernières nouvelles, il ne s'agit pas du bal des clochards. C'est quoi cet accoutrement ? Et les boucles d'oreilles que je t'ai offertes ? Ne me dis pas que tu les as revendues !

Sa mine déconfite me fait éclater de rire.

— Je ne suis pas encore prête pour la soirée, idiot !

Il enfouit les mains au fond de ses poches et soupire d'un air las.

— Le contraire m'aurait étonné, je me disais bien que t'étais pas assez en retard. Et donc, tu comptes fracasser la vitrine d'une boutique de grand couturier en chemin pour te vêtir ?

— Tout faux ! Suis-moi !

— Ah d'accord, je crois que j'ai compris.

Je le contourne et trottine vers un mur caché par du lierre. Il doit mesurer dans les trois mètres de haut. Sans me poser de questions, je prends mon élan et l'escalade. Une fois au sommet, j'accorde un coup d'œil à Léandre, qui lui n'a pas bougé d'un pouce. Il se contente de m'observer avec des yeux grands ouverts.

— Tu n'es pas sérieuse ? Tu ne vas quand même pas m'obliger à grimper alors que j'ai enfilé ma plus belle tenue ?

Mes lèvres s'incurvent en un rictus goguenard.

— Mauviette, le provoqué-je.

Une étincelle de défi traverse aussitôt ses iris marron. Titillez un peu Léandre et vous avez la garantie que la mèche s'allume illico presto !

— J'adore quand tu me cherches.

À ces mots, il retrousse ses manches, sautille sur place en soufflant bruyamment. Et la seconde d'après je le vois partir comme une flèche en direction du mur. Avec son agilité coutumière, il me rejoint en moins de cinq secondes. Un grognement lui échappe lorsqu'il se retrouve à mes côtés.

— J'espère que je n'ai pas troué mon pantalon. J'ai failli avoir la main coupée quand je l'ai dérobé, celui-ci !

— J'aurais adoré te voir avec un crochet à la place ! Comme un personnage dans *Peter Pan*.

— Peter Pan ? C'est qui ce guignol ?

— Laisse tomber.

Je glisse de l'autre côté du mur et me réceptionne sur une voie privée, dénuée de tout éclairage public. Le paysage est lugubre, peu accueillant, toutefois, c'est l'un des rares endroits où je me sens bien. Je m'avance vers une vieille cabane construite avec des matériaux de récupération, se fondant parfaitement dans ce paysage misérable. Autrefois, quelqu'un habitait ici, mais depuis peu l'endroit a été totalement abandonné. Alors j'ai revendiqué mon droit de propriété.

Pendant que je retire la planche qui verrouille l'entrée, Léandre appuie son épaule contre la bâtisse délabrée.

— T'as pas peur que quelqu'un découvre ta planque ?

— Si ça devait arriver, je me battrais corps et âme pour défendre mon territoire.

— On dirait un pirate qui protège son butin.

— Justement, il y a un pirate dans *Peter Pan*, l'informé-je avec un petit sourire en coin.

Ses sourcils se froncent d'incompréhension.

— Mais qui est-ce, bon sang ?

— Cultive-toi ! C'est un livre anglais.

— Je ne sais pas lire ! Et en plus c'est un Rosbif qui l'a écrit ?

— Il n'est jamais trop tard pour apprendre. Je peux toujours t'inscrire à la classe de mon petit frère si tu le souhaites.

— Si tu fais ça, les mômes pleureront car je raflerai toutes leurs billes lors des récréations. Et puis regarder toute la journée quelqu'un écrire sur un tableau, tout en récitant des textes dont je ne comprendrai pas un traître mot… non merci. Je laisse ma place.

— Alors tu ne sauras jamais qui est Peter Pan.

— Je trouverai. Sois-en sûre.

Oui, je le sais.

Têtu et borné, en partie grâce à sa volonté de fer, il trouve toujours le moyen de parvenir à ses fins.

Sans préambule, je pousse délicatement la porte, qui produit un grincement désagréable. Léandre me bouscule et entre dans ma piaule secrète qui baigne dans une obscurité dense. Je l'entends se cogner aux meubles à plusieurs reprises avant de s'affaler sur la petite chaise à bascule.

Je m'empresse de sortir une allumette de mon sac pour allumer les bougies placées un peu partout dans chaque recoin. L'ondulation des flammes éclaire les parois en bois et fait émerger de l'ombre ces étagères, tiroirs, boîtes, coffres et tables disposés sens dessus dessous. Si en apparence tout a l'air désordonné, dans mon esprit c'est très clair.

Je sais exactement où s'amoncelle chacun de mes butins. Des provisions, des vêtements, des bijoux, des accessoires, des livres poussiéreux… des simples babioles hétéroclites aux objets précieux, on peut trouver de tout. Seul Léandre a connaissance de cet endroit. À l'instar de la Fourmi qui donne une leçon de morale à la Cigale dans les fables de La Fontaine, je m'attelle à faire des réserves pour sustenter ma famille.

Parfois, pour gagner de l'argent, je marchande mes trouvailles avec quelques receleurs du quartier.

Dans cet espace, je peux incarner qui je souhaite. C'est ici que je confectionne mes tenues et que je donne vie aux personnages que j'interprète lorsque je sillonne les grands boulevards de la capitale. C'est mon pays imaginaire, là où je m'accorde le droit de rêver.

Je virevolte entre mes affaires et pioche vêtements et accessoires qui m'intéressent. Mon maquillage est prêt, il ne reste plus qu'à me vêtir.

D'un mouvement de tête, j'incite Léandre à sortir le temps que je me change. Il grogne dans sa barbe, mais finit par obtempérer. Aussitôt seule, je me débarrasse de mes vieux habits et enfile une tenue qui répond aux codes des cercles mondains. Lorsque je sors de la cabane, me voilà métamorphosée.

Ma crinière blonde est désormais emprisonnée sous une coiffe de fausses perles, tandis que ma taille fine est soulignée par une robe fluide et décorsetée. Du bout de mes doigts, j'emprisonne la sangle fine d'une minaudière à l'intérieur de laquelle j'ai glissé un poudrier, un bâton de raisin pour les lèvres ainsi qu'un petit miroir. Les talons de mes chaussures à brides noires martèlent le sol quand j'avance vers mon camarade.

Les bras croisés, Léandre inspecte ma tenue avec un sourire encore trop mince.

— Tu es très jolie. Mais il manque une pièce essentielle.

— Justement...

Je fouille dans mon sac afin d'en ressortir les boucles d'oreilles.

— Je te laisse me les mettre.

— Quel honneur tu me fais !

Il s'approche et s'empare des girandoles, qui me rappellent les pendeloques d'un chandelier. Tout en douceur, mon ami les fixe sur mes lobes. Sa mission terminée, il recule et penche la tête sur le côté avec un air satisfait.

— Avec ça, ton cou gracile est mis en valeur comme ceux des plus grandes stars de cinéma.

Je fais mine de prendre la pose devant lui. Il me sourit à pleines dents, puis m'annonce qu'il est temps de nous mettre en route.

— On y va à pied ? l'interrogé-je avec une moue boudeuse.

— Est-ce que par hasard t'as un petit billet qui traîne dans ta poche pour nous payer un taxi ?

— Je crains que non.

— Dans ce cas... avance et tais-toi, femme.

Je lui assène un coup à l'épaule avec mon sac et ses éclats de rire résonnent au milieu de la rue désertée par ses habitants.

Sous l'éclairage des réverbères, nous longeons le grand boulevard Montparnasse. Ici vibre une énergie frénétique en permanence. Les devantures des magasins et des restaurants sont couvertes de lampions de couleur, donnant des allures de grand cirque extérieur.

— Nous y voilà ! s'écrie Léandre.

Je relève la tête et contemple les grandes baies vitrées de la Closerie des Lilas, qui déversent des flots dorés dans la rue. Mon ami se penche à mon oreille et me souffle :

— Tu pourrais au moins sourire. Parce que, là, on dirait que tu as ingurgité du poisson pas frais et que tu es sur le point de faire une indigestion du feu de Dieu.

Je grimace.

— Charmante comparaison. Tu sais très bien ce que je pense de ces fêtes mondaines.

Mon ton est plus glacial que ce que j'aurais voulu, l'effet est immédiat : son sourire s'efface. Les traits de son visage s'affaissent sous l'effet d'une tristesse incongrue, tandis qu'un long silence s'étire entre nous. L'atmosphère change du tout au tout, elle s'alourdit. Je m'efforce de regarder l'entrée comme point d'ancrage.

— Quand vas-tu lâcher prise ? finit par me demander Léandre.

Lorsque j'inspire, ma poitrine est toujours aussi douloureuse.

— Comment peux-tu oublier si facilement ? lui reproché-je en retour.

Ses yeux chocolat soutiennent les miens sans ciller une seule fois.

— Parce que je n'ai aucune envie de m'encombrer l'esprit de la merde qu'est le passé. Si on doit arrêter de vivre, autant se jeter directement dans la Seine, tu ne crois pas ?

Je détourne le regard et ravale la boule d'amertume qui remonte du fond de ma gorge.

— Allons-y avant que je ne change d'avis, conclus-je en ajustant ma coiffe.

En un claquement de doigts, l'enthousiasme de Léandre refait surface. Il glisse un bras protecteur autour de ma taille et m'embrasse la tempe. Un geste doux, qui me rappelle à quel point il y a un énorme gouffre creusé dans ma poitrine, qui ne demande qu'à être rempli d'affection. J'en savoure donc les bienfaits et je pose la tête sur son épaule pour m'accorder cet instant de répit. Juste quelques secondes pour reprendre mon souffle avant de redresser le buste et refermer mon cœur. Car ce genre de dépendance affective est la dernière chose dont j'ai besoin. Ma famille passera toujours avant moi, j'en ai décidé ainsi.

— Allons nous encanailler ! s'exclame Léandre.

Et sur ces mots nous franchissons les murs de ce temple de la nuit. La température ambiante augmente soudain de plusieurs degrés. Une chaleur suffocante s'immisce dans mes poumons, tandis que les chandeliers et les lustres scintillants m'aveuglent. Ce soir, à la Closerie, tout brille de mille feux. Boiseries aux murs, comptoirs en acajou, carrelage et mosaïques, le style Art déco prime.

Tout autour de la piste de danse, des tables, dressées avec faste, sont pleines à craquer. Certaines personnes sont visiblement déjà imbibées d'alcool. Les seaux à champagne débordent et les verres en cristal tintent. Des montagnes de plateaux d'argent, remplis d'amuse-bouches, resplendissent grâce à toutes ces lampes alimentées par de l'électricité. Un luxe ostentatoire, pétillant de bulles d'allégresse et de débauche. Ma gorge devient sèche à cause de la salle enfumée par la cigarette.

L'une des castes les plus élitistes de Paris nous fait face. Et elle est assoiffée de jouissance.

Un cortège de serveurs gominés zigzague entre les clients. Sur la scène, un orchestre joue un morceau de jazz entraînant. Les hommes rient et admirent les femmes qui dansent en les applaudissant. Les déhanchements endiablés sur la piste redoublent dès l'instant où les musiciens entament un nouveau morceau. Les volants, les perles et les robes à frange virevoltent dans tous les sens. La plupart de ces garçonnes tiennent à la main un fume-cigarette, devenu un véritable accessoire de mode depuis que la gent féminine l'a adopté dans une gestuelle élégante.

Sans me lâcher, Léandre nous trouve une table à l'écart de la piste. Nous y prenons place, et dès que nous sommes installés mon ami, aux petits soins pour moi, nous commande deux whiskys.

— Tu vas voir, ça va te faire tourner la tête en moins de deux ! m'annonce mon acolyte avec une franche tape sur mon épaule.

Nos verres arrivent quelques minutes plus tard et nous trinquons pour je ne sais quel motif. Peut-être à notre amitié. Ou à nos années de galère passées et à celles à venir.

Je bois une lampée, sous l'œil amusé de Léandre. L'alcool réchauffe mon corps, ça me fait du bien. Aux tables voisines, les conversations vont bon train, criblées de rires tonitruants.

— Au cas où, ce n'est pas une limonade. Et je te préviens, si tu tombes ivre morte, ne compte pas sur moi pour te transporter sur mon dos ! m'avertit mon camarade.

— J'apprécie ta loyauté, mais je n'envisage pas de boire comme une éponge ! lui confié-je avant de cogner mon scotch contre le sien et d'en prendre une nouvelle gorgée plus généreuse.

Il m'imite, puis examine la salle. Je sais exactement qui il cherche.

Marie Clémart. Sa jolie nymphe.

— Est-ce que ta fille de la haute est dans les parages ?

— Elle ne se montre pas encore. Mais peu importe. Où qu'elle soit, je finirai par trouver sa tanière.

— Et ensuite ?

Il se mord la lèvre et ses yeux brillent de malice.

— Ensuite, je prendrai les devants et… Seigneur ! Elle est là !

Je suis son regard et tombe sur une magnifique brune aux yeux légèrement en amande. Un petit nez en trompette, des lèvres rieuses et des fossettes qui creusent ses joues, une silhouette svelte et longiligne, elle détient tout l'attirail pour conquérir les cœurs. La jeune femme pivote dans tous les sens, à la recherche de quelqu'un. Sans doute Léandre.

Ce dernier me jette un coup d'œil, et d'un vague signe de main je lui fais comprendre qu'il peut rejoindre sa belle. Il se penche vers moi pour me souffler :

— Depuis que tu as franchi l'entrée de la Closerie, tu as déjà tapé dans l'œil de plusieurs mâles. Essaye de te détendre un peu !

Il ne me laisse aucune chance de lui répondre, puisque la seconde d'après il fend la foule et retrouve Marie. J'ignore les œillades scrutatrices des hommes qui m'entourent et épie mon ami en train de roucouler. Un nouveau pincement à la poitrine me prend de court, un sentiment de délaissement qui m'englobe et s'épingle à mon cœur, pareil à un clou qu'on aurait enfoncé avec un grand coup de marteau.

Je continue de boire dans mon coin et fais dévier mon regard sur la piste, là où ces fêtardes outrageusement fardées se prennent pour les reines du monde. Ce n'est que de façade. Parce qu'il ne faut pas se leurrer, si certaines crient haut et fort participer à la libération féminine, dans leur ensemble, les femmes connaissent plutôt un retour forcé au foyer depuis la fin de la guerre. La reprise en main masculine crache sur nous. Nous n'avons même pas le droit de vote.

Tu parles d'une émancipation.

Je ne sais même pas pourquoi j'ai accepté de venir ici. Parce que le même scénario finit toujours par se répéter : je me perds au milieu de la vaste fête.

Je suis sortie de mes pensées lorsqu'un individu me bouscule. Je manque de renverser mon verre sur ma robe. Par réflexe, je bondis sur le côté, une main dans mon sac, prête à sortir une arme tranchante… sauf que ce soir je ne possède aucun couteau sur moi.

Un jeune homme aux cheveux rasés sur le côté et vêtu tout de noir, que je ne connais ni d'Ève ni d'Adam, lève les mains en l'air pour proclamer haut et fort son innocence. Ses joues sont rouges, son regard est affolé et la sueur perle à son front. Il n'a pas l'air bien du tout.

— Pardonnez-moi ! Je ne voulais pas vous heurter, mademoiselle. Je cherche quelqu'un à vrai dire et...

Son élocution est hachée. Il s'interrompt et parcourt la salle du regard en déglutissant. On dirait que le diable est à ses trousses. Il joue nerveusement avec un objet qu'il fait tournoyer rapidement entre ses doigts. Dans sa nervosité, il le laisse tomber au sol. Un bruit métallique résonne et je m'empresse de le récupérer pour le lui rendre.

C'est là que je m'immobilise en comprenant ce que je tiens au creux de ma paume. Une chevalière à la couleur jaune ocré. Elle est assez lourde et présente au-dessus une plaque ovale avec un corbeau incrusté. Le métal est lisse, d'une brillance exceptionnelle et sans trace de rouille.

C'est de l'or.

Le brouhaha autour de moi se dissipe, ma vision se rétrécit sur ce bijou à la valeur inestimable. J'oublie tout, la présence de l'homme ainsi que l'allégresse bruyante autour de moi.

Mon cœur bat à tout rompre, parce que je mesure l'enjeu de la situation. Un si petit objet peut résoudre de si grands problèmes financiers. J'ai déjà dérobé des articles qui coûtaient cher et qui m'ont permis de nourrir correctement ma famille sur une longue durée. Mais un tel bijou dépasse toutes mes espérances.

Mes yeux pétillent d'un intérêt soudain, la salive inonde ma bouche. J'ai faim tout à coup. Mon côté individualiste ressort. Ce soir, je ne fais pas la fête...

... je passe à l'offensive.

Un sourire discret flotte sur mon visage à mesure que j'échafaude des plans dans ma tête. Je me redresse et lui tends la bague. L'homme me l'arrache presque des mains et s'empresse de l'enfouir au fond de la poche de sa veste de costume. Je me décale sur le côté pour l'inviter à me rejoindre.

— Vous êtes bien pâle, monsieur. Vous voulez boire quelque chose pour vous requinquer peut-être ? lui demandé-je.

Ma voix est mielleuse. Je papillonne des cils, puis affiche une allure pleine de vie et positive pour tenter de le mettre en confiance. Il tremble et hésite. Pauvre garçon… il me ferait presque de la peine. Je prends les devants en agrippant sa manche. Je l'attire lentement vers ma table et interpelle un serveur pour lui commander un bourbon. Bien sûr, je ne payerai rien de ce qui apparaîtra sur la note, car je m'enfuirai à toutes jambes d'ici avant la fin de la soirée.

En analysant son comportement, je constate déjà un manque de rationalité et de concentration. Il n'a pas toutes ses capacités, ce qui va beaucoup me faciliter la tâche.

Mon pouls s'emballe. Je ne peux pas échouer. Il suffit juste d'un peu de ruse et d'habileté. Son attention doit être détournée.

J'ouvre le bal en m'approchant de lui et je fais tournoyer le whisky au fond de mon verre. D'un signe de tête, je lui désigne la scène où les musiciens sont en transe.

— *Red Hot Mama* de Ray Miller… parfait pour danser un fox-trot ! Vous connaissez ?

Son regard est fuyant. Il me répond par la négative.

— Non. Pour être honnête, je ne fréquente pas ce genre d'endroit huppé.

Je plisse le front et feins de m'intéresser à son cas.

— D'où venez-vous ?

Il sourit. Un sourire sans joie qui me désarme sur le moment.

— Vous n'aimeriez pas le savoir.

Même si sa réponse me refroidit, je me ressaisis très vite. Cet homme ne fait donc pas partie de ce milieu mondain ? Est-ce qu'il éprouve cette même sensation qui me submerge, celle d'être la tache noire au milieu du tableau ?

— Tous ces fortunés qui dépensent à foison… cette débauche superflue me donne envie de vomir, lui confessé-je.

Sous le coup de l'étonnement, ses iris sombres plongent dans les miens. J'ai retiré mon masque, ce n'est pas bon.

— Observez donc toutes ces tables qui suintent l'opulence à tout va, poursuis-je.

Enfin, il se met à regarder ailleurs. J'en profite pour lui toucher l'épaule. Je brouille ses sens jusqu'à les saturer. La vue, le toucher et l'ouïe sont anesthésiés. Je resserre ma prise et continue de lui cracher ma haine à l'égard de la classe supérieure.

— Tout est faux, surjoué et superficiel. On se cache sous un maquillage criard, des vêtements exubérants et un florilège de décadence. Mais derrière les apparences tout le monde a le cœur en miettes. Un champ de ruines et de cendres froides où règne la désolation. Ces gens pensent que leur argent pourra tout effacer…

Mon monologue s'éternise et je saisis le moment pour le délester de ce qui traîne dans sa poche. Furtivement, mes doigts s'emparent de la bague et je la glisse aussitôt dans mon sac. Ma victime n'a rien remarqué. Bingo !

Mon cœur explose de joie. Maintenant, il faut que je décampe d'ici, et vite.

— Je… Je me sens bizarre, déclaré-je soudainement.

Je plaque une main sur mon front et grimace. L'homme se penche vers moi, l'air soucieux. Je simule un haut-le-cœur et m'écarte de lui.

— Pardon, je… je crois que cet endroit a fini par me donner la nausée… littéralement ! Veuillez m'excuser, je reviens !

Il ne me retient pas et je me précipite vers la sortie en traversant la foule euphorique. Je sors en coup de vent, munie de mon précieux trophée, sans ressentir la moindre pointe de regret. Une fois à l'air libre, je me mets à courir, de plus en plus vite. Et j'éclate d'un rire hystérique en ignorant les regards de jugement des passants que je croise.

Je quitte le boulevard et m'enfonce par tout un écheveau de passages et d'arrière-cours. À plusieurs reprises, je manque de me tordre les chevilles sur les pavés inondés par des flaques d'eau, mais je n'en ai que faire. Mon esprit crie victoire, sauf qu'au beau milieu de ma fuite éperdue j'entends quelqu'un cavaler derrière moi.

Mon sang se glace.

Un vent de panique me saisit quand je comprends qu'il s'agit certainement du propriétaire de la bague. Les pas se rapprochent de moi, j'essaye d'accélérer la cadence, mais il est trop tard.

Un bras ferme agrippe ma taille et me tire en arrière. Je hurle.

Mes sens sont en alerte quand je me retrouve acculée contre un mur. Une de mes mains tremblantes se pose sur ma poitrine. J'ai le cœur qui bat aussi vite qu'une sarabande.

— Léandre ? bafouillé-je à mi-chemin entre l'effarement et le soulagement.

Il s'appuie contre la façade et récupère son souffle peu à peu. Ses cheveux sont ébouriffés.

— Qu'est-ce... qu'est-ce que... tu... fabriques, Armance ? T'es partie... aussi vite... qu'une... voleuse !

Je prends le temps de recouvrer mes esprits et ignore les raisons pour lesquelles il s'est lancé à mes trousses. Mon excitation redouble quand je réalise que j'ai bel et bien réussi mon coup. Impatiente de révéler la nouvelle à mon ami, je sors la bague de ma minaudière et la brandis fièrement sous ses yeux.

— Regarde un peu ma récolte de la soirée !

Je m'attends à ce qu'il partage ma joie, seulement il me prend au dépourvu quand il se fige sur place. Sa respiration se bloque et ses iris noisette ne décrochent plus de la chevalière.

— Où as-tu trouvé ça ?

Sa voix est grave et tremble légèrement. Il perd de sa superbe et j'ai du mal à décrypter sa réaction.

— Un homme qui m'a bousculée. Je l'ai invité à ma table et j'ai saisi cette opportunité. Qu'est-ce qu'il y a, Léandre ? On dirait que tu as vu un fantôme !

— Non, mais je vois un corbeau.

— Oui ! Il est beau, n'est-ce pas ? J'ai tiré le gros lot ! Fini les galères pendant un long moment !

Je retire ma coiffe de perles et libère ma chevelure blonde. Son visage livide se décompose au fil des secondes.

— Léandre ? Tu commences à me faire peur…

— Le corbeau est l'emblème d'Oswald Serendas, me dit-il simplement d'une voix morne.

— Oswald Serendas ? répété-je, confuse. Je ne comprends pas.

Il se redresse un peu et ses prunelles vides de toute émotion s'ancrent dans les miennes.

— Tu sais ce que ça signifie ?

Je secoue la tête tandis qu'une vague de frissons dévale le long de mon échine et me hérisse les poils.

— Un mauvais présage. Un très mauvais présage.

Chapitre 4

« Venge-moi »

Oswald

Cela fait une minute que j'examine ces panneaux en bois ornant les murs de la vaste pièce luxueuse. Il y a quelque chose qui me gêne ici, toutefois, je ne saurais mettre le doigt dessus. Est-ce la couleur qui est trop claire ? Le manque de goût de celui qui résidait ici auparavant ? Cette opulence qui me file un mal de crâne carabiné ? Ou bien cette odeur rance et renfermée ? Le regard dans le vague, je laisse mes doigts tapoter la surface du bureau en acajou.

À vrai dire, je cherche juste un élément suffisamment distrayant afin de me détourner de mes pensées noires. Ne pas envoyer tout valdinguer me demande une retenue en béton armé.

Le monstre en moi gronde, rugit et s'impatiente. Il gesticule dans tous les sens, prêt à broyer des os pour voir le sang couler. Alors j'inspire par les narines et le refoule du mieux que je peux en me massant le front d'un lent mouvement circulaire. Voici l'une des conséquences que peut entraîner le cycle de la vengeance : une cohabitation forcée avec notre part d'ombre. Ne plus connaître la paix, c'est le prix à payer.

Une tension flotte dans cette atmosphère échauffée, elle alourdit ma respiration et fait jaillir en moi une animosité qui n'est pas bon signe.

Léon et Edgar, mes fidèles acolytes, encerclent ce misérable larbin qui se trouve prostré sur la chaise en face de moi.

Le banc des accusés.

— Tu ne m'as pas l'air bien ? ironisé-je avec un sourire sardonique.

Il tressaille, mais toujours aucune réponse. Je commence à croire qu'on lui a coupé la langue sans mon autorisation.

Sa peur m'amuse et alimente ma perversion. Je pousse un verre d'eau dans sa direction à l'aide de mon poing fermé. Là encore, sa bouche demeure cadenassée. Je remarque bien que sous son béret il rumine sa déconvenue. Mes mâchoires se contractent et je me laisse aller sur mon siège en plantant mes ongles dans les accoudoirs.

— Je devine le mot qui te pend aux lèvres.

Mon valet redresse la tête, j'ai enfin toute son attention.

— Malchance, dis-je en détachant chaque syllabe.

Il ne proteste pas, signe que j'ai visé juste. Je retrousse ma manche et me penche vers lui, histoire de combler un maximum de distance entre nous. Quand mes prunelles se heurtent aux siennes, il se ratatine sur lui-même.

— Selon les bribes de conversation que j'ai entendues, tu es discret, docile et sans histoires. Un très bon parieur aussi, qui peut amasser un pactole impressionnant en l'espace d'une soirée. Tu as beau ruiner tes adversaires aux cartes sans scrupule, tu n'as pas de sang sur les mains. Le profil parfait pour ne pas éveiller la méfiance de ceux qui veulent notre peau. Alors je t'ai confié une tâche. Une seule.

Il déglutit. Je tapote mon nez de la pulpe de mon index.

— Il faut croire que j'ai manqué de flair sur ce coup. J'avoue que j'étais loin d'anticiper un tel déroulement. Tu penses qu'il s'agit de malchance, or c'est toi le problème. Tu courbes l'échine dès que tu pénètres notre monde, tu n'as pas le mental, mais surtout pas les couilles pour le supporter. Je parie même que tu es le genre à te défiler devant un nid de guêpes.

La peur le freine, la compassion le perd. La cupidité devrait être son moteur, mais elle ne le transcende pas assez pour le tirer hors de ses retranchements. Je lui octroie un moment de répit quand son teint devient blême. L'ambiance s'appesantit, j'en joue. Ma bouche s'entrouvre à nouveau pour lui déballer mes mots chargés de venin :

— Tu ne t'es jamais dit que le grain de sable dans l'engrenage ça pouvait être toi ? Une toute petite anomalie... et c'est tous les rouages qui se dérèglent. Résultat : ça n'avance pas quand le mécanisme est cassé. C'est exactement ce qui se passe depuis que tu as rejoint mes rangs. Tu portes la poisse et tu n'as rien à faire ici.

— Je vais me rattraper. Je vais la retrouver ! répond-il en brisant la chaîne du silence.

J'arque un sourcil.

— Pour chercher une aiguille dans une botte de foin, tu en as de la volonté.

— Si je ne fais rien, qu'est-ce que je risque ? ose-t-il me demander.

— Je n'ai pas encore réfléchi. Le dernier qui m'a déçu a fini dans les flammes, l'informé-je d'un ton flegmatique.

Ses yeux s'écarquillent.

— Ouais, dommage que tu n'aies pas assisté à la scène ! C'était du grand spectacle ! s'excite Léon en secouant les épaules de l'accusé.

— Je préfère les explosions, la ramène Edgar. Tout le monde est réduit en charpie sous les décombres. Rapide et efficace. Pas de perte de temps !

En faisant abstraction de leurs rires tonitruants, je tire un couteau de ma manche et le brandis sous les yeux de mon incapable du jour. Là, il se met à trembler des pieds à la tête.

Avec la lame, j'effleure dangereusement sa main posée à plat sur le bureau et je jurerais entendre l'oxygène se bloquer au fond de ses poumons. Je trace une forme abstraite jusqu'à la naissance de son poignet en prenant garde à ne pas entailler la peau. Il ferme les yeux et se prépare au pire. Mon sourire s'élargit.

Galvanisé par sa terreur, j'élève l'arme blanche dans les airs et la plante de toutes mes forces dans sa main.

Le bureau tremble sous l'effet du choc. Un silence plane.

Pas de cri de douleur ?

Les sourcils froncés, j'oriente les yeux vers le couteau et je remarque que je viens de louper son pouce d'un petit centimètre. Mes lèvres claquent l'une contre l'autre.

Raté.

Déçu, je retire le poignard enfoncé profondément dans la planche en bois et m'empare de la pomme que j'ai abandonnée à côté d'un globe terrestre ancien. Je coupe un quartier qui atterrit aussitôt dans ma bouche. Le larbin dont je ne connais pas le prénom se redresse sur sa chaise et me dévisage, horrifié.

— As-tu une piste pour retrouver la bague ? lui lancé-je à brûle-pourpoint.

Au fond de ses yeux, je décèle l'absence d'espoir, pourtant, il camoufle la vérité par un énorme mensonge :

— Je la retrouverai, répète-t-il avec grande conviction.

T'es une cause déjà perdue.

— Hum...

Derrière lui, je vois Léon tracer une ligne sous sa gorge. Le message est clair : « Flanque lui la déculottée de sa vie, qu'on n'en parle plus. »

Au même moment, la double porte s'ouvre en grand et une furie débarque. Cette petite arrogante de Marie Clémart s'invite dans mes appartements comme si elle habitait ici. Une audace qui à la fois m'horripile et me plaît.

— Tout part en vrille ! C'est un scandale ! braille-t-elle.

Alba, mon animal issu du croisement entre un chien et un loup, se réveille en sursaut et se met à aboyer. La nouvelle arrivante prend peur. Sac plaqué contre la poitrine, elle manque de se prendre les pieds dans le tapis.

Je calme ma chienne en élevant la voix. Son museau long et effilé s'abaisse, mais ses yeux obliques ne quittent pas leur cible. Elle laisse apparaître une rangée de crocs aussi tranchants que des lames de rasoir. Cet instinct protecteur me fascine, tout comme son pelage gris cendré, entremêlé de poils noirs. Une merveille de la nature qui m'a promis fidélité dès notre rencontre.

Lorsque Marie retrouve de sa superbe, je coupe un morceau de pomme et le lui tends. Elle ne le saisit pas. À la place, elle me lorgne avec des yeux éclatants de colère. Ses joues sont encore rouges à cause de la morsure du froid. J'admire un instant son long cardigan aux couleurs chaudes, le tout agrémenté d'une écharpe épaisse, d'une jupe plissée et de collants opaques. Ses jambes sont affolantes et je voue une fascination à cette coiffure à la garçonne qui souligne la finesse de ses traits.

— Nous devons retrouver cette chevalière ! Toi là !

Elle désigne du doigt le larbin.

— Tu avais réussi le plus difficile, et voilà que tu échoues en batifolant avec cette Armance Faure !

L'information m'éclate en pleine figure, je m'efforce de rester maître de moi-même. C'est donc ça qui l'a conduit à sa perte ? Les charmes d'une femme ? Je ne dis rien sur le moment.

J'observe, j'étudie et le monstre à l'intérieur de moi retient.

Il aura la sentence qu'il mérite.

Mon jeune poulain se lève d'un bond, la moue sidérée.

— Armance Faure ? Tu… tu connais cette fille ?

Elle croise les bras et redresse son menton pointu.

— Pas personnellement. C'est l'amie d'une très bonne connaissance à moi.

Il retire son béret et plaque une main sur son crâne.

— C'est elle qui a la bague ! C'est elle qui me l'a volée ! J'en mettrais ma main à couper !

Tente pas le diable, parce que je meurs d'envie de le faire pour toi.

Les traits de Marie se décomposent.

— C'est elle qui te l'a prise ? Je pensais que tu l'avais égarée à la Closerie par mégarde ! Espèce d'incapable ! le réprimande-t-elle.

La scène de ménage qui se joue devant moi commence à m'irriter. Je perds mon temps avec eux et j'ai horreur de ça. Je quitte mon siège et plante à nouveau mon couteau dans mon bureau avec virulence. Mon geste fait taire tout le monde. Le gamin pâlit et Marie se raidit. Seuls Léon et Edgar se retiennent d'éclater de rire.

Je passe une main sur ma nuque et fait craquer mon cou avant de contourner lentement la table et de m'approcher de ces deux vauriens. Ma patience est mise à rude épreuve.

— Que peux-tu me dire à propos de cette Armance Faure ? l'interrogé-je.

— Pas grand-chose, comme je l'ai dit, je ne la fréquente pas. Je sais qu'elle vit près des vestiges du maquis de Montmartre et qu'elle fréquente ce Loup de la Butte… Léandre.

Je plisse le front.

— Tu côtoies ces chiens galeux ?

— Ne l'insulte pas ! vocifère-t-elle férocement.

Ma chienne, qui reste sagement dans son coin, grogne. D'un geste de la main, je l'informe que tout va bien. Ses oreilles se baissent et elle ne quitte pas des yeux la femme.

Marie a dû sérieusement s'amouracher de ce dénommé Léandre pour sortir les crocs à ce point. Je ne l'ai jamais vue aussi agressive. Léon s'approche d'elle et pose les doigts sur son cuir chevelu. Elle se dégage brusquement de lui en se touchant le haut du crâne.

— Qu'est-ce que tu fiches ?

Le jeune homme à la chevelure polaire hausse les épaules, paré d'un air amusé.

— Bah, je cherchais des puces. Vu qu'il y a pas mal de clopinards dans leurs rangs.

Les joues de la brune rougissent furieusement. Ce petit jeu doit cesser. Je claque des doigts et ordonne à tous de se retirer. Edgar et Léon échangent un regard las et s'exécutent en tirant le col du larbin. Marie remonte la sangle de son sac sur son épaule et s'apprête à décamper aussi, sauf que je la retiens par le bras.

— Non. Toi, tu restes avec moi.

Plus question de lui laisser la moindre marge de manœuvre. Je reprends les commandes et elle le comprend bien puisqu'elle devient soudainement nerveuse. Quand la porte se referme devant nous, Marie se libère de ma prise et se dirige vers la fenêtre afin d'observer la brume épaisse qui engloutit le paysage.

— Venge-moi, Oswald...

Sa jugeote en a pris pour son grade. Sa supplique n'est qu'un souffle désespéré et terrifié. Elle tremble et laisse apparaître sa vulnérabilité. Je pourrais la détruire.

Exactement comme son père.

Seulement le gain qu'elle me promet est trop alléchant pour que je puisse exaucer mes plus vils souhaits. Je m'avance jusqu'à ce que mon buste entre en contact avec son dos. Ma bouche se colle à son lobe et elle frémit.

— Tu sais bien que la vengeance est ma seule et unique justice.

Elle serre les doigts sur les pans de son manteau.

— Tu es l'homme le plus vindicatif que je connaisse, c'est pour ça que j'ai fait appel à toi. Je ne supporterai pas qu'on échoue.

Je hume son parfum, caresse son cou, avant d'agripper brutalement sa gorge. Son souffle se fait court.

— Tu étais chargée de récupérer cette bague, Marie.

— Ton laquais se l'est fait voler par une femme.

— Je n'oublierai pas cette faute, il payera pour ça. En

attendant, tu vas retrousser tes manches et mettre la main à la pâte. Vous deux, vous allez me retrouver la fille.

— Et une fois qu'on aura mis la main sur elle qu'est-ce qu'on fait ? On la menace ? On la… non, je ne peux m'y résoudre.

Je la ceinture avec mon bras et la ramène contre mon torse.

— Ensuite, tu pourras souffler. C'est moi qui m'occuperai de cette petite voleuse.

Elle se tend et peine à respirer.

— Que vas-tu lui faire, Oswald ?

— Ça sera en fonction de mon inspiration du moment. J'aime couper les souffles.

Pour illustrer mes dires, ma prise se resserre autour de son cou et ma respiration paisible effleure sa joue. Une délicieuse chair de poule lui hérisse la nuque.

— Tout ce qui t'intéresse, c'est de voir les gens ployer sous ton joug, réplique-t-elle.

Je pose doucement mes lèvres sur sa pommette.

— Et j'y mettrai toute mon énergie, Marie. Maintenant que nous sommes en tête à tête, ose me parler encore une fois sur ce ton et je peux t'assurer que l'on retrouvera ton corps disloqué au fond d'un baril que je me ferai un plaisir de jeter moi-même dans la Seine.

Les larmes lui montent aux yeux et brouillent sa vue.

— N'as-tu donc aucune compassion pour ce qui m'est arrivé ? murmure-t-elle.

— On a tous sa croix à porter.

— Comment peux-tu tenir face à l'horreur que tu sèmes autour de toi ?

— À force de cueillir la souffrance, on la supporte mieux. J'exècre du plus profond de mon âme notre espèce. Alors non… pas de pitié pour nous. Je tolère seulement quelques personnes qui me sont indispensables et ça me suffit.

— Et pas besoin de mourir pour connaître l'enfer, enchaîné-je. Il est déjà ici. On s'entretue et on se blesse entre nous. Comme je refuse de redevenir de la chair à canon pour servir une patrie qui n'en a que faire de notre pauvre existence, je repousse mes limites. Encore et encore. Jusqu'à ne plus en avoir.

Je peux sentir son sang qui se glace, sa bouche qui s'assèche et ce terrible choc qui lui cisaille le crâne en deux et l'empêche d'avoir recours à toutes ses facultés intellectuelles.

— Tu es le diable.

Elle pense m'asséner un coup, alors qu'une petite voix intérieure me chante des louanges et renforce l'excitation lubrique qui me brûle jusqu'aux reins. Je me presse contre son dos pour refermer mon emprise sur elle, telles les griffes acérées d'un rapace sur sa petite souris en détresse.

— Le diable n'est qu'un mythe. Moi, je suis réel.

— La guerre t'a fait perdre la raison.

Je secoue lentement la tête et lui chuchote au creux de l'oreille :

— La guerre m'a ouvert les yeux. C'est autre chose qui m'a conduit à ma perte...

Je relâche sa gorge et m'éloigne d'elle. Suffocante, Marie en profite pour s'appuyer contre la fenêtre et reprendre sa respiration. Je récupère mon couteau et joue avec la lame sous ses yeux effrayés.

— Trouve la fille, lui répété-je, implacable. Je m'occupe du reste. Tu peux disposer.

La jeune femme se mord la langue pour s'obliger à ne rien rétorquer. Elle se contente d'acquiescer et ne s'éternise pas. La voilà qui met les voiles sans demander son reste. Pour ma part, je me retourne vers Alba, qui m'observe de ses grands yeux fendus et perçants.

Je m'accroupis sans mouvement brusque et tends la main vers elle.

— Approche, ma belle.

L'animal trottine jusqu'à moi d'un pas majestueux, puis colle sa truffe humide contre ma paume. Je la caresse tout en contemplant mon reflet à travers ses iris jaune fauve. Elle a ce pouvoir unique de m'apaiser. Et, bien que ma cruauté régisse mon quotidien, elle me rappelle aussi qu'au fond je ne suis pas encore devenu une machine insensible.

— Dans cette histoire, le plus humain d'entre nous… c'est bien toi, lui confié-je en l'enlaçant.

Chapitre 5

Guet-apens

Armance

L'épaule négligemment appuyée contre le corps de fonte d'un lampadaire, j'observe la sortie d'école avec la plus grande attention. Même en fin de journée, les enfants débordent d'énergie. Ça braille et ça court dans tous les sens, à l'instar d'un troupeau de moutons qui donne du fil à retordre à son berger. D'autant plus que les semelles cloutées de leurs galoches, qui claquent contre le sol, provoquent un tintamarre infernal.

Au milieu de toute cette cavalcade, je guette mon petit frère. Pas évident de tomber sur lui dès le premier coup d'œil, puisque tous les écoliers sont affublés de la même tenue : une blouse noire boutonnée dans le dos et une culotte courte à bretelles qui leur tombe au niveau des genoux.

J'attends, en me tenant à l'écart de l'agitation. Les secondes s'égrènent et Elliot demeure...

... aux abonnés absents.

Mon premier réflexe est de lever les yeux au ciel.

Ça recommence.

Dans ces moments, tout ce qu'il y a à faire, c'est de prendre son mal en patience, car il n'est pas près de pointer le bout de son nez de sitôt.

— Tu me fatigues, Elliot, soupiré-je au bord de l'exaspération.

J'arrange le col de mon pull en laine, puis je referme les pans de mon manteau par-dessus. Mon pied tapote le sol, ce qui attire l'attention d'un groupe de femmes posté à quelques mètres de moi : des mères qui attendent leurs gamins. Ce n'est pas la première fois que je les croise.

Elles me connaissent.

Elles savent qui je suis.

Et pour des raisons absurdes elles méprisent l'entièreté de ma personne.

En cette fin d'après-midi, pas de costume ni d'artifice. Aucun rôle. Les fabulations fanent jusqu'à s'effriter comme des feuilles mortes. Mon masque tombe et la vérité éclate au grand jour. Je suis moi, à nu, dans ma plus misérable apparence : Armance Faure.

Je feins d'ignorer les mauvaises œillades qui me sont destinées. La honte et la pitié que je lis au fond de leurs prunelles me donnent envie de pleurer toutes les larmes de mon corps.

Toutefois, je les refoule. Interdiction de craquer en public. Divulguer ses fêlures aux yeux d'emmanchées pareilles, c'est leur offrir une porte ouverte pour vous écraser.

Ce monde est un océan de requins. Les plus faibles s'asphyxient au fond des abysses. Tandis que les plus forts regardent le spectacle depuis la surface, en se noyant dans leur propre opulence.

Bien que je porte sur mes épaules le fardeau de la mort de mon père, bien que je paye ses erreurs qui me poursuivent et planent au-dessus de ma tête comme une épée de Damoclès… je ne me rangerai pas dans le camp des faibles.

Si par le passé j'ai perdu trop de temps à me lamenter sur mon sort, à coups de litanies larmoyantes et d'implorations désespérées, aujourd'hui, du haut de mes dix-neuf ans, j'assume toutes les responsabilités.

— Non seulement elle ne paye pas de mine, mais elle a aussi piètre allure. Regardez ses jupons... ils sont aussi usés que mon torchon de cuisine, commente l'une des mères.

Leurs messes basses glissent jusqu'à mes oreilles, une indiscrétion certainement voulue, afin de me piquer au vif.

Reste calme, Armance.

— Je remarque qu'en cette belle journée de grisaille vous êtes particulièrement en forme, les godiches. Pourquoi réciter toujours les mêmes lignes ? Est-ce parce que vos esprits s'étriquent avec le temps ? réponds-je, sans même me tourner vers l'auditoire.

Inutile de forcer, mon ton condescendant se suffit à lui-même pour égratigner leur ego. Je connais leurs failles.

— Et d'une impolitesse en plus ! s'offusque une autre. Cette famille est pourrie...

— ... jusqu'à la moelle ? Cette réplique, je la connais aussi par cœur. Avez-vous quelque chose de plus croustillant à me mettre sous la dent ?

Avec lassitude, je me triture les doigts et l'air suffisant que je renvoie les incite à abandonner la partie pour aujourd'hui. Ces guenons récupèrent leurs gamins et s'empressent de ficher le camp sans plus de cérémonie.

Une fois débarrassée d'elles, je me masse les tempes et inspire à pleins poumons pour calmer ces tensions intérieures qui menacent de me faire sortir des rails et me poussent à commettre des actions plutôt... fâcheuses.

La haine qui m'habite, je l'ai ligotée et apprivoisée. Je l'ai savamment enfermée à l'intérieur de ma boîte de Pandore dans un but bien précis : éviter toute dérive qui menacerait de me faire faillir à mon devoir. Parce que si je la laisse prendre possession de moi je cours à ma perte. Et si je me détruis je mets en péril la survie de ma mère ainsi que celle de mon petit frère.

Sans moi, ils périssent au fond des abysses.

Au lendemain de la guerre, ma mère a plongé dans une

terrible dépression. Le sang, les blessures, les os cassés, les cris, la souffrance... elle ne peut plus les supporter sans avoir la nausée et des crises de panique. Par conséquent, elle reste à la maison, sans voir la lumière du jour. Elle s'exprime à peine et mange le minimum requis pour ne pas tomber dans la sous-alimentation.

Je m'efforce de la secouer, de lui crier qu'on a besoin d'elle. Toutefois, quand j'agite la main devant ses iris tristes à lacérer les cœurs, je ne discerne aucune lueur. Ils sont vides. Vides de tout.

Elle ne sent plus. Elle n'entend plus. Elle ne nous voit plus. Elle a fini par s'abandonner à elle-même. Et pourtant je lutte encore, dans l'espoir de lui insuffler cette bulle d'air qui lui permettra de remonter ces eaux noires et de prendre à nouveau le large.

Je suis chassée de mes réflexions lorsqu'une petite tête familière passe les grilles de l'école. Gibecière à la main et tête baissée, mon frère progresse dans ma direction d'un pas traînant, comme s'il risquait l'échafaud. Je me racle la gorge quand il arrive à mon niveau. Sous son béret, il ne daigne pas me regarder.

— Je peux savoir ce que tu as fait cette fois ?

Mon intonation sèche le fait tressaillir, autant ne pas y aller par quatre chemins. Il se dandine d'un pied sur l'autre, tout tremblant.

— Alors ? insisté-je.

— J'ai voulu voler une bille dans un sac.

Je croise les bras et le toise d'un air ennuyé.

— Le sac de qui ?

— De François.

Le fils de la mégère qui a déclaré que mon apparence ne « payait pas de mine ». Comme je ne dis plus rien, Elliot se permet de relever le nez vers moi. On se fixe longtemps, bouche scellée et visage impassible, jusqu'à ce que nos lèvres se retroussent au même moment.

— Ça, c'est nul mon grand, raillé-je en lui ébouriffant les cheveux après avoir retiré son béret. Ne commence pas à prendre exemple sur ta grande sœur !

Un éclat sournois scintille au fond de ses prunelles et nous nous esclaffons à l'unisson. Il lâche son cartable et se jette dans mes bras. En retour, je le serre fort et nous tournons sur nous-mêmes, en continuant de rire à gorge déployée. Notre complicité retrouvée, tout me paraît soudainement plus simple à surmonter. Les bribes de mon existence s'emboîtent et atténuent ce voile maussade qui drape mon avenir. Je suis encore capable de ressentir un bonheur pur, complet, vrai. Et je m'y arrime pour tenir.

— Plus sérieusement. Pourquoi as-tu fait ça ? l'interrogé-je d'une voix plus grave.

— Parce qu'il a dit que papa était un lâche.

L'instant de joie est de courte durée. Le chagrin me soulève le cœur et comprime mes côtes. Je profite du fait qu'Elliot se trouve encore dans mes bras pour plisser les yeux de douleur. Mes doigts glissent dans sa chevelure de jais et je prends le temps de caresser quelques mèches, comme maman avait l'habitude de le faire avant qu'il ne s'endorme.

— Allez, viens. Rentrons.

Je me détache de lui, remets son couvre-chef sur son crâne et récupère sa gibecière. Main dans la main, nous nous mettons en route pour rentrer à la maison. Sur le chemin, mon frère me raconte sa journée à l'école.

Si je m'en réfère à ses dires, il a étudié l'arithmétique, un peu de géographie et la dernière heure était consacrée à une dictée. Comme à l'accoutumée, Elliot s'est fait punir à cause de ses bavardages incessants. Il a donc été contraint de recopier des lignes et des lignes : Je ne dois pas parler en classe, sauf si la maîtresse me le demande. Cet idiot n'a pas arrangé son cas en tentant de voler les billes de son camarade de classe juste après.

Audacieux et casse-cou sur les bords, Elliot me ressemble

et j'ignore si je dois m'en réjouir ou non. Comme lui, je détestais l'école. L'odeur de la craie m'insupportait, d'autant plus que je n'arrêtais pas de perdre mes gommes et mes crayons parce que je ne les rangeais jamais dans mon plumier en bois. Prévoyant mes sottises, mes parents faisaient des réserves en fournitures scolaires chaque année.

La belle époque.

Et comme je trouvais les classes trop sombres j'étais toujours distraite par les lumières extérieures. Juste un petit coup d'œil à la fenêtre pour m'imaginer mes propres aventures : vagabonder dans les rues en étant libre de faire ce qui me plaît, tel un chat errant.

Et quelques années plus tard... ce souhait s'est réalisé. Mais il va sans dire qu'il n'a pas la saveur que j'espérais durant mon enfance.

Ah... la candeur des gosses.

Mon petit frère me tire brutalement la manche.

— Psssst... Armance, chuchote-t-il.

Nous nous immobilisons devant un kiosque à journaux.

— Oui ?

— Ce monsieur nous observe bizarrement.

Avec discrétion, il pointe une direction que je suis des yeux. Ce que j'y découvre éveille en moi de la curiosité plutôt que de la crainte. Raide dans son costume noir, un homme est installé sur un banc. Impossible de voir son visage, puisqu'il a ouvert un journal en grand. Il ne semble pas soucieux de ce qui se passe autour de lui, encore moins de notre présence.

— Ce tirage du *Petit Parisien* a l'air de beaucoup l'intéresser, conclus-je.

— Je l'ai vu nous regarder avec insistance.

Je relève la tête et sans surprise l'individu n'a toujours pas changé de position, ce qui me laisse dubitative. Mon petit frère insiste et je n'y accorde pas grand intérêt. J'attrape sa main et nous nous remettons en marche.

— Tu devrais avoir l'habitude depuis le temps. On se fait souvent dévisager, lui rappelé-je.

Sa mine s'assombrit.

— Tout ça à cause de papa.

Mes mâchoires se contractent, je préfère ne rien répondre. L'amertume qui découle de ses mots me pousse à resserrer les doigts autour des siens.

Mais moi je serai toujours là pour veiller sur toi et maman, ai-je envie de lui murmurer.

Seulement je ne le fais pas, car l'avenir me paraît bien incertain et je ne suis pas en mesure de lui promettre monts et merveilles.

Nous arrivons enfin devant notre bâtisse. Je brosse la veste d'Elliot avec ma paume pour retirer toute la poussière qui s'est accumulée en cours de route et termine par une petite pichenette sur le front. Il se plaint, ce qui me fait sourire. J'agrippe ensuite ses épaules et le pousse doucement vers l'entrée.

— Va rejoindre maman. J'arrive dans quelques minutes, d'accord ?

Il hoche la tête, récupère son sac et grimpe l'escalier en galopant aussi vite qu'un cheval. J'observe un instant le ciel grisâtre, puis je ferme mon manteau. Je remonte la petite allée miteuse et luisante d'eau de pluie, jusqu'à atterrir face au mur que j'ai l'habitude d'escalader.

Par une bonne impulsion, je m'élance sur la paroi inégale. En deux temps trois mouvements, me voilà de l'autre côté du passage qui débouche sur ma planque. Je me plante devant la cabane et par mesure de précaution j'inspecte les environs afin de m'assurer que personne ne rôde dans les parages.

Par la suite, tout s'enchaîne vite. Mes gestes deviennent mécaniques : je retire la planche en bois et force un peu le loquet pour ouvrir la vieille porte. Lorsque je la referme derrière moi, je sais exactement où me déplacer sans prendre le risque de me cogner contre le coin d'une étagère. Une fois le trajet à suivre dessiné dans ma tête pour rejoindre la table de chevet sur laquelle reposent les bougies, je m'avance, déterminée… jusqu'à me prendre les pieds dans des débris de verre si je m'en réfère au bruit.

Je manque de perdre l'équilibre et me cramponne *in extremis* à un meuble qui n'est pas censé se trouver à un mètre de moi. Engloutie dans la pénombre dense, je sens tout mon corps se tendre comme un arc. Mes yeux s'ouvrent en grand lorsque je réalise que les objets ont été déplacés. Ma carte mentale se brouille, les chemins s'emmêlent et je perds tous mes repères. L'inquiétude me gagne. L'air est différent, j'ai la sensation que quelque chose plane sur moi comme un linceul.

À l'aveuglette, je tâtonne autour de moi et parviens à trouver les bougies. Je sors aussitôt mon paquet d'allumettes et, dès l'instant où les mèches s'embrasent, la vision de ma cabane détruite me flanque un bon coup au ventre, qui me coupe la respiration.

Je me pétrifie. Les meubles ont été fracassés, mes vêtements déchirés, les objets fragiles explosés au sol. Tout a été fouillé. Tout a été ravagé. Tout est sens dessus dessous. Il ne reste plus rien, à part des monticules de débris. Ce spectacle désolant me tire les larmes.

Je n'arrive pas à y croire. Un sentiment d'impuissance s'abat sur mon crâne telle une enclume. Le choc me fait vaciller, quand tout à coup un grincement retentit derrière moi. Je tressaille et fais volte-face. Là, mon cœur s'arrête littéralement de battre.

Dans la faible clarté des bougies, un homme, affublé d'un masque vénitien que j'ai chipé à un brocanteur, est avachi sur la vieille chaise à bascule. Vêtu entièrement de noir, il se balance à un rythme lent et régulier, avec cette chose terrifiante qui recouvre l'intégralité de son visage, lui dessinant une tête hideuse avec une bouche entrouverte.

Un instant de silence s'impose et je n'attends pas une seconde de plus pour brandir mon canif et amorcer un brusque mouvement de recul.

— Qui que tu sois, je te conseille fortement de sortir d'ici.

Mon intonation est glaciale, bien que légèrement chevrotante.

— C'est impressionnant, me répond-il en retour.

Sa voix de velours me prend au dépourvu. Je ne l'ai jamais entendue auparavant, mais elle me file quelques indices sur son identité. Il semble jeune, sans doute un peu plus âgé que moi. Sa main gantée se décolle de l'accoudoir et il désigne les brisures autour de nous.

— Est-ce un héritage ?

Je garde ma lame brandie vers lui. Mon mutisme le pousse à poursuivre :

— Ou est-ce ce que tu as chapardé à tous ceux qui ont croisé ta route ?

Son ton est plein de sous-entendus.

— Qu'est-ce que tu me veux ?

Pour toute réponse, ses longs doigts glissent sur le masque et, avec une lenteur atroce, il le retire afin d'exposer le modelé de son visage : un teint d'albâtre qui souligne des traits fins, sculptés d'une façon anguleuse, et qui fait ressortir la ligne perçante de ses yeux. Une pâleur saisissante qui contraste avec sa chevelure sombre. Son jeune âge n'affecte en rien la prestance écrasante qu'il dégage. Une aura sinistre émane de sa beauté froide. Quelque chose de viscéral qui nous prend aux tripes et nous impose à cor et à cri de courber l'échine.

Il se lève, ajuste ses gants et le col de son long manteau noir qui lui confère un air de grandeur et de noblesse.

— Pour être franc et direct avec toi, l'idée de t'envoyer face à un peloton d'exécution me tentait bien. Mais après réflexion je me suis dit qu'il s'agissait d'un sort beaucoup trop enviable pour toi.

Sa réponse me glace l'échine. J'ai les jambes qui chancellent et s'entrechoquent, à tel point que mes genoux peuvent me lâcher d'un instant à l'autre.

Bien qu'il profère des menaces, sa voix est sereine, un tantinet douce, comme s'il me contait une histoire très agréable. Je dois me montrer plus cinglante. Il empiète sur mon territoire et, comme je l'avais annoncé à Léandre il y a quelques jours, je me battrai corps et âme pour le défendre.

J'entame un pas dans sa direction, le regard mauvais. Mon manteau épais a au moins l'avantage de masquer les tremblements qui agitent mon corps.

— Sors d'ici ! Je ne me répéterai pas !

L'homme s'approche lentement, il est bien plus grand et élancé que ce que j'avais imaginé. Ses yeux me fouillent, il semble se nourrir de mes réactions et de ma peur. Au fil de ses pas, je remarque une particularité au niveau de ses iris perçants. Ils sont bleus comme de la glace, or celui de droite est tacheté de marron.

Je me perds dans son regard et c'est à ce moment précis qu'il esquisse un premier rictus qui me procure des frissons désagréables.

— Nous sommes un peu à l'étroit ici. Et si nous sortions prendre l'air ?

Je sens les traits de mon visage qui se chiffonnent de terreur. Il ne m'écoute pas et ne semble nullement décidé à coopérer. Je baigne dans l'incompréhension. L'offensive est ma dernière chance, je ne me laisserai pas faire.

— Tu l'auras voulu...

Mon poing se raffermit autour du manche de mon couteau et je m'apprête à le poignarder à l'épaule. Au moment de bondir sur lui, tout ne se passe pas comme prévu. L'inconnu claque des doigts et une ombre sort furtivement de l'obscurité pour se jeter sur moi. Son poids lourd me fait basculer en arrière, et l'impact est si puissant que je tombe à la renverse et m'étale au milieu des débris.

La chute m'assomme et je suis acculée au sol par deux grosses pattes griffues qui m'écrasent le ventre. Un cri s'échappe de ma gorge quand je comprends que je suis confrontée à une bête au regard hargneux, aux babines retroussées et au poil hérissé.

Un loup ?

Mon angoisse redouble lorsque l'animal se penche vers mon

visage. Il pousse des grognements féroces en me montrant ses crocs blancs et tranchants.

Pendant ce temps, l'homme nous rejoint en sifflotant et écrase mon poignet avec son pied. Je gémis de douleur et lâche le poignard. Il le récupère dans la foulée et le fait tournoyer habilement sous mes yeux effarés.

— Ton sens de l'accueil est hors du commun. Sans mauvais jeu de mots, je dirais qu'on part du mauvais pied tous les deux, tu ne trouves pas ?

Pour illustrer ses propos, il accentue la pression de sa chaussure sur mon bras pour me le broyer. La douleur est lancinante. Je serre les dents et me retiens de crier.

— Très résistante en plus. Y a pas à dire, tu me surprends, Armance.

Armance.

Je me fige dès l'instant où mon prénom glisse de ses lèvres. Son sourire s'élargit quand il perçoit ma surprise. Par un mouvement du menton, il intime l'ordre à sa bête de retirer ses pattes de moi. Je reprends mon souffle, mais ce moment de répit est de courte durée. L'homme saisit le col de mon pull et me relève brutalement pour me plaquer contre son buste.

— Ma Louve... tu as déjà la queue entre les jambes ? me souffle-t-il au creux de l'oreille.

Sans me laisser le temps de répliquer, il empoigne mes cheveux et me traîne jusqu'à l'extérieur. Il assène un violent coup de pied pour ouvrir la porte, puis me projette par terre. Je roule plusieurs fois au sol avant de m'écrouler sur le ventre.

Je geins et m'appuie sur les coudes pour me redresser. Mes oreilles bourdonnent et mon cœur cogne beaucoup trop fort. Ce calvaire n'est pas près de se terminer, car me voilà encerclée par une dizaine d'hommes, vêtus de noir eux aussi.

L'individu aux yeux vairons se frotte les mains et s'adresse à son auditoire :

— Les gars, on a affaire à une petite teigneuse qui ne manque pas de cran !

Un jeune blond au sourire carnassier se détache du cercle. Je me recroqueville sur moi-même, pareille à une pauvre souris prise au piège.

— Elle est excitante quand elle se met à panteler comme ça. Regardez-moi cette gueule d'ange effrayé ! Elle me donne envie de la cajoler bien comme il faut ! Moi, c'est Léon, ma jolie. T'aurais peut-être dû écouter ton frangin et te méfier.

Il ponctue sa phrase par un clin d'œil, puis détache sa main de son dos et me balance en pleine figure un journal.

Un tirage du *Petit Parisien.*

Les pièces du puzzle s'assemblent. Je deviens blême lorsque je fais le lien. Cet homme près du kiosque... il nous espionnait bel et bien. Je dois me rendre à l'évidence : je ne peux rien contre eux et cette réalité me broie les entrailles.

Mes pensées se tournent vers ma mère et Elliot. S'il m'arrive malheur... qu'est-ce qu'ils feront ? J'ai envie de crier mon désespoir. J'ai envie de hurler jusqu'à me perforer un poumon pour que quelqu'un puisse me venir en aide.

Et Léandre...

Ma vue se brouille de larmes et tout s'écroule tel un château de cartes quand un individu retient mon attention. Je comprends tout lorsque je croise le regard de celui dont j'ai vidé la poche à la Closerie des Lilas.

La bague.

Le corbeau.

« Tu sais ce que ça signifie ? Un mauvais présage. Un très mauvais présage. »

Les mots de mon ami me reviennent en mémoire. Je déglutis et pivote vers celui qui semble être le chef de la bande. Cette personne qui a orchestré un guet-apens à l'intérieur de ma planque, son nom est...

— Oswald Serendas.

Ma voix n'est qu'un souffle, mais de là où il se situe je sais qu'il peut m'entendre. Il plonge les mains dans ses poches et m'étudie en penchant la tête sur le côté.

— Serais-tu l'une de mes admiratrices ? s'amuse-t-il à me répondre.

Des émotions nocives se bousculent en moi et une dose d'adrénaline m'injecte la force suffisante pour me lever d'un bond et foncer sur ce dénommé Léon. Je lui décoche une droite en pleine face et tente de passer entre les mailles du filet pour prendre la fuite.

Seulement, on me barre vite le passage. Deux sbires se jettent sur moi. Chacun me saisit un bras et ils me clouent contre un muret.

— Lâchez-moi !

Je me débats avec hargne, crie et pleure en même temps.

Alors que je suis retenue fermement par ses hommes, Oswald Serendas abolit la distance entre nous, et je me fige au moment où il me caresse la joue de sa main gantée.

— Eh... ne t'inquiète pas... Tout va bien, Armance.

Il marque un temps d'arrêt et enroule l'une de mes longues mèches blondes autour de son index.

— À partir de maintenant, tu es entre de bonnes mains.

Et sur ces paroles qui recèlent de sombres promesses l'un de ses acolytes enfile un cabas sur ma tête. Le noir anéantit toute once d'espoir.

Je m'agite.

J'ai peur.

J'implore de l'aide.

Je suis seule. Terriblement seule.

Maman, Elliot, Léandre... pardonnez-moi...

Quelqu'un me flanque un coup puissant sur le crâne. Des points lumineux explosent sous mes paupières. On recommence à me frapper et je plonge peu à peu dans les ténèbres, avec comme dernière image le sourire obscur et fou à lier du Corbeau.

Chapitre 6

Pacte de sang

Armance

J'ai la sensation qu'une puissante vague m'emporte au loin, vers une mer déchaînée où je n'ai plus pied. Et comme je ne veux pas me résigner à mon sort, qui semble pourtant inéluctable, je bats des jambes et des bras dans une lutte acharnée. Mais nager à contre-courant est peine perdue, alors je m'égosille, jusqu'à en perdre le souffle, je me débats, jusqu'à ce que la fatigue prenne l'ascendant sur moi.

Je faiblis, faiblis, faiblis… et j'atteins le point de non-retour.

Mon corps ne m'obéit plus, il m'abandonne. Je m'éteins dès lors que les eaux noires m'engloutissent. Plus de possibilité d'affleurer à la surface, je coule lentement, au fond des abysses les plus terrifiants. J'ai signé ma propre agonie.

Même si je ne crois en rien, je suis en train d'encenser une armada de divinités dans ma tête pour me venir en aide. En l'espace de quelques secondes, je me déleste de toute forme de peur, seulement la réalité n'est jamais bien loin. Elle toque à la porte, la déverrouille avant de me sauter à la gorge. Je sursaute et tous mes membres se retrouvent en proie à de violents spasmes.

Peu à peu, ma peau se couvre de sueur froide qui dévale ma nuque et ruisselle jusqu'en bas de mon dos. Le tout, accentué par des frissons douloureux qui me hérissent toute la longueur de la colonne vertébrale.

Vais-je mourir dans cette obscurité ?

J'ai la tête lourde, toutefois la terreur me maintient éveillée. Je suis à genoux, sur des pavés humides et gelés. L'air vicié que je parviens à humer, même avec ce sac sur la tête, me soulève l'estomac. Mes tremblements redoublent, je suffoque. J'essaye de me contenir pour ne pas m'étouffer dans mes sanglots. Pas de repère, aucun point d'ancrage, ma vulnérabilité est à son apogée.

Une multitude de bruits résonnent autour de moi. Chacun d'eux me fait tressaillir. Des ricanements, des messes basses, des cliquetis métalliques et même l'écoulement puissant de l'eau.

Ils sont proches et je sens leurs regards vicelards braqués sur moi.

Réfléchissent-ils à la façon dont ils vont m'exécuter ?

Si mon destin est scellé, alors je prie pour une mort rapide. Cette pensée m'apporte un bien maigre réconfort. Mourir ne m'effraye pas, d'ailleurs, j'en profiterai pour retrouver mon père dans les crevasses enflammées de l'enfer afin de lui flanquer la déculottée du siècle avant de le gratifier d'un flot d'injures atroces.

Ce qui me retient, c'est ma famille. L'idée que mon petit frère se retrouve seul avec notre mère dépressive m'égratigne le cœur. Une âme aussi insouciante ne mérite pas ça. Elliot m'attend et se fait sûrement un sang d'encre en ce moment même.

Le pire, c'est que je suis la principale fautive dans toute cette pagaille. Les mots de Léandre, juste après notre soirée à la Closerie, résonnent en moi.

« Débarrasse-toi de cette bague dès que tu le peux. Je suis sérieux, Armance. »

Je me souviens lui avoir ri au nez, prenant ses paroles à la légère.

« Détends-toi. On dirait que tu as croisé la Faucheuse à l'angle d'une rue ! »

Et là, j'ai décelé une peur virulente, mêlée à une colère noire, au fond de ses prunelles. Lui, Léandre, l'orphelin et Loup de la Butte. Un funambule qui se déplace sur une corde raide, penchant dangereusement dans le vide à chacune de ses prises de risque. Un imprudent qui joue avec le feu et qui se tape de franches rigolades quand il réalise qu'il a frôlé la mort sur le champ de bataille.

« C'est toi qui la verras si tu gardes cet objet de malheur ! m'a-t-il crié en retour.

Ce visage féroce qu'il a arboré m'a alors pétrifiée sur place.

« Le clan de Serendas rassemble les plus authentiques sauvages qui puissent exister. Ils n'ont pas le sens de l'honneur, aucune notion de camaraderie. Ils sont mus par l'appât du gain, galvanisés par leur soif de vengeance et leur sadisme. Oswald est en quête de pouvoir afin d'écraser ses ennemis. Il paraît même que certains politiciens et autres personnes de la haute font appel à lui pour qu'il massacre leurs gêneurs. Croise le fer avec lui et il te décernera la médaille de la mort. »

Notre échange a jeté un sérieux froid entre nous. Néanmoins, j'ai suivi ses recommandations. Le lendemain, je me suis délestée de la bague en la vendant à un receleur contre une liasse généreuse de billets. Il faut croire que ça n'a pas suffi à m'éloigner de la ligne de mire du Corbeau.

— Retire-lui ce truc de la tête, exige soudain quelqu'un.

Sa voix à lui.

— À vos ordres, patron !

Quelqu'un me remet debout avec la subtilité d'un bourrin. Il attrape mes poignets, les croise dans mon dos et les noue avec ce qui me paraît être un cordage assez souple. Je grimace dès qu'il serre le lien de toutes ses forces, me broyant les mains, en plus de couper ma circulation sanguine.

C'est à ce moment-là qu'on daigne me découvrir la tête. Je serre les mâchoires et ne réagis pas tout de suite, analysant à la va-vite l'environnement dans lequel je me situe. Un cadre froid et sinistre, dénué de tout éclairage. On m'a emmenée au bord d'une rive qui s'allonge et se noie à travers une épaisse brume. Elle est bordée par la Seine qui coule glorieusement à côté de moi. Et, ironie du sort, une pluie fine et pénétrante perce les ténèbres pour venir répandre ses pleurs sur le sol. Une belle métaphore des larmes que je refoule depuis d'interminables minutes.

L'homme qui m'a attaché les mains me fait face. Il a la carrure d'une armoire à glace et le sourire qu'il me décoche agite mon cœur déjà affolé. Un cache-œil couvre sa prunelle gauche, lui conférant l'allure d'un redoutable pirate. Il m'adresse un hochement de tête en guise de salut.

— Moi, c'est Edgar, ma jolie, se présente-t-il. C'est malheureux à dire, mais t'as filé droit dans les emmerdes. Et des emmerdes très sérieuses, qui plus est.

— Je ne t'ai pas demandé de faire un bout de causette avec elle ! le réprimande Oswald derrière lui.

Là, mon pouls devient si chaotique que je crains de tourner de l'œil dans les prochaines secondes. L'homme au regard vairon entreprend de lents allers-retours sur place en me fixant sans détour. Derrière lui, son loup à la fourrure grise demeure sagement allongé au sol, pattes avant croisées et museau redressé vers son maître.

Ce dénommé Edgar me gratifie d'un clin d'œil, puis se plante près de son chef après avoir réinstallé sur son crâne rasé son chapeau melon noir.

Je jette une œillade circulaire, les hommes du clan de Serendas m'encerclent, brisant tous mes espoirs de fuite. Inutile de réitérer une dérobade si c'est pour me faire assommer de nouveau. Et il va sans dire qu'avec les mains ligotées dans le dos je ne pourrais pas aller bien loin.

L'un d'eux attire mon attention, celui à la chevelure blond

filasse. Léon, il me semble. Ce dernier me fixe, les yeux noirs étincelants de rage. Je comprends aussitôt son animosité lorsque je découvre sa joue tuméfiée. En un coup de poing, je l'ai sacrément bien amoché.

— Elle m'a pas raté, cette garce ! gronde-t-il.

— À force de jouer les raclures aussi…, soupire Edgar.

— La ferme ! Tu te prends pour qui au juste avec ton bout de cigare dans la bouche ? Le maître du monde ?

— Dit le gars encore plus orgueilleux que Cyrano de Bergerac.

— Qui c'est lui ?

— Un type qui fanfaronne beaucoup et qui est laid comme un pou. Toi, en définitive.

— Je vais te briser la nuque, le borgne ! s'excite le blond, les poings serrés.

— Et moi je vais t'éventrer et donner tes intestins à ma chienne si tu ne cesses pas tes esclandres dans les secondes qui suivent ! intervient Oswald, d'une voix glaciale.

Sa menace calme aussitôt Léon. En dépit de la veine qui pulse sur sa tempe, il se recroqueville sur lui-même et souffle un bon coup pour se reprendre.

Le maître des festivités arrête sa ronde silencieuse, rectifie la symétrie de son col et se poste devant moi pour m'étudier sous toutes les coutures. Cette observation dure trop longtemps à mon goût, elle ne fait que malmener mes émotions. J'ai l'impression qu'il me marque au fer rouge par un simple contact visuel.

Je suis sur le point d'ouvrir la bouche pour rompre le silence, sauf qu'Oswald pose son index sur mes lèvres et secoue la tête.

— J'aurais adoré écouter tes jérémiades, seulement je ne suis pas d'humeur à m'attarder ce soir. Tu sais pourquoi on t'a entraînée avec nous ?

Je hoche la tête.

— Pas entièrement sotte. Dieu soit loué.

— Depuis quand tu cites Dieu ? Récupère tes infos et

massacre-la ! s'impatiente Léon sans cesser de me mitrailler d'œillades assassines.

— D'abord… commençons par le rituel religieux. T'as du pain et du vin pour représenter la chair et le sang du Christ ?

Le Corbeau pivote vers son sbire qui le toise la mine sidérée.

— T'as eu une révélation divine en assistant à une messe ou quoi ? T'es pas sérieux, Os' ?

Un silence éloquent s'étire.

— Ah, c'était une blague ! finit par souffler le blond, visiblement rassuré. Tu m'as eu !

— Aussi stupide que notre invitée. Si ce n'est plus. Finalement, c'est peut-être toi que je devrais massacrer.

Son acolyte pâlit et moi aussi, car le dernier mot qu'il vient de prononcer m'a tout l'air d'être le sort qu'il souhaite me réserver.

— Tu m'as pris de court et…

— J'ai dit que je ne voulais pas perdre mon temps, alors boucle-la avant que je te coupe la langue pour de bon !

Léon sursaute et Edgar plaque une main contre sa bouche pour la cadenasser. Une fois le calme revenu, le chef de la pègre pivote dans ma direction. Ses iris incandescents m'apeurent et me compriment la poitrine tel un étau. Je serre les dents, afin de retenir la vague de sanglots qui remonte le long de ma gorge.

— La bague. Où est-elle ? me demande-t-il de but en blanc.

Son intonation est douce et posée. À l'inverse de son expression impassible, une armure robuste et impénétrable qui dissimule ses pensées meurtrières à mon égard. Parce que je me doute bien qu'il rêve de me saigner à blanc. Je lui révèle la vérité sans tourner autour du pot, même si je ne comprends pas pourquoi un tel bijou suscite un aussi vif intérêt :

— Je l'ai vendue à un Russe.

— Et t'as pas pensé à me rapporter de la vodka ? Décevant, Armance. Qui est-ce ?

— Alexis Ivanovitch Petrov.

— Où vit-il ?

Ma gorge se noue.

— Je ne sais pas.

À bout de patience, il serre le poing, jusqu'à ce que ses articulations blanchissent. Je m'empresse d'ajouter :

— Mais c'est un client régulier du Chien qui fume ! La brasserie en plein cœur de Montmartre ! Là-bas, il se fait surnommer le Korol'.

— Le roi, traduit-il en haussant un sourcil dédaigneux.

Oswald amorce un mouvement de recul et s'emmitoufle dans son long manteau sombre comme la nuit. Je comprends qu'il ne cherche plus à grappiller d'autres informations, ce qui est plutôt une bonne chose puisque je n'ai rien de plus à lui révéler.

Par un mouvement négligent de la main, il invite l'un de ses hommes à s'avancer. Celui à qui j'ai volé le bijou s'approche et s'arrête à notre niveau, sans jamais relever le nez vers son patron.

— T'as noté dans ta cervelle de moineau tout ce qu'elle vient de déballer, Louis ?

— Mon prénom est Raphaël.

Un ange passe.

Oswald ne cligne même pas des paupières, tandis que son sbire se morfond dans son mutisme, tête baissée.

— Ah… ça me démange de me débarrasser de la vermine, les gars…

À ces mots, le Corbeau sort un pistolet de sa poche intérieure et le braque vers moi, déterminé à m'éliminer. Je secoue la tête, les yeux exorbités.

— Non, s'il vous plaît !

Je le supplie, la voix remplie d'épouvante. Des images de Léandre ainsi que de ma famille me submergent et me font perdre mon sang-froid.

— Pitié, ma famille a besoin…

— J'ai dit que je ne voulais pas perdre de temps avec tes jérémiades, me coupe-t-il, cinglant.

Ses doigts se referment autour de la crosse, tandis qu'il

abaisse le chien, produisant un clic sonore qui me glace l'échine. Plus qu'une simple pression sur la détente pour me rayer de la surface de la terre.

— Je récupérerai la bague pour vous !

Ma réplique résonne dans le vide. Oswald ne bronche pas pendant de très longues secondes, le canon de son arme toujours braqué entre mes deux yeux. Je redoute que ses pensées assassines gagnent le combat en lui intimant l'ordre d'appuyer sur la détente. Alors je brise à nouveau le silence avec ma voix éraillée.

— Je vais la récupérer ! continué-je, les yeux brillants mais avec conviction.

Le coin de sa bouche se retrousse, formant le plus sombre des rictus qu'il m'ait été donné de voir de ma vie. Après un temps interminable, il abaisse son arme avant de se tourner ensuite vers son auditoire. Ses éclats de rire se muent en des brisures de verre qui viennent directement ébrécher mes défenses. Une mélodie dure et grinçante, qui fait naître la chair de poule sur ma peau. Sous l'impact, mes jambes flageolent et je me replie sur moi-même.

— Qu'est-ce que je m'amuse avec elle !

Il fait volte-face, armé d'une expression perfide. Les larmes s'épaississent sous mes cils, ma vision se brouille.

— Je t'accorde un jour pour réparer les pots cassés.

— C'est...

— Un jour, me coupe-t-il. À partir de maintenant.

— Je l'aiderai, intervient Raphaël.

Le Corbeau lâche un nouveau rire sinistre et avec une rapidité presque surhumaine il dégaine à nouveau son pistolet, le canon sur la tempe de Raphaël cette fois. Un cliquetis résonne et l'homme retient sa respiration. Il tremble et transpire à grosses gouttes. Je peux presque sentir le nœud qui lui tord les tripes et les hurlements qu'il ravale.

— Ah... j'ai cru que t'allais te pisser dessus ! se moque

Oswald en rangeant son arme dans la poche intérieure de son long caban.

Il lui tapote amicalement l'épaule. Raphaël est devenu livide, je crois même entendre le martèlement de son cœur.

— Tu as manqué de vigilance ce soir-là auprès de cette fille, l'assumes-tu ?

— Oui.

— Tu sais qu'échouer dans l'une de mes missions, c'est un péché ? reprend son supérieur.

— Oui.

— Des prétendus saints disent plusieurs choses à ce sujet. La première, c'est qu'un goût extrême pour le péché signifie que l'on exècre son âme. Te détestes-tu ?

Son subordonné ne fait aucun commentaire.

— On dit aussi que « Le salaire du péché, c'est la mort ».

Là, Raphaël relève la tête et son chef lui sourit à pleines dents.

— L'information est montée au cerveau, ça y est ? T'as compris où je veux en venir ?

À partir de cet instant, tout s'enchaîne bien trop vite. Oswald brandit une lame de sa poche et lui tranche la gorge sous mes yeux. Une giclée de sang chaud s'abat sur mes vêtements mouillés. Mon premier réflexe est de bondir en arrière et de pousser un hurlement d'effroi. L'homme recule en titubant, une main serrée sur son cou et les yeux révulsés.

— J'aurais peut-être dû prévoir un rituel pour toi. Je note ça pour le prochain. Bon voyage dans l'au-delà.

Le Corbeau ponctue ses mots par une révérence, ce qui le plonge dans un nouvel élan d'hilarité. Il attrape ensuite le col de sa victime afin de la pousser au bord du quai. Raphaël termine dans la Seine, emporté par le courant, en train de s'étouffer, le visage ensanglanté. Le choc me paralyse.

— C'est triste, je l'aimais bien ce Louis.

— Raphaël, le corrige Edgar, insensible au crime que son chef vient d'orchestrer.

Le tueur aux yeux vairons trace le signe de croix avec son

poignard, puis sort un mouchoir pour essuyer sa lame maculée d'une couleur écarlate.

— Je suis en train de nettoyer mon couteau avant qu'il n'entaille ta peau, Armance. Est-ce que cette marque de galanterie fait de moi un gentleman ?

Mon Dieu, je vais bel et bien mourir.

À en juger par son rictus, Oswald se réjouit que j'assiste à sa folie meurtrière. Léandre ne se trompait pas à son sujet. Il s'agit d'un pur sadique, qui se délecte de la souffrance tant physique que morale, obnubilé par sa suprématie narcissique. Et pour cela il instaure un climat de peur, afin que les gens n'aient pas d'autre choix que de se soumettre à ses volontés morbides.

Toute sa dangerosité réside dans le fait qu'on ne peut le raisonner.

On ne peut pas raisonner les fous.

Les premières larmes perlent sur mes joues, se mêlant aux gouttes de pluie. Mon esprit n'est plus très clair, je suis prisonnière de ma propre sidération. Le monstre se faufile derrière moi et coupe la corde qui me retenait les mains jusqu'à présent.

Mon heure ne va pas tarder et je m'y résous. Je murmure des excuses envers Léandre et fais des prières pour ma famille.

— Tends ta paume.

Je tremble quand il réapparaît juste en face de moi.

— Ta paume, répète-t-il plus fermement.

Le regard sanguinaire avec lequel il me considère déclenche en moi une traînée de frissons, qui hérisse les petits cheveux sur ma nuque. Je capitule.

Ma paume n'est pas stable à cause des spasmes qui me secouent. Oswald lève les yeux au ciel d'un air ennuyé et attrape mon poignet. D'un mouvement prompt, rapide et précis, il trace une ligne le long de ma paume à l'aide de la pointe de sa lame. Je me mords l'intérieur de la joue pour ne pas crier à cause de la vague de douleur qui remonte jusqu'à mon épaule. Je subis la brûlure de la blessure en silence.

Le Corbeau me lâche, puis à son tour il s'entaille la peau et ne cille pas face au mal qu'il s'inflige.

— Scellons notre pacte.

Il attrape ma main blessée et la lie à la sienne qui saigne aussi abondamment. Nos sangs se mélangent et je ne bouge plus d'un iota, entièrement en état de sidération.

— Un serment de fidélité que tu ne pourras jamais trahir. Vois ça comme un symbole de notre rencontre ! L'inspiration coule à flots dans mes veines ce soir.

Il me sourit et se penche à mon oreille.

— Trahis-moi une seule fois et je peux te garantir que brûler en enfer te paraîtra un sort plus enviable que celui que je te réserve. J'espère que tu mesures bien les enjeux maintenant et que tu es prête à être sur le pied de guerre, ma Louve.

Oswald se détache de moi et je manque de m'écrouler au sol.

— Allons-y ! clame-t-il à son groupe.

Ses hommes tournent les talons et s'éloignent. Seul le Corbeau reste sur place pour me considérer. Quelques fines gouttelettes pendent au bout des mèches qui lui barrent le front et ne camouflent en rien la teinte orageuse de ses yeux.

— On se retrouve ici, demain, dès que la nuit tombe. Juste toi et moi. Avec ce que tu m'as subtilisé.

Et il part, accompagné de cette grosse bête sauvage couvrant ses arrières.

Chapitre 7

Cabinet de curiosités

Armance

Sous la lumière limpide du petit matin, je progresse le long d'un entrelacs de rues étroites et cradingues. Bien que je n'aie pas fermé l'œil de la nuit, l'adrénaline cavale à plein régime le long de mes veines, à l'instar d'un moteur d'automobile prêt à vrombir de sa pleine puissance. Me voilà entraînée malgré moi dans cette course folle. Un contre-la-montre angoissant, qui deviendra libérateur si je réussis, ou bien mortel en cas d'échec. Aujourd'hui, je dois mettre la main sur cette maudite bague.

Question de vie ou de mort.

Littéralement.

Et l'échéance ne risque pas d'être repoussée.

En cours de route, j'enroule avec soin un bandage autour de ma main. L'entaille qui s'étire sur toute la longueur de ma paume est difficile à regarder. Elle me rappelle, via des images à glacer le sang, que je me trouve dans un instant critique, enchaînée lourdement à ce cauchemar duquel il m'est impossible de m'extraire. Je grince des dents au souvenir de la lame m'ouvrant la chair, avec à l'arrière-plan la flamme démoniaque qui vacillait au fond des prunelles du tueur.

En l'espace d'une soirée, j'ai vite compris qu'Oswald Serendas s'avère être un despote machiavélique, pétri de folie et d'inconscience. Il n'est pas constitué exclusivement de chair et d'os, son cœur est aussi façonné par une forme de mesquinerie inégalable, la plus abrupte qu'il m'ait été donné de voir. J'ai affaire à un adversaire impitoyable, qui crache sur les prières et pénitences de ses victimes.

Hier, j'ai été soumise à ses divagations sanglantes et je mesure ma chance de respirer encore. Ce n'est pas le cas de ce regretté Raphaël. Je revois encore le sang épais et poisseux couler entre ses lèvres, sa gorge tranchée, puis sa chute tragique dans les eaux sombres de la Seine. Une scène atroce qui m'a réellement traumatisée. Sur le moment, je n'y ai pas forcément pensé, ma sidération était telle qu'elle m'enfermait dans une sorte de bulle protectrice. J'étais comme déconnectée de la réalité. C'est seulement lorsque je suis rentrée chez moi, tard dans la nuit, que les images morbides me sont revenues.

La mort, je l'ai déjà côtoyée, mais jamais de manière aussi violente. Une fois, lorsque je n'étais qu'une enfant et que ma mère travaillait encore à l'hôpital, j'ai pris la décision de lui rendre une visite improvisée. Par envie, curiosité. Par adoration aussi. J'ai alors franchi les portes du bâtiment et je me suis égarée dans un labyrinthe de corridors tous semblables, avec cette odeur particulière de désinfectant et de médicaments qui ne me quittait jamais. J'ai poussé une porte au hasard et je suis tombée par mégarde sur un cadavre, à moitié caché par les draps immaculés de son lit. Après avoir jeté un œil sur la croix du Christ clouée sur le mur chaulé, je me suis approchée prudemment du corps et l'ai observé avec une indiscrétion malvenue. Des traits rigides et à jamais figés, une peau translucide dont on devinait aisément la froideur, un vide abyssal au fond des iris et ce lourd silence qui l'envelopperait jusqu'à la nuit des temps...

J'ai pris peur de la mort et je me suis enfuie à toutes jambes. C'est là que j'ai croisé ma mère dans le couloir, parée de sa coiffe blanche comme neige. Elle m'a prise dans ses bras et a calmé ma crise de larmes. Je lui ai demandé comment elle faisait pour ne pas être effrayée par les personnes sans vie qui gisaient entre ces murs.

« On déshumanise le corps pour tenir. Mais tu sais quelle est ma meilleure astuce pour passer outre ? J'imagine qu'il s'agit d'une poupée de cire, qui ne te fera jamais de mal et qui a enfin trouvé la paix », m'a-t-elle répondu.

De sa voix douce, elle est parvenue à chasser ma crainte de voir une dépouille. Sauf que depuis hier mes peurs sont ravivées : assister à un crime, être face à l'agonie, la souffrance et la cruauté, a été une expérience qui a profondément modifié ma perception de la vie.

J'ai davantage pris conscience de notre vulnérabilité, de notre existence aussi fragile qu'un fil ténu. Et réalisé à quel point l'être humain est une créature destructrice qui sème le mal autour d'elle lorsqu'elle vacille du mauvais côté. Pétrifiée d'effroi, j'en ai eu l'estomac retourné. Je porte sur ma conscience la mort de cet homme.

Tout est ma faute. Et je préfère ne pas savoir si Raphaël avait une femme et des enfants, car je m'effondrerais en sanglots à coup sûr si j'apprenais que j'ai brisé une famille. Surtout que je sais la douleur que cela peut engendrer. Si me traîner dans la boue et déballer tout un tas de suppliques désespérées s'était révélé efficace pour l'épargner, je l'aurais fait sans hésitation.

« D'où venez-vous ?

— Vous n'aimeriez pas le savoir. »

Cette bribe de notre conversation à la Closerie des Lilas me revient en mémoire et me glace l'échine. Je secoue la tête pour reprendre contenance. Terminées les lamentations, ce qui est fait est fait. Je ne peux plus revenir en arrière et n'ai d'autre choix que de me battre afin de sauver ma peau. Les choses ont toujours fonctionné ainsi : aller au front et espérer bien fort qu'on reviendra chez soi en un seul morceau. C'est de la survie.

Léandre, que j'ai tenu au courant de l'urgence de ma situation dès les premières lueurs de l'aube, m'emboîte le pas et paraît aussi nerveux que moi. Il agite la tête dans toutes les directions, comme s'il craignait que quelqu'un ne nous suive et ne se jette sur nous à l'improviste. Ça m'irrite, au même titre que les chuchotis incessants qu'il marmonne dans sa barbe. Au bout du compte, je craque. Je m'arrête net, fais volte-face et explose :

— Cesse tes messes basses ! C'est infernal !

— Je suis en train de prier pour toi.

— Ce ne sont pas des prières qui me sauveront ! le réprimandé-je.

Les nuances chocolatées de ses iris se rembrunissent.

— J'ai prié pour que tu ne te fasses pas buter par Serendas. Résultat : t'es toujours là, alors j'estime que ça fonctionne.

— Récupérons la bague ! tonné-je avant de me remettre en route.

En quelques enjambées, mon ami me rattrape et s'adapte à mon rythme acharné. Il ajuste son béret et me jette un regard grave.

— T'es dans un sacré merdier. J'arrive pas à le croire… Tu devrais fuir tant qu'il est encore temps.

Il attrape mon poignet pour m'immobiliser. Les traits de son visage sont tendus, lui qui habituellement transpire la sérénité, ça me désarme.

— Pars. Je te couvrirai. Il y a une aubergiste qui peut t'accueillir aux portes de la ville et j'ai suffisamment de pognon pour te payer un ticket de train. Entasse-toi dedans, fonds-toi au milieu des voyageurs et éloigne-toi le plus possible de Paname.

— Et abandonner Elliot et ma mère ?

— Tu risques la mort, Armance ! Et je peux…

— … t'occuper d'eux ? Aider un petit garçon à grandir alors qu'il sera mort de chagrin parce que sa grande sœur se sera fait la malle égoïstement ? Sacrifier tout ton temps pour prendre soin de ma mère qui est devenue un légume ? C'est impensable. Je ne quitterai pas ma famille.

— Il s'agit de ta vie ! Et, si c'est irréalisable, alors fais tes valises et pars avec eux ! On peut tenter de réunir plus d'argent pour...

— Ma vie dépend d'une bague. Alors pour la dernière fois : allons la chercher, au lieu de nous perdre dans des scénarios aussi illusoires les uns que les autres. Mon temps est compté et je refuse de gaspiller mon énergie dans ces bavardages intempestifs !

La bouche béante, mon allié ne souffle plus un mot et j'en profite pour presser le pas, en dépit de mon esprit qui déborde d'images de mon petit frère, la mine terrifiée lorsque j'ai quitté le nid familial il y a tout juste une heure.

Je le revois planté au milieu du salon, les lèvres tremblantes, pendant que j'enfilais mon manteau.

« Ne m'abandonne pas. Pas toi », m'a-t-il suppliée.

Mes doigts se sont pressés sur le chambranle de la porte, puis j'ai pivoté dans sa direction, au bord des larmes. Je me suis ensuite agenouillée devant lui pour ébouriffer ses mèches sombres.

« Jamais. Je m'excuse de t'avoir fait peur hier. Un gros imprévu m'est tombé dessus, et aujourd'hui je compte régler le problème, d'accord mon grand ? Tout va s'arranger à présent.

— Maman s'est inquiétée. Elle s'est levée de son lit et a tourné en rond dans le salon, les yeux écarquillés en grand.

— Maman a fait ça ? »

Il a acquiescé d'un hochement de tête et j'ai fixé la porte de sa chambre. Fermée à double tour.

Une boule a obstrué le fond de ma gorge. Malheureusement, il s'agissait d'un rêve, ça lui arrive souvent. Elliot s'endort et se remémore maman avant la guerre, qui prenait soin de nous, pleine de joie et de chaleur, aux côtés de notre père qui la regardait amoureusement.

À force de se réfugier dans ces illusions... il ne parvient plus à les dissocier de la réalité.

J'ai souri à mon frère autant que j'ai pu. Je lui ai promis que je reviendrais vite et que je ne l'abandonnerais jamais.

Ravagée par cette réminiscence, je serre les dents et m'enfonce au fin fond des artères putrides de Montmartre. C'est là que je compte retrouver Alexis Ivanovitch Petrov, dit le Korol'. Lors d'un rapide détour à la brasserie Au Chien qui fume, j'ai pu soutirer de précieux renseignements auprès du personnel, notamment son adresse. Je m'apprête à rendre une petite visite, de bonne heure certes, à ce Russe noyé dans sa propre cupidité.

Si Alexis se considère comme un roi, c'est parce qu'il se vante d'avoir survécu à la répression bolchévique de 1917. Il a fui son pays et a émigré à Paris pour tout recommencer à zéro. Même si le quadragénaire demeure imbu de sa personne, il n'en reste pas moins un très bon négociateur qui sait repérer et estimer la valeur des beaux objets. Surtout quand ils scintillent. Et pour avoir cette pie avare dans la poche il faut attirer son attention avec un trésor qui brille de mille feux. Jusque-là, c'est dans mes cordes.

L'endroit où il réside est loin de se situer dans un cadre rupin. Ici, les cheminées crachent des fumées noires, ce qui donne l'impression que le ciel est calfaté de goudron. Des nuées toxiques qui ne manquent pas de sécher nos gorges et d'envahir nos poumons. L'allée sent la suie, la sueur... et les emmerdes.

Dès que nous arrivons dans un cul-de-sac, je m'arrête net devant un immeuble à la façade plutôt bien entretenue, qui détonne au milieu de tous ces murs scellés de crasse. D'un signe de main, j'ordonne à Léandre de patienter dans un périmètre plus éloigné. Un pli d'incompréhension barre son front.

— Pourquoi tu m'as demandé de venir avec toi si c'est pour que je ne t'accompagne pas ?

— Si mon plan A ne fonctionne pas, j'opterai pour le plan B, c'est-à-dire ton entrée en scène.

— Qu'est-ce que tu m'as réservé, Faure ?

— Tu es prêt à tout pour que je ne me fasse pas dépecer par ce truand de Serendas ?

— À tout. Sauf si je risque de me faire dépecer à mon tour.

— Attends-moi au bout de la rue et ne bouge pas de là !

Sa mâchoire se contracte, toutefois il obtempère sans rechigner. Il s'éloigne, les mains fourrées dans son blouson. Je le regarde partir, puis abats mon poing contre la porte. Trois coups.

En patientant sur le perron, je balaye d'un bref regard l'arc finement sculpté qui entoure le battant avec de jolis détails. Les secondes défilent et toujours aucun signe de vie. Je toque à nouveau avec plus de détermination.

— Qui est-ce ? finit par s'exclamer une voix bougonne.

Je roule les épaules et me prépare pour l'affrontement. Un cliquetis retentit et la porte s'ouvre à moitié. À travers l'entrebâillement, je distingue le Korol', emmitouflé dans un peignoir brodé de fil d'or, la mine ensommeillée. Son haleine alcoolisée me fait plisser le nez et m'informe qu'il a été soûl comme un Polonais la veille.

L'homme de grande taille a une carrure aussi large que l'encadrement de sa porte d'entrée. Son visage osseux a des traits durs, très émaciés. Et la glace qui se reflète au fond de son regard perçant lui retire toute forme de bienveillance. Il a le dos un peu rabougri, mais il se plaît à confier à ses copains de beuverie qu'il arbore cette posture parce qu'il a porté sur ses épaules tout le poids des horreurs de la guerre avec bravoure.

— Toi ? Ici ? Qu'est-ce que tu veux, Faure ? me balance-t-il avec un accent russe à couper au couteau.

Bien qu'il ne se préoccupe pas des formules de politesse, le Russe a au moins la bienséance de ne pas s'attarder.

— Faire du troc, réponds-je en soutenant son regard froid.

Il grommelle une phrase dans sa langue natale et sort une montre à gousset de sa poche.

— Tu sais quelle heure il est ?

— L'heure de faire une belle affaire, affirmé-je, tout enjouée.

Il remarque mon œil brillant de ténacité. Nous n'en sommes pas à notre première négociation. Receler des objets volés ne lui pose pas de problème, du moment qu'il peut agrandir et enrichir son musée personnel.

— Tu n'as pas intérêt à m'avoir tiré de mon lit pour rien.

— *Spassiba,* le remercié-je dans sa langue natale.

Je serre ma besace contre ma poitrine et dépasse le seuil de sa demeure. Les rideaux des fenêtres n'ont toujours pas été tirés, mais la lumière est suffisante pour que je puisse distinguer la décoration d'une sobriété étonnante. Les meubles sont passe-partout, à part un magnifique piano rutilant qui trône au milieu de la pièce à vivre.

— Comment tu as su où j'habitais ? me demande l'homme en refermant le battant derrière nous.

— Vous le répétez sans cesse quand vous allez boire des coups au Chien qui fume. Et selon vos dires il paraît que votre cabinet de curiosités est grandiose !

Un mensonge monté de toutes pièces ; je joue sur ses états d'ivresse coutumiers pour brouiller les pistes. En vérité, cette information m'est parvenue grâce au gérant de la brasserie, qui, en échange de quelques piécettes, a délié sa langue pour moi.

— Suis-moi.

Le Russe se masse les tempes et nous grimpons l'escalier pour accéder au premier étage. Nos pieds grincent sur le plancher en bois, jusqu'à ce qu'Alexis s'arrête devant une porte entrouverte. Il la pousse et nous nous faufilons à l'intérieur de la pièce. Dans un premier temps, je suis subjuguée par la beauté du lieu, son cabinet de curiosités regorge de richesses qui attisent ma fascination et me transportent dans un voyage atypique. La lumière du soleil se répand sur les meubles en bois ciré ainsi que les vitrines en verre, qui sont entreposés dans chaque recoin, exposant des trésors rares et singuliers.

Ossements, petites bestioles empaillées, insectes, minéraux, végétaux, bijoux, tableaux, ou encore flacons à la couleur étrange, je ne sais plus où donner de la tête. Le Korol' s'installe derrière son bureau en acajou et, d'une main, fait tourner le globe terrestre à côté de lui.

— Le monde est rempli de merveilles, n'est-ce pas ?

Mettant fin à ma contemplation, je hoche la tête et m'installe dans le fauteuil en face de lui. D'un claquement de doigts, il me fait comprendre qu'il veut savoir ce que je lui ai apporté. Je m'exécute aussitôt en sortant de mon sac un petit boîtier que je dépose sous son nez.

Il l'observe à distance, puis le saisit afin de l'examiner sous tous les angles.

— Que veux-tu en échange ?

— La bague en or. Celle avec le corbeau gravé dessus.

— Pourquoi ce revirement de situation ?

— Valeur très sentimentale pour son propriétaire. Je veux la lui rapporter. Et comme je sais que vous n'acceptez pas les remboursements... je me suis dit que cet objet pouvait être un élément de substitution intéressant pour vous.

— Hum...

Il gratte sa joue mal rasée et s'empare d'une clé dorée au fond de la poche de son peignoir afin de déverrouiller un petit tiroir sous son bureau. Je me mords la lèvre dès qu'il sort la chevalière, coincée entre son pouce et son index. Mon cœur bat la chamade quand je revois l'objet qui m'a entraînée dans ce chaos... celui qui, dorénavant, peut me sauver la vie. À peine ai-je repris ma respiration qu'il le range à sa place initiale en prenant bien soin de fermer le meuble à double tour.

Je déglutis et ouvre le petit coffret. Le Russe repose la clé sur le bureau pour enfiler ses lunettes et examiner ce que je suis prête à lui léguer.

Les boucles d'oreilles offertes par Léandre.

— Belle pierre, commente-t-il.

— Saphir.

— Rien que ça.

— Rien que ça, répété-je.

Il s'empare d'une loupe et scrute les bijoux un par un. Puis, il gagne la fenêtre pour les examiner à la lumière du jour. Pendant ce temps, je me concentre sur la petite ouverture entre les vitres qui laisse passer un léger filet d'air frais. Mes lèvres se retroussent en un sourire satisfait.

— Je pense que celui-ci vient de Mambila. À la fois profond et intense. Quel bleu unique ! Hypnotique, d'une beauté à nous exploser les mirettes ! Sais-tu que cette gemme est très rare sur le marché ? Et qu'elle est aussi très prisée par les collectionneurs du monde entier ?

— Rien que ça ? lâché-je une nouvelle fois en sentant ma poitrine se gonfler d'espoir.

— Et tu veux savoir la meilleure ?

— Dites-moi…

Il range les boucles d'oreilles dans le boîtier et me sourit.

— *Moshennik.*

Je fronce les sourcils.

— Ça veut dire « Marché conclu » ?

Son rictus s'étire encore plus.

— Ça veut dire « Escroc ». C'est du toc. De fausses pierres. En d'autres termes, tes babioles ne valent rien.

— Pardon ?

Il pointe un doigt accusateur dans ma direction.

— Ne prends pas cet air surpris ! Tu as essayé de me rouler dans la farine !

— Attendez, je suis confuse…

Il frappe du poing sur la table et je sursaute.

— Sors de chez moi !

Les joues rouges de colère, il me jette la boîte dessus, que je m'empresse de récupérer au vol. Je sors de la pièce et quitte en trombe ses appartements en demeurant placide sous ses injures russes que je ne comprends pas toutes. De retour à l'extérieur, je pivote vers l'entrée et Alexis s'applique à me claquer la porte au nez après m'avoir hurlé une dernière fois « *Moshennik* ».

Je reste figée, droite comme un I. Léandre me rejoint en sifflotant.

— Alors ? T'as enragé la bête ?

Je garde le silence et me mets à sourire à pleines dents. Mon ami me dévisage, une cigarette allumée entre les doigts.

— Tu savais que le plan A allait tomber à l'eau, hein ?

— Je savais que tes boucles d'oreilles ne valaient rien, surtout.

Il se fige.

— Pardon ? Attends ! T'as voulu marchander mon cadeau ?

— Pour sauver ma vie, oui. J'ai osé.

Il tire une latte et retire son béret pour passer une main dans sa tignasse brune.

— C'est quoi la suite ?

Je fouille dans ma besace et agite une petite clé dorée sous son nez.

— Maintenant, je récupère mon dû.

Tout s'est parfaitement déroulé, comme je le souhaitais.

Dès l'instant où le Russe s'est tourné vers la fenêtre, j'ai discrètement échangé la clé du tiroir contre une réplique similaire à la vraie. Un détail primordial que je dois également au gérant du Chien qui fume. La supercherie a fonctionné, il n'y a vu que du feu.

— Comment tu vas t'y prendre ? m'interroge mon allié.

— En escaladant la façade depuis l'arrière-cour. J'ai constaté que la fenêtre de son cabinet de curiosités est entrouverte, ce qui me laisse une chance de m'y glisser en douce.

— Ton but n'était pas de récupérer la bague du premier coup, constate-t-il.

— Mon but était surtout de savoir où elle se cachait. À présent, c'est à ton tour d'aller au front ! Tu feras diversion et l'occuperas suffisamment longtemps pour que je puisse la récupérer sans la moindre entrave.

Une sorte d'euphorie bouillonne jusque dans mes veines, tandis que l'assurance de Léandre fond à vue d'œil, comme neige au soleil. Je crois qu'en un échange de regards il a décelé le fond de ma plus folle pensée.

— Prêt ?

— Non, me répond Léandre, avant de serrer les mâchoires.

— Ferme les yeux.

— Non.

— Inspire un bon coup.

— Allez, frappe-moi encore !

— À vos ordres !

Je lui assène mon cinquième coup au visage. Sa tête bascule sur le côté et il grimace de douleur avant de cracher du sang à mes pieds.

Parfait.

— T'es bien amoché !

— Va en enfer, Faure.

Coquard, lèvre supérieure éclatée et tempe ouverte... Je n'ai pas ménagé ma force et sur le moment je m'en veux de lui faire subir tout ça. Mais le Loup de la Butte est solide comme un roc... en plus d'être loyal et fidèle dans les bons comme dans les pires moments.

En guise de dommages-intérêts, j'ai promis de lui accorder une faveur. Une seule. Peu importe ce qu'il me demandera, je ne pourrai pas refuser.

Enfin, si je survis.

À présent, j'ai exactement ce que je désire : un visage tuméfié.

— Je n'arrive pas à croire que tu m'aies tabassé.

— T'as connu pire.

— Tu me dois le respect éternel.

— Tu l'as déjà. Maintenant, en scène !

— Baisse d'un ton si tu me respectes.

— Allez ! On se dépêche ! Plus vite que ça ! m'écrié-je en tapant des mains.

— T'es affreusement culottée !

Il s'extirpe de notre cachette et se positionne devant l'immeuble. Après une rapide inspiration, il plaque les mains de toutes ses forces sur la porte. Dans la seconde suivante, il s'écroule par terre et geint comme un animal battu. Le Russe ne tarde pas à apparaître sur le seuil.

— Que se passe-t-il, gamin ? s'exclame-t-il en apercevant Léandre qui se roule en boule.

— S'il vous plaît ! Aidez-moi ! On m'a roué de coups et volé mon portefeuille !

Notre cible mord à l'hameçon et se penche vers lui, visiblement inquiète.

— Tu peux marcher ? Ah ! Les rues grouillent de vermines, rien n'est sûr de nos jours ! Viens, je vais t'aider...

Il lui agrippe les épaules et mon ami simule un cri de douleur qui fait sursauter notre marionnette.

— Pas l'épaule ! Pas l'épaule ! Pas l'épaaaaaaaaaaaule !

Je manque d'éclater de rire. Il exagère tellement que ça frise le ridicule.

— D'accord. On y va doucement. Commençons par désinfecter les plaies et ensuite j'appellerai un taxi pour que tu puisses aller à l'hôpital. À tes frais, en revanche.

— Mais j'ai plus de porte-monnaie ! Comment je fais pour payer, moi !

— On va s'arranger ! Par contre, il est vraiment temps de te rafistoler, *bednyymal'chik*[1]. On dirait qu'un automobiliste t'a roulé dessus !

Dès l'instant où les hommes disparaissent à l'intérieur de la demeure, je m'élance à pleine vitesse le long d'un passage étroit pour rejoindre une petite cour pavée. J'observe les rosiers parfaitement bien taillés qui grimpent le long de la façade du bâtiment et je souris lorsque je remarque la fenêtre toujours à moitié ouverte. C'est ma chance. À moi de jouer.

Dans le fond de l'arrière-cour, je repère une bâche agricole trouée, que je ne tarde pas à retirer. En-dessous se trouve une échelle, utilisée régulièrement par le jardinier personnel du

1. *Pauvre homme* en russe.

Russe. Encore une info précieuse de ma taupe. Alexis a vraiment la fâcheuse habitude de trop exposer sa vie sous l'emprise de l'alcool et, dommage pour lui, ses confidences ont infiltré les mauvaises oreilles.

Je cale l'échelle contre le mur et sans perdre une minute de plus je gravis les échelons. Un par un. Elle n'est pas suffisamment haute pour que je puisse accéder à la fenêtre.

En premier lieu, je vais devoir rejoindre le petit balcon juste en-dessous. J'ai conscience que ce que je m'apprête à réaliser se révèle très audacieux, mais si je ne prends pas le risque je suis rayée de la carte. Et souvent c'est quand on n'a rien à perdre qu'on se surpasse. Plus de limites, nos sens et nos capacités d'adaptation se retrouvent décuplés.

Galvanisée par cette force démentielle, je me hisse jusqu'en haut de l'échelle et m'agrippe aux barreaux du balconnet. J'enjambe la balustrade en un rien de temps. Une fois sur la plate-forme, je relève la tête. La fenêtre ne se tient plus qu'à deux mètres de là où je me situe.

Là, ça va commencer à se corser.

Je souffle un bon coup et me mets debout, en équilibre sur la rambarde. Un pied devant l'autre, les bras ouverts en grand, j'ai l'air d'une acrobate qui se prépare à voltiger dans les airs. Sauf qu'il n'y a pas de filet. À la moindre chute, c'en est terminé de moi. Peut-être que m'éclater le crâne contre le sol est un sort plus enviable que de me retrouver entre les griffes d'Oswald Serendas ?

Reconcentre-toi.

Les battements de mon cœur me martèlent fort la poitrine, à l'instar d'une armada de chevaux au grand galop. J'évacue l'air de mes poumons, je fléchis les genoux pour prendre une bonne impulsion et je bondis. Mon saut est précis, j'atteins avec succès le chambranle de la fenêtre en saillie en m'y accrochant à l'aide de mes coudes.

Les jambes suspendues dans le vide, je jette un œil par la vitre et m'assure que personne ne se trouve dans le cabinet de curiosités. La voie est libre. Je pousse la fenêtre et force sur chacun de mes muscles échauffés pour atteindre la ligne d'arrivée. Quand j'atterris dans la pièce, je m'accroupis au sol, reprends mon souffle et tends l'oreille.

Léandre et Alexis ne se trouvent pas loin, leurs voix sont parfaitement distinctes. Aux aguets, je redouble de vigilance et à pas feutrés je m'approche du bureau, la clé déjà à la main. Elle s'introduit sans effort à l'intérieur de la serrure et avec la plus grande délicatesse je la tourne et laisse jouer le mécanisme.

Un tour.

Deux tours.

Le tiroir se débloque, au même titre que l'air emprisonné au fond de ma cage thoracique. Mes doigts agrippent l'anneau avec une tête de lion et tirent dessus. Le tiroir s'ouvre sans grincement et je suis prise d'une euphorie démente quand je détecte l'objet de mon salut.

L'espoir renaît, toutefois le soulagement n'est que de courte durée lorsque j'entends Léandre s'exclamer :

— Non, monsieur ! Pas la peine d'aller chercher une pommade ! Mon épaule va mieux ! Regardez !

Un cri d'alerte. Le danger arrive.

— Allons ! Ne dites pas de sottises ! Vous ne connaissez pas mes remèdes miracles !

Le plancher craque. Ses pas se rapprochent, la panique se répand dans chaque parcelle de mon être. Je vole la bague, l'emprisonne dans mon poing et m'empresse de refermer le tiroir pour ensuite me cacher sous le bureau. Au même moment, j'entends la porte s'ouvrir dans un grincement lugubre qui me paralyse d'effroi. Un silence lourd emplit la pièce.

Je me recroqueville sur moi-même, terrorisée dès l'instant où les pieds du Russe entrent dans mon champ de vision.

Mes yeux se ferment, et même si je déteste ça...

... je me mets à prier.

S'il me découvre, Oswald Serendas aura gagné la partie.

Chapitre 8

Mieux vaut tricher que perdre

Armance

Au milieu des quais désertiques de la Seine, j'entends la brise qui siffle jusqu'à mes oreilles en une plainte lugubre. L'air est chargé en humidité et les nuages épais, qui recouvraient le ciel tout à l'heure, ont mis les voiles autre part, révélant les étendues obscures de la nuit. Comme l'arbre qui perd ses feuilles, je me sens dévêtue. Dévêtue de toute protection. Je grelotte, sans savoir si c'est à cause du froid ou bien de la peur qui me tient dans ses filets.

Je remplis mes poumons d'une grande goulée d'air frais et observe avec attention les lueurs argentées de la pleine lune qui se reflètent sur l'eau infiltrée dans les crevasses du sol.

Oswald Serendas devrait arriver bientôt.

J'expire doucement et je me dégourdis les jambes en me dandinant d'un pied sur l'autre. Je crains ces retrouvailles et mon corps me le fait savoir en étant enveloppé de chair de poule.

Ma part du contrat a été remplie. Et dès à présent je n'encourrai plus un risque, ni ne verserai une seule goutte de sueur pour son compte. Rien. Il récupérera son dû, tandis que moi je n'aurai d'autre choix que de rafistoler les dégâts que ce truand a infligés dans son sillage. J'ai mal au cœur rien qu'à me remémorer ma cabane ravagée. Mes costumes, mes objets, mes réserves pour survivre... il a tout saccagé avec la force destructrice d'un ouragan et la mesquinerie du diable. Repartir de zéro va être compliqué, ma priorité sera de ramasser les morceaux et de bâtir, avec, un nouvel abri qui me protégera des galères à venir.

La leçon est retenue.

Si un corbeau apparaît sur mon chemin, je tournerai les talons et emprunterai une autre voie, en priant bien fort pour que cette rencontre incongrue n'apporte pas un sinistre sort jusqu'au seuil de ma porte.

Cet oiseau, à la réputation de charognard et au noble plumage d'ébène, ne craint pas la mort, il en est le porte-parole. Il vole fièrement au-dessus de ses terres, en quête de sa proie, et une fois qu'il se pose sur son perchoir il croasse, les yeux brillants de malice, pour annoncer à son auditoire le funeste destin qui l'attend.

Je plonge la main au fond de ma besace et gagne un peu de contenance lorsque j'effleure le métal froid de la chevalière.

Contre vents et marées, j'ai réussi à soustraire la bague à Alexis Ivanovitch Petrov. Un sacré coup de veine, puisque j'ai frôlé l'échec cuisant lorsque le Russe est entré dans son cabinet de curiosités à l'improviste pour fouiller la paperasse étalée sur son bureau, en-dessous duquel je me cachais.

Tétanisée et les yeux exorbités, je n'ai plus respiré. Pour être honnête, j'ai cru que c'était la fin de tout : de mes espérances, de ma rage et de la survie de ma famille. Des années de pénible labeur, pour qu'au final le socle sur lequel je tenais déjà bien fébrilement soit réduit en poussière.

Le temps ne m'a jamais paru aussi long, et heureusement pour moi le Russe n'a pas détecté ma présence. Il a vite décampé de la pièce après avoir récupéré une fiole dans l'une de ses armoires.

J'ai quitté ma cachette à la hâte et je me suis précipitée jusqu'à la fenêtre. J'ai descendu la façade, puis j'ai attendu Léandre au coin de la rue. Lorsque nous nous sommes retrouvés après son numéro de grand blessé, les larmes me sont montées aux yeux et je me suis jetée dans ses bras. Mon ami a ri à gorge déployée et m'a serrée en retour, soulagé et heureux. On a ensuite filé, en courant comme des dératés au milieu des passants qui nous scrutaient avec curiosité. Le poids qui me comprimait les côtes s'est dilué aussi vite qu'une goutte d'eau à la surface d'un lac. J'avais l'impression d'être un étalon intrépide galopant au milieu des plaines libres et sauvages. Ce sentiment de puissance, au rythme effréné de notre cavalcade, m'a exaltée de toutes parts.

Hélas, il a été de courte durée, puisque je me retrouve à nouveau ici, au milieu de ce purgatoire lugubre. Tout ça pour me confronter à ce sanguinaire imprévisible, armé de ces yeux vairons qui perforent la boîte crânienne comme le fer d'un forgeron en pleine chauffe.

Léandre a insisté pour m'accompagner, j'ai immédiatement décliné sa proposition, car Oswald Serendas souhaite me voir seule. Et je n'ose imaginer les conséquences désastreuses si je venais à cracher sur l'une de ses exigences.

Tout à coup, un sifflement perce le silence sépulcral. Je me fige et serre ma besace contre moi, un geste censé me rassurer, mais qui révèle mes crispations de peur.

Je le vois enfin.

Sa silhouette élancée se découpe dans la pénombre et s'approche de moi avec une lenteur mesurée. Affublé d'un long manteau noir à la coupe impeccable et élégante, Oswald Serendas continue de siffler, comme lors d'une belle promenade ensoleillée, sauf que dans ces circonstances il semble appeler la mort pour batifoler avec elle. Son animal, sauvage et imposant, trottine majestueusement à ses côtés.

J'ai beau me trouver en plein air, l'aura qui émane de cet homme m'oppresse et diffuse une traînée de frissons jusqu'en haut de ma nuque. Je roule les épaules et me libère de la tension qui pèse sur moi. Courber l'échine devant lui ne fait pas partie de mes plans, je ne révélerai plus mes failles face à un individu qui s'abreuve de la vulnérabilité des autres.

Éclairé par la lumière ténue d'un réverbère, le Corbeau se plante à un mètre de moi. Le chapeau qu'il porte masque son regard, toutefois je discerne son sourire carnassier. Il redresse un peu la tête, et ses prunelles s'ancrent dans les miennes avec une intensité qui me noue l'estomac. La revoilà, cette lueur sadique qui laisse des marques indélébiles sur notre conscience apeurée.

J'adopte un air impassible, bien que je coupe ma respiration un bref instant, redoutant les pensées macabres qui peuvent lui traverser l'esprit, car il peut très bien décider de m'inviter dans sa valse meurtrière d'une minute à l'autre.

Je tressaille dès lors qu'il s'accroupit et commence à faire les lacets de ma chaussure usée. Il reste mutique, tandis que son animal, sagement assis derrière lui, scrute ses moindres faits et gestes. Puis Oswald se redresse, ajuste les pans de ma veste et époussette mes manches. Perdue dans le flot de mes pensées, j'ai du mal à saisir ce qui est en train de se produire. Peut-être veut-il souligner à quel point je suis un être pauvre et misérable, incapable d'être vêtu proprement ? Face à cette image de moi qu'il me renvoie en pleine figure, je redouble d'efforts pour conserver un calme olympien.

Une fois qu'il juge que je suis assez présentable pour lui, il fourre les poings au fond de ses poches et pousse un long soupir.

— J'ai le gosier sec, tu m'as apporté de la vodka de la part du Korol' ?

Sa remarque aurait dû me prendre au dépourvu, seulement il devance mes intentions et je ne peux qu'en être amusée.

Il se pourrait bien que je me sois servie dans le cabinet de curiosités avant de prendre mes jambes à mon cou.

Je me déride un peu et m'empresse de fouiller mon sac pour sortir une bouteille au liquide incolore que j'agite sous son nez avec une insouciance surjouée.

— Apparemment, celui-ci est à base d'eau douce du lac Ladoga. Les tsars en raffolent, en partie grâce à ces notes de miel et de fleurs de tilleul. Tout un florilège d'arômes délicats réunis dans une seule et unique bouteille. Ton gosier me remerciera certainement.

Oswald m'épie avec une expression indéchiffrable. Il demeure statique, seulement son rictus continue d'incurver ses lèvres. Délicatement, il s'empare de la bouteille et l'examine.

— Il paraît que c'est encore plus savoureux quand on déguste du caviar à côté. Tu en as sur toi ?

Je secoue la tête en signe de négation.

— Pas de caviar, mais j'ai un joli cadeau pour ton protégé.

Il hausse un sourcil quand je pose un genou à terre devant sa chienne. La bête m'épie en grognant. La taille de ses griffes et de ses crocs me fait déglutir, un seul débordement et je me retrouve défigurée. J'extirpe de ma besace un os et lui explique comme à un être humain :

— Un tibia fossilisé d'un bison qui a plus de dix mille ans, venu tout droit de Pologne. Je l'ai arraché à son support en laiton spécialement pour toi...

Je laisse mes mots en suspens et relève la tête vers le Corbeau.

— Quel est son nom ?

— Alba. C'est une femelle.

— Alba, répété-je à l'intention de l'animal.

Ses yeux obliques pétillent d'un vif intérêt. Sa queue remue, ses oreilles se dressent et sa langue pend. Elle me semble tout à coup beaucoup moins redoutable.

Trottinant sur place, Alba lève le museau en direction de son maître, sans doute pour attendre son autorisation. D'un signe de main, Oswald lui fait part de son approbation. La louve ouvre la gueule en grand et capture l'os, manquant de peu de me croquer la main. Elle s'allonge par terre et commence à ronger le bout du tibia avec ses crocs immaculés.

Je me redresse en silence et ose un regard vers le truand aux traits affûtés. Il me considère avec un sourire suffisant, puis resserre ses mains gantées autour de la bouteille et penche la tête sur le côté.

— Tu me surprends.

Pitié, dites-moi que j'ai rectifié le tir.

— Dans le bon sens ? hasardé-je.

— Tout dépend de ce que tu vas sortir prochainement de ta sacoche magique. Je t'en prie, continue de m'en mettre plein la vue.

Peut-être que maintenant il me prend pour la fille cachée de Houdini. Il est temps que ce mauvais rêve se mue en un souvenir évanescent. Tout cela doit cesser.

Je glisse mes doigts jusqu'à la bague et la coince entre mon pouce et mon index avant de la poser au centre de sa paume. Le tueur continue de me toiser. Moi, et non le bijou.

— Vraiment surprenante, reprend-il en dirigeant enfin son regard sur la chevalière.

Il la saisit avec une infinie délicatesse et la détaille d'interminables secondes. La pulpe de son pouce frôle le corbeau gravé sur le chaton plat, puis il daigne la ranger au fond de sa poche.

— Comment tu as fait ?

— Je sais escalader des bâtiments.

C'est tout ce que je me contente de lui donner comme explication. En retour, il m'étudie silencieusement et sa tête de conspirateur ne me dit rien qui vaille, mais j'essaye de ne pas m'en préoccuper.

— Ma part du marché est respectée. Je présume que maintenant nos chemins se séparent, déclaré-je.

Ma prise de parole se révèle spontanée et hardie, seulement au fond je suis mortifiée et ne désire qu'une chose : m'éloigner de lui et ne plus jamais recroiser sa route. Je pousse l'audace plus loin en mimant une courbette et tourne les talons.

— Bonne continuation, monsieur Serendas, lancé-je par-dessus mon épaule.

Je m'éloigne d'un pas leste, le cœur battant à tout rompre. Ma respiration se coupe dès l'instant où je sens sa main agripper mon bras. Il me tire violemment en arrière et je percute son torse de plein fouet. Par la suite, Oswald ceinture ma taille pour me garder plaquée contre lui et arrache le bouchon de la bouteille de vodka avec ses dents. Il boit une généreuse lampée en resserrant fermement sa poigne sur moi.

— Le marché n'est pas fini, m'annonce-t-il.

Un mélange de stupeur et de révolte sourde gronde au fond de ma poitrine et me terrasse.

Je me raidis. Mes oreilles bourdonnent, tandis que ma vue se retrouve obstruée par le noir prégnant du long manteau d'Oswald Serendas, m'évoquant le plumage sinistre du corbeau. C'est lui qui sème la mort. Lui qui a la prétention de décider du sort de ses pairs. Lui qui nous expédie au fond des caveaux aussi aisément qu'il bat des cils.

Il est un spectre fait de grandeur et de cruauté propice aux plus abominables cauchemars.

— J'ai quand même tué un homme à cause de toi, relève-t-il avec un faux regard accusateur.

Je manque d'avaler ma salive de travers.

— C'est vrai que tu avais l'air bouleversé après l'avoir égorgé.

J'ose le sarcasme, à mes risques et périls. Il me tapote le haut du crâne, vaguement amusé.

— Je vois que ma Louve a une grande gueule. Ne m'expose pas à la tentation de te faire hurler un soir de pleine lune.

— J'ai fait ce que tu m'as ordonné de faire. Laisse-moi partir. Changer ton fusil d'épaule maintenant n'a aucun sens. Tu n'as donc aucune parole ? Aucun honneur ?

Il attrape ma paume et presse ses doigts gantés sur mon bandage. La douleur lancinante qui remonte le long de mon bras me fait plisser le front.

— On a fait un serment de fidélité toi et moi, bien sûr que je suis un homme de parole.

— Arrête de me faire chanter.

— Je préfère écouter les cris d'agonie, me souffle-t-il au

creux de l'oreille. Et sans me vanter je suis sûrement le meilleur maître chanteur que tu croiseras dans ta vie.

Je ne me dérobe pas et garde le menton relevé, les mâchoires serrées.

— Tu es malhonnête.

— Il vaut mieux tricher que perdre. Et je ne veux pas te perdre, Armance. Pas maintenant. Pas si vite.

— Tu me demandes de me plier à ton joug… cruel.

— Je suis cruel, en plus d'être malhonnête ?

— Tordu, aussi.

— Créatif, je dirais.

— Maître dans l'art de trancher des gorges.

— Tu devrais me complimenter de savoir aussi bien manier les couteaux.

— Qu'on se le dise, je réprouve tes travers.

Il me sourit, boit une nouvelle gorgée, puis jette la bouteille par terre. Elle explose en mille morceaux et je sursaute, toujours captive de sa poigne. Il glisse l'une de mes mèches dorées derrière mon oreille et je sens son souffle aux senteurs alcoolisées me caresser le cou.

— Et moi, je m'abreuve de tes paroles, me murmure-t-il.

À la hâte, je plonge les doigts dans ma poche, mais Oswald me bloque le poignet. En quelques secondes, il me met dos à lui et me tord douloureusement le bras, afin que je n'esquisse plus le moindre geste.

— Tu crois que je ne t'ai pas vue me voler mon couteau ?

Je déglutis, tandis que son autre main fouille ma veste pour récupérer son arme.

Pas assez discrète, ni assez furtive pour l'œil vif du Corbeau. D'habitude, je prends mes adversaires à contre-pied en réussissant à détourner leur attention. Oswald Serendas est donc un homme qu'on peut difficilement berner.

— Je testais ton sens de l'observation, souligné-je d'un ton chargé d'amertume.

La lame glacée de son poignard se pose sous mon menton, je sursaute et ferme les yeux très fort.

— Tu me plais, Armance.

Ma respiration défaille au moment où il presse le métal tranchant sur ma gorge.

— Beaucoup même.

Son poing se ferme sur ma longue chevelure et il tire dessus pour faire basculer l'arrière de mon crâne sur son épaule. Nos regards se heurtent, on se fixe sans ciller, l'air alourdi d'une tension féroce.

— Travaille pour moi.

— Non.

— Ce n'était pas une question.

— Pourquoi cette bague a-t-elle autant de valeur ?

— Parce que c'est la réplique d'une clé, me répond-il de but en blanc.

— Une clé ?

— La clé d'un joli coffre qui comporte de jolies choses.

Je prends le temps d'assimiler toutes ces informations.

— Tu t'apprêtes à commettre un cambriolage, supposé-je.

— Une vengeance, me corrige-t-il.

— Contre qui ?

Un rictus s'invite sur son visage d'une blancheur saisissante.

— Un roi du négoce, qui s'avère être l'un des plus gros manieurs d'argent de la ville.

— Un banquier ?

Il approuve d'un signe de tête.

— Qui est-ce ?

— Intéressée ?

Je m'apprête à ouvrir la bouche, à mon plus grand désarroi il m'en empêche en la recouvrant de sa grande main. Le tueur me retourne vers lui, le regard plus orageux que jamais.

— Est-ce que par le plus grand des hasards tu penses que tu es en mesure de négocier ? Toi… Armance Faure.

Il crache mon nom avec un dédain teinté de dégoût. Je

chasse sa main de mon épaule et recule d'un bond. Un éclat sournois flambe au fond de ses yeux vairons. Je peux presque entendre les croassements des corbeaux retentir à travers le flot de ses pensées, tel le glas qui sonne.

Un mauvais présage.

Mes poils se hérissent et mes appréhensions se concrétisent dès lors qu'Oswald reprend la parole.

— Même si tu empestes les emmerdes, je vais avoir besoin de tes services, me fait-il savoir expressément d'une voix sombre.

Chapitre 9

Bas-fonds

Armance

Comment une bague a-t-elle pu me conduire dans un tel merdier ?

Garder mon calme.

Coopérer.

Ne pas faire de faux pas.

Rester discrète et éviter de faire des vagues.

Juste des règles à respecter si je ne veux pas que les choses dérapent à nouveau.

Après ma confrontation avec Serendas au bord de la Seine, me voilà ici, au milieu des artères sombres de Paname. Cela fait plusieurs minutes que je lui emboîte le pas. Sa louve en tête, nous sillonnons un entrelacs de rues étroites et tortueuses bordées d'auberges aux façades malpropres et d'habitations insalubres. Les déchets débordent et je garde les yeux rivés au sol pour ne pas me prendre les pieds dans ces monticules infâmes. Une odeur fétide s'en dégage et me soulève l'estomac.

Autour de nous, cet essaim de populace s'exprime en argot, un jargon aux sonorités grossières, qui me fait grincer des dents. Les marginaux de la société sont réunis ici, un beau cortège de larrons, d'ivrognes, de fauteurs de troubles, de vagabonds, mais aussi de filles de joie décrépites, cachées sous la pénombre des alcôves et qui ne se gênent pas pour couver Oswald Serendas de regards lascifs.

Ici, ce sont les bas-fonds, un monde à l'envers qui reflète les vices auxquels s'adonnent ces individus délaissés, parfois noyés dans leurs propres idées anarchistes. Je devrais me sentir à ma place au milieu d'un tel tableau, puisque la misère me poursuit comme mon ombre.

En réalité, me dire que je rentre dans ces codes me terrifie. Mes pensées se tournent immédiatement vers mon petit frère et je ne peux réprimer une grimace. Hors de question qu'Elliot côtoie cette dépravation. Je veux ce qu'il y a de mieux pour lui et je me battrai jusqu'à mon dernier souffle pour que cette vie à laquelle je suis enchaînée ne prenne jamais en tenailles mon frère.

Je serre les poings et continue de talonner Oswald en silence.

Sous la menace, le Corbeau ne m'a pas laissé le choix. Grâce à son armada d'espions, il sait précisément dans quel immeuble je crèche, il connaît même l'école d'Elliot. Le simple fait qu'il ait articulé le prénom de mon plus grand protégé a suffi à rendre mon teint livide et à me plier à ses exigences. Oswald tire sur ce fil invisible qu'il a pris soin d'enrouler autour de mon cou, pareil à une laisse, afin de me traîner là où bon lui semble.

Je ne sais pas ce qui m'attend et je commence à me faire un sang d'encre.

Je remarque que la majorité des passants s'écarte du chemin d'Oswald Serendas. Les voix s'étouffent et la clameur retombe comme un soufflé. Certains baissent les yeux, se recroquevillent sur eux-mêmes, d'autres l'épient avec inquiétude tout en récitant ce qui me semble être des prières. Il est craint de tous. Par sa simple présence, il fait régner un climat de terreur et j'en frémis encore.

Notre petite escapade s'achève dès lors que nous arrivons dans un coupe-gorge. Oswald s'arrête devant un bâtiment à l'allure sinistre à cause du mauvais éclairage. Il frappe trois coups secs contre une porte en bois ancien et à la peinture écaillée, puis patiente en retirant ses gants qu'il range ensuite au fond de la poche intérieure de son long manteau. À aucun moment il ne daigne regarder dans ma direction. Je suis transpirante et plus déboussolée que jamais.

Au bout de quelques secondes, le battant se déverrouille et un homme ridé à la moustache roussie, accoutré d'un gilet rayé, fait irruption. Il s'écarte et baisse la tête lorsque Oswald et Alba le dépassent. Moi, je deviens aussi immobile qu'une statue. Remarquant mon inertie, le tueur interrompt ses pas et me jauge d'un air ennuyé par-dessus son épaule.

— Au pied, Armance, me siffle-t-il.

J'exècre du plus profond de mon âme ces propos dégradants, ajoutés à ce ton condescendant et ce rictus suffisant. Je le lui fais savoir par un regard noir. Cependant, je ronge mon frein et évite de faire la maligne.

Je soupire et pénètre dans l'enceinte macabre. Oswald plonge les mains dans ses poches et me toise quelques secondes avant de se remettre en route. Il murmure quelque chose qui ressemble beaucoup à « Bonne fille ». La provocation semble être sa tasse de thé, mais il est hors de question que j'y goûte. Il peut décider de me trancher la gorge au moindre geste déplacé ou mot de trop, alors je redouble de vigilance et ne réagis pas.

Nous longeons à présent un petit passage étroit, qui empeste l'urine et l'alcool, avant d'atterrir au milieu d'un beuglant.

Un homme, mégot au bec et affublé d'un béret, glisse ses longs doigts avec mollesse sur les touches d'un piano. Mais le son de l'instrument est étouffé par une armée de sauvages qui jacassent et inondent leur gosier d'eau-de-vie et de bière. Bien que cet endroit manque de présence féminine, Léandre l'adorerait à coup sûr.

L'air est saturé de bouffées âcres qui émanent des cigarettes, c'est à la limite du respirable. Nous frôlons une table autour de laquelle deux individus se livrent à un bras de fer robuste, puis passons devant un groupe en train de se disputer comme des chiffonniers. Certains dansent même la valse en tournant comme des toupies, des mouvements rapides et désordonnées qui détonnent avec le rythme lent et mélancolique que le pianiste souhaite imposer entre les murs de ce caboulot.

Une kyrielle de bougies de cire sont déposées dans chaque recoin de l'espace. Je me concentre sur ces flammes fluettes afin de m'aider à mettre des œillères et ignorer la liesse ambiante qui m'agresse les oreilles et me crispe jusqu'à la racine des cheveux.

Oswald ne se préoccupe pas des éléments qui nous entourent et se dirige jusqu'au fond de la pièce. Une porte est gardée par un blanc-bec à l'apparence chétive. Lorsque ce dernier détecte la présence du Corbeau, il déglutit, les yeux ronds comme des billes.

Par un claquement de doigts désinvolte, Oswald le congédie. L'homme s'enfuit telle une petite souris dans son trou. Le truand abat son poing contre la porte, trois fois encore, avant d'abaisser la poignée et de pénétrer à l'intérieur de cette pièce isolée.

Je l'imite et il m'intime l'ordre de verrouiller l'issue derrière moi, ce qui ne me rassure nullement, mais je m'exécute.

Je me fige dès l'instant où je croise le regard de trois personnes. Trois personnes qui ne me sont pas inconnues et qui sont attablées autour d'une longue table ovale. Je reconnais le borgne, ce cher Edgar, qui me sourit comme si on se connaissait depuis belle lurette. Puis me confronte à la chevelure filasse de Léon et, à en juger par le regard haineux qu'il pose sur moi, je devine qu'il n'a toujours pas digéré le coup que je lui ai porté la veille.

Ma respiration se bloque lorsque je découvre la dernière convive. Une brune à la coupe garçonne, au long cou gracile, parée d'une robe charleston brodée de franges fluides et légères, le tout mis en valeur par d'énormes boucles d'oreilles, ainsi qu'un collier de perles blanches.

— Marie ? lâché-je, estomaquée.

Cette dernière tressaille en entendant son prénom et baisse immédiatement les yeux, les joues rouges. À ce moment, tout s'imbrique dans mon esprit et j'y vois enfin plus clair. La vérité me foudroie et me laisse sans voix.

Si Oswald Serendas m'est tombé dessus, il ne s'agissait pas d'un pur hasard. C'est à cause d'elle : cette fille qui fréquente mon ami Léandre m'a dénoncée.

Toutefois, il reste encore certains mystères à élucider, car je ne comprends pas quel lien elle pourrait entretenir avec un tueur aussi cruel que le Corbeau. Bien que nous ne nous soyons jamais montrées proches toutes les deux lors de nos virées mondaines, le venin de la trahison tapisse ma langue et me laisse un goût amer en bouche. Je contracte les mâchoires, le ventre noué par une vague de rancœur.

— Assume et regarde-moi dans les yeux. C'est le minimum que tu me dois, lui craché-je avec acrimonie.

La jeune femme se raidit et opine. Elle se redresse et on se regarde en chiens de faïence durant un temps interminable.

De son côté, le Corbeau retire son chapeau, puis s'avachit dans le fauteuil en bout de table. Pendant qu'il prend son temps pour s'allumer une cigarette, sa chienne vient se coucher à ses pieds. Elle coince l'os que je lui ai donné entre ses grosses pattes et commence à le mâchouiller.

Lorsque Oswald expire une volute de fumée, la tête en arrière, il reporte son attention sur moi.

— Assieds-toi. La scène de ménage attendra.

Je lui obéis à contrecœur.

Il se tourne ensuite vers Léon.

— Et toi, arrête de la fixer de cette manière.

— Mais je meurs d'envie de m'occuper d'elle. Si tu vois ce que je veux dire, la ramène le blond sournoisement.

— Donc, pour te piquer en amour, pas besoin d'une flèche de Cupidon, mais d'un pain dans la gueule ? Beaucoup plus simple, t'en as de la chance ! raille Edgar à côté de lui.

Le Corbeau joue avec son briquet et fixe attentivement la flamme qui vacille sous ses yeux clairs.

— Vas-y, je t'en prie. Amuse-toi avec elle.

Mon sang se glace lorsque le rictus de Léon se retrousse.

— C'est vrai ? Tu me donnes l'autorisation, Os' ?

Son patron fume et tapote l'excédent de cendre dans le cendrier en face de lui.

— Si tu souhaites que j'arrange l'autre côté de ta gueule avec mes poings pour retrouver une symétrie parfaite, tu n'as qu'à toucher à un seul de ses cheveux. Le résultat sera instantané, tu verras. Ou bien alors, je te réserve le même sort que ce pauvre Louis. Tu as le privilège de choisir, profites-en.

Son ton ferme et catégorique a au moins l'avantage de prendre de court son sbire.

— Si je peux me permettre, il s'appelait Raphaël. Bon sang, respectez un peu les morts ! le corrige le borgne.

— Quoi ? T'es possessif, Os' ? Tu veux l'avoir rien que pour toi et, moi, j'ai seulement le droit de regarder ? Ce n'est pas juste !

— Juste ? Je me demande comment ce mot peut faire encore partie de ton vocabulaire.

— Tu veux la toucher ? insiste Léon. Ce tas d'os ne pourra jamais te satisfaire, tu le sais très bien !

Je serre les poings et fusille du regard cet imbécile. Viser ma maigreur me fait bien plus d'effet que ce à quoi je m'attendais. Est-ce qu'il sait ce que ça fait de ne plus manger à sa faim ? D'avoir constamment le ventre qui crie famine, au point d'en avoir des nausées ? De vivre dans la peur constante de m'écrouler de fatigue parce que mes stocks de ravitaillement ne sont jamais suffisants pour me laisser souffler ne serait-ce qu'une semaine ? De mettre une croix sur tous nos petits plaisirs du quotidien et cracher sur nos principes, tout cela pour se transformer en un être obsédé par une seule et même chose : survivre.

Oui, mes clavicules ressortent. On peut facilement sentir mes côtes si on passe le doigt dessus. J'ai perdu mes joues rondes et la courbe de mes hanches, mais je suis encore là. Bien vivante, à me battre au quotidien. Si ce crétin de Léon avait été à ma place, est-ce qu'il serait toujours là à respirer devant moi ?

— C'est tellement facile de savoir ce que tu penses, intervient Oswald en me fixant comme s'il fouillait mon âme de fond en comble.

Je tressaille et me recroqueville sur moi-même, soudain terrifiée à cause de son visage assombri par des intentions répréhensibles.

— Tant de haine et de colère qui déboulent en toi, ça asphyxie l'air jusqu'ici. Un doux poison quand on n'arrive pas à les maîtriser. Et, à l'inverse, une force incroyable quand on parvient à les dompter. En fait, je crois que tu vas me donner du fil à retordre pour te canaliser, poursuit-il.

Ma bouche reste scellée, alors il enchaîne :

— Est-ce que j'ai envie de la toucher selon toi, Léon ?

— Je pense que tu n'attends que ça. Parce que tu n'arrêtes pas de la regarder depuis tout à l'heure et c'est bizarre venant de toi !

Oswald pousse un « hum » songeur. Il écrase son mégot au centre du cendrier et retire une poussière invisible sur son épaule.

— Tout dépendra d'elle. Si Armance est obéissante, pas la peine. Mais, si elle décide de me la faire à l'envers, alors je vais devoir user de...

Il s'interrompt volontairement et me renvoie un sourire qui hérisse ma peau de chair de poule.

— ... mes méthodes de dressage. Juste histoire d'éradiquer les mauvaises habitudes de cette vilaine fille.

— Eh bah... ça me donne envie de me soumettre à tes consignes, surtout quand je vois à quel point tu me traites avec si peu d'égards, même après que je t'ai rapporté ta précieuse babiole ! lui envoyé-je.

Les mots m'échappent par mégarde et je les regrette aussitôt.

Heureusement, loin d'être offusqué, il paraît de plus en plus séduit par mes touches de sarcasme.

— Pourquoi tu as ramené cette paria ici ? reprend Léon.

Oswald retire son manteau, desserre son col et retrousse les manches de sa chemise noire.

— Armance a des aptitudes exceptionnelles. Ce serait dommage de ne pas en profiter.

— Comme écarter les cuisses ? Tourner sa langue lentement autour de...

— Tu es un porc ! le coupé-je.

Léon redresse le menton d'un air condescendant.

— Tu m'as pas laissé finir !

— Un porc..., répète le Corbeau, qui semble tout à coup déconnecté de la conversation. Ces bêtes sont intelligentes et faciles à apprivoiser.

— Tu me compares vraiment à un animal ? s'insurge son larron.

— Ce serait offensant envers tous les animaux.

— Bien envoyé ! s'esclaffe Edgar.

Même si le cœur n'y est pas, je ne peux m'empêcher de pouffer à mon tour. Léon, qui a le bec cloué, joue les grincheux.

— C'est bon ? On peut discuter sérieusement à présent ? grogne Marie, dont j'avais presque oublié la présence. Oswald, as-tu récupéré la bague ?

Ce dernier fouille dans sa poche et pose la chevalière devant lui. La jeune femme déglutit, les pupilles brillant d'une lueur que je ne parviens pas à décrypter.

— Tu as réfléchi à un plan ? Le temps presse.

Le criminel s'affaisse dans son fauteuil et se masse la tempe.

— J'ai examiné les croquis du manoir de ton père, réfléchi aux autres détails que tu m'as fournis, j'ai peut-être une ébauche de notre entrée en scène.

Son père ? Est-ce lui le banquier qu'il a évoqué tout à l'heure ?

Confuse, je toise tour à tour chaque personne. Marie se renfrogne, n'appréciant sans doute pas le côté flegmatique de l'homme qui semble prendre à la légère quelque chose qui lui tient à cœur. Elle tape du poing sur la table, me faisant sursauter sur ma chaise.

— Peut-être une ébauche ? Tu te fiches de moi ! Nous devons agir dans deux jours ! Je veux que tu...

Oswald dégaine à la hâte un couteau de sa poche et le plante brusquement dans le bois de la table, provoquant la stupéfaction générale dans la pièce.

Le canif que j'ai tenté de lui subtiliser pour être exacte.

Il fait taire Marie en posant ensuite l'index sur sa bouche. Cette dernière perd de ses couleurs et commence à trembler.

— Qu'est-ce que je t'ai dit la dernière fois que tu as haussé le ton devant moi ? « Je veux » ? Depuis quand dois-je me plier à tes exigences ? On a convenu d'un accord. C'est mon boulot, alors ne remets pas en question ma façon de procéder ou ça risque de vraiment dégénérer.

Sur ces mots, le Corbeau retire la lame de la planche et effleure le manche avec son index sans la quitter des yeux.

— Il y a un proverbe qui dit : « Un ignorant qui se tait est sur la voie de la sagesse. » Alors reste silencieuse, joli cœur, intervient Edgar.

— Pour qu'elle gagne en sagesse ? Ce qu'elle nous a demandé de faire à son père est loin de lui conférer des airs de sainte-nitouche ! se moque Léon.

Les épaules voûtées, Marie se fait toute petite.

— J'ai une ébauche et ensuite on improvisera en compagnie de notre bon petit soldat qui peut s'infiltrer et grimper partout, continue le chef des opérations.

D'un mouvement las du menton, il me désigne et je deviens le centre de l'attention de tous. Je fixe l'arme blanche qu'il fait tournoyer entre ses doigts pendant que je m'imagine tout un tas de scénarios abracadabrants. Et dans aucun d'eux je ne réussis à sauver ma peau.

— Que dois-je faire ? l'interrogé-je, nerveuse.

— Ce que tu sais faire de mieux.

Il m'envoie la bague et je la rattrape au vol.

— Je dois voler ce qu'il y a à l'intérieur du coffre de ton père ? lancé-je à Marie.

Le visage grave, elle approuve d'un signe de tête.

— Je ne comprends pas bien...

Elle pose les mains à plat sur la table et se penche vers moi, le regard dur, accentué par une douleur abrupte qui me prend à la gorge.

— La seule chose que tu dois retenir, c'est qu'il va payer. Et pour cela je vais tout lui prendre. Sa demeure, sa fortune, sa liberté, tout. Il ne sera plus rien.

— Qu'ai-je à gagner dans ta querelle familiale ?

Un silence règne dans la pièce. Oswald fixe son reflet dans la lame avec laquelle il joue depuis tout à l'heure.

— Qu'ai-je à gagner en aidant celui qui m'a volé mes espoirs en saccageant tous mes biens ? le piqué-je.

Cette fois, ses prunelles m'aiguillonnent.

— Si tu fais bien ton travail, tu auras peut-être droit à une compensation, m'informe-t-il.

— J'ai une famille qui compte sur moi. Il me faut cette compensation.

— C'est fou à quel point on devient faible et vulnérable quand on aime, ricane le Corbeau.

— Tu ne lui dis pas de baisser d'un ton à elle ? s'offusque Marie.

Le chef de la bande secoue lentement la tête.

— Absolument pas.

— Pour quelle raison ?

— Parce que je suis en pleine étude de sa facette imprévisible.

— Tu ne me dompteras pas, attaqué-je sèchement.

Il passe son pouce sur sa lèvre inférieure, puis tapote sa pommette saillante, l'expression joueuse.

— Vraiment ?

— Tu payeras un jour pour ton insolence, me menace Léon. Sois-en sûre.

— Tu me donnes envie de te museler. Mais pas autour d'une table, Armance, reprend Oswald, les yeux étincelants de lubricité. Promis, tu pourras assister au spectacle, Léon.

Je ravale une remarque acerbe devant leurs rictus vicelards, je suis déjà dans le pétrin et depuis tout à l'heure je ne fais qu'aggraver mon cas. Mes nerfs lâchent, je suis fatiguée, à cran, je n'aspire pas à côtoyer son monde.

— Informe-la de ton « ébauche » alors. Il faut qu'elle soit prête le jour venu, conclut Marie.

Sur ces mots, elle se lève, s'emmitoufle dans son épais manteau en fourrure et contourne la table. Quand elle arrive dans mon dos, je l'entends s'arrêter, puis se rapprocher pour me confier tout bas :

— Si tu penses qu'Oswald est la pire pourriture de cette ville, alors c'est que tu n'as jamais croisé mon père. J'attends ce jour depuis si longtemps, tu n'as donc pas intérêt à tout gâcher, Armance.

Cet avertissement ne m'atteint nullement. Je fixe un point devant moi et ne me résigne pas à mettre un genou à terre. Mon poing s'ouvre et je contemple la bague au creux de ma paume.

— Je suis curieuse de savoir comment Léandre réagira quand je l'informerai que tu as jeté son amie dans la gueule du loup.

Elle se tend, j'ai visé dans le mille.

— Tu t'es toi-même tiré une balle dans le pied depuis qu'on a tous appris que ton père n'était qu'un misérable lâche. La colère te bousille, Armance. Tu es devenue une petite délinquante qui en veut à la terre entière. Tu pilles les autres par vengeance, pas uniquement pour survivre.

Ses paroles se muent en une flèche à la pointe empoisonnée, qu'elle décoche et m'envoie en pleine poitrine.

Elle sait où m'atteindre aussi.

— Tu te trompes. Tout le monde a tourné le dos à ma famille. Tout le monde, sans exception. Impossible de trouver un travail, impossible de vivre dans la légalité. Je n'ai pas eu le choix et ce n'est certainement pas des gens de ton rang social qui me feront la morale. Toi, la bourgeoise pourrie gâtée qui ne manque de rien et qui fait la fête en buvant du champagne à foison pour se déconnecter de la réalité ! C'est tellement facile quand on a l'habitude d'avoir tout ce qu'on veut sur un plateau d'argent !

— Et pourquoi crois-tu que je cherche autant à oublier la réalité ?

— Pour te sortir la guerre de la tête. Comme tout le monde ! riposté-je.

Elle renâcle.

— Toi aussi, tu te trompes à mon sujet, Armance. Tu ne sais rien du tout.

La jeune femme se désengage de ce dialogue de sourds et déserte la pièce sans plus de cérémonie, me laissant seule en compagnie de ce trio de malfrats. Oswald, qui n'a pas perdu une miette de la scène, se redresse dans son fauteuil capitonné. Il reflète la prestance du roi des ténèbres et sa beauté sombre m'accule au fond d'une boîte noire, jusqu'à me faire me replier sur moi-même comme un vulgaire insecte percuté par le souffle de la mort.

— Tu es en train de réaliser que tu auras du mal à t'en tirer à si bon compte avec moi, n'est-ce pas ? devine-t-il, implacable.

— J'ai compris que l'enfer se trouvait déjà sur terre. Que l'être humain savait comment s'y prendre pour voler la place du diable, répliqué-je, le cœur au bord des lèvres.

La mine fermée, pour mieux me harponner de son regard incisif, il fait glisser le couteau sur la table, de sorte qu'il se retrouve pile en face de moi.

— Et c'est bien pour ça que tu te trouves ici. Retrousse tes manches, tu vas avoir du pain sur la planche.

Chapitre 10

Pluie battante

Armance

Les yeux rivés sur le plafond de ma cabane, je détaille les planches dont la moisissure ronge le bois, mettant en péril l'étanchéité de la toiture. Quelques gouttes de pluie s'infiltrent à travers les fissures, dont une qui atterrit pile au milieu de mon front. Aussitôt sortie de ma torpeur, je tressaute et recule face à cette vision peu accueillante qui me rappelle que ma planque n'est plus qu'un champ de ruines et de désolation. Une scène en osmose avec mon ressenti intérieur. J'endure au lieu de me battre et je n'aime pas divaguer dans cette direction.

Aucune amélioration notable depuis ces derniers jours. Je ne saurais décrire avec exactitude l'état dans lequel je me trouve. Attristée ? En colère ? Apeurée ? Sans doute un peu des trois.

Je détourne le regard du plafond et me penche afin de m'emparer d'un bout d'étoffe déchiré, qui, par le souffle de la brise, ondule entre mes doigts.

Une jupe.

Du moins, ce qu'il en reste. Salie, brûlée, elle se trouve désormais en lambeaux. Comme toutes mes autres affaires.

La gorge serrée, j'examine les autres débris qui jonchent le sol de la bâtisse. De la charpie, des amas confus, des monticules de cendres, tout a perdu de sa valeur. Certains matériaux qui recouvrent les murs ont été saccagés, des trous apparaissent même sur les parois, laissant l'air frais et humide s'insinuer dans l'espace. Un froid mordant et impitoyable, à l'image d'Oswald Serendas, qui me glace jusqu'aux os. Au moins, j'aurai appris une leçon à mes dépens : rien n'est épargné par les flots impétueux de sa colère.

— Il ne fait pas dans la demi-mesure, grogne Léandre pour seul commentaire, lequel fait écho à ma dernière pensée.

Mon fidèle allié traverse d'un pas incertain ce véritable chambard et grimace en écartant du bout de son soulier usé une assiette en porcelaine réduite en mille morceaux. J'inspire brusquement. C'est la première fois que je remets les pieds ici depuis ma rencontre fracassante avec le Corbeau. Selon l'honorable et révérencieux Jean de La Fontaine, pendant que la Cigale s'affaire à chanter jour et nuit, la Fourmi, elle, travaille à la sueur de son front pour ne pas manquer de provisions. Moralité de l'histoire ? Le fruit d'un dur labeur est toujours récompensé.

Foutaises.

Il faut croire que dans mon cas peu importe les efforts fournis, on finit toujours par dérober mes piliers, un à un, jusqu'à causer ma chute.

Léandre se tourne vers moi, le front plissé. Je hais ce regard dont il me couve. J'y perçois une peine ravageuse, brillante de pitié, comme lors de notre première rencontre il y a quelques années, lorsque je mourais de faim et de froid devant les cuisines de ce restaurant fermé aux personnes de notre classe sociale.

Les lendemains incertains m'exténuent. Aujourd'hui, je n'ai pas envie de lutter. Mes genoux tremblent, et à bout de forces je quitte la cabane et m'assois à même le sol, sous l'auvent. Je replie les jambes contre ma poitrine et ferme les yeux pour mieux écouter le chant de la pluie qui tombe sur le toit et les pavés.

L'air frais s'infiltre sous les coutures négligées de mon manteau et un frisson remonte le long de mon échine. Mes paupières s'ouvrent sur ce ciel qui pleure, gronde et m'évoque la suie. Léandre sort de la cabane et s'installe à côté de moi. Il passe une main dans mes cheveux et masse affectueusement mon cuir chevelu.

— Tu as le droit de craquer, me murmure-t-il.

Je sens mes larmes poindre entre mes cils, seulement je serre les mâchoires pour les refouler du mieux que je peux.

— J'ai tout perdu à cause d'une satanée bague, me désolé-je. Un revers de médaille lié à ma propre cupidité et ça fait mal de me retrouver à terre une nouvelle fois.

« Tu t'es toi-même tiré une balle dans le pied depuis qu'on a tous appris que ton père n'était qu'un misérable lâche. La colère te bousille, Armance. »

Les paroles de Marie me reviennent en mémoire et un vide se creuse dans mon estomac. Je balaye de mon épaule la natte grossière que j'ai tressée ce matin et soupire derechef.

— La rage me consume. Rien ne s'apaise, tout empire. À quoi ça sert ?

Léandre joue avec l'accroc mal rafistolé au niveau de son genou. Pendant un instant, je pense qu'il ne va jamais me répondre, jusqu'à ce qu'il redresse le menton dans ma direction, avec une assurance qui, pour le coup, me désarme.

— On a besoin de la rage pour continuer à se battre. Encore bien des obstacles vont se dresser en travers de notre chemin. On ne peut rien y faire, mais on peut apprendre à les éviter, voire à les détruire.

À quoi ça rime tout ça, si c'est pour ne plus bénéficier d'une seule éclaircie dans sa vie ?

Je n'ai jamais demandé à devenir une battante. Tout ce que je désire, c'est retrouver une vie normale et heureuse. De la paix. Rien de plus.

Je me recroqueville sur moi-même et plonge dans un lourd mutisme. Un grognement me fait relever la tête, ce que je regrette aussitôt puisque le regard courroucé de mon ami me pétrifie.

— Tu baisses les bras ? Vraiment ? Après ta confrontation avec Oswald Serendas ? La probabilité pour que tu t'en tires vivante était encore plus basse que lors de la traversée d'un champ de bataille inondé d'obus, de grenades et de balles ! Le Corbeau n'attribue pas de seconde chance en temps normal.

— Oui, je sais, m'agacé-je. Si tu as le malheur de l'offenser, il se plaira à tacher le macadam de ton sang.

Il se penche vers moi et encadre mon visage de ses grandes mains pour examiner mes pommettes, mon front, mes oreilles, mon cou, puis il me tripote le bras. Ce petit jeu me déstabilise, je me libère aussitôt de sa prise.

— Qu'est-ce que tu fabriques ? m'offusqué-je.

— À part une petite coupure à la main, pas d'os cassé, aucun membre atrophié, ni même de gorge tranchée. J'ignore par quel miracle tu es encore là, en un seul morceau. Je crois que tu ne mesures pas bien la chance que tu as eue, petite sotte. Alors tu n'as pas le droit de te lamenter sur ton sort. Surtout pas après avoir marché pieds nus sur un tapis couvert de braises issues tout droit des enfers, sans aucune brûlure !

Cette remontrance acide me fait serrer les poings. Il est à côté de la plaque et je ne peux pas lui en vouloir, puisque je ne lui ai encore rien confié de ma nuit dans les entrailles putrides de Paris en compagnie du réseau criminel du Corbeau.

— Pour ta gouverne, je t'annonce que je suis toujours sur le fil du rasoir !

Mon ami amorce un mouvement en arrière, les sourcils froncés d'incompréhension.

— Qu'est-ce que tu veux dire ?

Plus d'esquive possible, je plonge mon regard dans le sien.

— Demain, à l'aube, Oswald Serendas et ses sales margotins viendront me chercher. Il m'a investie d'une mission pour venger le père de...

— Quoi ? Qu'est-ce que c'est que ces absurdités ? me coupe Léandre brutalement.

La teinte marron de ses iris s'obscurcit à l'instar du ciel orageux d'aujourd'hui. Sa respiration s'alourdit et ses narines se dilatent de colère. Léandre, l'image même de la décontraction, est en train de perdre ses moyens.

— Lui rendre la bague n'était pas suffisant pour rembourser ma dette. Il veut que je travaille pour lui désormais, ajouté-je dans un souffle à peine audible.

D'un bond, mon camarade se lève et fourrage dans ses cheveux, on dirait qu'il s'apprête à se les arracher.

— Non ! Non ! Non ! Oswald Serendas ne peut pas te demander une chose pareille, ça ne peut que mal se terminer, Armance ! Il n'a pas le droit !

La panique fait vaciller son timbre de voix. Il tourne en rond, tremblant des pieds à la tête, et cette vision de lui me lacère le cœur. À quelques rares exceptions, je l'ai déjà vu perdre ses moyens, mais jamais à ce point. Le roi des manières désinvoltes vient de faire tomber sa couronne par terre. La peur le rattrape et le rend barge.

— Je n'étais pas en bonne posture pour négocier. Il me l'a dit lui-même.

— Ce n'est pas possible… Pas eux… Je les exècre au plus haut point, lui et toute sa vermine, qui salissent les rues sur leur passage !

Une haine viscérale se mêle à son désespoir. Je déglutis difficilement, puis baisse la tête avec une envie accrue de disparaître au fond d'un terrier pour ne plus jamais en ressortir.

Dire qu'il ne sait pas tout…

Marie, sa nouvelle dulcinée, a rejoint les rangs de ce fauteur de troubles. Elle a tendu la main à la personnification du diable dans l'intention ferme de commettre une abomination.

Je ne lui ai encore rien confié au sujet de cette alliance incongrue, mais au vu de sa réaction je me rends compte que ça le rendrait malade.

Un dilemme de taille s'offre à moi : tout lui révéler ou sceller ma bouche au risque de me noyer sous le poids de mes cachotteries ?

Léandre n'est pas prêt à découvrir la véritable facette de cette fille qu'il place sur un piédestal et dont il ne cesse de me faire les éloges. Je veux le protéger, le calmer et le rassurer d'abord... pas remettre de l'huile sur le feu.

De toute manière, la vérité finira par éclater tôt ou tard, mais pas aujourd'hui. Pas maintenant. Encore moins quand les sanglots m'enserrent la gorge d'une poigne de fer. Je n'ai pas le cœur à empirer la situation.

Léandre s'accroupit devant moi et agrippe mes épaules.

— Il y a près d'un an, au beau milieu de la nuit, les hommes de Serendas ont massacré l'un des nôtres. Un Loup de la Butte. Il s'appelait Besse, siffle-t-il entre ses dents.

Je tressaille à cette confidence soudaine et demeure incapable de le lâcher du regard.

— On l'a retrouvé éventré devant notre repaire, le corps criblé de balles, avec une plume noire posée sur ses boyaux. Celle d'un corbeau. Serendas corrompt les gardiens de la paix et fait régner un climat de peur sur la voie publique avec son armée de malandrins qui assassine pour des motifs futiles. Je fais partie de la vermine de Paname... mais eux... ce ne sont que des sauvages sanguinaires et attardés qui obéissent au doigt et à l'œil à un fou furieux. Personne. N'est. Épargné.

Dès l'instant où il articule ces derniers mots, une lueur de terreur traverse ses pupilles, et elle ne fait qu'accroître la boule qui me noue les entrailles.

— J'ai eu l'occasion de le côtoyer d'assez près pour comprendre qu'il n'est pas de très bonne compagnie. Merci de me rassurer, Léandre !

— Je ne veux pas te perdre.

Une confidence qui me transperce le cœur et pourtant je feins l'indifférence. Je hausse les épaules et détourne la tête de lui.

— Tu auras toujours ta meute sur laquelle te reposer. Sans

parler de Marie, ton écrin de douceur. Alors pourquoi serais-je une grande perte ? tenté-je d'ironiser.

Ses ongles s'enfoncent dans ma peau. Il est heurté et me le fait savamment comprendre.

— Cette estime pitoyable que tu crois que je te porte est-elle similaire à celle que tu as pour moi ?

Son intonation tranchante me calme aussitôt. Je baisse la tête, honteuse de ma balourdise.

— Excuse-moi.

Mon ami pose son front contre le mien.

— Lorsque je t'ai aidée à récupérer la bague chez le Russe, tu m'as promis de m'accorder une faveur que tu ne pourras pas refuser. N'importe laquelle. Tu te souviens ?

J'approuve mollement d'un geste du menton.

— Ne te laisse pas manipuler comme un vulgaire pantin. Dès que tu en as l'opportunité, dès qu'une brèche s'ouvre, fuis Oswald Serendas. Ne reste pas sous son emprise. Tu me le jures ?

— Mon souhait le plus cher est de le voir se faire faucher par une carriole, attelée au plus gros cheval de trait du pays, alors je n'aurai pas trop de mal à accepter cette exigence que tu m'imposes, décrété-je de but en blanc.

Il retire sa casquette et passe nerveusement une main dans sa tignasse brune. Sa mine de papier mâché me fait discrètement sourire. Léandre pousse un juron, se laisse tomber à côté de moi, puis fouille dans la poche de sa veste pour en sortir un emballage qui m'est familier. Mon rictus s'étire quand il casse un carré de chocolat noir avant de me le tendre. Je le saisis en silence et croque le bout, savourant l'amertume du cacao qui envahit mon palais.

Soudain, des éclats de rire percent le déluge. Léandre et moi pivotons dans la même direction et découvrons, à travers les stries de la pluie, deux enfants courant à perdre haleine sur le chemin terreux. Ils tournoient sur eux-mêmes et sautent à pieds joints dans les flaques pour s'éclabousser. Un joyeux tohu-bohu de candeur et d'insouciance, qui réchauffe mon cœur et me fait oublier l'espace d'un court instant mes vicissitudes. Pendant que Léandre et moi les regardons jouer, un sentiment de nostalgie se diffuse en moi. Je me délie du présent et renoue avec le passé.

À la place des enfants, je me revois moi, ainsi que mon père, en train de construire des pâtés de boue, que nous décorions avec tout ce que nous trouvions à portée de main : des pierres, des bâtons, ou encore des fleurs. Puis, lorsque le soleil brillait et ranimait le cœur de la ville, nous dévalions les rues à bicyclette, longeant parfois les rails du funiculaire. Des sourires, des rires, des étoiles qui luisent dans le regard, un sentiment vivace de liberté, des battements de cœur erratiques, un goût de vivre prononcé… c'était ça, mon bonheur à son paroxysme.

Juste une famille unie.

Je me souviens que maman nous grondait quand mon père et moi rentrions avec nos habits salis par la terre. Elle disait que j'étais aussi boute-en-train que papa, mais face à notre kyrielle de grimaces elle rendait les armes et se mettait à rire avec nous. Après avoir caressé le front d'Elliot dans son berceau, mon père couvrait de baisers le visage de ma mère. C'était le même rituel et je ne m'en lassais pas. Je les observais, le sourire aux lèvres, en espérant qu'un jour moi aussi je pourrais connaître un pareil amour.

Les cris des bambins me ramènent brutalement à la réalité. Ils partent en courant et disparaissent aussi vite qu'ils sont apparus sous la pluie battante. Léandre me tend un nouveau carré de chocolat, or cette fois je décline. J'ai l'estomac trop noué pour avaler quoi que ce soit. Même mon péché mignon.

Nous restons silencieux et attendons patiemment que le temps s'améliore. Lorsque l'averse se transforme en crachin, je me décide à quitter les lieux, résolue à abandonner cette cabane qui ne me sera plus d'aucune utilité. Un livre se ferme, une nouvelle histoire ne demande qu'à être écrite, et je sais déjà que le prologue ne sera pas fameux.

Après avoir escaladé le mur, nous descendons la pente et

dépassons toute une rangée d'habitations trapues jusqu'à atterrir devant mon immeuble. Alors que je suis sur le point de m'engouffrer à l'intérieur, mon ami me retient par le poignet et m'attire contre lui.

Il me prend dans ses bras, je ne bronche pas. Mes yeux se ferment d'emblée et je pose la joue contre sa poitrine, afin de savourer pleinement la tendresse sincère de son étreinte.

— T'es ma guerrière, me chuchote-t-il. Tu vas t'en sortir.

— Et si je ne m'en sors pas ?

Il ricane doucement malgré la tension qui crispe ses épaules.

— Rendez-vous en enfer, chérie. Crois-moi, je te le ferai payer chaque jour et chaque nuit.

Son commentaire m'arrache un rictus. Léandre resserre les bras autour de ma taille et je le sens sourire aussi.

« Tu es en train de réaliser que tu auras du mal à t'en tirer à si bon compte avec moi, n'est-ce pas ? »

Les mots du Corbeau résonnent dans ma tête, et tout à coup une peur glaciale se loge au creux de mon ventre. Léandre doit le deviner, puisqu'il recule et pose une main sur ma nuque.

— Puis-je espérer que tu seras de retour chez toi demain, à la tombée de la nuit ?

— Je t'ai fait une promesse, il me semble.

Il déglutit, puis regarde par-dessus mon épaule dès l'instant où un individu imite le cri d'un loup. Je fais volte-face et découvre les camarades de Léandre au bout de la rue.

— Dépêche-toi, mon fripouillard ! Il ne reste plus qu'un exemplaire de *Ciné pour tous* chez le marchand de journaux ! Et paraît que ton actrice fétiche, Pearl White, est à la une ! s'esclaffe celui qui est paré du même béret que Léandre.

Un autre de la bande, appuyé contre un réverbère, s'amuse à faire tournoyer une pièce dans les airs avant de la capturer dans son poing et de recommencer son numéro.

Mon ami pousse un long soupir et m'accorde une nouvelle étreinte, ignorant les railleries des Loups de la Butte.

— Reviens entière.

— Je ferai tout pour, lui assuré-je.

— Voleuse.

Je me fige.

— Quoi ?

— Tu viens de piquer ma tablette de chocolat.

Je recule et souris.

— Il faut que je revoie mes réflexes. Je me fais prendre la main dans le sac un peu trop souvent ces derniers temps, raillé-je.

Il ricane et rejoint à petites foulées ses camarades. En chemin, il s'interrompt, se tourne dans ma direction et me gratifie d'une dernière œillade. Plus notre échange visuel s'éternise, plus mon cœur se serre. Ce lien qui nous rattache se consolide, je refuse de faire de la peine à mon seul véritable allié au milieu de cette jungle urbaine.

Non... il ne s'agit pas d'un adieu.

Je hoche la tête et il me fait un salut militaire avant de courir vers sa bande. Quand ils sortent de mon champ de vision, je m'empresse de regagner mon immeuble et de gravir l'escalier en essuyant une larme qui vient de perler sur ma joue avec traîtrise.

Pourvu que Léandre ne l'ait pas vue.

Je déverrouille l'entrée de mon logement, pousse la porte et me pétrifie sur le seuil lorsque je remarque quelque chose d'anormal dans la pièce à vivre. Les rideaux de la seule fenêtre du logis bougent comme si un courant d'air venait de glisser juste à côté d'eux.

Sur le qui-vive, je fourre la clé sous un pot de fleurs fanées et ferme le battant derrière moi en prenant soin de mettre la chaîne de sécurité. J'examine attentivement la casserole à droite de la gazinière. J'aurais pourtant juré qu'en partant de chez moi ce matin je l'avais vue à sa gauche.

Suis-je en train de perdre la tête ?

Je m'avance à pas feutrés jusqu'au milieu du salon et constate que la mèche d'une bougie fume... comme si quelqu'un venait de souffler dessus à l'instant. Une odeur de brûlé flotte dans la pièce et la cire chaude fond encore sur le chandelier.

— Maman ? murmuré-je. Elliot ?

C'est idiot d'appeler mon petit frère puisqu'il se trouve à l'heure actuelle à l'école. Et encore plus ma mère, qui a à peine la force de quitter son lit pour s'affaler sur le canapé.

Je me débarrasse de mon manteau ainsi que de ma besace, et m'empare d'une petite lame que j'ai cachée dans mon soulier. À travers cette obscurité dense, mes yeux s'adaptent comme ceux d'un chat rôdant la nuit près des caniveaux. Je me déplace discrètement au milieu de mon mobilier, dans des endroits stratégiques, afin que le plancher ne craque pas sous mes pieds, et me poste ensuite devant la chambre parentale. Mon poing serre le manche de mon couteau.

J'inspire un grand coup et abaisse la poignée. La lueur dorée de la lampe à huile vacille et projette des ombres mystérieuses sur les murs. Ma mère est là, saine et sauve, emmitouflée dans les draps et endormie.

Je souffle de soulagement et contemple un instant sa beauté angélique. Une nouvelle larme s'échappe du coin de mon œil. Je l'essuie aussitôt du revers de la main et m'approche du lit. Je retire mes chaussures, me déleste de mon arme blanche, puis m'allonge sur le matelas pour me coller contre le dos ma mère.

J'encercle sa taille et je m'empare de sa main froide. Mes doigts s'entremêlent aux siens. Peau contre peau, me voilà réfugiée dans mon cocon le plus précieux. Son parfum aux notes de lilas titille mes narines, une odeur florale qui m'est familière et me rappelle sa vitalité d'antan. Chaque détail d'elle est ancré en moi.

J'ouvre les yeux en grand lorsque j'ai la sensation que ma mère vient d'exercer une pression sur ma main. Le temps s'écoule, le silence s'étire et mes espoirs de la voir se retourner pour me serrer contre son cœur s'effacent telles des volutes de fumée dans un espace ouvert.

Oui… je suis bel et bien en train de perdre la tête. Du repos me fera le plus grand bien.

Je clos les paupières et me laisse bercer par la respiration apaisante de maman. Je m'accroche à mon tout, à ce qu'il me reste de plus cher, pour me donner suffisamment de courage afin d'affronter un lendemain qui risque d'être sanglant.

Chapitre 11

Bout de papier

Armance

Ce matin, le ciel parisien s'est décidé à retirer son épais manteau gris et terne, pour révéler un dégradé de couleurs, allant du rose au rouge écarlate, avec quelques fragments de bleu par-ci par-là. Aussi lisse qu'un drap tendu, cette voûte céleste est belle à nous en mettre plein les mirettes, et renvoie une quiétude parfaite où tout le monde aimerait se perdre à l'infini. Toutefois, même si j'ai la tête levée en direction des nuages, le cœur n'y est pas pour profiter pleinement du spectacle.

Depuis que je suis levée, aux aurores, je me sens nauséeuse à l'idée de ce qui m'attend d'ici peu. Cela fait plus d'une dizaine de minutes que je patiente en bas de chez moi, dans le froid et ce calme presque lugubre. Mon moral en berne se répercute sur mon visage hostile. À vrai dire, j'ai à peine fermé l'œil de la nuit. Une farandole de questionnements et d'appréhensions m'ont rongé l'esprit comme une sale maladie infectieuse.

Je n'ai cessé de cogiter, en ne trouvant jamais la position confortable pour plonger dans les bras de Morphée, puisque ma mère s'est étendue sur toute la moitié du matelas. Et comme à chaque fois je ne lui en tiens pas rigueur. Après m'être assurée qu'Elliot s'était bien endormi sur le canapé, j'ai veillé sur eux. Toute la nuit.

Et voilà que j'en paye les conséquences.

Un bâillement m'échappe, je plaque un poing contre ma bouche pour m'interdire un tel relâchement. Je ne dois surtout pas laisser la fatigue l'emporter, mais plutôt réquisitionner toute la force qu'il me reste pour prendre le taureau par les cornes et me battre.

Parce que je ne suis pas mon père. Je ne me défile pas face à la dangerosité de n'importe quelle situation. L'abandon n'est pas inscrit dans mon sang, je m'y refuse. Et à cette simple pensée une boule de rancœur s'accroît dans mon ventre et remonte jusqu'à ma gorge pour l'obstruer douloureusement. Je ravale avec peine ma salive et expire par le nez.

— Tu me le payeras, papa, marmonné-je dans ma barbe.

Tu me manques, papa.

M'armer de courage, faire acte de présence, suivre à la lettre les directives d'Oswald Serendas et espérer que ce dernier se décidera enfin à me rendre ma liberté : tout paraît simple et clair comme de l'eau de roche. J'ai pourtant le pressentiment que les choses vont être bien plus corsées que ça.

Tout à coup, une silhouette apparaît à ma droite, et sur le qui-vive je pivote vers elle. Fausse alerte, il s'agit d'un homme d'âge mûr, que je ne connais ni d'Ève ni d'Adam, progressant à grand-peine dans ma direction, la démarche boiteuse et le visage baissé. Lorsque ce dernier croise mon regard, je reste impassible, tandis qu'il se raidit et détourne la tête avant de s'éloigner de moi, comme s'il avait honte de m'exposer son apparence au grand jour.

— Je vous souhaite une agréable journée, monsieur ! m'exclamé-je de bon cœur.

Il ralentit et je le vois hocher discrètement le menton en guise de remerciement avant de se remettre en route. Je sais qu'il n'est plus habitué aux marques de politesse et de respect, et c'est bien cette réalité qui me file mal au bide.

Nez manquant, œil crevé, ainsi que d'ignobles cicatrices striant ses joues, son front et sa mâchoire inférieure… les pires immondices de la guerre sont gravées à jamais sur son visage. Peut-être est-ce lié à des éclats d'obus ou bien aux pluies meurtrières des mitrailleuses ?

Ses traits ravagés témoignent de la violence des combats. Des horreurs, une humanité bousillée, des souffrances impérissables, des gueules cassées… le « bel » héritage de cette sombre époque à ses vaillants soldats.

Au lendemain de la guerre, j'ai assisté à des scènes glaçantes et difficilement soutenables. Comme lorsqu'une jeune femme a rejeté son mari estropié, ou quand des enfants ont crié d'effroi et se sont réfugiés dans les jupons de leur mère dès qu'ils ont vu les plaies béantes de leur figure paternelle. J'ai même aperçu des gueules cassées brûlant leur photo d'identité parce qu'elles n'arrivaient même plus à se reconnaître elles-mêmes. Certains de ses anciens combattants ont été si souvent rejetés par leurs proches qu'ils ont maintenant peur de provoquer l'effroi autour d'eux à cause de leur apparence brisée, au sens figuré comme au sens littéral. Ceux-là ne connaîtront plus la sensation de se promener dans une rue en toute tranquillité, préférant à la place raser les murs, tapis dans l'ombre. Et les plus fragiles mettent fin à leurs jours.

Ces terrifiantes épreuves auxquelles ces hommes ont été mêlés de force attisent une vague de profonde injustice en moi. Je songe au fait que des personnes soient capables de leur tourner le dos, à eux qui ont pourtant risqué leur vie pour notre liberté. Certains s'obstinent à penser qu'il faut continuer à effacer les taches et les défauts disgracieux du tableau romantique que renvoie la Ville lumière.

« Arrêtons d'aborder ces obus qui ont fauché les vies et supprimé des villages, c'est déprimant ! Rions à la place ! Arrêtons de mesurer l'ampleur de ce carnage et trinquons à Paris, qui à présent doit rayonner de festivités, d'art et de grand spectacle ! » ai-je entendu une fois à proximité d'un café parisien.

Ce à quoi je n'ai pas pu m'empêcher de répondre : « Prendre le risque d'oublier, pour n'en tirer aucune leçon et réitérer les mêmes erreurs plus tard, peut-être en mille fois pire… en voilà une excellente idée, je vous tire mon chapeau, monsieur ! Tout ça parce que vous souhaitez camoufler la laideur, pour faire primer le beau ! »

L'individu au costume blanc et à la superficialité écœurante a retiré son canotier hors de prix afin de mieux me dévisager avec stupeur. Mais je n'ai pas eu le temps de m'éterniser, car je venais de dérober toute une belle collection de pochettes en soie au petit groupe d'hommes juste derrière lui en me faisant passer pour une serveuse, alors j'ai vite pris la poudre d'escampette, malgré ma volonté de lui fermer son clapet.

Soudain, un coup de klaxon me chasse de cette sombre rengaine et j'ai aussitôt un mouvement d'arrêt lorsque j'aperçois devant moi une imposante voiture noire à la carrosserie rutilante et aux courbes gracieuses, qui soulignent le côté luxueux de l'automobile. Le retour à la réalité fait bondir mon cœur, dont les battements affolés martèlent mes côtes.

Je reconnais immédiatement Edgar derrière le volant, clope au bec et penché par-dessus la vitre abaissée, en train de me faire signe d'approcher de ses doigts gantés.

Après une brève respiration, je le rejoins d'un pas traînant, puis freine des quatre fers à la seconde où la portière arrière s'ouvre pour laisser apparaître un Léon plus exécrable que jamais. Ce dernier renifle sa manche, sans doute pour constater à quel point son odeur corporelle est similaire à celle d'un vieux chou pourri, puis il fait claquer sa bretelle noire sur son épaule droite avant de siffloter.

Son joyeux tohu-bohu gagne en décibels dès lors que son attention se focalise sur ma silhouette se déplaçant presque au ralenti. Le bras droit d'Oswald Serendas me considère avec une hostilité qui ne se dément pas à chacune de nos rencontres. Je n'en attendais pas moins de lui, ses airs supérieurs m'irritent déjà. Il prend le temps d'examiner mes vêtements tout en grimaçant, et pendant un court laps de temps j'en ai presque honte.

Il faut dire que je ne paye pas de mine avec mon sempiternel manteau en tweed, ainsi que ma longue jupe plissée et usée jusqu'à la corde. Quand je me positionne devant mon ennemi, je reste parfaitement immobile et il se met à se frotter les mains avec une mine triomphante qui ne me dit rien qui vaille.

— Une fouille s'impose.

— Va te faire voir.

Mes mots spontanés reflètent à merveille le fond de ma pensée, et pour rien au monde je ne les regrette. Mon ton incisif a au moins l'avantage de rembrunir sa face de crétin et chasser ce rictus qui m'insupporte.

— Pas le choix. Ce sont les ordres et tu vas obéir comme la docile chienne que tu es, vocifère-t-il.

Je hausse les épaules et joue les indifférentes.

— Pour ta gouverne, ton chef pense que je suis plutôt une louve. Et je préfère largement cette appellation.

— Baisse tes standards, chérie. Il a aussi décrété que t'avais une bien trop grande gueule pour un si petit gabarit.

Sur ces belles paroles, il me désigne la crosse de son pistolet, qui dépasse de la ceinture de son pantalon, ce qui me calme aussitôt. Léon réduit ensuite la distance entre nous avant de m'ordonner d'écarter les bras « à défaut de mes cuisses ». Je serre les mâchoires et m'exécute à contrecœur. Je me concentre sur un point droit devant moi pendant qu'il met la main à la pâte. Il tâte mes manches, mon dos, mon ventre, mes jambes. Il me fait ensuite retirer mes souliers afin de s'assurer que je n'ai rien caché de suspect au fond de mes semelles.

— C'est bon. Ramasse tes godasses immondes et grimpe dans la voiture.

— Tu m'ouvres la portière ?

— Tu peux toujours crever, réplique-t-il avant de rejoindre le siège passager.

Le conducteur me gratifie d'ailleurs d'un clin d'œil pendant qu'il ajuste son rétroviseur et que je renfile mes chaussures. Je l'ignore et actionne la poignée afin de me hisser à l'intérieur du véhicule. Je m'arrête en pleine action lorsque je tombe sur Oswald de l'autre côté de la banquette arrière, appuyé contre sa fenêtre, le regard braqué sur le paysage misérable de mon quartier.

— Alors comme ça tu aimes quand je t'appelle ma Louve ? me lance-t-il de but en blanc sans se tourner vers moi.

Son intonation étonnamment douce, aux inflexions mélodieuses, me déstabilise.

— Bonjour à toi aussi.

Il jette un furtif coup d'œil dans ma direction lorsque je fais claquer la portière derrière moi. Vêtu de noir des pieds à la tête, le tueur demeure paré de cet air prédateur qui me tétanise et me conforte dans l'idée qu'il est préférable de garder une distance de sécurité entre lui et moi. Sans oublier ce regard sinistre et impérieux qui semble dire que tout lui est dû.

Pendant que je serre les pans de ma jupe nerveusement, Edgar démarre le moteur de l'automobile et ne perd pas de temps avant de s'engager dans l'allée face à nous. Plus de retour en arrière possible. J'examine l'habitacle avec une certaine curiosité, notamment le tableau de bord constitué d'élégants cadrans. Je m'interroge d'ailleurs sur leur utilité. Je n'avais encore jamais connu le luxe de monter à bord d'une voiture. Ici, l'odeur est particulière : un mélange de tabac, de cuir et d'essence. La matière froissée de mon siège est froide au toucher et je ressens chaque vibration qui traverse mon corps à mesure que le véhicule gagne de la vitesse. Difficile de prendre ses marques au milieu de ce paysage inconnu.

— Sache que si tu importunes Léon il deviendra bavard. Plus qu'il ne l'est déjà. J'imagine que ce n'est pas ce que tu souhaites, raille Oswald.

Installé devant moi, le blond aux pensées carnassières me fusille du regard depuis son siège. Je soutiens ce regard quelques secondes avant de reporter toute mon attention sur son chef despotique.

— Je souhaite l'éjecter par-dessus bord, serait-ce possible ?

Les lèvres du tueur se retroussent face à mon sourire hypocrite.

— Je crains que non.

— Un conseil d'ami : surveille ton langage. Je ne suis pas ton clébard ! aboie Léon, une veine pulsant sur sa tempe.

Je croise les bras et m'enfonce dans mon siège, le menton relevé.

— De un, tu n'es pas mon ami. De deux, toujours des menaces proférées, mais aucun acte, le provoqué-je. Mais en revanche, ce dont je suis certaine, c'est que tu es bien le toutou d'Oswald. Celui dont la queue frétille lorsqu'on lui balance un nonos !

Edgar éclate d'un rire tonitruant qui me fait sursauter.

— Putain de merde ! Moi qui pensais qu'on allait se faire chier durant tout le trajet ! On peut dire qu'elle met l'ambiance, cette petite teigneuse !

Je crois que mon préféré de ce trio de malfrats, c'est le borgne. Au moins, je fais rire quelqu'un, voyons le bon côté des choses !

Les traits de Léon se crispent et je peux presque entendre le flot de pensées meurtrières qui s'écoule dans sa cervelle de moineau. Je le vois ensuite se tourner lentement vers son supérieur.

— Je veux la voir morte, Os'. Coupée en morceaux, sur un brasier, au milieu d'une place publique, sous les applaudissements et les cris enthousiastes. Permission accordée ?

— Permission refusée.

Le Corbeau retourne à son observation des environs comme si de rien n'était, le menton coincé sous sa paume. Son sbire lâche une série de jurons à mon égard et daigne enfin me tourner le dos. Un soupir de soulagement m'échappe. Désormais, j'essaye de me concentrer sur cette bande de garçons jouant aux billes devant ma vitre, ou encore ces camions transportant d'énormes sacs de ciment, afin de me distraire.

Edgar donne un coup de volant sur la droite et s'engage par la suite le long d'un boulevard au milieu duquel s'agglutinent tout un tas de voitures. Je remarque au loin un couple se disputant devant la boutique d'un marchand de tapis, néanmoins, pas le temps de me concentrer sur eux, puisqu'un mouvement attire mon attention. Du coin de l'œil, je remarque que le Corbeau est en train de fouiller dans la poche intérieure de son épais manteau.

Que va-t-il dégainer ? Un poignard ? Un flingue ? Un instrument de torture qu'il souhaite tester sur moi ? Je me colle contre ma portière, les sens plus que jamais en alerte.

Oswald sort finalement une pomme, d'une rondeur presque parfaite, à la robe rouge lisse et brillante qui, je l'avoue, m'a l'air très appétissante. Mon estomac vide se contracte, la salive monte, je m'en lèche les babines. L'envie de croquer dans cette chair juteuse et sucrée devient obsessionnelle... toutefois, je n'en laisse rien paraître, et reste aussi stoïque qu'une pierre.

Mon ennemi l'essuie à l'aide de sa manche et me la tend sans même m'accorder un coup d'œil. J'en reste bouche bée et je prends le temps de bien analyser son attitude, dans l'espoir de détecter le piège dans lequel il souhaite m'attirer.

— Je suis certaine qu'elle est empoisonnée.

Comme s'il s'était attendu à cette réponse, il mord dedans et prend le temps d'en savourer une bouchée. Puis il me la tend à nouveau.

— Convaincue ?

— Où est le traquenard ?

— Me reproches-tu de vouloir te nourrir ?

— Je n'en veux pas.

— Tu évites de croquer dans le fruit défendu pour rester au paradis, c'est ça ? ironise-t-il d'une voix traînante.

— Je suis une voleuse. Mon destin est déjà scellé, déballé-je froidement.

C'est à ce moment précis que ses yeux pâles, dont l'iris droit est taché par des éclaboussures mordorées, plongent dans les miens. Sans même m'en rendre compte, j'ai esquissé un mouvement de recul. La lumière de l'aube donne une teinte dorée à ses pommettes anguleuses et fait ressortir les reflets bleutés de ses cheveux qui lui tombent dans le cou, et dont une mèche capricieuse barre son front légèrement plissé. Je me fustige intérieurement de penser cela... mais ils m'ont l'air si doux au toucher. Même si je ne me risquerai pas à le vérifier. Plutôt mourir... et, Dieu merci, il me reste encore un semblant de lucidité.

De toute manière, cette magnificence qu'il arbore n'est qu'illusion. Ses valeurs, ses convictions, tout comme ses habitudes criminelles sont condamnables. Et c'est surtout sur ce dernier point que je ne dois jamais mettre des œillères.

— Tu es une survivante, Armance. C'est différent.

Mon corps entier se raidit tel un bout de bois. La façon dont il articule ces mots, sûr de lui et avec gravité, me désarme complètement. J'ai du mal à le cerner, et cette facette énigmatique m'intrigue autant qu'elle m'effraye.

Cet homme est un meurtrier, bon sang ! Un chasseur insatiable, en quête de sang frais ! Il est le chef d'orchestre de plusieurs massacres, jouant sur la peur et les cris d'agonie de ses victimes.

Mes mains tremblent à peine. J'ai du mal à saisir ses motivations morbides et ça ne me plaît pas de le côtoyer de si près. Ce que je comprends moins, c'est mon attitude avec lui.

Je devrais claquer des dents à longueur de journée, le redouter, me recroqueviller sur moi-même et approuver ses dires. Tous sans exception. Et pourtant je continue à lui parler avec trop de liberté, à soutenir son regard et à respirer le même air que lui avec un calme maîtrisé. Du moins, en apparence. Et Oswald me laisse faire, sans volonté de me museler. Peut-être qu'il veut savoir jusqu'où je peux aller, pour ensuite mieux me le faire payer. Certainement.

Je devrais être apeurée, mais la colère en moi efface tout le reste. Marie a raison, cette émotion putride me bousille et effiloche ma prudence à coup d'actes provocateurs qui sortent de je ne sais où. Elle est en train de pourrir à l'intérieur de moi et dérègle tout discernement.

Je détourne le regard la première pour mettre fin à cet échange visuel interminable et me retiens de lui envoyer une pique acerbe en pleine figure.

Une survivante que tu n'hésites pas à envoyer au casse-pipe, surtout !

Je m'oriente vers ma fenêtre afin de lui tourner le dos, même si je ne peux m'empêcher de me défouler sur l'autre énergumène qui vient de glousser comme une dinde en me traitant de « torchon sale » en toute impunité.

— Toi par contre, ça se voit gros comme une maison que tu es loin d'être un puits de science ! attaqué-je.

Edgar éclate à nouveau de rire. Un grand merci à lui, je constate qu'il est très bon public.

Oswald, lui, mange la pomme à ma place, l'air de rien, tandis que le blondinet serre les poings en rêvant de me zigouiller sur place.

— Ne prends pas trop tes aises. Tu es encore loin d'être tirée d'affaire ! me rappelle le borgne.

Je retire ce que j'ai dit tout à l'heure, je n'apprécie pas Edgar au final.

— Sans blague, craché-je, la voix chargée de sarcasme.

— Dis-donc, t'aurais pas bouffé un lion ce matin, par hasard ? se marre le chauffeur.

— Figure-toi que mon estomac est vide. On n'a pas tous le luxe de se faire des festins ici.

— Tu as refusé ma pomme, me rappelle Oswald.

— Parce que je ne veux rien de toi.

— C'est ce qu'elles disent toutes. Avant de goûter la partie la plus intéressante de moi.

La malice qui pétille au fond de ses prunelles me ferait

presque rougir d'embarras. Heureusement, je garde la tête froide et le remballe aussitôt :

— Ne me compare pas à tes dégénérées de courtisanes. Ce n'est pas ma faute si elles n'ont pas la lumière à tous les étages pour te côtoyer.

Son sourire creuse sa fossette, signe que toute cette conversation l'amuse.

— Tu es unique, c'est vrai, poursuit-il posément.

Mes yeux s'écarquillent, l'instant d'après je cligne des paupières pour me reprendre.

— Je ne sais pas comment le prendre venant de toi.

Une lueur particulièrement vicieuse traverse son regard cristallin. Les mauvaises ondes empestent l'habitacle, puisque sa part détraquée a décidé de refaire surface.

— Et tu sais ce que tu vas finir par me voler en te comportant de la sorte, Armance ?

— Quoi donc ? Ton cœur ? ironisé-je.

Ses traits s'aiguisent, au même titre que ce rictus malfaisant qui s'incruste sur ses lèvres et me cisaille les entrailles en deux. L'atmosphère se refroidit immédiatement et je crains cette fois-ci d'être allée trop loin.

— Ma patience.

C'était à prévoir. Je me mords l'intérieur de la joue, presque jusqu'au sang, et n'ose même plus respirer.

— Edgar ?

— Oui, patron ?

— Arrête-toi ici.

— Déjà ?

— Affirmatif.

— À tes ordres !

C'est là que je réalise que nous venons de sortir de la capitale pour sillonner les routes de campagne. Le chauffeur se range à droite d'un chemin terreux et coupe le moteur, juste à l'orée d'une forêt de hauts pins. Les massifs boisés forment une immense barrière verte devant nous, et je dois dire que tout cela me laisse perplexe.

— On est arrivés ? m'enquiers-je.

— Tu vois bien que non, imbécile ! me crache Léon. Tu repères un manoir à l'horizon, toi ?

— Oh doucement... elle va te planter si tu continues ! ricane Edgar. Je me méfierais à ta place.

— J'attends que ça depuis tout à l'heure, répond-il en passant la langue sur ses canines.

— Sortez tous ! exige Oswald en ouvrant la portière le premier. Léon, donne-moi l'heure.

Ce dernier coopère et sort sa montre à gousset.

— 8 heures pile, Os'.

Je le dévisage en m'extirpant à mon tour du véhicule, bercée un court instant par l'odeur de la résine des pins sylvestres, qui se dégage des troncs réchauffés par les lueurs du soleil. Quelques aiguilles craquent sous mes pieds, ce qui me rappelle malgré moi mes parties de cueillette dans les bois en compagnie de mon père.

— Qu'est-ce que t'as ? T'es amoureuse de moi, ça y est ? la ramène le blond.

— Non, je suis impressionnée à vrai dire.

— Ah bon ?

— Parce que tu sais lire l'heure, déballé-je en faisant étalage de toute ma dérision.

Mon adversaire me sourit et fait craquer sa nuque.

— C'est officiel. Je vous annonce, mes chers camarades, que je vais la tuer. Une bonne fois pour toutes.

— Tu radotes là. Sois plus créatif, je sais pas... « Je rêve de te faire la torture de la fourchette », par exemple !

Il a un brusque mouvement d'arrêt.

— La torture de la fourchette ? répète-t-il, en pleine confusion.

Le reste de la bande focalise son attention sur moi également, dans l'attente d'explications plus poussées. Je m'éclaircis la gorge, surprise à l'idée de leur apprendre quelque chose, surtout en matière de châtiment purement sadique. Les rôles sont inversés, c'est l'hôpital qui se fiche de la charité !

— Oui, il s'agit d'une fourchette spéciale, composée de deux pointes à chaque extrémité. Tu l'attaches au cou de ta victime, de sorte que les extrémités entrent en contact avec la peau de son cou et de son sternum… et tu la laisses comme ça, debout, attachée contre un mur. Elle va donc lutter contre le sommeil de toutes ses forces. Et quand elle sera épuisée elle cessera de lutter. Son menton tombera et les pointes transperceront sa chair pour l'achever.

Edgar et Léon se regardent, sous le choc, tandis qu'Oswald reste impassible.

— Intéressant. Au final, la technique ne demande pas trop d'efforts, relève le Corbeau avec un calme glacial.

— Oh, ça te donne des idées, Os' ? Pour la torturer ? Je pourrai y participer ?

Le tueur lève les yeux au ciel et dépoussière l'une des manches de son long manteau.

— Au lieu de bavasser comme des oies, et si on se mettait en position ? Si vous voyez où je veux en venir ? Ma phase d'observation est terminée.

— En position ? répété-je, perdue.

— Ouais… en position ! s'exclame Léon en se frottant les mains.

Cet homme est complètement siphonné, c'est indéniable. Sa faculté à parler à tort et à travers me fascine.

— Tu as l'air de contester mon plan, Armance, poursuit Oswald.

Et à ces mots il commence à tourner lentement autour de moi, pareil à un rapace qui a détecté de la chair fraîche. Je fais en sorte de pivoter en même temps que lui, afin de ne pas lui montrer mon dos.

— Ton ébauche est devenue un plan, ça y est ?

— Il faut que tu partes du principe que je suis le plus intelligent de tous.

Il marque un temps d'arrêt et ajoute :

— Et aussi le plus séduisant.

— Le plus présomptueux, je dirais, surenchéris-je.

Son sourire s'élargit et il poursuit sa lente ronde autour de moi.

— Hum… ma Louve. J'ai une question à te poser.

Ça ne présage rien de bon.

Voilà qu'il sort de sa poche un petit bout de papier qu'il plie lentement en deux sous mes yeux.

— Est-ce que tu savais que parfois certaines choses qui nous paraissent bien innocentes peuvent être en réalité les armes les plus redoutables ?

— Vraiment ? lâché-je sans savoir où il veut en venir.

Il change subitement de trajectoire et me prend au dépourvu quand il fonce vers moi. Je bondis en arrière, mais pas assez vite pour l'empêcher de me saisir le bras. D'un coup vif et précis, Oswald glisse le morceau de paperasse sur mon poignet, entaillant légèrement ma peau. Je gémis de douleur et pose une main sur la coupure, hébétée et effrayée à la fois.

— Plus discret et précis qu'un couteau, raille-t-il.

— Qu'est-ce que…

La seconde d'après, je me retrouve acculée contre le capot de l'automobile.

— Les gars, tenez bien cette petite rebelle.

— Oh merde ! J'adore ! s'excite Léon. Allez ! On se met en position !

Le blond me maintient du côté droit, tandis qu'Edgar vient s'ajouter à l'équation en me maîtrisant du côté gauche. Les hommes m'écrasent de tout leur poids pour m'empêcher de fuir et de gesticuler dans tous les sens. Pendant ce temps, Oswald sifflote joyeusement. À l'aide de son pouce et de son index, qu'il colle à chaque extrémité de mon œil droit, il me force à le garder grand ouvert en étirant ma paupière vers le haut. Le pire, c'est quand il rapproche dangereusement son bout de papier de ma rétine. Je comprends immédiatement ce qu'il souhaite me faire : la trancher en deux.

— Non ! Pas ça ! hurlé-je.

Le Corbeau se pourlèche les lèvres et continue de pointer son arme fatale en direction de ma prunelle. La terreur à l'état pur m'envahit.

— Pitié, non !

J'ai l'œil qui pleure, en partie à cause de l'air, vu qu'Oswald m'empêche toujours de battre des cils. Mon palpitant cogne à la manière d'un tambourin et provoque un vacarme étourdissant en moi. Lorsque la feuille ne se situe plus qu'à un centimètre de mon globe oculaire, Oswald se fige. Dix secondes plus tard, après s'être abreuvé de ma peur, il finit par claquer des doigts. Ses laquais me relâchent et le Corbeau jette son foutu bout de papier à nos pieds avant de m'attraper par le cou et de se pencher vers moi.

— T'écouter me supplier vaut son pesant d'or, y a pas à dire… Maintenant, ouvre grand tes oreilles, parce que je ne me répéterai pas.

Je respire de plus en plus vite et de plus en plus fort.

— Je suis aussi le plus impatient de la bande. À présent, tu te concentres, sinon je ne m'arrêterai pas la prochaine fois. Tes cris, tes pleurs, tes supplications, je ne les prendrai pas en considération. Tu saisis ?

Je reste muette et sa poigne se resserre sur ma gorge.

— Tu saisis ? répète-t-il plus fermement.

— Oui, réponds-je à contrecœur.

— C'est toi ma plus belle arme. Tu transpires l'innocence, mais en même temps tu es aussi sanguinaire et fougueuse qu'une bête sauvage. Avec toi, je vais faire des ravages.

Sa bouche remonte doucement mon lobe, un vent glacial semble me parcourir jusqu'au bout de mes doigts. Je garde mes lèvres scellées, tandis que le temps semble s'égrener au ralenti. Une drôle d'énergie circule entre nous et je n'en savoure aucune seconde. Je peine à me remettre de mes émotions et à dénouer ce poids écrasant qui s'est logé au cœur de ma poitrine.

— Que suis-je censée faire alors ? articulé-je d'une voix si vacillante que je ne la reconnais même plus.

Chaque partie de mon corps frissonne au contact du sien, d'autant plus lorsqu'il effleure ma mâchoire et que son souffle chaud frôle la commissure de mes lèvres.

— Le coup de la panne, ma Louve. C'est l'heure de me prouver que tu es bonne comédienne.

Chapitre 12

Réquisition de véhicule

Armance

— Tu m'as l'air contrariée, souligne Oswald d'un ton las.

Mais c'est qu'il se montre perspicace, le vilain piaf ! vociféré-je en mon for intérieur.

C'est une supposition dans la forme, mais dans le fond il s'agit bien d'une affirmation. Oui, évidemment que je suis contrariée. Et j'ai toutes les raisons de l'être après avoir cru dur comme fer que j'allais perdre l'usage de mon œil droit.

C'est ce qui s'appelle une démarche judicieuse pour établir un lien de confiance ! À deux doigts de lui proposer d'être mon compagnon d'armes si une nouvelle guerre mondiale se profile à l'horizon ! Y a pas à dire, Oswald Serendas excelle dans les relations humaines !

Un arrière-goût de bile remonte le long de mon œsophage, tout comme une poignée de mots virulents que je rêve de lui balancer sans aucune restriction. Au lieu de ça, je garde bien au chaud la véhémence de mes pensées et ne bronche pas en continuant de regarder droit devant moi.

Si j'étais terrifiée quelques minutes plus tôt, je suis désormais en pétard contre lui. Surtout en ayant entendu le Corbeau éclater de rire lorsqu'il a découvert ma mine déconfite après les explications sur son plan plus que bancal. Edgar et Léon s'en sont d'ailleurs donné à cœur joie pour le rejoindre dans son hilarité.

La bonne nouvelle, c'est que ces deux raclures se trouvent à présent cachées derrière les bosquets touffus de la forêt, sur le qui-vive, prêtes à couvrir nos arrières et à bondir au moment du signal.

La mauvaise nouvelle, c'est que je subis cette proximité forcée avec Oswald depuis une bonne dizaine de minutes et j'en ai déjà assez.

— On fait la paix ? réitère-t-il.

Que nenni !

Difficile d'oublier sa présence lorsque ce dernier décide de la jouer pipelette. Appuyé contre l'une des portières de son véhicule, Oswald ricane après m'avoir entendue renifler en signe de mécontentement. Pour ma part, je me situe à l'arrière de l'automobile, emplacement stratégique pour faire le guet. Selon les dires du criminel, une camionnette ne devrait pas tarder à faire son apparition au milieu du terre-plein. Ma mission dans toute cette histoire ? L'arrêter en cours de route en simulant une panne de voiture, et comme je ne sais toujours pas comment m'y prendre l'improvisation sera donc de mise.

— Rancunière à ce que je vois.

Et il en rajoute une couche. Toujours plus épaisse et lourde que la précédente. Je continue tant bien que mal à faire la sourde oreille, même si je sens la brûlure de son regard narquois entre mes omoplates.

— Même si je dois dire que cette moue est franchement adorable.

Cette fois, je fais volte-face vers Oswald et le rictus triomphant qu'il me renvoie met au supplice mon sang-froid.

— Tu as juste essayé de me crever l'œil tout à l'heure, mais à part ça tout va bien, lui réponds-je avec un calme glaçant.

Il joue avec sa montre à gousset et se contente de hausser les épaules comme pour dédramatiser la situation.

— Un coup de bluff, rien de plus. Tu prends les choses trop à cœur.

— Je me demande bien où tu trouves toutes ces idées.

— Je te l'ai déjà dit, je suis quelqu'un de créatif.

Estomaquée par son audace, je pince les lèvres et lui tourne le dos pour me caler à nouveau contre le coffre de la voiture, les bras croisés et le regard rivé vers l'horizon ensoleillé, qui a de quoi contraster avec mon humeur massacrante.

— Nous allons poireauter encore longtemps ? soupiré-je.

— Aussi longtemps qu'il le faudra. Profites-en pour remettre un peu d'ordre dans tes cheveux.

Je passe instinctivement une main sur mes mèches dorées.

— Quel est le problème ?

— On dirait un épouvantail.

Oswald Serendas demeure un as de la provocation, en quête d'anicroches. La moindre turbulence le galvanise et je ne lui accorderai pas ce plaisir. Même si sa remarque me touche bien plus que je n'aimerais l'admettre, j'entre dans son jeu dans l'intention ferme de lui clouer le bec, et qu'il me laisse en paix quelques précieuses minutes.

— Si je suis un épouvantail qui arrive à faire fuir les corbeaux, alors je refuse de me recoiffer.

Même sans le regarder, je sais qu'il sourit.

— La plupart d'entre eux sont robustes. Pas certain que tu réussisses à tous les contrer.

— Oh vraiment ? Alors ceux-là en particulier mériteraient d'être plumés.

— Mais peut-être que les laisser s'approcher de toi vaudrait le détour, qu'en dis-tu ?

— Et puis quoi encore ? Pour qu'ils me crèvent les yeux avec leur bec ? réchigné-je.

Ou un bout de papier ?

— Ma Louve, je suis de plus en plus séduit par notre jeu du chat et de la souris.

Sa dernière réplique me fait m'étrangler sur place, tandis que mon corps se glace d'effroi.

— Notre jeu ? Redescends un peu, à t'entendre on croirait que je partage quelque chose avec toi !

— Ce n'est pas le cas ? Tu ne t'amuses pas en ma compagnie ?

— Pas le moins du monde, riposté-je.

— On mérite tous un peu de divertissement.

— Alors va distraire quelqu'un de plus réceptif.

Je conclus mes propos par un nouveau regard courroucé dans sa direction. Il ne tique pas. Son menton se redresse en signe de condescendance.

— Tu mens si joliment.

Sa voix caressante me fait oublier durant un instant son esprit orgueilleux. Même si je déteste l'écouter, je ne peux nier le fait qu'elle provoque à chaque fois un drôle d'effet chez moi. Une sorte de bouffée de chaleur inconvenante, qui remonte tout le long de mon épine dorsale et dont je n'arrive pas bien à saisir la véritable nature.

Oswald Serendas a non seulement une élocution des plus agréables, mais aussi une belle posture, et ce, qu'importe les situations. Il ne s'affaisse jamais, baisse rarement les yeux, a tout le temps les épaules redressées et un dos bien droit. Sans parler de sa démarche souple : ni lente ni précipitée, comme si le monde lui appartenait. Quant à sa gestuelle, à la fois fluide et raffinée… elle entre indéniablement dans les codes aristocratiques de notre époque. D'où vient-il ?

Cette interrogation tourne en boucle dans ma caboche et me fait aussi prendre conscience que je ne connais rien de sa personne. Mis à part ses petits plaisirs sanguinaires.

— Tu me déconcentres pour la mission, marmonné-je.

— C'est fait exprès, m'informe-t-il.

— Je sais. Tu veux vérifier si ton avertissement de tout à l'heure est bien passé ? Il l'est, sois rassuré. On dirait que tu attends le moindre écart de conduite de ma part pour me le faire payer à nouveau.

— Les punitions, c'est ce que je préfère. Surtout quand c'est moi qui les donne.

Je lui montre à nouveau mon dos, écœurée à l'idée de subir une nouvelle avanie de sa part.

— Qu'a fait ton père pour que tu lui en veuilles autant ? Et pourquoi tout le monde crache sur ta famille ? m'interroge soudainement Oswald.

Son flegme ne se marie pas bien avec la gravité de la question posée. D'autant plus que sa curiosité se montre intrusive pour moi. Pourtant, les mots se libèrent d'entre mes lèvres avec une facilité déconcertante.

— Il a été condamné à mort pour désertion. Tout le monde le traite à présent de lâche et de criminel, ce qui, tu t'en doutes bien, a eu un sévère impact sur la réputation des Faure.

En plus d'être un acte militaire considéré comme une haute trahison, la désertion a été fermement condamnée par la presse ainsi que la population. L'opprobre jeté sur ma famille, provoqué par la tentative de fuite de mon père, nous a tous mis en porte-à-faux depuis. Et de manière irréversible.

— Je vois. Il a donc refusé de rejoindre le front.

Sa remarque est étonnamment dépourvue de tout jugement, j'en suis immédiatement soulagée.

— Tu as fait la guerre toi aussi. N'est-ce pas ? le relancé-je pour réorienter la discussion vers lui.

— C'est même au milieu des tranchées que j'ai rencontré Léon et Edgar, mes frères d'armes.

— Tu n'as pas été gâté alors.

— Une aubaine, tu veux dire. C'est dans les pires galères que notre véritable nature ressort. Et sur les champs de bataille je n'ai pas trouvé plus fidèles et loyaux qu'eux. Des qualités rares de nos jours.

— Oui, ce sont tes gentils toutous obéissants. J'avais compris.

— Si tu savais à quel point les chiens et les hommes peuvent tisser de puissants liens affectifs.

— Tu m'as l'air obsédé par ces bêtes.

Son regard se perd au loin, cherchant à s'évader.

— Ces animaux ont la faculté inouïe de pardonner, même quand on leur fait subir le pire. Abandonne-les et ils t'attendront. Frappe-les et ils reviendront vers toi. Ignore-les et ils continueront de t'aimer. Ils sont dénués de tout sentiment de vengeance… Leur fidélité sans égale me fascine.

— Alba, ta chienne, est donc ta meilleure alliée ?

— Elle est ma meilleure amie et pour rien au monde je ne lui ferais du mal. Jamais, souffle-t-il dans un murmure à peine audible.

Cette fois, je reste muette, puis me fige dès l'instant où un bruit de moteur retentit au loin. Je plisse les yeux et tends l'oreille, aux aguets. Et enfin je discerne au loin le véhicule tant attendu.

— Camionnette avec semi-remorque bâchée et qui m'a l'air bien chargée en vue ! Quatre personnes à bord visiblement. C'est bien ceux que tu attendais ?

Oswald vérifie l'heure sur sa montre et opine.

— 8 h 30, ils ont le mérite d'être ponctuels.

— Tu vas les tuer ? m'enquiers-je nerveusement.

L'éclat féroce qui émane de sa personne retient aussitôt toute mon attention. Je me concentre surtout sur cette lueur fébrile dans le bleuté de ses yeux, qui semble m'expédier séance tenante au fin fond des abysses les plus insalubres qui soient.

— Je devrais selon toi ?

Son expression reste difficile à interpréter.

— Personne ne devrait avoir un droit de vie et de mort sur les autres.

— Ce n'est pas faux.

— Si tu es d'accord, alors pourquoi tu tues de sang-froid ?

— L'illusion marche, j'en suis ravi.

Je me tétanise.

— De quoi parles-tu ?

À mesure qu'un sourire inhospitalier tord sa bouche, je me sens à nouveau emmurée par sa dangerosité. J'en ai la chair de poule, mais je reviens aussitôt sur terre quand il daigne me rappeler à l'ordre :

— Au lieu de vouloir me faire la morale, mets-toi en place et épate-moi.

Je ne me fais plus prier et m'éloigne du véhicule pour me mettre bien en évidence au milieu du chemin terreux. Une fois le vide dans mon esprit fait, j'endosse le rôle de la demoiselle en détresse. Mes yeux s'écarquillent, comme sous le coup de la panique. Puis je me mets à faire des allers-retours, saccadés et nerveux, sous le regard des hommes qui se rapprochent de nous. L'un d'eux ne tarde pas à m'interpeller.

— Mademoiselle ! Tout va bien ?

Je relève la tête, faisant mine de les apercevoir pour la première fois, et porte une main tremblante à ma bouche.

— Dieu soit loué ! Vous tombez à pic ! Nous sommes en panne ! S'il vous plaît, aidez-nous !

Les regards deviennent interrogateurs et je me fige, en me demandant bien là où j'ai échoué dans mon jeu d'actrice.

— Nous ? Mais je ne vois que vous, mademoiselle !

Quoi ? Mais ce n'est pas...

J'ai un moment de flottement quand je me retourne et que je n'aperçois plus Oswald dans les parages.

Qu'est-ce que c'est que ce traquenard ? Où est-il passé bon sang !

— Elle a l'air un peu toc-toc quand même. Peut-être qu'elle a des hallucinations, glisse l'un des individus au conducteur qui fume comme un pompier.

Sous le coup de l'incompréhension, je me précipite à l'avant de l'automobile et reste bouche bée. Le Corbeau est là, étendu de tout son long au sol, jouant à la perfection une personne inconsciente. Je me reprends vite et fais de grands gestes des bras pour les interpeller à nouveau.

— Non, je ne suis pas toquée ! Mon compagnon s'est évanoui ! m'affolé-je. Je ne sais pas quoi faire ! Je n'y connais rien en mécanique, aidez-moi à trouver ce qui cloche, je ne veux pas être coincée ici pour le restant de mes jours !

Cette fois-ci, le conducteur freine et met à l'arrêt son véhicule. D'un vif signe de tête, il demande aux trois hommes qui l'accompagnent de descendre de la camionnette pour me prêter main-forte.

— Les gars, allez voir ça de plus près ! Et bougez-vous, on est déjà à la bourre !

Vêtus de vestes blanches, de pantalons pied-de-poule, ainsi que d'un tour de cou immaculé, ils retroussent leurs manches et accourent dans ma direction. Je constate qu'il s'agit en réalité d'une brigade de cuisiniers. Même si certains éléments du plan m'échappent encore, puisque Oswald n'est apparemment pas le genre de personne à s'attarder sur les détails, je continue de jouer la comédie. Il y a comme un mauvais pressentiment qui se loge au creux de mon ventre.

— Je suis inquiète ! Il est inconscient depuis une dizaine de minutes !

— Vous inquiétez pas ! On est là maintenant !

Celui qui me semble être le plus jeune se penche vers Oswald et lui donne des petites tapes sur les joues pour le ramener à nous. Toutefois, il reste parfaitement immobile.

— Eh oh, monsieur ! Vous m'entendez ?

Tandis que l'homme continue de le secouer par les épaules comme un prunier, dans l'attente d'un premier battement de cils, les deux autres individus soulèvent le capot de sa voiture pour jeter un œil au moteur.

— Tu t'y connais en bagnole, toi ? interroge celui de droite en se tournant vers son camarade.

— Un peu ! On va d'abord vérifier s'il y a une fuite d'huile !

À ces mots, il commence à se perdre à travers cette forêt de cylindres et vérifie chaque composant avec un air de plus en plus perplexe à mesure qu'il progresse dans son analyse.

Au bout d'une minute, il demande de l'aide à son second pour vérifier le niveau de l'essence. Une fois leur grosse inspection terminée, ils reviennent me voir.

— Mademoiselle, je suis assez confus… tout me paraît intact pourtant…

— Je… je ne sais pas quoi vous dire, réponds-je.

Ni quoi faire non plus ! Il serait temps de se réveiller, Oswald ! Je commence à perdre patience !

Ce dernier joue encore l'évanoui et ne m'apporte aucune aide depuis tout à l'heure. Je remonte mon manteau sur le nez pour me mordre l'intérieur de la joue discrètement. Et maintenant ? Quelle direction dois-je emprunter ? Une sueur froide coule le long de mon dos. Sans savoir quoi faire, je pivote vers celui qui est resté derrière le volant et, là, je recule d'un pas.

Le conducteur se trouve au sol, bâillonné, avec les poignets et les chevilles ligotés. Il gesticule comme une larve, sous le regard sadique de Léon qui savoure son petit moment de domination. Lorsqu'il reporte son attention sur moi, il colle son index contre sa bouche et me fait ensuite signe de me retourner.

Je m'exécute lorsque je sens un mouvement rapide fendre l'air derrière moi. Edgar, sorti de sa cachette également, vient de plaquer tout son poids sur l'homme le plus robuste de la bande. Tandis qu'Oswald, lui, qui a enfin mis un terme à son pseudo-malaise, a épinglé au sol celui qui lui a tapoté le visage, le canon de son pistolet pointé entre ses yeux.

Le dernier individu libre assiste à la scène, impuissant. Il recule, prêt à prendre ses jambes à son cou. Seulement le Corbeau promène son regard mauvais sur lui et l'avertit d'une voix si glaciale que j'en frissonne aussi :

— Un geste et j'explose le crâne de ton ami.

Il complète sa mise en garde en frôlant dangereusement la détente du bout de son index. L'effet escompté arrive, sa victime se pétrifie, telle une statue de cire.

— Bras en l'air ! grogne Edgar par la suite.

Il obéit et met les mains bien en évidence, tremblant comme une feuille.

— Qu'est-ce que vous voulez, nom d'un chien ! braille le conducteur toujours sous la surveillance de Léon.

Oswald esquisse un sourire en coin et clame à toute la petite assemblée :

— Trois fois rien. Réquisition de votre véhicule, messieurs !

Chapitre 13

Infiltration

Armance

« Sadique » et « tordue » sont les premiers qualificatifs qui me viennent en tête face à la scène qui s'est produite sous mes yeux.

Je scrute ces pauvres hommes alignés devant nous. À genoux et la tête baissée, ils sont dévêtus, juste affublés de leur long caleçon, tremblant à cause de la brise fraîche du matin qui hérisse leurs bras de chair de poule. L'humiliation est totale pour eux. Et Oswald, qui trace de lents allers-retours devant eux, s'en réjouit hautement.

Depuis tout à l'heure, il passe un interrogatoire musclé à celui qui paraît être le leader du groupe pour vérifier son identité. Selon les informations révélées sous la pression du Corbeau, le conducteur répond au nom de Bill Chelan, un nouveau chef cuistot acclamé par ses clients depuis l'ouverture de sa brasserie nichée à Saint-Germain-des-Prés. Grâce au bouche-à-oreille, le père de Marie, un certain Étienne Clémart, a eu vent de ses prouesses culinaires et a donc décidé de l'inviter dans son manoir aujourd'hui, accompagné de ses plus fidèles commis, pour préparer un festin de roi à tous ses convives.

D'où notre arrêt au milieu de cette route de campagne pour les retenir sous l'autorité de Serendas.

Car d'après ce que j'ai compris Oswald se mettra dans la peau du chef Chelan, tandis que Léon, Edgar et moi-même jouerons sa brigade. Je constate que plus j'en apprends sur son plan, plus je suis refroidie.

Une fois la série de questions bel et bien terminée, le Corbeau claque des doigts et donne l'ordre à Léon et Edgar d'emmener ses victimes du jour dans la forêt, à l'abri des regards indiscrets. Apparemment, une croix rouge est inscrite sur le tronc d'un immense pin sylvestre. D'autres sbires d'Oswald les attendent à ce lieu précis pour s'occuper eux-mêmes de la petite troupe de cuisiniers, dans le but de s'assurer qu'ils ne gâchent pas notre opération d'infiltration.

J'ignore ce que cela signifie et jusqu'où ils s'apprêtent à aller pour les retenir et les convaincre de ne pas nous trahir. Après réflexion, je crois que je ne veux jamais le savoir.

Je me rends compte que ce maudit Oswald Serendas ne lésine pas sur les détails. Il donne l'impression qu'il improvise, alors qu'en réalité il calcule et épluche chaque scénario possible pour le bon déroulement de son plan. Il pense à tous les moyens dont il dispose pour parvenir à ses fins. Pas de décision impulsive prise à la volée, mais des actes calculés et maîtrisés, la tête froide.

Son flegme n'est qu'illusion. Il sait parfaitement ce qu'il fait et où il veut aller pour emporter tout ce qu'il désire dans son sillage. Le mal est la seule règle qu'il respecte, il mène sa danse comme il l'entend, pareil à un marionnettiste en compagnie de sa collection de pantins, dont il se plaît à manipuler les ficelles. C'est ce qui s'appelle l'art de tirer la couverture à soi.

Pendant que Léon et Edgar emmènent les hommes à l'endroit marqué de la forêt, le Corbeau inspecte longuement les blouses blanches des cuistots à nos pieds.

— Prends la pile tout à droite, les vêtements me paraissent plus petits et plus en rapport avec ta morphologie, décrète-t-il.

Je ne fais aucun commentaire. Oswald ne se soucie pas de mon manque de réactivité et se débarrasse de son manteau noir, qu'il jette sur le capot de son automobile. Mon cœur tressaute dans ma poitrine dès lors qu'il commence à déboutonner sa chemise sombre. Malgré moi, il remarque bien vite que je le dévisage avec incrédulité.

— Alors, ça y est. Toi et moi on a passé le stade de la pudeur ? se moque-t-il.

Je referme ma bouche, que j'avais laissée entrouverte sans m'en rendre compte.

— Pour ta gouverne, c'est toi qui te déshabilles devant moi. Je n'ai rien demandé.

Il hausse un sourcil joueur, prêt à torpiller mes nerfs déjà mis à rude épreuve. Je le sens venir gros comme une maison.

— Qu'est-ce que tu attends pour m'imiter dans ce cas ?

— Dans tes rêves, l'apostrophé-je.

Il fait sauter le dernier bouton de son haut et me provoque par un coup d'œil taquin.

— Dans mes rêves, tu restes habillée, même si ce que je te fais subir n'est pas très conforme à la bienséance.

Je fais mon possible pour ne pas comprendre les sous-entendus dégoûtants qui découlent de ces mots. Il veut me faire sortir de mes gonds, ça l'amuse, le divertit, le pousse à me remettre à ma place quand j'aurai fait un trop grand écart de conduite lors de ma riposte. Malin et sournois comme le plus vil des prédateurs.

— Tu es fou.

— De toi ? Certainement, ma Louve.

— Arrête de jouer.

Il ricane et me tourne le dos, enfin résolu à me laisser un peu de répit. Je m'apprête à ramasser les vêtements, lorsque je me fige d'un seul coup, la main tendue à quelques centimètres du pantalon en coton.

Oswald a retiré sa chemise et l'état de son épine dorsale me glace le sang. De profondes et horribles balafres strient toute la longueur de sa colonne vertébrale, en partant du bas de sa nuque jusqu'à ses hanches étroites. Il y a tellement de boursouflures que je n'arrive même pas à les compter. En dépit de sa musculature sculpturale, et de l'assurance de sa belle posture droite qui témoigne d'une force redoutable, je reste focalisée sur les plaies couturées sur sa peau dure. Irrégulières, d'une cruauté sans précédent, comme s'il s'agissait de l'œuvre d'un boucher inexpérimenté qui lui a fait vivre le martyre.

Le souvenir d'une douleur que je devine atroce, que les années ne peuvent effacer. Gravé à jamais dans sa chair.

À bien y réfléchir, on dirait presque... des griffures infligées par un fauve assoiffé de vengeance et d'éclaboussures de sang. Les mots restent bloqués au fond de ma gorge, malgré mon envie de lui demander dans quelles circonstances il a reçu de telles punitions corporelles. Le criminel jette un œil par-dessus son épaule pour capter mon regard. Ses yeux céruléens, dont l'œil souligné d'une tache ambrée, sont aussi durs que le ton qu'il emprunte :

— C'est le moment de te communiquer un conseil très précieux. Un conseil que tu ne dois jamais oublier.

Sa prise de parole est accueillie par mon silence.

— Continue de me considérer comme le grand méchant de l'histoire. Ce sera plus simple pour toi. Comme pour moi.

— Je ne comptais pas sympathiser avec toi. Sous aucun prétexte. Je ne suis pas là de mon plein gré pour rappel.

Il sourit. Un sourire qui n'atteint nullement ses yeux étrangement vides.

— Mais tu le seras bientôt, alors n'oublie pas ces mots.

— Je te trouve bien sûr de toi.

— Rien ne se passe jamais comme on l'entend.

La tendresse de son intonation me désarme sur le moment.

— Je suis bien placée pour le savoir, renchéris-je en m'éloignant de lui, les vêtements serrés contre ma poitrine.

Désormais cachée derrière la voiture, je commence par retirer ma longue jupe. Quelques instants plus tard, me voilà affublée de la tenue du commis. J'ai dû retrousser les manches ainsi que le bas de mon pantalon pour avoir une allure disons... convenable. Je flotte un peu dans ces habits et je ne peux rien y faire. L'allure ridicule que je dois renvoyer me fait serrer les dents.

C'est avec toute la mauvaise volonté du monde que je rejoins la bande au complet, vêtue du même accoutrement que le mien. Je dois me faire violence pour rester totalement hermétique aux regards moqueurs dont je fais l'objet depuis que je suis sortie de ma cachette.

— On dirait une meringue qui a une malformation, attaque Léon.

— Et toi, avec ton teint cadavérique, peu importe ce que tu portes, t'as toujours l'air d'un fantôme aux cheveux jaune pisseux, riposte Edgar en lui mettant une claque derrière le crâne.

La petite racaille le prend mal et déballe un long chapelet de noms d'oiseaux à son coéquipier. Je me mords la lèvre pour éviter de rire, mais le borgne le remarque bien. Il incline la tête, comme pour me dire : « Tout le monde meurt d'envie de remonter les bretelles à ce moins-que-rien. »

— Au fait, les gars, j'ai fait un rêve, poursuit Edgar en se tournant cette fois-ci vers ses camarades.

— Comme c'est étonnant. Fais-nous partager un peu de tes fabulations nocturnes, je t'en prie, lui demande Oswald, les bras croisés.

— J'étais embourbé dans un sol boueux et, face à moi, un énorme tourbillon chargeait dans ma direction, sans que je puisse y échapper.

— La symbolique, d'après toi ?

— La boue signifie des difficultés à venir, une erreur de parcours qui peut nous être fatale en tout point. Le tourbillon, lui, prédit d'importantes perturbations dans ta vie. Ah, je n'ai pas dit le plus important, je n'étais pas dans ma forme humaine lorsque je me trouvais dans cette mare de gadoue.

— T'étais quoi alors ? demande Léon avant tout le monde.

Edgar reporte toute son attention sur Oswald.

— Un corbeau.

Ce dernier ne bat même pas des cils.

— Tu as croassé trois fois ?

— Non, Os'.

— Alors ça devait être d'un ennui mortel. Ne traînons plus. Levons l'ancre ! clame le chef des opérations. Et que ça saute.

Il nous faut moins d'une minute pour nous retrouver entassés dans le camion. Après que j'ai grimpé sur le marchepied, Léon me pousse au fond de la carriole avant de prendre la place à côté d'Oswald. Je me rends compte que je me retrouve au milieu des caissons de fruits et de légumes. C'est la corne d'abondance ici, et mon ventre qui crie famine m'implore de soulager sa souffrance. Je profite de ma position pour croquer dans un abricot bien mûr et sucré. Le goût m'explose en bouche et ravit mes papilles. Je prends le temps de le savourer avec une délectation non feinte.

Sauf que j'interromps tout mouvement quand Oswald me surprend en train de me servir en toute impunité. Mais il ne fait aucun commentaire lorsqu'il découvre la pomme dont je viens de m'emparer. Est-il vexé pour tout à l'heure, de mon refus catégorique de mordre dans le fruit défendu qu'il m'a tendu ? Si c'est le cas, il n'en laisse rien paraître et se retourne vers le volant.

Durant le reste du trajet, le Corbeau se régale avec plusieurs pastilles à la menthe, récupérées dans la poche du chef cuistot. Il en propose à Léon et Edgar, mais pas à moi. Je ne le prends pas mal, puisque de toute manière j'aurais refusé.

Plus les kilomètres défilent, plus les voix s'estompent, pour laisser place à un silence pesant dans l'habitacle. Les malfrats affichent à présent des mines concentrées alors que nous franchissons une grande grille en fer forgé. Nous nous engageons le long d'une allée gravillonnée et bordée de majestueux tilleuls formant une voûte verdoyante au-dessus de nos têtes.

Je sors ma tête du garde-manger pour observer le bout du chemin.

Un imposant pavillon en vieille pierre s'érige devant nous. Constitué d'une longue façade ornée d'un porche à colonnes abritant l'entrée. Tout est grand, fastueux, ça suinte l'opulence et empeste la vénalité. Alors voici la demeure familiale des Clémart ? Marie est une sacrée veinarde et je peux presque comprendre qu'elle veuille éjecter son père pour s'approprier tout le terrain. Il y a de quoi se faire plaisir ici.

À peine nous sommes-nous garés au milieu de la cour principale qu'une bonne femme d'un certain âge, vêtue d'une longue robe noire et d'un tablier blanc, accourt dans notre direction. Elle soulève ses jupons lorsqu'elle descend les marches du perron et accélère avant de se planter devant notre véhicule. Ses cheveux sombres, parsemés de quelques mèches grisonnantes et réunis en un chignon strict, ne bougent pas d'un millimètre et renforcent ses traits austères.

— Enfin vous êtes là, monsieur Chelan ! La ponctualité n'a pas l'air d'être votre tasse de thé, le sermonne-t-elle. Même un bambin à bicyclette venu tout droit de Paname aurait été plus rapide !

Oswald ouvre la portière et descend du véhicule. Il réajuste son col de cuisinier, tout en lui adressant un sourire charmant qui pue l'hypocrisie à plein nez.

— Toutes nos excuses, madame. Une roue a crevé en cours de route. Même avec toute la bonne volonté du monde, nous pouvons être pris de court par quelques petits imprévus… ou salissures. Tout dépend de la personne, riposte-t-il en fixant la grosse tache huileuse au milieu du tablier de la femme.

La gouvernante remarque bien qu'il se joue d'elle. En riposte, elle balaye l'air entre eux d'un geste vif de la main.

— L'important c'est que vous soyez là, après tout ! Je vous conseille de vous activer, l'heure tourne et M. Clémart ainsi que ses invités tiennent à être servis dans les temps !

Sa voix de crécelle nous arrache une grimace en même temps.

Oswald s'obstine à la remercier pour « l'accueil chaleureux » avec une surdose de bonnes manières qui frôlent le ridicule. Séduisant, beau parleur et gestes habiles… je reconnais bien là son côté manipulateur destiné à endormir la vigilance de ses adversaires.

Par la suite, il se tourne dans notre direction, pour nous faire signe de descendre à notre tour. La fraîcheur matinale, le chant des oiseaux, l'or du soleil et le vert vivifiant de la cime des arbres m'apaisent sur le moment.

— Vous avez entendu cette charmante dame ? Au boulot ! Déchargez-moi ce camion et transportez tout jusqu'aux cuisines !

— Chef ! Oui chef ! scande Léon après un salut militaire.

— Armance, occupe-toi des bacs de fruits et légumes si tu veux bien. Nous, on se charge des ustensiles, me demande poliment Edgar.

J'approuve sans dire un mot et entreprends plusieurs allers-retours entre le camion et le cellier. J'empile les palettes en bois sur la table centrale et, une fois ma tâche terminée, j'essuie mon front dégoulinant de sueur à l'aide de ma manche. Alors que je tends le bras pour voler une miche de pain, Léon me met une tape sur les doigts et gronde :

— Je crois que t'as assez bouffé comme ça, la gloutonne !

Le sang bouillonne dans mes veines et son visage s'éclaire d'une animosité sans égale, qui me prouve de façon plus appuyée que, lui et moi, nous ne serons jamais amis.

Après un dernier regard hostile, il part prêter main-forte à Edgar. Ils disposent ensemble les casseroles sur les gazinières et ne perdent pas une seconde pour mettre la main à la pâte. Au fond d'une marmite que le borgne a placée sur un feu doux, un poulet, qui m'a l'air aussi tendre que du beurre, mijote auprès d'oignons coupés très finement. Même bâti comme un chêne, il sait faire preuve d'une grande délicatesse avec les petites choses. Léon, lui, s'occupe des écrevisses, les plongeant tête la première dans l'eau bouillante. Je suis persuadée qu'il m'imagine moi à leur place, c'est même une certitude étant donné le rictus sadique qui incurve ses lèvres.

Puis, dans un second temps, il tranche les légumes sur une planche, avec presque autant d'adresse que son compagnon. Leurs manières de faire m'intriguent. Ils n'ont pas l'air dépaysés par cette immense cuisine, ni par les ustensiles qu'ils sélectionnent avec soin pour la confection de leur plat. La sérénité qui transparaît dans leur attitude m'indique qu'ils se trouvent bel et bien dans leur élément.

Les vapeurs chaudes me filent presque le tournis. C'est une explosion de saveurs et de couleurs, portée par l'odeur d'un bouillon d'épices, de viande rôtie et d'un pot-au-feu qui gagne en caractère au fil des minutes.

Je ne sais pas quoi faire, ni où donner de la tête. Bien que je déteste ça, plus personne ne me donne d'ordres, alors j'erre, telle une pauvre âme égarée au milieu des plaques de cuisson. Toujours avec une forte envie de tremper mon doigt dans chacune des préparations, qui m'ont l'air toutes aussi succulentes les unes que les autres, histoire d'irriter un peu plus ce maudit Léon.

Alors que je traîne les pieds près de la porte ouverte qui donne sur l'arrière-cour, quelqu'un me tire en arrière.

— Fini de rêvasser, me tance Oswald.

Il exige que je le suive, munie d'une malle dans laquelle se trouve tout un service de vaisselle en argent. Ce truc pèse une tonne et pourtant il refuse de bouger le petit doigt pour m'aider. Au contraire, il ose même me demander d'accélérer le rythme. Je serre les lèvres et redouble d'efforts pour ne pas le laisser penser que je suis en difficulté. Nous nous aventurons ensemble au cœur du manoir, traversant plusieurs salons. Le premier est d'apparat, très lumineux, grâce aux grandes portes-fenêtres qui donnent sur la terrasse aménagée. Le second dégage une atmosphère plus intime, avec un piano, une cheminée ainsi qu'une immense bibliothèque. Par la suite, nous traversons un couloir qui mène jusqu'à la salle de banquet. Tout aussi fastueuse que les précédentes pièces avec son haut plafond, ses boiseries, ses meubles anciens, ainsi que ses tableaux de famille et larges miroirs sur tous les murs.

L'élément le plus impressionnant reste cette table de réception qui s'étend sur plusieurs mètres, et sur laquelle reposent déjà des bougies et des lampes. Je me débarrasse du coffre sur une console et me fige dès l'instant où des éclats de rire fusent par une porte à moitié ouverte à l'autre bout de la pièce. Piquée par la curiosité, je tente de me rapprocher, mais me ravise quand Oswald me harponne d'un regard noir. Je reviens alors sur mes pas, ouvre la malle et prends le temps d'admirer l'incroyable argenterie qui scintille sous mes yeux écarquillés.

Oui… aucun doute. C'est bien de l'argent massif.

J'effleure la lame d'un couteau et je suis vite arrêtée par le Corbeau qui me menace de l'index.

— Pas touche, Armance.

— Je ne comptais rien faucher.

Mon bobard ne le fait pas tomber dans le panneau.

— Pas même une petite cuillère ?

— J'y ai pensé, mais je n'allais pas le faire, bougonné-je.

Il se retient de rire et commence à disposer les assiettes en porcelaine devant chaque chaise, dont l'assise est rembourrée par un coussin pourpre.

— Arrête de faire la tête, m'adresse-t-il pendant qu'il s'attelle à la décoration.

— Je m'octroie encore ce droit. Ce n'est pas comme si j'avais envie de me retrouver ici.

— Dis-moi ce qui pourrait te consoler.

— Je ne sais pas… que tu commences par me remercier, peut-être ?

Il arrête d'essuyer un verre et se tourne vers moi sous le coup de l'incompréhension.

— Te remercier ? Parce que tu m'honores de ta présence ?

— Pour t'avoir rapporté la bague.

Cette fois, il s'accoude à l'un des fauteuils et caresse sa lèvre inférieure du bout du pouce, dans un lent mouvement que je suis des yeux malgré moi.

— Merci, lâche-t-il avec flegme.

Un ange passe. Ni lui ni moi ne réagissons. Oswald se redresse et finit par me demander :

— Tu te sens mieux ?

— Pas vraiment.

— Alors tu comprends pourquoi j'ai préféré économiser ma salive.

Je n'ai pas l'opportunité de lui répondre, puisqu'une personne pousse la porte entrouverte et tombe nez à nez avec nous. Il s'agit d'une jeune servante, à peu près la vingtaine, gracile dans sa démarche et vêtue du même tablier que la vieille mégère qui a aboyé lors de notre arrivée. Ses joues sont humides et son regard chocolat demeure étrangement vide. Absente et éteinte, avec des cernes marqués, comme si elle n'avait plus les yeux en face des trous. Mais lorsqu'elle nous aperçoit tout change de façon drastique. Elle s'immobilise, et tout à coup une peur panique altère la finesse de son visage de poupée.

Elle s'empresse de refermer la porte derrière elle et d'essuyer les larmes sur ses joues. Après une petite courbette pour nous saluer poliment, elle s'éclipse sans demander son reste. Cette scène me laisse pantoise et j'ai à nouveau le réflexe d'aller voir ce qui se trame à l'intérieur de cette pièce bruyante. Si je me fie aux voix de l'autre côté du battant, je dirais qu'il s'agit d'un groupe d'hommes. Il y a certainement le père de Marie dans le lot. Oswald me retient fermement par la manche et observe la porte avec un mépris évident.

— Ne va jamais à leur rencontre. Je te l'interdis formellement.

— Qui sont-ils ?

— Ceux qui vont payer.

Il me relâche et m'ordonne de mettre les couverts sur la table. J'opine du chef et je m'empresse de balancer les couteaux et les fourchettes entre chaque assiette. Je ne comprends pas trop pourquoi il y a des lames de différentes formes, ni pour quelle raison il y a plusieurs tailles pour les cuillères. Lorsque le Corbeau revient inspecter mon travail, il se rembrunit.

— C'est catastrophique, juge-t-il.

— Pas assez astiqué pour toi ? craché-je en retour.

— Les couteaux et les cuillères à soupe doivent se trouver à droite. À gauche, ce sont les fourchettes. Tu as tout inversé. Corrige ça. Notre dressage doit être irréprochable.

Je souffle et rectifie le tir. Je ne suis pas un as en dressage de table et je ne comprends pas bien pourquoi Oswald se plie en deux pour aligner toutes les assiettes en une symétrie parfaite. Il se casse ensuite la tête à plier des serviettes en tissu au centre de celles-ci, avec une dextérité qui, je l'avoue, m'épate sur le moment. Maniaque sur les bords peut-être ?

— Lame orientée vers l'assiette. Toujours ! me rappelle-t-il à l'ordre.

Je retourne les couverts dans la bonne direction et le questionne :

— Pourquoi il y a deux couteaux ?

— L'un est pour la viande, l'autre le poisson.

— Aucun destiné à être planté dans la poitrine de quelqu'un ? ironisé-je.

Ses yeux perçants plongent dans les miens, vibrant d'une intensité qui me percute comme si je venais de rentrer dans un mur.

— Arrête ça, Armance.

— Quoi donc ?

— De me charmer. J'ai le cœur qui palpite.

Parce qu'il lui reste un cœur ?

Je reste impassible face à ce qu'il vient de m'annoncer. Mon manque de réactivité le ravit.

— Il y a un bien un couteau qui va goûter le sang frais aujourd'hui. Tu veux savoir lequel ?

— Ai-je le choix ?

— Le moins qu'on puisse dire, c'est que tu ne manques pas

de repartie. Et ce fort caractère me donne envie de te donner une bonne correction.

En moins de quelques secondes, il sort un canif de sa poche et m'entaille la main. Celle avec laquelle j'ai réalisé notre pacte de sang. Ma cicatrice s'ouvre et le sang se remet à couler à flots. Oswald ne se soucie pas de mon gémissement de douleur, il glisse la bague marquée par l'emblème du corbeau au centre de ma paume ensanglantée et me souffle à l'oreille :

— Le coffre-fort se situe dans le bureau d'Étienne Clémart, au premier étage. Déverrouille-le à l'aide de cette bague. Rappelle-toi, il s'agit d'une clé. Pour l'instant, les convives se trouvent dans la pièce d'à côté, mais on ne peut pas vraiment prévoir leurs déplacements à l'avance. Ne te fais pas repérer. Compris ?

— Tu n'as pas des informations plus précises à me donner ? L'étage doit être aussi immense qu'un palais royal !

— En fait, je n'ai pas eu le temps d'étudier les plans du manoir, donc je n'en ai aucune idée. Débrouille-toi. Je me renfrogne, les joues brûlantes d'une vive colère.

— C'est une plaisanterie ? Et toi ? Que fais-tu pendant ce temps ? Tu mets les pieds sous la table et tu attends sagement que je revienne ?

Il secoue la tête en signe de dénégation.

— Je leur offre un service digne d'un grand palace parisien. Je vais régaler les papilles de ces messieurs. D'ailleurs, je te conseille de revenir pour le plat de résistance. Tu vas adorer.

— J'y serai bien avant, lui assuré-je.

Il affiche une mine satisfaite, qui pour le coup ne m'offusque pas.

— À toi de jouer.

Sans préambule, il interpelle une femme de ménage qui se situait dans les parages, feignant de s'alarmer de ma blessure. Je suis finalement prise en charge par la bonne qui a pleuré tout à l'heure devant nous. Elle m'invite à gagner l'étage pour rejoindre une salle de bains. L'écho de mes pas résonne sur le parquet que nous empruntons.

J'ai toujours bon espoir de retrouver ma liberté.

Une émotion irrépressible fait battre follement mon cœur. Je suis entièrement galvanisée par ce shoot d'adrénaline, qui, je le sens, me rend plus forte que d'habitude. À moi d'ouvrir l'œil et de prendre les bonnes décisions pour accéder au coffre-fort en catimini.

Je vais m'en sortir et me dépatouiller de toute cette misère.

Ce monde haïssable et dangereux n'est pas fait pour moi.

Oswald Serendas n'est qu'une erreur de parcours. Et bientôt le corbeau relâchera la louve.

Chapitre 14

Traversée périlleuse

Armance

La vue. L'ouïe. L'odorat. Le toucher. Le goût. En dix-neuf ans d'existence, je crois bien que mes cinq sens n'ont jamais été aussi affûtés qu'en cet instant précis.

Plantée au milieu de la salle de bains du premier étage, je reste à l'affût du moindre mouvement et ne cesse de tendre l'oreille, guettant chaque bruit suspect. Je redouble de concentration pour essayer de ne rater aucun détail.

Mes narines sont dilatées, la pièce empeste les antiseptiques. Un parfum bien corsé, mélangé avec une odeur particulière : celle de la peur.

Le poing crispé sur mon pantalon, je fixe attentivement la jeune domestique qui enroule une petite bande de tissu autour de ma blessure, laquelle a enfin cessé de saigner. Ses gestes se montrent précautionneux, comme ceux de ma mère lorsqu'elle avait encore la force et le courage de prodiguer des soins à ses patients. J'ignore le pincement au cœur qui vient titiller ma sensibilité et je me focalise plutôt sur les yeux rougis de la femme, qui depuis tout à l'heure n'osent affronter les miens.

Je remarque aussi que chaque geste brusque que j'esquisse

malencontreusement provoque chez elle de nombreux sursauts. Ses réactions sont loin d'être anodines. Tout cela porte à croire qu'elle est victime de mauvais traitements ici, entre les murs froids de ce manoir que je juge de plus en plus lugubre.

— Vous savez... je peux vous aider, lui lancé-je de but en blanc, brisant le silence de plomb entre nous.

Elle interrompt ses mouvements et croise enfin mon regard. Le marron noisette de ses iris reste dénué d'éclat, une teinte sans vivacité qui me fait mal au cœur.

— Je vous demande pardon ?

Sa voix chevrotante est encore gorgée de larmes. Elle souffre. Beaucoup même. Et je n'ose en imaginer la cause, même si au fond de moi... j'ai ma petite théorie. Je me demande bien si le reste des domestiques a perçu ce point qui clochait chez elle. Même si elle ne semble pas en parler, cela se voit comme le nez au milieu de la figure. Ses silences sont éloquents, voire criants de détresse. On ne peut pas passer à côté d'un tel mal-être, c'est impossible.

— Votre maître, Étienne Clémart, ne se comporte pas toujours très bien avec vous. Je me trompe ?

Elle se remet à enrouler la bandelette autour de ma plaie comme si je n'avais jamais pris la parole.

— Cet homme vous fait peur à ce point ?

La servante se crispe et déglutit cette fois. Si elle ne se montre pas aussi bavarde qu'une pie, moi, je ne suis certainement pas réputée pour garder ma langue dans la poche.

— Que faites-vous ici ? m'interroge-t-elle.

— Je fais partie de la brigade du chef Chelan. Je suis là pour l'assister et faire en sorte que le banquet se déroule dans les meilleures conditions possible.

Ménageant les mots inutiles, je réponds sans trembler et avec une conviction de fer.

— Je ne vous crois pas.

Je m'arme de courage et feins un étonnement que j'espère

convaincant. Il est encore bien trop tôt pour faire tomber le masque, je dois encore la tester.

— Pourquoi donc ?

— Sans vouloir paraître offensante, vous n'avez pas l'air d'une bonne cuisinière, commence-t-elle en désignant ma main blessée. Et puis… ce chef Chelan… je vous avoue qu'il me dit vaguement quelque chose.

Bluffe-t-elle afin de surveiller de près mes réactions, pour voir si l'une d'elles me trahirait ? Est-ce une démarche dictée par son esprit rusé ? J'ignore sur quel pied danser et, malgré moi, je reste inerte un peu trop longtemps.

— Vraiment ? Et qui vous rappelle-t-il ? lui demandé-je doucement.

La bonne recule d'un pas et passe ensuite les mains sur ses épaules, comme si elle avait été surprise par la morsure d'un vent glacial.

— On m'a parlé une fois d'un truand aux yeux vairons. Vêtu tout de noir, qui sillonne les coins les plus malfamés de la ville comme s'il les dirigeait d'une main de maître. Un être apparemment réputé pour…

Elle marque une pause et inspire un grand coup.

— … la vengeance.

Je prends la balle au bond et la relance sur le sujet qui m'intéresse le plus :

— Pourquoi Étienne Clémart ferait-il l'objet d'une vengeance ?

Ses lèvres demeurent scellées. Serait-ce le moment de valider l'expression « Qui ne dit mot consent » ? Eh bien… ça m'en a tout l'air.

— C'est Marie qui a organisé tout ce subterfuge, n'est-ce-pas ? suppose-t-elle.

Elle suppose bien.

C'est à mon tour de lui répondre par un silence éloquent. Nous nous dévisageons, sur nos gardes, aussi raides que des bouts de bois. Ni elle et moi ne prenons de risque pour le moment. La situation pourrait presque paraître cocasse si ma vie n'était pas en jeu. Puis-je lui accorder ma confiance ? Ou va-t-elle me dénoncer au premier venu et ainsi rayer mes espérances de m'en sortir à grands coups de craie blanche ?

— Où trouver le bureau d'Étienne Clémart, s'il vous plaît ?

Le temps presse, je ne peux pas continuer à faire un brin de causette avec elle éternellement. Par conséquent, je mets volontairement les pieds dans le plat. Sa première réaction est d'écarquiller les yeux, ce qui, pour le coup, m'inquiète assez.

Non, pitié… soyons dans le même camp ! Je ne suis pas ton ennemie !

— Vous confirmez donc mes hypothèses indirectement ? Il ne s'agit pas du chef Chelan et c'est la fille d'Étienne qui l'a recruté pour commettre je ne sais quelle monstruosité ?

Elle perd ses moyens. Et la peur peut nous conduire à des actes irréfléchis et très fâcheux, selon les situations dans lesquelles nous les commettons. Un catalyseur qui, parfois, ne joue pas en notre faveur. On dirait bien que la servante ne compte pas me faire de grâce. Je me dépêche de riposter :

— Quel est votre nom ?

Son visage se braque, entièrement fermé, ne dégageant plus la moindre émotion. Elle s'est muée en une jeune poupée vide, à la porcelaine fendillée, qu'on aurait trop usée à force de jouer avec elle.

— Ana.

Je prends ses mains dans un élan presque désespéré. Elle tressaille à ce contact, mais ne rompt pas le lien. Déjà un bon point.

— Ana, je ne suis pas venue ici pour vous faire du mal. Je n'ai pas le choix que d'agir ainsi. Je ne souhaitais même pas m'interposer dans cette querelle familiale, il faut me croire sur parole.

— Pourquoi souhaitez-vous savoir où se trouve le bureau de M. Clémart ?

— Parce qu'il y a un coffre-fort à l'intérieur.

Je relâche ses mains et dégaine la bague sous son nez pour la lui montrer.

— Et il s'agit de la clé qui peut l'ouvrir. Je dois m'emparer de son contenu.

Elle secoue la tête.

— Je ne peux pas vous aider. S'il l'apprend, je n'ose imaginer ce qu'il compte faire pour me punir.

Elle est prise d'une vive poussée d'angoisse, plus violente et difficile à maîtriser.

— Je ne peux pas..., répète-t-elle difficilement.

Sa respiration est réduite à un faible sifflement. L'horreur règne au fond de ses pupilles dilatées. J'encadre son visage de mes mains et je la force à me regarder droit dans les yeux.

— S'il vous plaît... un indice. Juste un seul petit indice et, une fois ma tâche terminée, les véritables coupables payeront. Je vous en donne ma parole, Ana.

Je ne cache plus la tension dans ma voix. Mes sens sont en alerte.

— Est-ce que ce M. Chelan, ou du moins l'homme qui a usurpé son identité, va s'occuper de son cas ?

— Oui. J'en mettrais ma main à couper. Et si j'ai tort je lui demanderai de véritablement me trancher le poignet.

De nouvelles larmes perlent au coin de ses yeux, je les essuie du bout de mon pouce.

— Vous lui faites confiance ?

Ses dents s'entrechoquent, ses mots sortent par à-coups.

— Non. Mais en matière de vengeance je ne doute pas de ses capacités, avoué-je.

De longues secondes, silencieuses et pesantes, s'étirent entre nous. Chacun de ses membres reste tétanisé, elle grelotte et je culpabilise de la plonger dans mes galères.

— Le bureau de M. Clémart est au bout du couloir. Vous ne pouvez pas le rater, il s'agit d'une porte à double battant, en bois noble, d'un blanc pur avec des finitions en or.

Je retiens les détails importants et m'apprête à commencer

les inspections, mais Ana me retient par la manche de ma chemise de cuisine.

— Elle est tout le temps fermée à double tour. Personne ne peut y entrer. Seul lui détient la clé, je suis navrée.

Si près du but…

Tous mes espoirs partent aussitôt en fumée. Et la mine défaitiste d'Ana n'arrange en rien mon cas.

Reste calme, Armance. Réfléchis. Fie-toi à ton instinct, allez…

— Il y a peut-être un moyen d'y accéder, mais c'est assez dangereux, ajoute-t-elle, un peu hésitante.

J'affleure à nouveau à la surface et je saisis la première bouée qu'on me jette, peu importe qu'elle soit en bon ou mauvais état, il faut que j'avance et vite.

— Je suis prête à prendre tous les risques possibles et imaginables ! Même si vous me dites de traverser un talus infesté de mines, je n'hésiterai pas, alors crachez le morceau !

— Son bureau dispose d'un balcon, dont les portes-fenêtres sont constamment ouvertes en journée… mais cela voudrait dire qu'il faut…

— Escalader ? Je me suis déjà retrouvée dans cette situation ! Quelle pièce accessible est la plus proche de ce balcon ?

— Les appartements de Marie. Je peux vous y conduire, si vous le souhaitez. Il faudra ensuite que je revienne au rez-de-chaussée, une trop longue absence de ma part pourrait me coûter cher.

— Alors ne perdons plus de temps, allons-y !

Ana sort la première de la salle de bains pour inspecter le corridor. La voie étant libre, elle me fait signe de lui emboîter le pas. Je m'élance derrière elle sans un bruit, en prenant toujours mes précautions au cas où elle déciderait de me mettre un couteau dans le dos au dernier moment. Car j'ai appris à mes dépens que ceux qui nous semblent inoffensifs sont parfois ceux qui sont capables des pires bassesses.

« Est-ce que tu savais que parfois certaines choses qui nous paraissent bien innocentes peuvent être en réalité les armes les plus redoutables ? »

Et les paroles du Corbeau sont bien là pour me le rappeler.

Même si dans ce contexte je veux absolument avoir foi en Ana. Et puis, cela me rassure de passer le flambeau quelques secondes à une femme connaissant sur le bout des doigts les plans de la maison... pas comme Serendas, ce gougnafier bien trop à l'aise lorsqu'il tire des plans sur la comète.

Rasant les murs, nous progressons à pas feutrés dans les couloirs du manoir, jetant quelquefois des coups d'œil derrière nous. Un bruit assourdissant finit par nous surprendre. Je fais volte-face et détaille les alentours : le lustre en cristal au-dessus de nos têtes, le buste sculpté sur son socle à notre droite, ainsi que ce tableau représentant une nature morte... Mis à part les éléments de décoration, rien à l'horizon. L'allée est bel et bien vide. Je fronce les sourcils et Ana pose une main sur mon épaule pour attirer mon attention.

— Les chaises font toujours un bruit épouvantable lorsqu'elles crissent sur le parquet. Ils viennent de se mettre à table. Raison de plus pour nous dépêcher, chuchote-t-elle.

Je rassemble mon restant de courage et hoche la tête avant de me remettre en route, prenant soin de surveiller nos arrières. Ana me désigne la porte du bureau d'Étienne Clémart, puis s'éclipse sur la droite pour s'infiltrer dans la chambre de Marie... ou plutôt, devrais-je dire, la suite royale qui doit faire dix fois la taille du trou dans lequel ma famille est recluse. Je reste ébahie quelques instants face au coin salon ainsi qu'à la grande et spacieuse salle de bains attenante à la pièce. Une forte odeur florale imprègne les lieux. De vieilles tapisseries dans les tons rosés recouvrent les murs, sans parler de l'immense lit à baldaquin tout droit sorti d'un conte de fées, de ceux où les princesses demeurent pourries gâtées, à tel point qu'elles ne savent plus quoi faire de toute cette opulence. Du Marie Clémart tout craché en définitive.

Je m'extrais de ma courte léthargie lorsque la servante se

précipite en direction du balcon à vue plongeante sur le parc verdoyant. Je la rejoins et me penche par-dessus la balustrade pour évaluer la hauteur.

Certainement cinq mètres de haut.

Ou peut-être plus.

Mais pas moins, ça, c'est une certitude.

Et ce n'est pas très bon signe non plus.

La grimace que je tire en dit long sur ce que je pense. Un seul faux pas et c'est la chute assurée. Comme une impression de déjà-vu. Mais cette fois je ne pars pas dérober une bague, je l'utilise à bon escient pour déverrouiller un coffre sans savoir ce qu'il contient. Je ne sais pas si je dois rire ou pleurer.

Ana pointe du doigt l'autre balcon que je dois rejoindre.

— C'est ici que se trouve le bureau. Pour y parvenir je ne vois qu'un seul moyen...

— Oui... longer la bordure latéralement, soufflé-je.

— Elle ne représente pas beaucoup en largeur. D'autant plus que la pierre lisse et polie me paraît très glissante, ce n'est pas pour vous décourager, mais...

— Je dois quand même y aller, décrété-je.

Ce n'est pas comme si j'avais une autre option. Je prends ce qu'on me donne et je ne proteste pas.

Obéis comme un gentil toutou et tais-toi.

— Madame... c'est de la folie pure.

— Vous sous-estimez mes capacités d'équilibriste, ironisé-je.

— Je crains vraiment que...

Soudain, des bruits de pas retentissent dans le couloir et nous alertent sur-le-champ. Ana a les yeux exorbités par la peur.

— Cachez-vous sous le lit ! Personne ne doit vous voir ici ! Vite !

Elle n'a pas à me le dire deux fois. Je me précipite à l'intérieur de la chambre et me laisse glisser sur le sol lisse pour disparaître sous l'épais sommier. Allongée à plat ventre, les coudes appuyés sur la moquette, je n'esquisse plus le moindre geste.

Dans mon champ de vision limité, j'aperçois des jambes qui franchissent la porte d'entrée à vive allure, de manière rageuse.

— Que fais-tu ici ? tonne une voix bourrue.

Des frissons désagréables remontent le long de mon échine. Je suis soudain prise d'un très mauvais pressentiment. Ana, qui feint de mettre des fleurs dans un vase, se retourne vers le nouveau venu et crispe les doigts sur son tablier.

— Monsieur Clémart... je... j'ai jugé bon de remettre de l'ordre dans la chambre de votre fille.

Je me raidis en entendant le nom du propriétaire des lieux.

— Tu crois que tu peux te permettre autant de liberté ? C'est comme ça que ton maître t'a dressée, hein ?

Ses vociférations à son encontre me filent des sueurs froides, elles n'augurent rien de bon et je suis tout à coup anxieuse pour mon alliée. De là où je me situe, je ne peux pas voir son visage. Toutefois, je remarque bien qu'il s'approche de la bonne, devenue à nouveau muette. Avant même que je ne puisse cligner des yeux, un bruit sec résonne entre les murs.

Celui d'une claque.

Si violente qu'Ana s'effondre par terre. Elle tombe sur les coudes et pousse un geignement qui évoque celui d'une bestiole sans défense qu'on aurait rouée de coups sans vergogne.

Je plaque une main tremblante contre ma bouche pour m'empêcher de crier d'effroi. Le calvaire continue, puisque l'instant d'après le pied du maître de maison atterrit dans les côtes d'Ana. Cette dernière se tord en deux, le souffle bloqué au fond de sa cage thoracique.

Je ne peux pas le laisser lui faire du mal... surtout pas à cause de moi !

Je rampe vers elle, m'apprêtant à sortir de ma cachette et à bondir comme une furie sur cette pourriture. Or son visage, tourné dans ma direction, blêmit à vue d'œil. Le plus discrètement possible, je la vois articuler silencieusement une seule syllabe qui me lamine le cœur :

« Non. »

Il ne faut pas que je lui porte secours, voilà les consignes que je dois suivre à la lettre et que j'ai tant de mal à accepter. Je serre les mâchoires, impuissante et au bord des larmes. Car si j'interviens cela pourrait être encore pire.

L'homme lui assène un nouveau coup de pied et elle accuse le coup en silence, malgré ses traits déformés par une insoutenable agonie. Il la remet ensuite debout après lui avoir agrippé les cheveux.

— J'ai un fort attrait pour les puterelles de ton genre qui adorent n'en faire qu'à leur tête. Mais avant que je ne te règle ton compte retourne au rez-de-chaussée ! Immédiatement ! clame ce dernier.

Et c'est ainsi qu'ils sortent tous deux de la pièce en trombe, me laissant sous le choc. Mon cœur bat à vive allure. De colère, de dégoût et de rébellion.

« Si tu penses qu'Oswald est la pire pourriture de cette ville, alors c'est que tu n'as jamais croisé mon père. »

Les mots que Marie m'a dits dans les bas-fonds de Paname prennent tout leur sens. Je la crois sur parole à présent. Il bat Ana en toute impunité, et c'est certainement pour cette raison qu'elle pleurait tout à l'heure, parce qu'il l'a fait devant ses convives. Ou pire... peut-être qu'Étienne Clémart a laissé ses amis profiter d'elle... Rien que de penser à cette éventualité me retourne l'estomac. Réserve-t-il le même sort au reste de son personnel ? Et... à Marie ? Mon Dieu...

Bien que je sois bouleversée par ce dont j'ai été témoin, je sors de ma planque et regagne le balcon, les jambes flageolantes.

— Arrête de trembler... arrête de trembler, me fustigé-je.

Je respire à grand-peine et j'ai du mal à me remettre de mes émotions. Il n'y a qu'à observer ma main qui a la tremblote. Ce n'est pas dans cet état que je vais réussir à longer ce mur en étant suspendue dans le vide. Je prends donc quelques minutes pour me calmer et, une fois la pression de mes muscles relâchée, je roule les épaules et grimpe sur la balustrade. Je pose un premier pied sur la bordure plate. Je mesure dans un premier temps la largeur mince. Le bout de ma chaussure est collé au mur, tandis que mon talon dépasse de l'extrémité. J'exerce une forte pression sur mes orteils pour ne pas flancher et je m'active.

Je m'agrippe à une pierre en guise de support juste au-dessus de ma tête. Mes bras sont en extension. Lorsque je sens mon équilibre solide, j'esquisse un premier pas sur la droite.

Pas de glisse, un bon appui. Un pas après l'autre. Tout doucement et avec prudence. Encore et encore.

Je continue ainsi ma progression latérale, enchaînant les points d'appui les plus fiables. Je change la position de mes mains, croise les pieds, toujours méticuleuse pour chercher le support suivant. Et, lorsque l'un de mes bras se retrouve un peu engourdi, je relâche ma prise pour le secouer légèrement, de manière à bien faire circuler le sang.

Je serre le ventre, fais travailler une bonne partie de mes muscles. Et à mon plus grand soulagement je parviens à regagner l'autre balcon en seulement quelques minutes. Je glisse une main dans mes cheveux emmêlés, à deux doigts de crier de joie.

Bon sang… je l'ai fait ! Encore une fois ! Maudite soit cette bague qui ne cesse de me faire batifoler avec la mort !

Sans perdre une seconde de plus, je me faufile à l'intérieur de la pièce à travers l'entrebâillement de la porte-fenêtre. Je contourne sur la pointe des pieds le bureau sur lequel repose une paperasse impressionnante, puis me concentre sur les nombreuses étagères aux murs. Des sculptures, des livres anciens, des registres qui ressemblent à du charabia pour moi… où est ce maudit coffre ? Je veux en finir et vite !

Mes recherches ne donnent rien, ma patience est mise à rude épreuve. Après avoir exploré le moindre recoin, je m'interromps un instant. Je m'accoude à une étagère et essaye de réfléchir. Le métal froid sur lequel je suis appuyée éveille ma curiosité. Mes yeux glissent d'eux-mêmes sur la forme rectangulaire de cet immense bloc en métal et acier.

Bon sang ! C'est ça ! Le coffre ! Et dire que je l'avais confondu avec un simple élément de décoration !

Je me poste face à lui et étudie le mécanisme robuste qui me fait face : une serrure ainsi qu'une combinaison de quatre chiffres. La mine concentrée, je sors la bague et l'analyse sous tous les angles. Je ne comprends pas bien comment cette chevalière peut être en réalité une clé. Si seulement Oswald m'avait donné plus d'indications ! Je ne serais pas là, comme une cruche, en train de galérer ! C'est lorsque mon pouce effleure le corbeau gravé que je prends conscience qu'un petit cercle est tracé autour de l'emblème. Le socle se dévisse !

Je force dessus et celui-ci se met à coulisser entre mes doigts. Je le retire et repère au fond du petit couvercle la série de chiffres : 1910, sans doute celle à composer pour le coffre. Je détaille par la suite le panneton incorporé dans le bijou avec une fascination non feinte.

Je plaque ma paume sur le coffre, positionne la bague sur la serrure et tourne sur la droite pour activer le pêne. Il faut un peu forcer, mais le mécanisme, loin d'être rouillé, fonctionne très bien. Peu après, je m'attelle à entrer la combinaison de chiffres.

— Sésame, ouvre-toi...

Le dernier cliquetis résonne et toutes mes appréhensions s'évaporent lorsque je réussis à tirer la porte vers moi. Elle coulisse lourdement et je reste figée un petit moment lorsque je découvre le contenu du coffre.

Un petit tableau. Emballé dans un tissu beige et... taché de sang ?

Le « trésor » qui me fait face a de quoi me désarçonner. Et me décevoir.

Pas de lingots d'or. De bijoux de valeur. De belles liasses de billets. Rien de bien folichon et attrayant pour ma facette vénale.

Je saisis le cadre, complètement refroidie, avant de refermer le coffre avec la clé. De retour sur le balcon, je réalise que je vais devoir faire le trajet inverse, avec cette fois ce tableau dans les mains. Inutile de préciser que c'est peine perdue.

Me voilà bloquée comme une imbécile. Dans ma panique, je me poste à la porte d'entrée du bureau et essaye d'abaisser le loquet, mais comme me l'avait précisé Ana l'issue est verrouillée. Je tente de crocheter la serrure avec la bague, mais c'est un échec cuisant. Rien ne fonctionne.

Je reviens sur la terrasse extérieure, me penche par-dessus la balustrade et écarquille les yeux : au milieu de l'écrin de verdure, adossé paisiblement à un arbre, Oswald m'épie intensément.

— Prise au piège, ma Louve ?

Une jambe repliée nonchalamment contre le tronc, la clope au bec, le Corbeau consulte sa montre, puis crache un filet de fumée dans ma direction.

— Tu es dans les temps, bravo.

— Mais pas au bout de mes peines ! Je ne peux pas me déplacer le long du mur avec ce truc entre les mains ! l'informé-je.

— Tiens donc. C'est terriblement fâcheux.

— Je suis sûr que tu savais que c'était impossible pour moi de faire le trajet inverse, lui reproché-je.

— Peut-être que j'ai analysé les choses de manière plus approfondie de façon à prévoir ce genre de difficulté.

Oswald penche ensuite la tête sur le côté.

— Ou peut-être pas finalement...

Je meurs d'envie de lui cracher à la figure.

— Attrape-le au vol ! lancé-je en lui désignant le cadre.

Il tire une longue taffe, puis jette sa cigarette à ses pieds avant de l'écraser avec le bout de sa chaussure.

— Et si je n'en ai pas envie ?

Toute la tension logée au fond de ma poitrine menace de sortir en éclats de rire nerveux.

— Tu veux que je meure, c'est ça ?

— Si jeune ? Ce serait triste. Et puis, tu t'ennuierais en enfer sans moi.

— Tu veux dire que ce serait le paradis sans toi.

— Je serais capable de mettre le feu au jardin d'Éden, juste pour te pourchasser.

— Au lieu de te concentrer sur une traque imaginaire, attrape cette babiole, bon sang ! Le temps presse et tu n'as pas l'air alerté du tout !

Il hausse les épaules, avec une monotonie qui me débecte.

— Ils sont en train de déguster leur amuse-bouche. Et Léon se chargera de leur servir l'entrée d'ici peu. On a encore un peu de temps devant nous pour prolonger notre tête-à-tête.

Ma patience déborde. Il le sent et son sourire s'agrandit, révélant la ligne parfaite de ses dents.

— Tu n'es pas très amusante parfois.

Il s'avance, les mains dans les poches de son pantalon de cuisine, et relève la tête vers moi.

— Allez, sors de ce pigeonnier et balance-moi la marchan...

Dans un élan de rage, je le lui jette avant même qu'il achève sa phrase. Pris de court, il lève les bras *in extremis* pour attraper le cadre. Oswald a un moment d'arrêt, puis s'empresse de vérifier que le tableau est intact. Son regard assassin m'éperonne ensuite, telle une lame glacée et affûtée. L'azur de ses iris ne m'a jamais paru aussi froid et hostile qu'en cet instant. Un océan sombre dans lequel il m'engloutit en quelques secondes.

— S'il avait été abîmé, tu l'aurais payé très cher.

Toute trace d'amusement l'a quitté. Je ne m'en offusque pas et mets les bouchées doubles pour faire le chemin retour. Je me positionne sur le bord du balcon et entame la nouvelle traversée périlleuse.

— Va doucement, tu risques de faire un faux mouvement ! rugit-il dans mon dos.

— La ferme ! Je me concentre !

— Qu'est-ce que tu viens de dire ?

— Sale jean-foutre, marmonné-je assez bas, de sorte qu'il ne puisse pas m'entendre.

Soudain, ce que je redoutais arrive. Mon pied rate la bordure, et la prise de ma main droite, pas assez solide, fait glisser mes doigts de la pierre. Mon cœur flanche dès lors que je perds l'équilibre et sens tout le poids de mon corps m'entraîner en arrière.

Une boule m'obstrue la gorge et m'empêche de crier à l'aide. Ma respiration se bloque, comme si je me trouvais en apnée. Le temps s'efface, la peur prend place et les regrets me submergent.

Tout se passe au ralenti. Ma chute dans le vide, ainsi que les nombreux scénarios qui défilent dans ma tête. Comment vais-je m'en sortir ? Avec une fracture fatale le long de la colonne vertébrale ? Un crâne ouvert en deux ? Tous les os cassés ? Une flaque de sang dessinant une auréole autour de mes cheveux ?

La fin est proche, tout cela à cause d'une malheureuse seconde d'inattention. Ma mort sera rapide et indolore, n'est-ce pas ? Je n'ai même pas le temps d'avoir peur. Je ferme très fort les yeux et me prépare pour la collision fatale.

Je heurte quelque chose qui amortit ma chute. Une chose qui ceinture ma taille et se laisse glisser avec moi au sol. L'arrière de ma tête percute de plein fouet un élément dur, mais pas assez violemment pour m'exploser la boîte crânienne.

Une douleur lancinante jaillit au niveau de mes lombaires. Un peu sonnée, je reprends mon souffle et ouvre les yeux, en direction de l'endroit où je suis tombée.

J'ai le cœur qui a presque failli éclater. Prise de tremblements, je cligne des paupières une fois. Puis une deuxième fois. Et enfin une troisième fois. C'est à ce moment précis que je remarque des bras crispés autour de ma taille ainsi que des abdos saillants qui se contractent dans mon dos.

Je défaillis lorsque je vois sa main pâle, sur laquelle de longues veines ressortent entre les jointures, remonter le long de ma poitrine. Elle poursuit son cheminement sur mon cou jusqu'à ma mâchoire pour l'emprisonner dans un solide étau.

Un souffle frais et mentholé caresse mon lobe.

— Tu n'es qu'une pauvre idiote, Armance Faure.

Je n'ai pas le temps d'en placer une, mon corps est tout de suite projeté sur le côté. Je me retrouve sur le dos, pressée contre le sol. En une poignée de secondes, Oswald Serendas s'assoit à califourchon sur moi et capture mes poignets, qu'il ramène de force au-dessus de ma tête. Il me faut encore un peu de temps pour m'adapter à tout ce foutoir. Je force sur mes bras pour essayer de me libérer de sa poigne, mais ça ne fait que renforcer sa prise sur moi. À mon corps défendant, je dois le laisser me dominer.

Ses yeux me terrifient, bien plus foncés qu'à la normale et chargés d'une dangerosité sans égale. M'emportant à travers des profondeurs insoupçonnées. Et malgré l'expression effrayante qu'il arbore il reste d'une beauté glaciale à couper le souffle. Le genre qu'on apprécie durant des heures avec envoûtement.

— Tu m'as dit de la fermer ? Je n'ai pas rêvé, hein ?

— Tu m'as déconcentrée et j'aurais pu mourir. Alors j'ai sorti la première chose qui m'est venue, me défends-je.

Ses longues phalanges se resserrent autour de mes poignets. Encore un peu et il me les broie.

— J'aurais mieux fait de ne pas te rattraper. Le rôle de la demoiselle en détresse ne te va pas.

— Et toi, celui du chevalier servant, non plus, grogné-je.

Je l'entends rire doucement et mon pouls s'emballe de plus belle lorsqu'il décide d'écraser ma joue droite contre le sol dur. Des petits cailloux me rentrent dans la peau et je pince les lèvres pour ne pas gémir de douleur. Son poing se referme sur mes cheveux, les tirant et provoquant une vive brûlure au niveau de mon cuir chevelu.

— Je préfère endosser celui du geôlier, parce que c'est…

Il laisse sa phrase en suspens après avoir susurré ces mots près de mon oreille. Je me sens pâlir lorsque ses lèvres carmin effleurent la peau fine de mon cou, pour se promener nonchalamment jusqu'au niveau de ma pommette. Sa respiration calme contre ma peau est similaire à une douce caresse et bizarrement ce n'est pas si déplaisant. Les petits cheveux sur ma nuque se dressent lorsqu'il poursuit :

— ... beaucoup plus excitant.

Il me laisse sans voix quand il dépose un baiser léger sur l'arc de mon oreille. L'air a de plus en plus de mal à entrer pour oxygéner mes poumons correctement.

— À ma merci et toute fébrile. Je crois que j'aime aussi quand tu la joues moins combative.

Sans crier gare, son genou glisse entre mes jambes et ses dents se referment doucement sur mon lobe. Pendant qu'il me mordille, une sensation inconnue m'électrise des pieds à la tête.

Une décharge si puissante et si bonne sur le moment que cela me fait gémir de...

Non.

Je suis incapable de réfléchir à ce que je viens de ressentir. Et puis, je crois bien que j'ai pris un sacré coup sur la tête. Ma lucidité s'est enfuie au grand galop, que quelqu'un me remette les idées en place, et vite !

— J'aime beaucoup la rapidité avec laquelle ton corps réagit, mais si tu refais ce bruit adorable je ne risque pas de bouger de sitôt, me prévient-il.

Je sens mes forces revenir, de quoi reprendre du poil de la bête.

— Dégage ! vociféré-je.

Il écarte une mèche de mes cheveux sur le côté et enroule le doigt autour d'elle pour s'amuser.

— Supplie-moi.

— Tu es tellement imbu de toi-même. Ta manière de parler, avec prétention et emphase, est un véritable calvaire pour mes oreilles !

Cette fois, il s'allonge de tout son long, me plaquant davantage contre la surface dure pour m'immobiliser complètement. Son bassin entre en collision avec le mien. Il regarde son pouce frôler mes lèvres, avec une tendresse inédite qui me tétanise. De son côté, le Corbeau reste parfaitement maître de lui-même, le regard hautain et l'allure fière.

— Cette bouche insolente mériterait d'être punie.

Son haleine fraîche titille ma peau.

— Tu es un être sans valeur, qui ne sait rien faire de bien, attaqué-je.

— Ta haute estime de moi me touche.

— Lâche-moi, tu pèses un âne mort !

— On arrête déjà de jouer ?

La tempête explose et fait rage en moi.

— Tu me rends folle ! m'impatienté-je.

— Enfin, tu ne te mens plus à toi-même.

Je pousse un grommellement consterné qui lui arrache un rictus triomphant.

— On se reprend, ma Louve.

Et sur ces mots il libère mon corps de son poids et se met debout. Je me redresse sur les coudes, les dents serrées et le ventre grondant d'une colère tenace.

— Il bat sa domestique ! m'écrié-je d'une voix douloureuse, sans trop savoir pourquoi.

Oswald m'observe, bien silencieux. Et pas vraiment affligé d'une quelconque forme d'étonnement.

— Pas qu'elle, Armance.

— Marie aussi..., en déduis-je.

Il me regarde d'un air grave.

— Et tu sais ce qu'on dit ?

— Quoi ? l'interrogé-je avec aplomb.

Il exsude à nouveau le danger par tous les pores, et je m'en réjouis presque, parce qu'à travers ses prunelles enténébrées je comprends vite que des têtes vont tomber. La justice va être rétablie, même si cela exige des quantités mirobolantes de sang versé. Et bon Dieu... je me déteste de raisonner ainsi. Et je le déteste, lui, qui fait ressortir les pires vices en moi.

— Que la vengeance est un plat qui se mange froid. Et c'est bien pour ça que nous sommes ici. Pour leur servir les mets les plus glacés de toute leur misérable vie.

Chapitre 15

Plat de résistance

Armance

Un silence de cathédrale règne au sein des cuisines. Léon et Edgar, l'inséparable duo, sont assis sur le rebord de la table centrale, attendant les ordres d'Oswald, la mine aussi fermée que celle d'un chef de bataillon prêt à passer à l'action.

L'œil fixe, paupière bien ouverte, et poitrine oppressée par une lourde tension, le Corbeau ne cesse de surveiller l'heure sur sa montre. Son allure froide et hermétique est un bel indice pour deviner qu'il s'apprête à commettre un carnage. Ses gestes se montrent précis, sa concentration imperturbable, il paraît réglé comme une horloge suisse, se préparant à agir au moment le plus opportun. Il m'évoque en cet instant un prédateur aimant traquer ses proies par-derrière, assez discret et calculateur pour bondir sur elles lorsque celles-ci s'y attendent le moins.

Et c'est bien ce côté qui m'effraye le plus chez lui, car on ne peut avoir d'emprise sur un être aussi imprévisible. Il souffle le chaud et le froid en fin stratège qui brouille les pistes, pour ensuite mieux nous tomber dessus.

Oswald fait craquer sa nuque et passe devant moi en coup de

vent, comme si j'étais invisible… ce qui, je dois bien l'admettre, ne me déplaît pas. Et il y a une explication à tout cela : plus il m'ignore, mieux je me porte.

De son index, le chef des hostilités nous désigne la porte. Ce fameux signal que nous attendions tous. Il est l'heure de servir la seconde partie du déjeuner. Sur un chariot trône un nombre impressionnant de plats recouverts de cloches en argent. Qu'est-ce que Léon et Edgar se sont activés à cacher sous les couvercles ? Ma curiosité me titille. C'est l'une des nombreuses questions qui me taraudent l'esprit actuellement.

Léon me bouscule de l'épaule, manquant de peu de me faire tomber, puis il s'empare du chariot, qu'il pousse vers la sortie. Ses petites manœuvres pour me faire perdre mon sang-froid commencent sérieusement à me pomper l'air. Et c'est à contrecœur que je le suis, aux côtés d'Edgar qui me souffle dans un chuchotis discret :

— Excuse-le, être bien élevé n'est pas donné à tout le monde.

— On peut toujours espérer qu'il trouve les bonnes manières au fond d'une pochette-surprise.

Edgar remet son cache-œil correctement et mord l'intérieur de sa joue pour éviter de rire. C'est ainsi que nous filons en direction de la salle à manger. D'emblée, mon regard se porte sur les personnes assises autour de la table de banquet. Une dizaine d'hommes, entre la quarantaine et la cinquantaine à première vue. Ils sont tous vêtus de costumes impeccables, ornés de quelques accessoires du genre pochette, bretelles ou encore cravate.

Je recentre mon attention sur l'individu en bout de table, qui vient à l'instant de sortir son étui à cigarettes. Il a un long visage blême, aux joues glabres et aux pommettes saillantes. Quelques rides barrent son front. Ses cheveux poivre et sel sont plaqués en arrière et il porte une fine moustache. L'aura sinistre qu'il dégage me met rapidement mal à l'aise, notamment ce sourire qui s'épanouit sur son faciès arrogant lorsqu'il croise mon regard. Ses yeux marron brillent d'une mesquinerie profonde, à m'en donner la chair de poule.

Sans parler de ce port de tête haut et prétentieux qui me fait instantanément penser à celui de Marie. Aucun doute, il s'agit bien d'Étienne Clémart. Et au souvenir de ce qu'il a fait endurer à la pauvre Ana quelques instants plus tôt mes poings se crispent férocement, prêts à briser des molaires. Mon animosité à son égard est flagrante, à tel point qu'Oswald, qui se tient à ma droite, m'envoie furtivement une pichenette dans le dos afin que je reprenne contenance.

Je me redresse et serre les mâchoires, retenant le venin que j'aimerais cracher au maître des lieux sans retenue. Une fois remise de mes émotions, j'aide à disposer les plats entre les bouteilles de vin et les miches de pain sur la nappe. Pour mon plus grand malheur, Étienne me suit du regard tout en tirant une latte de sa cigarette. Je m'efforce de ne pas en tenir compte, surtout lorsque je le vois reluquer ouvertement mon postérieur à chaque fois que je me penche en avant.

Ne fais pas quelque chose de regrettable, Armance… ce n'est ni le moment ni l'endroit. Obéis aux ordres et tiens-t'en au plan !

Un plan dont je ne connaîtrai jamais toutes les ficelles… de sorte que je n'ai aucun contrôle sur la situation… Foutu Serendas !

Le Corbeau entre en scène. Après une légère courbette face à M. Clémart, il s'approche de la table et d'un signe de la main me congédie. Je me retire, soulagée de ne plus me trouver dans le champ de vision du père de Marie.

— Chef Chelan ! Vous voilà enfin ! s'enthousiasme ce dernier.

— En chair et en os. Merci de nous donner l'opportunité de vous servir.

Ils s'échangent une poignée de main vigoureuse, puis le faux chef cuistot pivote vers les convives.

— Messieurs, les salue-t-il d'un hochement de tête. Comment avez-vous trouvé nos amuse-bouches ?

— L'œuf poché était très goûtu, répond un homme malingre, dont le vice est inscrit sur ses traits à chaque fois que son regard dérive sur les servantes derrière nous.

— Je n'avais jamais mangé un velouté aux petits pois aussi onctueux ! intervient un autre convive, le nez rouge, signe qu'il n'a pas lésiné sur la picole.

— Un autre point en ma faveur, j'en suis honoré. Même si tout le mérite revient à ce petit ingrédient secret qui sait faire la différence lors des dégustations, poursuit Oswald.

— Un ingrédient secret ? Vous nous intriguez, s'intéresse Étienne Clémart, qui s'avachit sur sa chaise.

L'énigmatique rictus du Corbeau s'incurve davantage.

— Si je suis d'humeur, je vous le révélerai peut-être.

Il claque des doigts. Léon et Edgar retirent aussitôt les couvercles et un agréable fumet s'échappe des plats. Pas de tête coupée, de nourriture avariée, ni de vers de terre. Rien de douteux qui pourrait éveiller les soupçons. Les pommes de terre sautées auraient pu me faire de l'œil. Bien qu'étrangement manger soit la dernière chose à laquelle je pense. D'ordinaire, je ne suis obsédée que par ça, mais comme de nombreuses craintes ne me quittent pas j'ai l'estomac beaucoup trop noué pour réussir à avaler quoi que ce soit.

Soudain, l'atmosphère change du tout au tout. L'un des hommes tombe de sa chaise, pris de violentes convulsions. Le dos cloué au sol, il enserre son cou de ses deux mains, les yeux révulsés. Un vent de panique générale éclate alors dans la salle. Étienne est le premier à se retirer de table pour porter secours à son ami. Il lui tapote les joues, puis le secoue énergiquement par les épaules, l'expression tout aussi terrorisée que celle de ses camarades regroupés autour d'eux. J'ai pour réflexe de reculer d'un pas, sous le choc.

— Ana ! clame le père de Marie. Appelle tout de suite un médecin !

Je me retourne pour croiser son regard un bref instant. Elle est apeurée, les bras enroulés autour de son thorax. Ses yeux expriment à eux seuls ce que sa bouche est désormais incapable d'articuler. Elle continue de souffrir le martyre. Je suis même convaincue qu'elle a plusieurs côtes fêlées à cause de son maître, et cette vision me terrasse.

Avec peine, Ana plisse son tablier et se dépêche de sortir de la pièce, mais elle est très vite prise en otage par Léon, qui vient de sortir un pistolet coincé dans la ceinture de son pantalon. Il lui barre la route et la vise avec l'arme.

— On reste bien sagement ici, ma jolie. Ce serait dommage de rater le spectacle, glousse-t-il avec toute la perfidie que je lui connais bien.

Toute tremblante, elle plaque son dos contre le mur, les mains levées. Comme le reste des servantes, Ana se recroqueville sur elle-même et se met à pleurer. Je m'apprête à crier à Léon de la laisser tranquille, seulement je suis coupée dans mon élan par une série de cris paniqués. L'homme à terre, en proie à une sévère détresse respiratoire, finit par perdre connaissance.

— Mais qu'est-ce qui se passe ! Réveille-toi, Henri ! Allez ! s'écrie un individu du groupe.

Oswald toussote dans son poing afin d'attirer l'attention de toute l'assemblée.

— Je vous prie de m'excuser, messieurs... mais je crois bien m'être trompé sur les doses, confesse-t-il avec une fausse expression compatissante.

Son ton léger détonne avec la terreur générale qui a refroidi la pièce en une poignée de secondes. Un doux timbre qui sonne comme une fatalité à nos oreilles. Personne ne pourra s'en tirer à bon compte en tentant de se dérober. Lui seul dirige le carrousel fou. Lui seul décide de qui va être prochainement éjecté de son siège.

Face aux regards ébahis, le Corbeau grimpe avec agilité sur la table et balance un coup de pied dans l'une des marmites, située à sa gauche. La préparation brûlante se déverse sur un gringalet au costume rayé, qui hurle au moment où il s'ébouillante.

— Regagnez vos places, si vous ne voulez pas qu'on garnisse vos assiettes avec votre propre cervelle, les avertit-il.

Sa voix claque comme un coup de fouet.

Edgar sort à son tour son arme et la pointe en direction de l'attroupement.

— Vous avez entendu le boss ? Et que ça saute ! aboie-t-il de manière encore plus hargneuse.

Même s'ils ont un énorme temps de réaction, ils finissent par coopérer sous les menaces. Réinstallés sur leur chaise de force, ils scrutent Oswald comme s'il s'agissait du diable en personne.

— Qui êtes-vous ? ose l'interroger Étienne Clémart.

Le Corbeau défile tranquillement le long de la table pour le rejoindre, les mains dans les poches. Il siffle joyeusement pendant qu'il enjambe les plats. Prenant soin de regarder tour à tour chacun des invités attablés autour de lui.

— Un homme seulement attiré par l'appât du gain, un peu comme vous tous finalement. Même si malheureusement votre vénalité n'est pas ce que l'on compte blâmer aujourd'hui.

En quelques mots, il instaure le silence complet, suscitant chez tout le monde une vive peur. On pourrait presque entendre une mouche voler à présent. La vengeance coule à flots dans ses veines, un poison qui le galvanise et ravive les braises rougeoyantes de son esprit échauffé. C'est un feu qui brûle à l'intérieur de lui, prêt à tout consumer sur son passage. Ses prunelles pétillent d'un amusement non feint, et sans crier gare il se penche, attrape un couteau à viande, qu'il vient ensuite planter dans la main du voisin d'Étienne. L'individu s'époumone de douleur, ce qui arrache un rire fourbe à Oswald et Léon.

— Oh pardon, tu bougeais plus ! J'ai cru que t'étais déjà mort ! raille le faux chef Chelan. Tâche à l'avenir de revoir ton mécanisme de défense, car celui qui consiste à jouer la statue de cire n'est vraiment pas fameux.

— C'est ce qui s'appelle rentrer dans le lard ! Littéralement ! s'esclaffe Léon.

— On te remercie pour ce jeu de mots à la con ! balance Edgar.

— De rien. C'est Os' qui m'a tout appris !

Le sang coule abondamment entre les jointures de la victime, mais elle ne daigne pas retirer la lame de sa chair, par peur d'effectuer un faux pas, qui pourrait cette fois lui être fatal.

— Vous voulez de l'argent, c'est ça ? panique M. Clémart.

— J'en ai suffisamment pour tous vous torcher le cul avec. Sans façon.

Oswald Serendas se hisse au sommet de la chaîne alimentaire pour ne faire plus qu'une bouchée d'eux. Il retrousse ses manches et s'accroupit devant Étienne pour le regarder droit dans les yeux.

— Abuser et battre tes domestiques, ce n'était peut-être pas le choix le plus avisé. Les humilier, et ce, toujours dans l'intimité de tes appartements privés… juste pour nourrir ta perversion malsaine ainsi que celle de tes convives… eh bah… j'en perds mes mots. Disons que j'ai connu des types plus stables que toi. Mais qui suis-je pour juger après tout ? On a tous nos vices bien cachés. Sais-tu quelle est ta plus grosse erreur dans toute cette histoire ?

Sa cible pince ses lèvres tremblantes, loin d'être prête à accuser le coup.

— Déjà, de ne pas avoir vérifié les plats que nous vous avons servis. J'avoue avoir eu la main lourde sur l'un des œufs pochés avec le cyanure. Visiblement, ton invité qui est dans le coma, et dont le cœur ne tardera pas à s'arrêter, a beaucoup apprécié cet arrière-goût d'amande amère. Tu crois que j'ai une carrière dans la restauration ? Parce que j'envisage peut-être une reconversion professionnelle.

Il ne répond rien et Oswald souffle d'ennui.

— Pourquoi vous n'êtes jamais loquaces dans ce genre de

situation ? Je crois que je préfère encore me taper des platitudes. Bref, où en étais-je déjà ? Ah oui !

Le tueur dégaine son arme à feu et se gratte la tempe avec l'extrémité du canon, faisant mine de réfléchir. Une goutte de sueur froide dévale le front d'Étienne.

— T'en mettre plein les poches et vouloir à tout prix baiser le système pour être au-dessus, c'est une chose. Mais t'en prendre à ton propre sang... oh, Étienne... ça, c'est impardonnable...

Et à ces mots des pas tranquilles et réguliers retentissent au bout du couloir. Je crois même reconnaître des talons qui claquent sur le sol. Ils s'approchent et je reste ébahie lorsque Marie Clémart fait irruption dans la salle, vêtue d'un long manteau de fourrure, d'un chapeau élégant et de gants en soie.

— Alors ? As-tu apprécié ton déjeuner, père ? Était-il... savoureux ?

Les yeux de sa figure paternelle s'arrondissent de stupeur.

— C'est toi la responsable de tout ce désordre ? Mais qu'as-tu fait ! vocifère-t-il.

D'une démarche ondulante, elle se débarrasse de son sac à main et recoiffe sa petite mèche brune sur le haut de son front. Ce petit rictus vicelard qu'elle affiche me donne moi-même des frissons.

— Pourquoi en faire tout un drame ? Ne me dis pas que tu pensais t'en sortir éternellement ?

Son père va pour se lever, mais est aussitôt arrêté par Oswald qui lui colle son flingue entre les yeux.

— La balle dans le barillet est déjà prête à faire ta rencontre, Étienne, ne me tente pas..., siffle-t-il entre ses dents serrées.

Le visage de Marie se renfrogne.

— Désormais, je ne me soumettrai plus à tes divagations. Tu vas arrêter de faire du mal aux gens. Tu vas arrêter de nous traumatiser, accuse-t-elle, le menton redressé.

Elle jette ensuite un coup d'œil à Ana, ainsi qu'aux autres femmes qui restent à l'écart, toutes mortes de trouille.

— C'est moi qui prends la relève, vous n'avez plus rien à

craindre. Vous ne subirez plus jamais de mauvais traitements, je vous en fais la promesse, achève-t-elle à leur intention.

La souffrance qui coule de sa voix me poignarde en pleine poitrine. Pour la toute première fois, je ressens une réelle once de compassion à son égard. Je comprends mieux certaines choses. Son lourd mutisme lorsque Léandre lui posait des questions sur sa famille. Son habitude de boire beaucoup d'alcool jusqu'à ne plus marcher droit. Son envie de faire la fête jusqu'à pas d'heure… ce n'est pas la guerre qu'elle souhaitait oublier, mais bien les sévices de son père, dont elle a été victime sans que personne le sache. Je me rends compte à quel point je l'ai mal jugée. Très vite, la culpabilité m'éperonne.

Oswald se redresse, tendant l'oreille pour écouter quelque chose.

— Vous entendez ça ?

Les stridences d'une cornemuse percent le calme extérieur, suivies par des aboiements de chiens.

— Vous savez ce que cela signifie ? demande-t-il à tout le groupe.

Sa question est accueillie par une vague d'appréhension.

— Que pour une fois… les prédateurs vont devenir les proies.

Et les « proies » en question bouillonnent de nervosité sur leur chaise, paralysées des pieds à la tête.

— Je vous conseille de courir. Le plus vite possible. Et surtout de trouver une bonne planque. Parce que si les chasseurs vous retrouvent…

Il laisse sa phrase en suspens, puis lève une main. Un coup de feu éclate dehors. Une balle traverse la baie vitrée, qu'elle fait voler en éclats dans un fracas assourdissant. Tout le monde sursaute. Un nouvel homme tombe en avant, tête la première dans son assiette, les doigts pressés sur la tache rouge et poisseuse au niveau de sa poitrine, qui s'élargit à vue d'œil.

— … ils vous tireront dessus comme des lapins, conclut Oswald, le regard mauvais.

En deux temps trois mouvements, les cibles quittent leur

place à la va-vite et courent vers la sortie du manoir en jouant des coudes pour être le premier à sauver sa peau. Seul Étienne Clémart reste assis en bout de table, aussi vulnérable qu'un gibier pris entre les griffes d'un rapace aux serres acérées.

— Vous êtes le Corbeau.

Son ton n'est pas interrogatif, il relève plus de l'affirmation. Qui est validée à la seconde où Oswald sort de sa poche une plume noir d'ébène qu'il dépose dans son assiette.

— Si mes hommes vont bien s'occuper de tes crétins d'associés, j'ai l'honneur de t'annoncer que c'est moi qui me charge de toi, Étienne. On a des choses à se dire toi et moi. Beaucoup de choses même, ça risque d'être un peu long.

Sans plus de cérémonie, il descend de la table et le tire par l'oreille pour le lever de force.

— Ma chère brigade, il est temps de tout remballer !

Il traîne sa victime à travers la salle, tout en nous faisant signe de le suivre.

— On te laisse nettoyer, Marie, lance Léon sournoisement.

Le visage glacial, cette dernière enlève ses gants et rejoint ses servantes.

— L'heure du grand ménage a sonné.

Ana éclate en sanglots et Marie la prend dans ses bras pour la bercer doucement contre elle.

— Il ne nous touchera plus, glisse-t-elle à son oreille.

La jeune femme relève la tête dans ma direction. Mon animosité envers elle étant atténuée, je sens un nœud se former dans ma gorge. Le regard de Marie reste dur et ombrageux, mais je la vois me chuchoter un franc « Merci ». Sans savoir quoi faire d'autre, j'incline la tête et je tourne les talons pour suivre les hommes d'Oswald Serendas.

Nous traversons silencieusement les cuisines, les laissant dans leur état actuel, puis nous regagnons le camion. Oswald, avec l'aide d'Edgar, ligote les mains et les pieds d'Étienne, qu'ils jettent ensuite au fond du garde-manger comme du bétail. Je grimpe à mon tour à l'arrière du véhicule, prenant soin de me tenir le plus à l'écart du père de Marie, tandis que le trio s'installe sur la banquette avant, comme lors du trajet aller.

Edgar lance le moteur, mais est aussitôt coupé par Oswald.

— Attends. Pas tout de suite. J'ai oublié quelque chose, l'informe-t-il.

Le chauffeur coupe le contact et attend patiemment. Léon, lui, hausse un sourcil interrogateur. Le Corbeau desserre le col de sa chemise de cuisinier, puis saute par-dessus son siège pour me rejoindre à l'intérieur du garde-manger. Sans un regard dans ma direction, il fonce vers Étienne. Le tueur sort un canif de sa poche et l'homme par terre essaye de crier malgré le bâillon sur sa bouche.

Dans un calme effrayant, Oswald attrape son bras et déchire un bout de tissu avec la lame au niveau de sa manche. Il récupère la bandelette et l'attache autour du visage d'Étienne. J'assiste à la scène complètement sidérée, et en perds mon français lorsqu'il serre le bandeau au niveau de ses yeux, dans l'ultime but de lui obstruer la vue.

Mais qu'est-ce qu'il trafique encore ?

— Je ne vais pas mentir, les regards que tu as jetés à Armance tout à l'heure ont mis mes nerfs à rude épreuve, chuchote Oswald à son oreille.

Je sursaute à la mention de mon prénom. Ne s'arrêtant pas en si bon chemin, il ajoute, en empoignant ses cheveux :

— Alors maintenant je m'assure que tu ne reluqueras plus jamais la moindre parcelle de sa peau, on s'est compris ?

Son ton sec et laconique m'étourdit sur le moment. Pourquoi se donner autant de peine ? C'est à ne plus rien y comprendre. Je me dis qu'il s'agit sûrement d'une nouvelle volonté de se mettre en scène. Parce que Oswald Serendas a l'air d'être le type d'homme qui aime avoir la lumière sur lui.

Sans attendre de réponse particulière, il le relâche avec une telle violence que son souffre-douleur se cogne l'arrière du crâne contre la paroi.

Quand Oswald jette un œil par-dessus son épaule pour

m'observer, je me détourne de lui et entoure mes genoux de mes deux mains.

— On va te ramener chez toi. Retour à la liberté, ma Louve.

Je ne réponds rien et il en profite pour m'inspecter longuement. Pourquoi perdre mon temps et mon énergie à converser avec lui ? Mon stoïcisme finit par lui faire pencher la tête sur le côté.

— C'est quoi cette tête de déterrée ? Tu ne souhaites pas me quitter ?

Lui et ses suppositions à la noix...

— Je suis plutôt inquiète de ce que tu viens de m'affirmer. Est-ce que cette fois tu tiendras parole ? Tu vas me laisser tranquille et me donner la compensation dont tu m'as parlé la dernière fois ?

Il lâche un petit rire.

— Pour ta compensation, tu récupéreras tout ce qui traîne ici, ça te laissera des provisions pour une bonne semaine, je dirais.

Je jette un œil à la quantité encore abondante de nourriture qu'il reste ici, à la fois surprise et heureuse de rapporter des caissons entiers de fruits et de légumes à ma famille. Cela fait tellement longtemps que nous n'avons plus profité d'un bon repas tous les trois... j'en salive d'avance.

— Et que vas-tu faire d'Étienne ? lui demandé-je.

— Tu te soucies de lui maintenant ?

Je secoue la tête en signe de négation.

— Simple curiosité.

— J'hésite. Je pensais à quelque chose comme...

Il fait semblant de réfléchir, alors que je sais très bien qu'il a tranché depuis un bon moment déjà.

— La torture de la fourchette, est-ce que ça te parle ?

La tension qui se loge dans ma poitrine se resserre tel un gant de fer. Je coupe ma respiration et Oswald glisse son regard céruléen sur ma gorge qui montre que je déglutis avec peine.

— Non ? Ça ne te revient pas ?

L'expression joueuse, il réduit l'espace qui subsiste entre nous et s'agenouille pour se retrouver à mon niveau, les coudes reposant nonchalamment sur ses genoux.

— Indice : c'est une fille très attirante qui m'a refilé l'idée.

J'écarquille les yeux, recroquevillée sur moi-même. Un frisson, dont je ne comprends pas bien la signification, me prend de court en se faufilant sur toute la longueur de mon épine dorsale. Il me semble apercevoir l'ombre d'un sourire sur son visage. Mais sans me laisser le temps de m'en assurer il s'éclipse et retourne à l'avant du véhicule, bien décidé à ne plus se soucier de ma présence durant tout le reste du trajet.

Chapitre 16

Froufrous et french cancan

Armance

— Yoooooouhou ! Je vole !

Le cri de mon petit frère retentit de façon si stridente au milieu de la petite place que les pigeons devant moi prennent leur envol dans un battement d'ailes affolé. Je ne cache pas mes gloussements en remarquant la tignasse désordonnée d'Elliot qui lui tombe devant les yeux à chaque fois qu'il arrête ses figures de voltige sur la balançoire.

La clameur des enfants autour de lui ne semble pas le déranger, ni l'empêcher de s'amuser tout seul. Ce qui, pour ma part, ne cesse de me faire mal au cœur. Le temps a beau s'égrener, Elliot ne parvient jamais à s'intégrer à un groupe de son âge. En grande partie à cause de ces mères qui ordonnent à leurs bambins de ne pas s'approcher de notre famille « couverte d'opprobre ». Par conséquent, mon petit frère a décidé de la jouer cavalier seul dans chacun de ses jeux. Que ce soit aux billes, à la course, au chat perché ou encore à la balançoire. Il en a tiré une leçon essentielle : on n'est jamais mieux servi que par soi-même. Et c'est d'une tristesse infinie de lui avoir inculqué cette réalité aussi tôt.

Les mamans, assises sur les bancs près de nous, n'en démordent pas et s'échangent des messes basses tout en nous observant avec une fausse discrétion, Elliot et moi. Les mauvaises habitudes ont la vie dure. On continue de nous reluquer comme des pestiférés. Des rats d'égout. Des voyous qui ne méritent pas de respirer le même air qu'elles. Rien ne change, rien ne va en s'améliorant. L'humain se perd et c'est désolant.

Pour autant, Elliot et moi continuons à nous frayer un chemin parmi ce troupeau bêlant et sans cervelle qui peuple notre quartier.

— Cela fait des plombes que ce gosse hirsute accapare la balançoire ! Qu'il aille partager ses poux ailleurs, peste l'une de ces potiches.

Ce à quoi je riposte bien fort, de sorte que tout le jardin public puisse m'entendre :

— Allez, Elliot ! Montre-moi à quel point tu es agile dans les airs !

Sous mes encouragements, ses yeux brillent de détermination. Il s'élance à nouveau, d'avant en arrière, faisant grincer les anneaux en fer de la bascule, ce qui provoque une vague d'accents indignés de la part de cette armée de mégères. Même si je meurs d'envie de les faire taire à coups de savate, je les ignore, et observe mon petit frère s'amuser comme un fou, un sourire en coin. Je sors de ma poche une tablette de chocolat que j'ai entamée juste avant de venir ici et m'en coupe un petit carré que je laisse fondre sur le bout de la langue.

— Regarde, Armance, comme je vais haut ! clame Elliot.

— Tu es le meilleur !

Tout à coup, je sens une silhouette se glisser furtivement dans mon dos et me voler un morceau de chocolat.

— Eh ! Pas touche, toi !

— Quelle ingrate, ricane Léandre. Elliot ! Fais gaffe à ne pas faire un vol plané non plus !

Malgré moi, mes lèvres se retroussent vers le haut. La

matinée reste grise, parsemée de quelques bouts de ciel bleu. Le gazouillis des oiseaux dans les platanes m'évoque même une journée douce et printanière, alors que nous nous rapprochons dangereusement des températures rudes de l'hiver.

Depuis tout à l'heure, je laisse les quelques rayons du soleil filtrant à travers les nuages fins me caresser le visage, et j'en savoure les bienfaits à chaque seconde. Cerise sur le gâteau, je suis accompagnée par les personnes que j'aime le plus. Avec du chocolat évidemment. Le bonheur n'est pas si compliqué à atteindre quand on se satisfait des plaisirs simples.

Je suis de bon poil et sereine depuis cinq jours. Cinq jours que je n'ai plus reçu le moindre signe de vie d'Oswald Serendas, ce qui est une aubaine. Terminé de jouer avec mes états d'âme, je revis, me repose, reprends des forces grâce aux provisions que j'ai réceptionnées et passe la majeure partie de mon temps avec mon petit frère, qui avait cru dernièrement que je ne l'aimais plus parce que je le délaissais. Sa peur de l'abandon est profonde, encore bien à vif depuis le traumatisme lié au décès de notre père, alors je fais en sorte de lui prouver autant que possible tout mon amour en prenant soin de lui.

Pot-au-feu, soupe, omelette, tarte et desserts variés... j'ai aussi concocté de bons petits plats pour satisfaire Elliot, ainsi que ma mère. Et quelle grande satisfaction d'avoir enfin un estomac rempli. De retrouver la sensation d'être rassasiée, sans la moindre contraction douloureuse qui creuse un vide immense au fond de notre ventre. Je sens que j'ai repris des forces et des couleurs. J'ai meilleure mine, avec un teint moins maladif et un corps plus performant physiquement parlant. J'ai aussi repris un peu de poids, même si je reste d'apparence très frêle.

Je me complais pleinement dans ma vie actuelle, dépourvue d'anicroches en tout genre, à l'écart des corbeaux gravés sur des bagues en or, ou encore des truands sanguinaires à l'humour mal placé.

Du jour au lendemain, je suis sortie de l'ornière, mais

pour combien de temps ? L'avenir me paraît toujours aussi effrayant, et flou. La nourriture ne pousse pas par magie dans mes placards, les réserves diminuent à vue d'œil et je vais bientôt devoir repartir à la chasse pour trouver de quoi me mettre quelque chose sous la dent. Mais pour le moment je préfère rester dans le déni et me consoler dans le présent.

Léandre s'allume une cigarette à côté de moi et tend la main à nouveau pour me voler un morceau de chocolat. Je plaque la tablette contre ma poitrine et grogne :

— Pas touche, j'ai dit ! Tu es sourd ?

Sous son béret, je vois très bien le sourcil qu'il vient d'arquer de mécontentement.

— Même à tes plus fidèles alliés ? Je vois que l'individualisme fait son petit effet sur toi ! C'est du beau !

Il applaudit au ralenti, la clope au bec.

— Léandre, j'ai entre les mains une denrée rare. Alors excuse-moi de te le dire mais, oui, je suis fière d'être égoïste et prête à tout pour défendre mon dû.

— D'accord. Tu veux que j'aille chercher de l'eau bénite aussi pour la faire baptiser, pendant que t'y es ?

Je glousse et la seconde d'après réprimande Elliot qui manque de vigilance dans ses balancements.

— Doucement ! Ne te brise pas la nuque, mon grand, compris ? renchérit mon ami.

Malgré nos mises en garde, cette tête de lard continue à se balancer. Toujours plus vite et plus fort.

— J'entends riiiien ! nous nargue-t-il.

— Elliot ! Je vais commencer à m'énerver si tu...

Je n'ai pas l'occasion de terminer ma phrase quand je le vois lâcher par accident les cordes et être propulsé violemment en avant. Mon instinct protecteur prend la relève, mon cerveau se met sur pause et j'agis. Je lance la tablette de chocolat sur Léandre et me rue vers mon frère. Par je ne sais quel miracle, j'arrive *in extremis* à le rattraper en plein vol. Le choc est rude, nous tombons sur la pelouse et faisons plusieurs roulés-boulés par terre jusqu'à nous immobiliser complètement près d'une poutre à bascule sur laquelle s'amusent deux enfants. Ces derniers nous regardent quelques secondes, les yeux ronds comme des billes, avant de courir dans les jupons de leurs mères.

Elliot, qui reste prisonnier dans mes bras, tremble comme une feuille contre moi. C'est à ce moment précis qu'une série de réminiscences vient me contaminer l'esprit. Je me revois moi, en train de chuter dans le vide, et Oswald, accourant dans ma direction pour me sauver la vie. Je me souviens de son corps pressé contre le mien, de ses taquineries de mauvais goût juste pour se jouer de moi, ainsi que de ses lèvres parcourant ma peau et...

Une sensation de picotement se propage sur tout mon épiderme et se faufile jusqu'à mon cœur pour le pincer d'une drôle de manière. Je souffle un grand coup, expulsant ces pensées néfastes, pour ensuite me concentrer sur cette petite crapule qui a bien failli manger le bitume.

— Qu'est-ce que je t'ai dit, bon sang ! le réprimandé-je.

Elliot gigote dans mes bras et parvient à s'extraire de ma prise. Il recoiffe sa crinière noire en me sortant l'excuse la plus risible de tout Paname :

— Eh ! Les accidents, ça arrive ! J'y suis pour rien !

— Ah oui ? Et c'est la faute de qui alors ?

— De mon destin ! Il a mal tracé ce moment sur mon carnet de vie !

J'éclate de rire malgré moi et je me masse les tempes, histoire de remettre un peu d'ordre dans mes émotions.

— Terminé la balançoire ! Va jouer dans le bac à sable ! Tout de suite ! lui ordonné-je en pointant la direction à emprunter.

Je le vois marmonner quelque chose que je n'arrive pas à entendre, il m'obéit finalement à contrecœur.

— Eh ! Je t'ai vu me tirer la langue, petite fripouille !

Il ricane et court jusqu'au sable, sous les œillades curieuses des autres gamins.

— Je ne sais pas d'où il tire cette énergie, mais ce gamin en a à revendre, raille Léandre.

Il me tend la main, que je saisis la seconde suivante pour me remettre sur pattes. J'époussette mon pull et je réponds de but en blanc :

— De mon père. Il avait ce côté aventureux et casse-cou. Plus il grandit, plus il lui ressemble, autant physiquement que mentalement, ça en est presque… troublant.

Léandre s'abstient de tout commentaire et m'entraîne vers un banc qui vient de se libérer sur notre gauche. Il joue avec son mégot éteint et ouvre par moments la bouche, avant d'aussitôt la refermer. Je sais exactement ce que veut dire cette attitude.

— Qu'as-tu à m'annoncer de si important ?

Il s'immobilise, feint de ne pas savoir de quoi je parle, mais mon regard insistant le pousse à ne plus tourner autour du pot.

— Marie et moi sommes officiellement ensemble. Je tenais à te le dire.

Je tourne la tête vers lui avec une telle brutalité que mes vertèbres craquent.

— Pardon ?

— Pas plus tard qu'hier, lorsque nous nous sommes retrouvés près de la Seine, elle m'a avoué qu'elle avait des sentiments pour moi, me confie-t-il avec le sourire le plus niais qu'il m'ait été donné de voir de toute ma vie.

— Elle… c'est… eh bien… je…

Les mots ne me viennent pas. Mes pensées ne sont qu'un amas désordonné et insensé qui endommage tout mon discernement. Une ligne barre son front.

— Qu'y a-t-il ? Tu n'es pas heureuse pour moi ? Oh non…

Il marque une pause et esquisse un mouvement de recul que je ne réussis pas à déchiffrer correctement.

— Ne me dis pas que…

— Hein ?

Confuse, je cligne bêtement des paupières.

— Tu…

Il retire son couvre-chef et fourrage dans ses cheveux avant de détourner le regard de moi, mal à l'aise.

— Léandre ?

— Est-ce que par hasard… tu m'aimes ?

Je ne réponds pas tout de suite, tant je reste ébahie par ce qu'il vient de supposer. Quand les informations remontent enfin à mon cerveau, un gloussement que je ne peux retenir m'échappe. Léandre me dévisage avec une moue perplexe qui attise encore plus mon hilarité.

— Non mais ça ne va pas d'imaginer un truc pareil ? Moi, amoureuse de toi ? Franchement, tu es marteau !

— Oh, du calme ! Je n'apprécie pas le ton que tu emploies, celui qui sous-entend que s'enticher de moi frôle le ridicule. Sache que je suis vexé maintenant !

— Ne le prends pas mal ! Tu m'as prise de court, andouille !

Peu à peu, je retrouve mon sérieux. Une seule question me pend au bout des lèvres, celle qui me paraît la plus judicieuse et importante à poser lors de ces moments de grandes confidences.

— Es-tu heureux avec elle ?

Le sourire rayonnant qu'il m'adresse en retour est suffisant comme réponse. Léandre se sent quand même obligé de me communiquer le fond de sa pensée à voix haute :

— Je me sens épanoui. Parfois trop, ça en devient effrayant. Tout me ramène à elle. Rien que là, depuis qu'on est arrivés ici, j'ai dû penser à Marie au moins une dizaine de fois en regardant les feuilles mortes à nos pieds.

— Les feuilles mortes ?

— L'automne est sa saison préférée.

— Oh.

— Bref, j'ai constamment envie de lui parler, d'être à ses côtés pour la serrer contre moi et vadrouiller avec elle dans les rues de Paname, prêt à casser la gueule à ceux qui oseront trop la reluquer en ma présence. Si tu savais à quel point il me tarde de la revoir. Tu as déjà connu pareille sensation ?

Celle de considérer le monde autrement dans les bras de quelqu'un, d'avoir sa propre estime de soi regonflée et de se sentir authentique à travers ses yeux ?

Jamais.

Devrais-je m'en attrister ?

Après tout, ai-je le temps de me montrer fleur bleue ?

Je m'accorde rarement le droit de rêver, alors vouloir goûter à une simple étreinte, un tant soit peu romantique... ma décision est vite prise.

Non.

Je secoue la tête et lui demande :

— Quand vont avoir lieu les retrouvailles ?

— Ce soir. On fait la bringue ensemble !

— Je vois.

Pour être franche, j'ignore comment accuser le coup. Dois-je me réjouir pour lui ou bien me méfier de cette nouvelle idylle ? Dois-je tout lui balancer sur Marie, sur la manière dont elle m'a dénoncée auprès d'Oswald Serendas ? Dois-je lui avouer qu'elle a pactisé avec son ennemi juré pour se débarrasser de son père et que, contre ma volonté, je suis devenue une pièce maîtresse dans ce plan tordu ?

Tant de questions, si peu de réponses. J'ai toujours peur de faire un faux pas et de tout gâcher, alors mes lèvres restent scellées.

— Viens avec nous, Armance.

— Pour tenir la chandelle ? Très peu pour moi, non merci, décliné-je immédiatement.

— Music-hall, charleston, jazz, froufrous, carafes de vin, coupes de champagne et ce, toute la nuit ! Ne me dis pas que l'offre n'est pas alléchante ?

— Je...

— Et des tas de choses à grappiller. Si tu vois où je veux en venir.

— Mon dernier pillage ne s'est pas vraiment montré fameux, lui rappelé-je.

Il se mord l'intérieur de la joue.

— Comme tu voudras. Je ne veux pas te forcer la main. Si tu veux, je partagerai avec toi mon petit pactole de la soirée et…

— Finalement, je viens.

Mon ton solennel le ravit. Même si arracher des portefeuilles et autres babioles à des fêtards trop soûls pour rester debout est pour le moins tentant, c'est l'occasion ou jamais de me confronter à Marie. Je dois tirer certaines choses au clair, je ne peux pas continuer à jouer les ignorantes éternellement envers Léandre. Surtout pas avec lui.

— Mais je n'ai plus rien à me mettre en revanche.

Il esquisse un mouvement de recul.

— Mes réserves ont été saccagées par le Corbeau, je te rappelle.

Il lâche un « Oh » impassible, puis lentement ses lèvres s'incurvent en un rictus de conspirateur, signe qu'il a quelque chose derrière la tête, qui va soit me plaire, soit me débecter.

— Ce visage ne me dit rien qui vaille, Léandre.

— Et si je te disais que j'ai récupéré une tenue dans un atelier de couture la dernière fois que j'ai fait les quatre cents coups avec les Loups de la Butte ?

— Récupéré ?

— Emprunté ?

— Comme les boucles d'oreilles ?

Face à ma surdose de sarcasme, il capitule.

— Bon d'accord ! Je l'ai dérobée ! Passons ! L'important, c'est que j'ai de quoi te rendre éblouissante. Une robe taillée comme un diamant avec laquelle tu pourras envoûter n'importe qui. Même tes ennemis jurés, qu'en dis-tu ?

Ennemis jurés.

Le visage aux yeux vairons qui se matérialise dans mon crâne m'horrifie sur le moment. Je cligne des paupières, à deux doigts de me frapper la tête contre une barre en fer pour de nouveau avoir les idées claires. Léandre se lève et me tend la main.

— Prête pour une nouvelle danse ?

Pesant le pour et le contre, je remets de l'ordre dans mes cheveux, puis finalement entrelace mes doigts aux siens.

— La robe est-elle à ma taille au moins ?

Il hoche la tête pour le confirmer.

— Alors je crois bien qu'il est temps de remonter en selle, cher camarade.

Je serre mon sac à main contre ma poitrine au milieu de l'océan de passants qui occupe toute la longueur de l'avenue animée. À peine le soleil s'est-il couché que les terrasses des bars sont déjà pleines à craquer. Les serveurs, vêtus de leur tablier, naviguent entre les clients avec agilité, leurs plateaux chargés à ras bord de verres d'alcool. Les néons des enseignes illuminent les flaques d'eau qui se sont incrustées au milieu des pavés, tapissant ainsi le sol d'éclaboussures de lumière. Danseuses, musiciens, filles de joie, bourgeois, classes plus populaires, tout le monde s'entremêle dans cette farandole de réjouissances bruyantes.

Paris devient comme ça chaque soir, le théâtre de grandes festivités. Et sans vraiment pouvoir m'en empêcher je me mêle à la populace et feins de m'amuser avec eux, juste dans l'optique de les manipuler à ma guise pour leur soustraire ce qui se cache au fond de leurs poches. Léandre a d'ailleurs ouvert les hostilités une minute plus tôt, en détroussant en catimini un jeune bourgeois qui se vantait de détenir les meilleurs cigarillos de tout le continent. Le voilà donc en train d'en fumer un après avoir rangé la petite boîte métallique « empruntée » dans son pantalon.

Léandre a vu les choses en grand pour moi et il ne mentait pas sur la beauté de la tenue que je porte. Cette petite robe noire, à la coupe droite, me va comme un gant. Même si elle souligne à quel point ma silhouette est tristement dépourvue de formes pulpeuses, les rangées de franges en soie, complétées par un empiècement transparent, ont le mérite d'enjoliver mon apparence. Tout comme ce bandeau à paillettes sur mes cheveux, assorti à mon accoutrement. J'ai fière allure, de quoi mieux passer inaperçue au centre de cette foule pimpante et clinquante.

— Tu ressembles presque à une danseuse de charleston ! s'exclame mon ami.

— Il va me falloir beaucoup de verres pour lever une gambette en l'air, je te le dis !

Ma réponse est accueillie par son rire chaleureux. Les verres s'entrechoquent, les rires fusent et l'air est embaumé de tabac fort. Des danseuses de *French cancan*, parées de leurs froufrous, réalisent des figures impressionnantes, à base de pirouettes et de grands écarts. L'orchestre derrière elles s'en donne à cœur joie pour les accompagner dans leur numéro endiablé. La musette prend l'ascendant sur l'accordéon. La puissance des instruments semble réjouir tout l'auditoire qui ne cesse de taper des mains en rythme avec la mélodie.

Je profite du fait qu'un homme au chapeau melon soit obnubilé par les jambes galbées d'une des danseuses pour me rapprocher de lui. Je glisse dans son dos et plonge la main dans sa veste furtivement. Quelque chose de solide et froid produit un tintement métallique au creux de ma paume. Je l'ouvre et découvre une montre à gousset, sans doute en argent massif. Je passe mon pouce sur le cadran en verre et vérifie bien qu'aucun oiseau suspect ne soit gravé dessus.

Simple mesure de sécurité, car on n'est jamais trop prudent désormais !

Inspection terminée.

Pas de corbeau en vue, c'est une bonne pioche !

Je range ma trouvaille dans mon sac à main et continue de marcher comme si de rien n'était, avec Léandre sur mes talons, qui n'a pas raté une miette de la scène.

— Enfin, je te retrouve, glousse-t-il.

Je lui adresse un clin d'œil.

— Je n'ai pas perdu la main.

— Moi qui pensais que tu étais devenue l'empotée de service… je m'en réjouis et…

Il referme la bouche et ses yeux se rivent sur un point derrière moi. Inutile de me retourner pour comprendre qui il dévisage de cette manière. Plus rien ne paraît exister autour de lui.

Marie Clémart.

Je me tends lorsque mon fidèle camarade, à présent aveuglé par sa dulcinée, me contourne et court dans sa direction comme si sa vie en dépendait. Affublé de sa veste bleu foncé ainsi que de son pantalon en velours, il est beau comme un dieu. Tandis que Marie, avec sa robe aux paillettes d'or, rayonne comme un soleil à son zénith. On dirait des acteurs de cinéma.

Oui, ils vont bien ensemble.

Et oui… un vide se creuse au fond de ma poitrine, assez désagréable à supporter.

Je carre les épaules et m'avance dans leur direction, sans quitter des yeux la brune à la coupe garçonne, qui me repère assez rapidement. Ma présence a l'air de jeter un froid entre nous, je ne m'attendais pas à ce que nous devenions les meilleures amies du monde. Il y a encore beaucoup de choses que nous devons clarifier, elle et moi. Et elle le sait. Parce que, malgré tout ce que j'ai vu et compris au manoir de son père, je n'ai toujours pas digéré le fait qu'elle m'ait jetée en pâture au milieu de tous ces charognards.

— Bonsoir, Armance, me salue-t-elle avec un sourire de façade, juste pour sauver les apparences devant Léandre.

Je hoche la tête.

— Marie.

Léandre n'est même pas interpellé par mon intonation sèche et froide, à la différence de Marie, qui saisit très bien le message caché derrière. Mon ami encadre son visage entre ses mains et dépose un tendre baiser au coin de sa bouche en cœur. Les yeux de la jeune femme se plissent de plaisir et cette fois elle lui renvoie un sourire lumineux, qui souligne encore plus sa beauté.

Mon pincement au cœur s'intensifie.

Mon sentiment d'être seule s'aggrave.

Non. On ne peut pas vouloir le beurre et l'argent du beurre. Concentre-toi sur l'essentiel, Armance.

— Léandre, tu veux bien aller nous chercher à boire ? lui demande-t-elle, une main posée sur son bras.

— Toujours prêt à rassasier les gosiers. Je reviens, les filles.

Et de ce pas il fend la foule, en jouant des coudes pour se frayer un chemin jusqu'au bar le plus proche. Marie, bien silencieuse, sort une cigarette et m'en propose une. Je décline l'offre. Elle se range ensuite à côté de moi et observe le bal. Ce moment de mutisme s'allonge entre nous, et j'espère qu'il est assez éloquent pour lui faire comprendre que je compte bien croiser le fer avec elle.

— Je te dois une fière chandelle, Armance, finit-elle par me confier.

Ce à quoi je réponds, pleine de fiel :

— M'as-tu laissé le choix en me dénonçant à Oswald Serendas ?

Ma pique la fait soupirer.

— Je m'attendais à ce que tu m'en veuilles encore.

Je serre les poings et les rouvre. Trois fois d'affilée. Dans la ferme intention de détendre mes muscles contractés par la vive colère qui m'anime.

— Tu savais que j'avais une famille qui comptait sur moi. Et tu les aurais condamnés si j'avais péri au milieu de toute cette... vengeance personnelle. Une vengeance dans laquelle je n'avais absolument pas ma place, qui plus est.

— Comptes-tu me pardonner un jour ?

La vulnérabilité que révèle sa voix me fait grincer les dents. Elle n'a pas lieu d'être. Elle se joue de moi. Elle ne compatit nullement. C'est une comédienne. Une manipulatrice.

— Je crains que non.

— Ma mère est morte lorsqu'elle a accouché de moi, à cause d'une hémorragie.

Le changement brutal de sujet me désarçonne sur le moment. Même si l'information n'a pas de quoi me ravir, je lui fais les gros yeux, durs et pleins de reproche.

— Je compatis. Mais on a tous sa croix à porter, Marie. Arrête tes plaintes censées susciter ma pitié.

Elle continue malgré tout, le regard rivé au loin et la respiration défaillante, comme si son corset lui comprimait la taille. Elle sort son éventail et joue avec pour garder contenance.

— Mon père n'a pas supporté de la perdre, à vrai dire, je crois qu'il ne s'en est jamais remis. Et tout cela l'a fait basculer dans la folie. Une sombre folie qui a éveillé sa facette la plus pourrie et fait naître en lui des pulsions abominables. Plus je grandissais, plus les épisodes colériques et haineux se multipliaient à mon encontre. Il a toujours estimé que c'était ma faute, alors il me faisait porter le poids de la culpabilité chaque jour et chaque fois qu'il en avait l'opportunité. Ce sont mes domestiques qui m'ont élevée, qui m'ont inculqué les valeurs que je prône aujourd'hui. Ce sont elles qui me faisaient me sentir un peu moins seule dans cette immense demeure vide. Et mon père, vicieux qu'il était, faisait exprès de s'en prendre à celles que j'aimais le plus. Juste pour me rendre la vie infernale. Puis l'envie de me faire souffrir encore plus fort lui est venue.

Je ne dis rien, écoutant malgré moi son récit poignant.

— Il... il a commencé par des coups de canne. J'avais des bleus sur le haut des cuisses et dans le dos. Des zones que j'ai toujours pu camoufler avec mes vêtements. Personne ne remarquait rien quand je sortais dans la capitale. Souffrir dans l'ombre, briller en public, tel était mon quotidien. Puis, lorsqu'il s'est mis à organiser des soirées au manoir en compagnie de ses associés, c'est là que ses jeux pervers ont débuté. Un jour, il m'a...

Un sanglot obstrue sa gorge.

— Il m'a enfermée dans la pièce avec ces hommes, dont le cœur était aussi noir que le sien. Il m'a laissée entre leurs sales mains. Je le suppliais de m'ouvrir la porte, mais il faisait mine de ne pas m'entendre. Ils m'ont… et Ana… ils l'ont aussi… les attouchements qu'on subissait se déroulaient toujours là. Juste à côté de la salle de banquet. Et si on disait quoi que ce soit on nous menaçait de mort. On a vécu dans la peur pendant trop longtemps.

Je pose une main sur son épaule, l'estomac remué.

— Toute ma vie, j'ai baigné dans sa malveillance. Aujourd'hui, je me sens enfin libérée. Je vais devoir me reconstruire, petit à petit. Et Ana… Elle m'a dit que tu avais vu mon père la tabasser. Et que tu comptais t'interposer et la défendre coûte que coûte, mais qu'elle t'a retenue, parce qu'elle savait que tu n'allais pas pouvoir remplir ta mission si tu te montrais.

Un goût de bile investit ma bouche à ce souvenir affreux.

— Comment va-t-elle ? osé-je demander.

— Mieux. Mais mon père et ses sbires ont causé trop de dégâts autour d'eux. Il faudra du temps pour que les choses reprennent un cours normal. Même si je doute que nous parvenions pleinement à guérir un jour. Étienne Clémart était une cause perdue depuis bien longtemps. Il n'y avait rien de bon en lui. Plus rien à sauver. D'où mon appel à Oswald Serendas.

Je sursaute à ce nom et baisse les yeux.

— Par pitié, ne dis rien à Léandre pour le moment.

Sa requête me fait sourciller.

— Tu comptes lui en parler un jour ?

— Oui. Mais je ne me sens pas prête actuellement. C'est trop tôt. Trop soudain. J'ai encore beaucoup de choses à gérer avant.

— Donc tu désires ne pas lui dire tout de suite que c'est à cause de toi que j'ai été entraînée dans ce merdier ? Tu sais qu'il s'est fait un sang d'encre ? Qu'il s'est précipité chez moi dès qu'il a pu, en priant pour que je revienne en un seul morceau après avoir infiltré le manoir de ton père ?

— Je lui dirai, insiste-t-elle.

— Et s'il l'apprend bien avant ? Par la bouche de quelqu'un d'autre ? Il nous en voudra de ne pas l'avoir mis dans la confidence bien plus tôt, je le connais.

— Je ne veux pas le perdre. Je veux faire les choses bien avec lui. S'il te plaît, fais-moi la promesse que tu me laisseras lui en parler la première. C'est tout ce que je te demande. Pardonne-moi de t'avoir entraînée là-dedans.

— D'accord, abdiqué-je. Mais ne traîne pas. Tout ce que je souhaite, c'est son bonheur. Prends soin de lui comme il compte prendre soin de toi. Sinon tu auras affaire à moi.

Elle paraît soulagée et continue d'agiter son éventail près de son visage pour retenir les larmes qui ont menacé de couler quelques secondes plus tôt.

Soudain, la musique diminue, la clameur générale s'essouffle. Les têtes se tournent dans une seule et même direction. Je suis du regard le centre d'attention de tous et me sens devenir pâle comme un linge. Au bout de la rue, un groupe d'hommes, tous vêtus de noir, s'avance vers nous.

Celui qui est en tête porte un chapeau sombre qui camoufle la moitié de son visage. Une cigarette est allumée entre ses lèvres. De sa main gantée, il fait signe à son escouade de se disperser. Telle une envolée de corbeaux, chacun emprunte un chemin aléatoire pour mieux se fondre dans la foule. Certains partent à gauche, d'autres à droite.

Le chef de la bande, accompagné de son chien-loup, continue de tracer tout droit, l'air conquérant et assuré, comme s'il s'agissait de son royaume. Derrière lui, un blond élancé au rictus vicieux s'amuse à faire tournoyer un couteau entre ses doigts. Il y a aussi un borgne, à la barbe de quelques jours et beaucoup plus costaud que ses camarades, qui dévisage les personnes autour de lui avec une grande méfiance. Ils forment à eux trois une ligne indestructible et menaçante qu'on ne voudrait en rien briser. Il n'y a qu'à voir les gens devant eux, qui déguerpissent de leur chemin comme des biches devant des chasseurs.

Un frisson d'horreur s'empare de moi, j'ai pour réflexe de me cacher derrière Marie, en priant fort pour qu'ils ne détectent pas ma présence.

— S'ils se dirigent vers nous, dis-le-moi assez tôt pour que je puisse m'enfuir, d'accord ? glissé-je dans son dos.

— Ils ne viennent pas dans notre direction.

Je soupire de soulagement. Peu à peu, la musique reprend et Marie poursuit :

— Je...

— Quoi ?

— Je viens de les perdre de vue. Il y a trop de monde ce soir !

Je me redresse en sursaut, les yeux écarquillés et scrutant les alentours avec la peur au ventre.

— C'est pas vrai !

— Armance, j'ignorais que tu venais ce soir. Il faut que je te dise que...

— Me revoilà !

Je sursaute quand Léandre me crie dans les oreilles. Sans vraiment réfléchir, j'attrape la main de mon ami et celle de Marie, avant de lancer :

— Venez, j'ai une envie folle de danser !

On ne doit pas rester ici, à la vue de tous. Alors je les tire en avant, manquant de renverser nos verres, et me presse vers le premier bâtiment, un music-hall animé et bondé, qui me paraît le plus adéquat pour nous fondre dans la foule, évitant ainsi d'être dans l'œil du cyclone d'Oswald Serendas.

Chapitre 17

Carré de chocolat

Armance

La fête bat son plein. Dans cette bulle d'ivresse et de débauche, les éclats de joie sont à leur paroxysme. Sur la piste de danse, les colliers de perles virevoltent autour des cous graciles et les jupons se soulèvent lors de pirouettes spectaculaires. Les éventails en plume s'agitent, sans parler des fume-cigarettes émergeant des sacs à main. L'ambiance est on ne peut plus endiablée, en partie grâce aux bulles de champagne pétillant sur la langue des convives.

Et pourtant je la sens.

Constamment.

Autour de moi.

Qui s'imprègne sur ma peau moite de sueur.

Qui s'infiltre au milieu de tous ces bibelots luxueux, ces moulures et ces lustres en cristal qui agrémentent les plafonds.

Cette odeur de danger embaumant l'air.

Au centre de la scène surélevée, une femme pulpeuse à la longue robe pailletée et au décolleté plongeant attire tous les regards. Éclairée par un rond lumineux, la sublime créature continue de pousser la chansonnette, en jouant sur les notes sensuelles de sa voix de velours. Ses longs doigts fuselés qui glissent le long de son micro pour capter l'attention de la gent masculine sont un appel éloquent à la luxure.

Le rythme des instruments s'accélère au gré des esprits qui s'échauffent. Les danses redoublent d'intensité. Je reste plantée au milieu de la foule compacte, concentrée et sur mes gardes. Mes yeux passent au crible plusieurs individus, en quête de leur faille. Et quand je suis sûre de pouvoir agir sans danger je passe à l'action. Montres, bracelets, colliers de perles, je détrousse hommes et femmes presque sans m'en rendre compte tant c'est naturel chez moi. Quelques battements de cils et faux sourires enjôleurs plus tard, le tour est joué. Mon sac est rempli de trésors. Je m'approprie toutes ces choses qui ne m'appartiennent pas avec une indifférence déconcertante. Alors, pour garder un semblant de bonne conscience, j'affirme dans ma tête que lorsqu'on est pauvre on peut se permettre d'oublier la morale afin de subvenir à ses besoins primaires.

J'ose un coup d'œil furtif près du bar plein à craquer. Léandre est sur un petit nuage avec Marie. Leur niaiserie dégouline par tous leurs pores et ça me donnerait presque mal au cœur. Ces derniers n'arrêtent pas de s'embrasser entre deux verres et un paquet de cigarettes. Je reste campée sur mes positions, tant que mon ami vit d'amour et d'eau fraîche, le reste m'est bien égal. Bien que cela ne m'empêche pas de surveiller de près cette Marie Clémart. Au vu de ses fréquentations, je n'aimerais pas qu'elle fasse un coup de Trafalgar à Léandre maintenant.

En attendant, je guette les alentours avec une pointe d'appréhension. Une heure s'est écoulée après l'apparition du clan d'Oswald Serendas et, depuis, plus aucun signe de vie. J'imagine que c'est de bon augure ?

Mes espoirs disparaissent lorsque, tout à coup, une main enserre mon bras avec force et m'entraîne en arrière, m'engloutissant au milieu de cette marée de danseurs. Je fais volte-face, le cœur battant, et affronte un homme à la moustache mal taillée, qui empeste l'alcool fort. Celui-ci est inconnu au bataillon, j'ignore d'où il sort et comment il se prénomme, bien qu'une chose soit certaine : son bras qui enserre ma taille me coupe la respiration.

Je plaque les mains sur ses épaules et tente le tout pour le tout afin de m'extraire de sa prise.

— Monsieur ! Vous me faites mal ! l'avertis-je, les dents serrées.

Sa prise se resserre et réduit mes chances de m'enfuir. Bon sang ! Cette enflure, ronde comme une queue de pelle, n'en démord pas, il commence même à tournoyer, me donnant ainsi le tournis. Ma réaction est sans appel, j'écrase son pied avec la pointe de mon talon tandis que mon genou atterrit dans sa partie la plus virile. Lorsque l'homme se plie de douleur, j'en profite pour le repousser de toutes mes forces.

— Espèce de...

Je n'ai pas l'opportunité de lui cracher mon mécontentement à la figure, puisqu'un autre individu a décidé de me jouer un mauvais tour en me piquant mon sac à main dans la foulée. Je repère de façon furtive une silhouette qui se faufile parmi les danseurs. Sans perdre une seconde, je me lance à ses trousses, prête à en découdre.

Une voleuse qui se fait voler... un comble qui fait mal à ma fierté.

L'inconnu court derrière la scène, ce qui, pour le coup, me surprend. Pourquoi se précipiter vers un cul-de-sac alors que son but est de m'échapper ? À la seconde où je prends conscience de son action, je ralentis la cadence au milieu du couloir moquetté et plongé dans la pénombre. À peine ma course achevée, ce fauteur de troubles décide de me claquer la porte au nez. Ici, nous sommes à l'écart des festivités, la musique s'est atténuée et a fini de bourdonner jusque dans mes oreilles. Je lève le poing, m'apprêtant à l'abattre furieusement contre le battant d'une loge, seulement au même moment un cri glaçant me paralyse.

Les épaules raides, je tends l'oreille vers la porte pour écouter ce qui se trame derrière. Des rires sordides éclatent et d'autres coups s'abattent, suivis de gémissements d'agonie. Bientôt, une voix résonne à l'instar d'un gong sinistre :

— Pleurniche autant que tu veux. Les larmes ne coulaient pas quand tu as assisté au massacre, hein ?

Ma conscience me hurle de m'enfuir, mais mon corps, lui, ne coopère pas. J'ai les pieds comme embourbés dans une flaque de goudron durci.

— Tu n'as vraiment aucun courage... Tu sais, j'ai rencontré une fille il n'y a pas si longtemps que ça. Je l'ai forcée à travailler pour moi. Et devine quoi ?

Le silence qui s'ensuit ne me dit rien qui vaille.

— Elle a des couilles, celles qui a priori te manquent. Et attends, je ne t'ai pas dit le plus drôle...

J'arrête de respirer lorsque j'entends des bruits de pas s'approcher de l'autre côté de la porte.

— Elle est en train de nous écouter.

Descente d'organes.

Quoi ?

Je recule à peine quand le battant s'ouvre en grand sur un Léon plus redoutable que jamais. Armé de son sourire carnassier et ses yeux reflétant les pires horreurs, il semble tout droit sorti de l'un de mes cauchemars. Le souffle coupé par la stupéfaction, je m'accorde une seconde de réflexion avant de passer à l'action. Mon premier réflexe est de lui donner un coup de poing au visage mais, à la différence de notre première rencontre, il contre l'assaut en capturant mon poignet. Léon le tord et je gémis de douleur. Il en profite pour m'entraîner à l'intérieur de la pièce. Quand il me relâche violemment, je m'agrippe à la première chose qui me tombe sous la main, à savoir un rideau pourpre, pour m'empêcher de chuter. L'instant d'après, je me redresse et prends vite en compte les éléments qui m'entourent. Lumière tamisée, miroir éclairé, costumes de scène éparpillés de-ci de-là, ainsi que de la poudre pour le visage et un pinceau à lèvres qu'un artiste vient certainement d'utiliser avant de se retrouver sous les feux de la rampe.

Je reprends mon souffle et m'appuie contre le papier peint or et bordeaux. Léon se rapproche de moi en se frottant les mains d'un air satisfait.

— Comment on se retrouve, petite merdeuse !

Son ton agressif me fait grincer les dents. Mais très vite une ombre derrière lui retient toute mon attention et m'arrache un hoquet de surprise.

Les bretelles pendantes et les manches de sa chemise noire retroussées, Oswald Serendas tient mon sac entre ses mains. Ses cheveux ébouriffés dans tous les sens accentuent un côté sauvage chez lui qui ne m'inspire que de l'effroi. Ses yeux clairs, presque complètement engloutis par le noir de ses pupilles, me transpercent de part en part. Il a une telle prestance qu'il parvient à reléguer au second plan son complice.

À ses pieds, un corps gît. Celui d'un homme qui respire à grand-peine.

Alors c'est ainsi ? Retour dans cette spirale infernale ?

D'un seul regard, Oswald m'épingle comme un vulgaire insecte au fond d'une boîte noire. Sa respiration est régulière, mais trop lourde pour être paisible. Et chose plutôt étonnante encore : le Corbeau ne me sourit pas. Même pas un fond de sournoiserie. Son visage fermé ne dégage aucune émotion. Je crois bien que c'est la première fois qu'il me réserve un accueil aussi inhospitalier. Non pas qu'il s'agisse d'un as des codes de la bienséance, mais disons que je ne l'ai jamais vu aussi... meurtrier.

— Vire sa carcasse d'ici et laisse-nous seuls, ordonne-t-il à son bras droit.

Aucune malice dans sa voix non plus. Aucune volonté de se moquer de moi pour me faire tourner en bourrique et s'amuser de mes réactions. Ce soir, il se montre aussi froid qu'un blizzard qui mord jusqu'aux os. Une haine farouche domine en lui et c'est terrifiant à voir. Léon glisse la langue sur ses lèvres. Tout en m'épiant, il obéit au bout de longues secondes. Il saisit les bras de l'individu ensanglanté et l'escorte en dehors de la pièce, laissant une traînée de liquide écarlate sur la moquette épaisse. Quand la porte se referme dans un claquement sec, Oswald ouvre mon sac et inspecte toutes mes trouvailles de la soirée.

— En grande forme, pas vrai ?

Son intonation calme me désarçonne. Je ne réponds rien, hésitante à l'idée de me jeter sur la poignée de porte pour m'évader. Mais avant même que j'élabore un plan de fuite cohérent Oswald décide de se rapprocher de moi. À chacun de ses pas, mon cœur bondit dans ma poitrine. Je tente de maîtriser mes tremblements.

— Cette robe… j'ai failli ne pas te reconnaître avec.

Mon ennemi juré inspecte chaque couture de ma tenue, des flammes ondoyant au fond de ses iris.

— Tu es jolie.

C'est un test. Il ne le pense pas.

Il pose une main sur le mur derrière moi, près de ma tête. Il s'appuie contre elle pour se suspendre à quelques centimètres de mon visage.

— Peut-être même un peu trop pour moi.

Tandis qu'il m'impose sa domination, nos corps se rapprochent, cette proximité me fait me ratatiner sur moi-même. Il humecte ses lèvres qui s'étirent peu à peu vers le haut, m'annonçant qu'il a repris le mode taquin.

— Je t'ai manqué, ma Louve ?

Ce surnom.

Toujours le même.

Bercé de notes mélodieuses.

Roulant sur sa langue d'une étrange manière, à laquelle mon corps réagit contre ma volonté.

Son souffle chaud s'abat sur mes lèvres cadenassées. Mon silence est la seule réponse qu'il récoltera. Dans la foulée, je lui arrache mon sac et le serre contre ma poitrine, à l'instar d'un bouclier qui me protégerait de ses viles intentions. Je baisse les yeux sur sa chemise déboutonnée vers le haut et explore chaque parcelle découverte de son torse, aussi lisse et dure que de la pierre froide. Sa poitrine s'élève et descend de façon beaucoup trop brutale. Du sang tache ses jointures, renforçant mon envie de m'enfuir à toutes jambes. Il est à fleur de peau et prend sur lui-même pour ne pas laisser éclater sa rage devant moi.

Qui était cet homme auquel il s'en est pris ? Et pourquoi prendrait-il la peine de réfréner ses pulsions meurtrières en ma compagnie ?

— J'ai un service à te demander.

Une sombre sensation me traverse quand il caresse ma joue avec le dos de sa main ensanglantée. Un toucher ferme et doux à la fois, à travers lequel je ressens toute la hargne qu'il contrôle d'une main de maître. Il rit un peu lorsque j'inspire brusquement. Je sais qu'il profite de ma nervosité pour jouer avec mes émotions.

— Je suis de très mauvaise humeur. Alors je me demandais si tu n'aurais pas une bonne technique pour me calmer.

— Sinon quoi ? Tu vas massacrer tout le monde ?

Mes attaques verbales me coûteront cher un jour ou l'autre. Je le regarde dans le blanc des yeux, attendant l'impact qu'aura ma prise de parole. Droit et inébranlable, il esquisse un sourire ravageur, malgré son regard scintillant d'une haine viscérale. Captivant et effrayant à la fois, c'est un puits de noirceur au fond duquel il m'entraîne sans scrupule. Et j'y plonge tête la première, enveloppée de ses ténèbres.

— Ta voix me fait toujours un effet incroyable.

Sans crier gare, il agrippe ma taille et joue avec les petites ficelles en soie brodées sur ma tenue.

— Tu devrais te dépêcher...

Il chantonne ces mots à la manière d'une sombre litanie. La pointe de sa mâchoire tranchante frôle ma joue, ses gestes restent délicats, malgré la tension de son corps, qui se répercute dans le mien.

— ... parce que je commence à m'impatienter.

J'avale ma salive de travers.

Une technique pour le calmer ?

Il me prend de court et sur le moment je panique. Je scrute les environs, à la recherche d'une solution qui ne me vient pas. Mon pouls s'accélère lorsque sa main se presse sur ma hanche en guise d'avertissement. Ce contact me brûle et se propage dans toutes les fibres de mon corps. Il prolonge son geste, de façon à remonter le tissu de ma robe le long de mes cuisses. L'aura obscure qu'il dégage écrase l'espace autour de lui, et moi avec.

Je baisse la tête, tâche d'ignorer les éclaboussures de sang qui maculent ses vêtements et ouvre mon sac dans la foulée. Je sors une petite tablette de chocolat que je déballe sous ses yeux curieux. Après avoir cassé un petit carré, j'ai un moment de lucidité qui me fige sur place.

Mais qu'est-ce que je fabrique ?

La peur tambourine jusque dans mes tempes, une sorte de carrousel incontrôlable qui m'emporte dans sa folie en me donnant le tournis. Le chocolat fond entre mes doigts, c'est à ce moment que je prends une décision radicale. Autant tenter le tout pour le tout et advienne que pourra. J'agrippe la nuque du Corbeau et je glisse le morceau de chocolat entre ses lèvres entrouvertes.

Oswald referme la bouche presque instantanément et goûte à ce paradis cacaoté sans la moindre expression sur le visage. Je le laisse déguster, le cœur battant à tout rompre. Ai-je échoué ? Ai-je remis le feu aux poudres ? Plusieurs interrogations viennent me tarauder l'esprit, jusqu'à ce qu'il daigne avaler le carré et attraper mon poignet.

Oswald observe mes doigts, sur lesquels un peu de chocolat a fondu.

— Je crois que ça ne suffira pas à me rassasier.

Il se penche. Et là, la pointe brûlante de sa langue entre en contact avec mon doigt. Frissonnante, je le regarde lécher ma peau avec une minutie qui m'empourpre les joues. Je risque de perdre la tête dans très peu de temps, surtout quand il s'applique à surveiller avec insistance mes réactions.

— Tu vas me tuer ? lui demandé-je, la voix chevrotante.

L'une de ses fossettes se creuse.

— Si je souhaitais vraiment ta mort, tu ne serais déjà plus là. D'autant plus que c'est une autre forme d'agonie que j'aimerais expérimenter sur toi.

Il porte mon pouce à sa bouche et prend le temps de le sucer sur toute sa longueur. Ses dents frôlent ma peau, je sens même ses canines acérées. Tandis que sa langue, elle, me caresse délicatement. La sensation est… presque agréable. Un brasier s'enflamme au creux de mes reins. Mon ventre se noue, mais pas d'une manière douloureuse.

Qu'est-ce qui m'arrive ? Qu'est-ce qu'il me fait ?

Le son qui s'échappe du fond de ma gorge me mortifie. Oswald cesse ses succions au même moment et se redresse en essuyant le coin de sa lèvre.

— Je t'ai dit de me calmer.

Mon ennemi juré scrute mes yeux avec une telle intensité que le fil de mes pensées s'emmêle. Sa langue passe sur ses lèvres, puis il me déballe :

— Pas l'inverse…

Prise de panique, je me détourne de lui et croise les bras, les mains sur mes épaules. Une posture défensive. J'espère qu'il comprendra vite le message : « Ne me touche pas. » Oswald recule d'un pas et je reprends une grande bouffée d'oxygène.

— Tu veux que je te confie quelque chose ?

— Non.

Mais comme d'habitude il ne m'écoute pas et enchaîne de sa voix suave :

— Je me suis ennuyé de toi.

— Pas moi.

Il se rapproche et capture mon menton pour m'obliger à le regarder. Je me retrouve à nouveau à portée de lui, de son souffle et de ses notes de parfum entêtantes.

— Tu m'as l'air en meilleure santé.

Je ne réponds rien, tandis que ses iris incandescents inspectent mon visage sous tous les angles. Puis ils glissent dans le creux de mon décolleté. Oswald doit remarquer à quel point mes respirations soulèvent ma poitrine bien trop rapidement.

— Toujours aussi maigre, mais quand même un peu plus en chair. C'est plutôt bon signe. Tu enchaînes les festins avec ta petite famille ?

Je reste toujours muette. Son pouce dessine le contour de mes lèvres et il murmure :

— Toujours aussi apeurée par ma présence, pas vrai ?

J'écarquille les yeux et nous nous épions un temps interminable, comme deux animaux sauvages qui ignorent comment s'apprivoiser l'un l'autre. Il finit par serrer les dents et me relâche d'un seul coup. L'instant d'après, je me heurte à son dos.

— Va-t'en, ordonne-t-il.

Pour une raison qui m'échappe totalement, je ne bouge pas. Oswald jette un œil par-dessus son épaule. La rage reflue sur ses traits sculpturaux.

— Va-t'en avant que je ne change d'avis, répète-t-il.

Je n'agite même pas mon petit doigt, ni un orteil dans ma chaussure. Sa mine se renfrogne et il me prend à nouveau de court quand ses mains se plaquent violemment de chaque côté de ma tête. Sa mâchoire se contracte tandis qu'il m'incendie de ses yeux vairons. La tension entre nous est à son comble. Écrasante et dangereuse. À la limite de m'intoxiquer à chacune de mes inspirations.

— Tu veux que je devienne méchant ?

Je secoue la tête négativement, bien que je refuse de baisser le regard devant lui.

— Tu veux que je passe la nuit à te torturer, ma Louve ?

Je réponds de la même manière. Ses lèvres se retroussent

doucement. C'est tout un maelström d'émotions noires que je lis en lui. Une profondeur qu'il tente de dissimuler derrière un rictus malsain.

Qui est-il ?

Qu'est-ce qui l'a fait bifurquer dans cet univers impitoyable, là où le sang coule à flots et où la vengeance embrase les âmes ?

— Je vais bientôt perdre le contrôle et ce qui s'apprête à suivre ne va pas être beau à voir. Alors… fous le camp.

Je sursaute. Cette fois, fini de faire ma tête de mule. Je coopère en glissant sous l'un de ses bras tendus et me précipite vers la porte. Elle s'ouvre dans un fracas assourdissant, et voilà que j'échappe une nouvelle fois à son emprise, en cavalant comme une dératée.

Fera-t-il éternellement preuve de clémence avec moi ?

Chapitre 18

Pièce maîtresse

Oswald

Debout et statique, je somnole à moitié devant le feu crépitant dans la cheminée, m'enivrant de cette odeur particulière qui en émane. Je grelotte encore un peu sous la morsure du froid qui s'est répandu à travers l'immense pièce du manoir dans lequel j'ai élu domicile cette nuit.

L'ondoiement des flammes fait naître des ombres sur les murs en pierre. Elles m'évoquent des fantômes dansant au rythme d'une sombre mélopée. Malheureusement pour moi, cette ambiance presque mystique ne m'apaise pas.

J'ai beau persister, rien n'y fait. Me retrouver ici, au cœur de ce vaste tombeau, ne suturera aucune de mes plaies.

Cette demeure n'est plus mon foyer et il est temps que je me fasse une raison. Je ne retrouve pas le parfum d'autrefois. Encore moins l'éclat de vie entre ces murs. Fini la chaleur d'un véritable cocon où l'on se sent véritablement protégé. Tout est devenu terne, lugubre, sans âme. Un décor figé à jamais dans ce froid spectral, où il ne fait pas bon vivre à cause de toutes les quantités de sang déversées à l'endroit précis où je me trouve.

J'étais trop jeune, trop insouciant et surtout trop crédule

pour anticiper ce qui allait véritablement se passer. Mes yeux ont été confrontés à des choses que je n'aurais jamais dû voir et mes oreilles ont perçu des hurlements que je n'aurais jamais dû entendre...

Ce manoir renferme mes cauchemars les plus inavouables, je devrais m'en éloigner, du moins s'il me restait encore un semblant de discernement. Mais revenir ici me remémore l'horreur que j'ai vécue et j'ai parfois besoin d'une piqûre de rappel pour mener à bien mon dessein ultime.

Tout à coup, des ricanements sordides me sortent de ma léthargie. Je jette un œil par-dessus mon épaule et observe Léon, vautré dans l'un des fauteuils capitonnés en velours rouge, en train de compter les liasses de billets que nous a remises Marie Clémart tout à l'heure, comme il était convenu.

La part du contrat a été remplie. Son tyrannique de père est mort, et ce, grâce à l'ingénieuse torture de la fourchette.

Pas d'efforts. Agonie lente. Gorge qu'il s'est percée lui-même après avoir croulé sous la fatigue.

Voilà un pion en moins sur l'échiquier. Il est temps de continuer la partie à présent.

— Cette pimbêche sait calculer, le compte est bon ! se réjouit Léon en rangeant le pognon dans la mallette.

Je ne savoure pas la récompense. Je ne savoure rien d'autre que le verre de scotch dans ma main. Deux lampées plus tard, ma gorge s'enflamme. La brûlure me revigore, mais pas assez pour m'extraire de mes sales pensées.

— Arrête de boire, Os' ! me sermonne Edgar.

Le fait qu'il se prenne pour ma figure paternelle de temps en temps me fait doucement sourire. Un rictus rempli d'aigreur s'étire sur mes lèvres à mesure que je me noie dans mes propres éruptions de haine. Si j'en viens à perdre le contrôle, je ne donne pas cher de sa peau. Par conséquent, je tente le tout pour le tout, en espérant que me mettre la tête à l'envers sera l'ultime recours pour que cette merde se disperse dans mon esprit.

Je souhaiterais juste... oublier.

Oublier qui je suis et d'où je viens.

Oublier ce qui me motive à commettre l'irréparable.

Juste quelques minutes, le temps que je reprenne mon souffle avant de replonger dans les eaux noires.

Ce soir, je veux extraire de ma mémoire ma Némésis, à commencer par la mine patibulaire de cet homme que j'ai passé à tabac sans scrupule dans les loges de ce bar dansant. Mon poing couvert de sang séché se contracte et une grimace m'échappe alors qu'une douleur lancinante traverse mes phalanges.

— Sinon quoi ? Tu vas me coller une fessée ? répliqué-je finalement au borgne.

— J'ai une drôle de vision, là, raille Léon, qui s'adosse au mur, les bras croisés.

Edgar, quant à lui, n'apprécie guère mon trait d'ironie et me le fait savoir en me gratifiant d'un œil torve.

— Tu ne m'aides pas, imbécile ! s'énerve-t-il contre Léon. Tu ne vois pas qu'il peine à rester debout !

C'est vrai que je chancelle un peu, mais pas de quoi en faire tout un drame. Par pure provocation, je finis d'une traite mon verre et dans la foulée m'empare de la bouteille presque vide sur la tablette de la cheminée. J'évalue le fond restant de whisky à travers le goulot, puis je le verse dans le godet en cristal.

— Je vais bien. Juste un peu plus guilleret qu'à la normale.

— Tu. Ne. Vas. Pas. Bien, reprend Edgar, la mine plus ferme.

Je renâcle, m'insurge. Je suis tout sauf disposé à entendre ses longs sermons.

— Reste concentré, bon sang ! Tu veux vraiment tout gâcher en jouant les soûlards ? Imagine si nos ennemis prennent d'assaut ton manoir maintenant, comment on se démerde nous, sans le meneur des troupes ?

Je le défie du regard. Un autre rictus se dessine au coin de mes lèvres. Beaucoup plus condescendant cette fois.

— Dans ce cas, c'est à la guerre comme à la guerre. Portez

vos couilles, restez les sens en éveil, chargez vos armes et appuyez sur la détente sans pitié. Ça devrait le faire, même si tu peux plus viser en fermant un œil, hein Edgar ?

Le borgne pince les lèvres, retenant sans aucun doute le flot d'insanités qui lui monte à la bouche, puis renchérit sur un ton pète-sec :

— Ressaisis-toi.

— Je suis maître de moi-même.

— Pas du tout. Tu sais à qui tu me fais penser ? À l'ancien toi, ce faiblard qui était terrifié à l'idée de combattre sur la ligne du front au tout début de la guerre, celui qui préférait échanger ses rations de pain contre des flasques remplies d'alcool, histoire d'oublier où il se trouvait. Et voilà que des années de boucherie plus tard tu réitères ce scénario. C'est d'une tristesse... Tu as beau dire qu'il ne te reste aucune part d'humanité depuis que tu as baigné en plein de cœur de l'enfer, moi, je crois qu'il t'en reste une. Et il s'agit de la plus fragile qui soit.

« Faiblard. »

« Fragile. »

J'avale la bile acide qui remonte le long de mon œsophage. Les réminiscences me reviennent en rafale : les supplications d'agonie de mes anciens compagnons d'armes, le sifflement meurtrier des obus et des balles sur le champ de bataille, ainsi que les silences d'épouvante sous la pluie glacée et les pieds dans la boue...

Tout se mélange, tout explose, tout me saccage de l'intérieur. La situation va tourner au vinaigre.

Ni une ni deux, je balance mon verre dans sa direction. Il éclate en mille débris contre le mur à quelques centimètres de lui. Edgar protège son visage les bras croisés devant sa tête, puis lentement... il se redresse pour évaluer les dégâts.

— Y a de l'eau dans le gaz, on dirait ! Tu vas morfler ! chantonne Léon.

Mon camarade me dévisage, incrédule, tandis que je pique un fard. Pistolet dégainé de ma poche, balle dans le barillet, je fonce dans sa direction pour lui coller le canon entre les deux yeux.

— Ferme ta gueule, Edgar ! Je suis pas d'humeur !

Il lève les bras, essayant de me calmer, mais ça ne fait que m'enrager. Je colle l'embout métallique sur son front, prêt à lui faire sauter la cervelle. Il me toise fixement, le choc figeant ses traits.

— Comment on fait si son clan prend d'assaut ton manoir ? répète-t-il plus calmement.

Mes doigts se resserrent autour de la crosse.

— Je l'accueillerai à bras ouverts. C'est ma spécialité, tu sais, réponds-je, plein de sarcasme.

— Je suis d'accord avec Edgar, intervient soudainement Léon. C'est dangereux de baisser ta garde et tu le sais au fond de toi. Il faut rester à l'affût, en permanence.

Je fais pivoter légèrement ma tête sur le côté pour l'observer du coin de l'œil.

— Vous avez décidé de vous liguer contre moi le mauvais soir.

— On est avec toi, me corrige-t-il, paré de ce sourire de canaille qui me donne envie de l'émasculer sur place.

— Et nous ne sommes qu'au quart de notre vengeance. Tous ces sacrifices et efforts fournis pour rien… c'est ça que tu veux ? renchérit Edgar.

Je reste muet, toujours debout et l'arme tendue dans sa direction. Comment font-ils pour rester aussi calmes alors que nous nous tenons pile à l'endroit où notre vie a basculé ?

Comment peuvent-ils me faire confiance alors que je les ai entraînés sans le vouloir dans ce cauchemar ?

Tout à coup, des couinements résonnent dans la pièce non loin de nous. Cette fois, je réagis et range mon pistolet pendant que je cherche ma chienne du regard. Alba se tient dans l'encadrement de la porte, les oreilles baissées et les yeux brillants, comme si elle se nourrissait de ma peine et la subissait avec moi. Cette vision m'éperonne et me fait revenir peu à peu à moi. Je m'accroupis doucement et tends le bras pour l'appeler.

— Viens là, ma belle. Pardonne-moi…

Alba n'aime pas quand je hausse le ton, cela lui rappelle les mauvais traitements que ses anciens propriétaires lui ont infligés. Elle et moi sommes deux âmes brisées par la cruauté de l'homme, sauf que ma chienne reste fidèle à notre espèce, sans le moindre désir vengeur, à la différence de moi.

Mon animal se rapproche à pas de loup et donne un coup de langue contre ma paume, signe qu'elle accepte mon pardon. Je caresse son museau pointu et me rapproche pour l'enlacer, prenant soin d'éviter de lui toucher l'arrière des oreilles. Elle ne supporte pas ça à cause du nombre incalculable de brûlures de cigarette qui ont meurtri sa chair.

— Je vais me calmer. Promis, je vais tenir le coup…

— Le pouvoir que cet animal a sur toi me fait halluciner à chaque fois, commente Léon.

— C'est parce que l'amour d'une bête est d'une pureté inégalable. Le seul qui ne te décevra jamais. Une denrée rare dans notre monde quand on y pense, réplique Edgar.

— L'ami le plus loyal…, complété-je dans un murmure.

— Et l'autre paria. Elle te fait ressentir quoi, Os' ? me crache Léon en n'y allant pas de main morte.

Je ne réagis pas sur le moment, même si je ne peux m'empêcher d'invoquer des images de ma Louve bien apprêtée dans sa robe noire. Il y a tout juste quelques heures, elle se tenait là, devant moi, à ma merci, essayant de me calmer avec une technique plus que douteuse, mais qui ne m'a pas laissé insensible pour être honnête.

Cette petite maligne a essayé de me fuir, je l'ai appris lorsque j'ai rejoint Marie à l'entrée du bar pour conclure notre arrangement. J'ai alors relevé la tête et je l'ai aperçue au milieu de la foule dansante. Son corps en mouvement et les yeux vissés sur un bijou flambant neuf autour du cou d'une femme juste à côté d'elle.

Loin d'apprécier l'idée qu'Armance Faure veuille détaler de mon chemin aussi facilement, j'ai alors ordonné à Léon de lui voler son sac au cours de la soirée et de me ramener sa moue craquante jusque dans les loges, là où j'ai pris soin de m'occuper du propriétaire du music-hall en bonne et due forme. Je ne suis pas déçu de nos retrouvailles, même si j'ai dû les écourter à contrecœur.

La vérité est que je l'aurais ravagée contre ce mur si elle n'avait pas décampé sur-le-champ.

La chaleur qui m'embrase le creux des reins est inhabituelle. Je m'humecte les lèvres sous le regard inquisiteur de mes camarades.

— Décidément, tu parles souvent de cette fille. Elle te plaît alors ? attaqué-je d'une voix morne.

— Je préférerais me couper un doigt plutôt que d'envisager le moindre contact physique avec elle pour être franc.

— L'index ? Le pouce ? Le majeur ? Je te laisse choisir et je m'en occupe, lui proposé-je, pince-sans-rire.

Léon passe une main dans sa tignasse claire et soupire.

— Oublions cette conversation. T'es pas dans ton état normal de toute manière.

— Appelle-la par son prénom.

— Quoi ?

— C'est Armance. Pas la paria. La prochaine fois que tu lui manques de respect, je recolore toute la moquette avec ton sang.

Mon sbire hausse les sourcils, cligne des yeux, puis plisse le front.

— T'es complètement à la ramasse, mon pauvre !

Et sur ces mots cinglants il quitte les lieux comme une furie, tandis qu'Edgar me dévisage, toujours sur le qui-vive après mon attaque frontale.

— Tu envisages de la recruter, pas vrai ?

Je caresse le museau d'Alba et souris.

— Une voleuse dans nos rangs, l'idée ne t'emballe pas ? Elle a déjà fait ses preuves plusieurs fois.

— Attention à ne pas te laisser distraire. Tu pourrais perdre de vue ton objectif.

— « Perdre de vue mon objectif » ? répété-je avec une ironie non feinte. Elle ne sera qu'un pion, Edgar. Rien de plus, rien de moins.

— Je n'en suis pas si certain.

Un long soupir agacé franchit mes lèvres.

— Qu'est-ce que tu sous-entends ?

— Je crois qu'elle t'intrigue parce qu'elle est la seule à te distraire. Elle te donne d'autres préoccupations que la mort et le sang qui coule à flots.

— Tu l'as vue dans tes songes ? raillé-je.

— J'ai rêvé d'elle en effet.

Et ça ne me plaît absolument pas.

— Alors, c'était comment ?

Son visage grave reste figé et son œil se plante avec une telle virulence dans les miens que j'ai l'impression qu'il s'enfonce dans mon crâne comme un clou.

— Elle sanglotait et avait plusieurs poignards plantés dans le dos. Armance était dans un état pitoyable.

L'image s'imprime dans mon esprit et je m'efforce de ne pas réagir. Le regard scrutateur de mon disciple ne me lâche pas d'une semelle.

— Quels sont tes plans, Oswald ? me questionne-t-il.

— Je n'ai que des ébauches pour le moment, répliqué-je.

Il passe une main sur sa barbe de quelques jours et soupire.

— Qu'est-ce qui t'attire chez elle ? Tu peux me répondre cette fois-ci ? s'impatiente-t-il.

Là, je n'hésite pas une seule seconde.

— Sa solitude.

Elle fait écho à la mienne.

Je hausse les épaules et reprends :

— Je me demande comment elle fait pour ne pas être tombée du mauvais côté. Son humanité reste intacte. Nous on a dévié quand tout le monde nous a tourné le dos, pourquoi pas elle ? Comment ça se fait, Edgar ?

— Je n'ai pas les réponses à tes questions.

— C'est bien pour cela que je veux comprendre qui est cette Armance Faure.

— Je ne sais pas ce que tu as en tête, mais elle semble beaucoup te fasciner.

— Comme une toute nouvelle espèce animale dont on ne connaît rien, pas même les origines.

— Attention à ce que ton nouveau sujet d'observation ne te file pas la rage en te mordant.

— Peut-être que j'attends que ça.

Mes derniers mots ne l'amusent pas du tout.

— Je vais surveiller l'entrée, le temps que tu décuves, abdique-t-il.

Il tourne les talons et sort de la salle sans plus de cérémonie. Pendant ce temps, je continue à dorloter Alba et à me concentrer sur sa respiration calme. Lorsque je recouvre mes esprits, je me redresse et observe au fond de la pièce un petit paquet : le tableau récupéré chez le père de Marie. Celui qu'Armance m'a apporté.

Je ne l'ai toujours pas déballé. Je me demande si j'en aurai la force un jour. Ce qu'il représente… les couleurs, l'ambiance… non. Mon pouls s'accélère à cette pensée. Je dénoue mon col, que je trouve de plus en plus serré autour de mon cou.

Le rouge inonde mon esprit. Des giclées de sang chaud me fouettent le visage. La mort m'emporte avec elle dans ce sombre chaos. Tous les souvenirs m'accablent.

Cette pièce vide… je promets de la remplir à nouveau. Comme avant. Grâce à l'aide de ma voleuse préférée.

Malgré moi, je me remémore encore sa bouche vermeille et charnue. Une vision obsédante, qui me travaille et me remue de l'intérieur. Je me disperse, je perds de vue l'essentiel. Je veux la percer à jour, connaître tous ses secrets. Son air impérieux, sa repartie qui m'épate, son audace, son courage, chaque petite altercation avec elle me tient en haleine. C'est amusant. Pour le moment.

Même si je dois camper sur mes positions et ne pas oublier

pourquoi je suis devenu le monstre que je suis aujourd'hui, il me faut admettre que tout cela est distrayant.

Ma Louve a réussi haut la main l'entretien d'embauche. Maintenant, il est temps de l'intégrer comme il se doit au clan Serendas.

Avide de vengeance et refusant de déposer les armes à mes pieds, j'ai besoin d'une pièce maîtresse.

Et c'est elle. Il me faut l'acquérir. Coûte que coûte.

Chapitre 19

Douce étreinte

Armance

— Tu te souviens quand tu me coiffais, maman ?

Face à la fenêtre de notre salon – à savoir l'espace le plus lumineux de notre terrier miteux – j'ai fait asseoir ma mère sur une chaise pour brosser sa longue chevelure terne. Depuis quelques minutes, je me force à rester maîtresse de mes émotions, en camouflant du mieux que je peux les trémolos qui déforment ma voix. Exactement comme maintenant.

Bien sûr, aucune réponse ne me parvient.

Son air perpétuellement fatigué semble se renforcer de jour en jour. Elle est ailleurs, dans son monde, flottant dans une sorte de rêverie bien trop rassurante pour revenir s'accabler de toute l'infamie de notre société.

— Lorsque j'avais six ans, tu disais que mes cheveux étaient constitués de fils d'or. Alors je coupais mes racines et les mettais dans un bocal, espérant les vendre au plus offrant et m'enrichir de cette façon.

Je saisis l'une de ses mèches, qui a perdu son éclat doré, et démêle le nœud, malgré ma main qui tremblote. Son insoutenable mutisme me brise le cœur un peu plus que la veille.

C'est ma faute. J'attends constamment de la retrouver. À force de trop espérer, n'y a-t-il pas un risque de se bercer d'illusions et de tomber d'encore plus haut ?

Je continue de la coiffer, plongée dans les souvenirs de mon enfance.

— J'étais toute fière quand j'ai annoncé mon petit commerce à papa. Puis il a éclaté de rire. Et toi aussi d'ailleurs. J'ai boudé des jours parce que j'ai vraiment cru devenir riche. Je me voyais déjà propriétaire d'un magnifique navire, à parcourir l'étendue immense de l'océan. Tu aurais été mon second d'équipage, papa, mon canonnier, et moi le capitaine, aux commandes.

Tout cela me rend nostalgique d'une époque avec laquelle j'aimerais renouer. Plus jeune, mon insouciance me protégeait. J'avais le temps de rêver, de créer des scénarios farfelus. Je me mettais dans la peau de mes personnages et me laissais transporter par le courant de mon imagination débordante. Il en fallait peu pour me rendre heureuse.

Perdue dans mes pensées, je caresse la chevelure de ma mère et décide de lui faire une natte. Comme elle auparavant, lorsqu'elle me prenait pour sa princesse.

— Est-ce que tu me comprends quand je parle ? osé-je lui demander.

Les mains posées de part et d'autre sur sa longue jupe froissée, elle continue de fixer le ciel envahi de nuages noirs, par la fenêtre.

Ma mère demeure figée de la tête aux pieds comme une statue de cire.

— Accorde-moi un geste. Un seul. Juste un petit, s'il te plaît... Je veux savoir si tu m'entends encore...

Ma supplique est couronnée d'un nouvel échec. Aujourd'hui encore, elle ne reviendra pas à la vie. Ma gorge se noue, une série de picotements se propage jusqu'en haut de mon nez. Les larmes s'entassent au coin de mes yeux. Je les ravale dans un reniflement que j'espère le plus discret possible et je termine de tresser ses cheveux l'air de rien.

— Et voilà. Belle comme une poupée.

Ma voix est faible, éraillée. Quelque chose se brise au fond de ma poitrine à la seconde où je me plante devant elle et lui souris de toutes mes dents. Ma mère ne se tourne pas une seule fois dans ma direction.

Elle ne tique pas.

Zéro froncement de sourcils.

Aucun retroussement de lèvres.

Ni battement de cils.

Rien.

Elle ne m'offre plus rien à part le vide de ses iris accrochés au temps orageux.

Je hoche la tête, acceptant cette fatalité. Puis, silencieuse, je range la brosse à cheveux avant d'attraper dans la foulée mon manteau étendu sur un siège.

Il faut que je sorte d'ici, j'étouffe. Ma conscience me hurle de ne pas craquer. Par conséquent, je serre les mâchoires et tiens bon. Je quitte à la va-vite notre foyer, dévale l'escalier comme si j'avais le diable à mes trousses et, lorsque j'ouvre la porte d'entrée de l'immeuble, une pluie torrentielle me prend de court.

Je n'ai pas la volonté de revenir sur mes pas pour récupérer un parapluie et décide donc d'affronter l'averse. Serrant les pans de mon caban gris, qui appartenait à mon père, je voûte les épaules et avance droit devant moi. Les gouttes d'eau glacée dévalent le long de ma nuque, des mèches se collent à mon front. Le froid me saisit tout entière. J'ai les muscles qui se contractent, mais au moins ces sensations désagréables atténuent la douleur atroce qui m'éperonne le cœur.

Mon petit frère termine l'école dans deux heures, ce qui me laisse une marge considérable pour tuer le temps. Mais pour aller où ? Et pour faire quoi ?

Voler ? Faire du recel ? Gérer les vivres d'une famille ? Replonger dans l'angoisse de ne pas réussir à leur offrir un avenir radieux ? Survivre ?

Je n'ai personne à qui parler. Il faut dire que depuis que Léandre roucoule avec Marie Clémart il a oublié mon existence. Le temps qu'il m'accordait auparavant, il le passe avec sa bourgeoise.

Encore une déception.

Je me sens abandonnée.

Terriblement seule.

Et je suis si fatiguée...

J'ai besoin de crier, d'extérioriser, mais même ça je n'en ai plus la force. Tout reste coincé à l'intérieur de moi et cela me tue à petit feu.

Sans m'en rendre compte, je me suis mise à courir, errant dans les rues à l'aveuglette. En quelques minutes, je me retrouve sur la petite place d'un marché. Les étals ont été vidés et abrités par d'épaisses bâches. Les bistrots ainsi que les petits commerces autour, eux, restent animés malgré les éclairs qui déchirent le ciel. Je baisse ma garde lorsque j'ai le malheur d'observer un couple prenant un café en terrasse. Et là c'est le drame.

Mon pied s'enfonce dans une flaque plus profonde que prévu et je perds l'équilibre. Je chute et m'étale en plein dedans. Mes vêtements, mon visage, mes cheveux... je suis trempée partout.

Comme pour m'enfoncer davantage, des éclats de rire me parviennent sous le bruit de l'averse.

— On dirait une serpillière ! s'esclaffe un homme.

— Je la reconnais ! C'est la paria ! Quelle piètre allure, ça ne change pas ! crache un second individu à côté de lui.

— Quelle honte ! s'exclame un autre. Mon fils est dans la même classe que le dernier de la fratrie Faure ! Chaque soir, je prie pour qu'il n'attrape pas ses poux !

— Moi j'aurais plutôt peur des puces ! s'affole une femme.

Les genoux et les mains dans l'eau, je me heurte à mon reflet misérable dans la flaque.

Et je craque.

Au pire moment.

Au pire endroit.

Les larmes se mélangent aux gouttes de pluie et mon désespoir éclate au grand jour. Un sanglot déchire ma gorge et ne fait qu'attiser l'hilarité générale. Ils n'attendaient que ça et se délectent du moment de faiblesse que je leur offre sur un plateau d'argent. On me pointe du doigt, on se moque de moi, on me dévalorise... juste dans l'optique de me rappeler que je ne suis bonne à rien.

Mais tout ce brouhaha cesse lorsque des coups de feu éclatent. Je me fige, ne comprenant pas bien ce qui est en train de se produire. Une première personne panique et quitte la terrasse à toute vitesse. En une poignée de secondes, un mouvement de foule se déclenche et tout le monde décampe. Les commerces verrouillent les issues et les cris retentissent.

Au milieu de toute cette cacophonie, je n'ai pas le temps de me relever, je tremble comme une feuille lorsque des mocassins noirs apparaissent dans mon champ de vision. Je lève les yeux, suis les jambes de cet inconnu qui se tient devant moi. La pluie a cessé de ruisseler sur moi, puisque l'homme muni d'un chapeau sombre vient de retirer son manteau pour l'étendre juste au-dessus de moi. Il m'abrite.

Et il ne s'agit pas de n'importe qui.

— Tu es trempée jusqu'aux os, pauvre idiote. Relève-toi, m'ordonne-t-il.

L'instant d'après, un animal imposant à l'apparence de loup s'approche prudemment de moi. Sa chienne me renifle le visage, avant de me passer un coup de langue sur le nez. Je suis bien trop éberluée pour réagir. Ce chef de la pègre que je méprise du plus profond de mon être attrape mon bras pour me forcer à me remettre debout. Il place ensuite son manteau sur mes épaules, comme une cape. Je claque des dents et renifle.

— Tu es en train de me mettre en rogne, Armance Faure.

Je voudrais m'écarter, sauf qu'Oswald Serendas me ramène contre lui en entourant ma taille de son bras.

— Ne te laisse plus jamais atteindre de la sorte, me sermonne-t-il.

À court de mots et de souffle, je scrute ses traits sévères qui n'altèrent en rien sa beauté sauvage et glaciale. Un trop-plein d'émotions martèle mes tempes et j'éclate à nouveau en sanglots. Le Corbeau réagit vite. Mon poignet emprisonné dans sa main gantée, il me dirige vers un café déserté. Alba nous suit de près, sa queue frétille dans tous les sens, signe qu'elle se réjouit de la pluie. Nous dépassons les tables vides de la terrasse abritée et entrons à l'intérieur. Des vieux guéridons sont disposés un peu partout, éclairés par des lustres style Art déco. Derrière son comptoir en zinc, un homme assez âgé nettoie le fond d'un verre à l'aide d'un chiffon. Lorsqu'il nous voit débarquer, son visage à moitié caché par son béret s'incline en avant en guise de salut.

— Eh bien... on peut dire que t'as encore mis le bordel chez moi, Serendas ! Tous mes clients sont partis sans payer, soupire-t-il.

— Tiens ! Ta compensation !

Le Corbeau lui jette une petite bourse, que le serveur attrape au vol. Il la place près de son oreille et la secoue. Le bruit métallique des pièces qui s'entrechoquent lui fait retrouver le sourire.

— Ton arrière-boutique est libre, Pat' ?

Ce dernier acquiesce et indique du doigt la direction à suivre.

— La salle est à votre disposition. Prenez tout votre temps.

Le clin d'œil dont cet homme me gratifie me laisse penser qu'il est en train de s'imaginer des choses... qui ne se révèlent pas conformes à la bienséance.

Le Corbeau continue de tracer son chemin le long du café, jusqu'à m'escorter dans une petite salle beaucoup plus intimiste. La tapisserie murale rouge est éclairée grâce à plusieurs bougies trônant sur des étagères en bois. Oswald claque la porte derrière nous et passe à côté de moi, me frôlant l'épaule au passage. Sa chienne secoue son pelage, puis part se planquer sous la table avant de lécher sa patte, comme si plus rien d'important n'existait autour d'elle.

L'individu qui adore me chercher des noises se débarrasse de ses gants et les jette sur la console à l'entrée dans un geste indolent. Je me colle contre la paroi, faisant tomber au passage son manteau par terre. Oswald le fixe, puis rive les yeux sur mon visage.

Son expression ombrageuse ne me dit rien qui vaille. Il semble toujours aussi… en colère.

Pourquoi est-il en colère d'ailleurs ?

— Tu souhaites mourir de froid ? Tes lèvres sont bleues, je le remarque d'ici.

Je renifle.

— Je n'ai pas besoin d'entendre tes remontrances. Et puis… qu'est-ce que ça peut bien te faire ?

Il enlève son chapeau et retrousse les manches de sa chemise.

— Plus je te regarde, plus je me pose une question, Armance.

Je me détourne de lui et frotte mes yeux, embarrassée à l'idée qu'il découvre ma facette la plus vulnérable. Je l'entends se rapprocher de moi lentement… dans mon dos.

Sa main s'empare de mon épaule pour m'obliger à lui faire face.

— Qu'est-ce que…

… tu fais ?

Je n'ai pas le temps de poser ma question. Ses bras se referment autour de ma taille et m'attirent contre son torse.

— Pourquoi je déteste à ce point te voir pleurer ?

Oswald parle si bas que je ne sais même pas s'il s'adresse à moi, ou bien à lui-même. La douceur de son étreinte me broie le cœur en même temps qu'elle le répare. C'est étrange à dire, parce que je me sens soutenue et si délaissée à la fois. Pourquoi est-ce lui qui doit prendre soin de moi ? Pourquoi est-ce lui qui me ramasse à la petite cuillère ?

Léandre ou ma mère devraient se trouver à sa place.

Mais aucun d'eux n'est disposé à me réconforter. C'est ma

triste réalité et, lorsqu'elle vient à nouveau se greffer dans mon crâne, mes larmes redoublent d'intensité.

Résolue à accepter mon sort, je lâche prise et me blottis contre mon ennemi. Mes doigts s'agrippent à sa chemise. J'ai besoin de me nourrir de ce contact pour tenir bon. Sa paume caresse l'arrière de mon crâne, un geste qui m'apaise sur le moment. Je me demande comment cette main qui a orchestré tant d'actes meurtriers peut se montrer aussi tendre.

La tête nichée dans son cou, je me laisse aller contre lui, je baisse la garde et tant pis s'il en abuse, la force de riposter m'a quittée.

— Tu trembles toujours, me fait-il remarquer.

Et pour cause, mes affaires sont trempées. Je me trouve dans un état lamentable, mais ça n'a pas l'air de le gêner de m'avoir contre lui. Mon corps s'imprègne de sa chaleur, et peu à peu mes muscles se décontractent. C'est fou à quel point j'ai le sentiment d'être toute petite dans ses bras. Mais pour quelle raison est-ce si bon ?

Pour quelle raison est-ce que je pourrais en redemander à l'infini ?

Nous restons enlacés un long moment, sans rien dire dans le silence troublant qui plane dans la pièce.

— Tu devrais retirer tes vêtements.

Je me crispe et l'entends rire la seconde d'après.

— J'ai dit « tu devrais ». Ce n'est donc pas un ordre. Même si je reconnais que ça ne me déplairait pas.

Je me défais de son emprise et le repousse fermement d'une main.

— Qu'est-ce que tu me veux à la fin ? riposté-je.

Un rictus se dessine à la commissure de ses lèvres.

— Je crois que tu le sais déjà au fond de toi.

Je secoue vivement la tête.

— Quoi que tu me demandes… je refuse.

— Tu m'en diras tant. Je sais que tu restes et resteras encore longtemps une tête de mule, mais je n'ai même pas commencé à négocier. Ce n'est pas très juste, tu ne trouves pas ?

Face à mon regard assassin, il s'assied nonchalamment au bord de la table et s'allume une cigarette.

— Je...

— Et même si j'adore t'écouter parfois tu parles vraiment trop. Laisse-moi d'abord te réconforter comme il se doit, lâche-t-il après avoir soufflé un nuage de fumée dans ma direction.

— Je n'ai pas besoin de toi.

Il fait mine de tourner la tête à droite et à gauche, comme s'il cherchait quelqu'un.

— Je ne vois personne d'autre pour te consoler. Et puis tu n'avais pas l'air si mal dans mes bras. Je suis beau, éloquent, doux, très investi pour sécher tes larmes, et tu me rembarres ? Mon amour-propre en prend un sacré coup.

— Il s'agirait de guérir ta mégalomanie à ce stade.

Nullement affecté par mon offensive, il me sourit avec cet air provocateur infernal avant de reprendre une bouffée de sa cigarette.

— Te revoilà, ma Louve. Mordante, piquante et combative. Le trio gagnant pour me rendre raide dingue de toi.

— Et te revoilà, ô noble et impérieux Maître Corbeau qui joue les beaux parleurs juste pour me manipuler et servir ses intérêts. Puis-je débarrasser le plancher ? Votre présence me file de l'urticaire.

Alors que je m'apprête à sortir de la pièce, il écrase sa cigarette contre la planche de bois et me retient par le poignet. Son visage se durcit soudainement.

— Tu peux répéter l'honorable titre que tu viens de m'attribuer ?

— Jamais de la vie.

— C'est dommage, ça m'a beaucoup plu.

— Tu t'égares.

— C'est parce que tu me mets la tête à l'envers.

Ses remarques moqueuses ne cesseront jamais de me

désarçonner. Je renifle de mécontentement et essaye à nouveau la fuite, sauf que je suis encore retenue par l'étau puissant de sa main.

— Trêve de plaisanterie. Ta situation ne peut plus durer. Je peux t'offrir un quotidien plus stable. Moins de tracas, davantage de tranquillité. Qu'en dis-tu ?

— Davantage de tranquillité en plongeant dans tes plans macabres ? Je n'en crois pas un mot, craché-je sans détour. Non merci. Je ne veux tuer personne.

— Je veux que tu dérobes des objets, pas que tu prennes des vies. Nuance.

— Des objets ? Comme ce tableau ridicule pour lequel j'ai risqué ma vie ?

— Ton preux chevalier était prêt à te secourir quelles que soient les embûches. Tu n'as donc pas risqué ta vie.

— Je suis tombée de plusieurs mètres de haut, réfuté-je.

— Je t'ai rattrapée.

— J'aurais pu m'ouvrir le crâne et me vider de mon sang.

— Je t'ai rattrapée.

— Ou alors mourir sur le coup, les os en morceaux.

Il hausse les épaules, paré de sa désinvolture habituelle.

— Je t'ai rattrapée, répète-t-il.

— Je ne prendrai plus de risques.

— Tes réserves sont à sec, pas vrai ?

Le changement brusque de sujet réussit à me mettre dans une position inconfortable. Le pire, c'est qu'il a raison, je n'ai plus que de maigres rations à la maison, pour tenir à peine quelques jours. La faim revient me tirailler. Et malgré les crampes d'estomac qui sont de retour je préfère sacrifier mes portions de nourriture pour les offrir à mon frère et ma mère... mais j'en paye le prix fort maintenant. Je suis redevenue faible, mes réflexes ont diminué et je perds en concentration lors de mes vols, ce qui fait que je rentre souvent les mains vides chez moi.

Comme s'il venait d'intercepter le flot de mes pensées,

Oswald fouille dans sa poche intérieure et sort une liasse de billets qu'il s'amuse à compter sous mon nez. Il m'en tend trois.

— Je t'offre une petite avance si tu acceptes ma proposition. Tu pourras te procurer un peu de lait, des œufs, de la viande et du pain avec. De quoi tenir plus longtemps. Faut dire que tu as tellement la peau sur les os que tu inspires pitié à tout le monde.

Je ris jaune à l'écoute de sa dernière remarque.

— Tu es très fort.

Il arque un sourcil.

— C'est seulement maintenant que tu t'en rends compte ? Mieux vaut tard que jamais.

— Tu as attendu que je sois vulnérable pour me faire ta proposition. Négocie avec quelqu'un qui meurt de soif avec un grand verre d'eau et tu peux tout obtenir de lui.

— J'admets que j'ai attendu le moment opportun pour revenir te voir.

— Tu m'espionnes donc ?

Son sourire s'élargit.

— Le « noble et impérieux Maître Corbeau qui joue les beaux parleurs juste pour te manipuler et servir ses intérêts » a des yeux partout, ne l'oublie jamais.

Je soupire et il enchaîne :

— Je peux te décharger d'un poids. T'enlever cette pression sur les épaules, juste si tu acceptes de me rendre quelques petits services.

Même si ça me coûte de l'admettre, sa proposition est plutôt alléchante. J'enfreins déjà la loi pour maintenir en vie mes proches. Je suis une habituée des escapades et ne cesse d'enchaîner le troc au marché noir de la ville. L'illégalité coule dans mes veines… et si finalement je pouvais acquérir bien mieux ? Si je m'assurais une sécurité ?

Le problème, c'est que Oswald Serendas n'est pas un homme digne de confiance.

— Je ne veux pas de sang qui coule. Pas d'arme. Aucune blessure. Je ne veux faire de mal à personne, craché-je.

— Tu continueras à voler, mais pour mon compte. Tu récupéreras seulement ce qui m'est dû et ta bonne conscience ne sera pas entachée, ma Louve. On peut faire une période d'essai si tu le souhaites. Tant que les conditions te conviennent, tu travailles pour moi. Et lorsque tu en auras marre de croiser mon joli minois tu pourras t'en aller.

— Je pourrai arrêter quand je veux ?

— Affirmatif.

Je reste dubitative.

— Qu'est-ce que je dois te dérober en priorité ?

— Un papillon.

— Excuse-moi ?

Je bats des cils bêtement. Aucune trace d'ironie ne semble s'inscrire sur son visage fermé.

— Un *Papilio lorquinianus*, pour être plus précis. Une espèce avec de grandes ailes parsemées de jolies écailles vert irisé. Tu pourras difficilement ne pas le reconnaître dans le bureau du propriétaire du Théâtre Antoine.

— C'est une plaisanterie ?

— Absolument pas. Pourquoi ? Tu n'aimes pas les papillons ?

— Pas spécialement. Et à quoi va te servir cette babiole ?

— Babiole, répète-t-il avec une grimace.

À ma grande surprise, ce terme paraît le heurter. Est-il un si grand adepte des insectes ? Un collectionneur de grande renommée qui ne plaisante pas avec ce genre de choses ? Je peine à le croire et cela ne fait que doubler toutes les questions que je me pose à son sujet.

— Si nous concluons ce marché, il faudra aussi que tu acceptes le fait de ne pas me poser ce genre de questions.

Alors pourquoi ai-je une envie irrésistible de creuser plus en profondeur ce terrain miné ?

— Je dois donc récupérer un papillon dans un théâtre ?

— Aussi simple que cela. Tu as la trouille ?

— Non, ça me semble dans mes cordes.
— Voilà pourquoi j'ai fait appel à toi.
— Tu le souhaites quand ?
— Dans deux jours. Et je te donnerai l'intégralité du montant qu'il me reste dans la main. Mille francs. Je n'ai qu'une parole.

Le délai est court. Je fixe la liasse de billets avec une envie démesurée qui ne passe pas inaperçue aux yeux du Corbeau. Mes jambes vacillent et je recule d'un grand pas, la tête baissée pour me reprendre.

— Ma confiance en toi est égale à zéro. J'ai très bien vu que tu avais ton arme cachée à l'intérieur de ta veste. Celle que tu as utilisée pour faire peur à tout le monde sur la place ! Qui me dit que tu ne vas pas t'en servir dans les minutes qui viennent ?

Le chef de la pègre écarte les bras en grand et d'un signe du menton me provoque.

— Désarme-moi si tu as peur que je l'utilise à mauvais escient.

Je ne réponds pas à sa demande et à la place le fusille du regard. Son rictus me dévoile la ligne parfaite de ses dents blanches. Il abaisse les bras et relève le col de sa chemise.

— Donc résumons... à chaque petit vol commis, je te payerai généreusement. Et tu pourras arrêter de travailler pour moi quand tu le souhaites. Elle est pas belle, la vie ?

Pas si belle que cela, puisque l'horreur émerge à nouveau des tréfonds de ma mémoire. Je revois Oswald égorger un homme sous mes yeux, faire couler le sang avec un sadisme que je n'ai observé nulle part ailleurs. C'est un criminel, un hors-la-loi, qui dicte ses propres règles, et advienne que pourra si vous avez le malheur de ne pas vous y plier.

Non... je ne peux pas pactiser avec ce monstre.

Alors pourquoi me paraît-il aussi humain par moments ? Comment se fait-il qu'il puisse faire preuve d'autant de douceur quand il se plaît à semer autant d'atrocités autour de lui ? Cette ambivalence a de quoi me perdre.

— Tu réfléchis trop, ma Louve, raille-t-il en abolissant la distance entre nous.

Je sursaute lorsque sa main épouse ma joue, et que son doigt frôle ma pommette. Il suit cette légère caresse du regard.

— Tu sais, j'étais sérieux tout à l'heure. Subir des brimades ne doit pas te mettre plus bas que terre, mais te forger. Et tu es bien plus forte que tu ne le penses. Tu crois que tu n'as rien réussi dans ton parcours de vie...

— C'est le cas, le coupé-je.

Oswald secoue la tête et plonge ses yeux vairons dans les miens.

— Au contraire, au vu de toutes les épreuves que tu as traversées seule, tu as tout réussi. Tu es increvable, vaillante et déterminée. Un bout de femme grandiose et majestueux. Qui peut t'arriver à la cheville ?

Ma gorge se noue et je ne réponds rien, étonnée qu'il profère des paroles aussi valorisantes à mon sujet. Personne ne me dit ce genre de choses en temps normal et j'ignore comment réagir sur le moment. Je remets même en question sa sincérité. Après tout, comment pourrais-je le croire ? Me voyant privée de toute réaction, le Corbeau se penche vers mon front, mais je relève la tête en même temps.

Un réflexe stupide.

Une erreur fatale.

Déviant de sa trajectoire initiale, sa bouche n'atterrit pas sur ma tempe, mais sur mes lèvres.

En un clin d'œil mon monde s'arrête de tourner tandis que mon cœur tambourine frénétiquement au creux de ma poitrine.

N'ayant plus vraiment les idées claires, je m'immobilise et lui aussi. On écarquille les yeux dans une synchronisation parfaite. Mon cerveau se délite et je ne me concentre plus que sur la texture de sa bouche.

Douce, chaude, tendre.

Un contact qui m'embrase de toutes parts et qui me procure une farandole de sensations jusqu'à présent inconnues.

Je suis la première à me détacher de lui au ralenti. Oswald, imperturbable, garde ses iris assombris rivés sur ma bouche tremblante. L'instant d'après, il passe la langue sur ses dents. Son regard intense me fouille et me pénètre, évaluant la moindre de mes réactions. Le contact visuel s'éternise, mon souffle s'accélère et rebondit contre ses lèvres entrouvertes. Le simple fait de constater qu'il peut aspirer mes halètements s'il baisse un peu la tête fait jaillir en moi un éclair de lucidité.

— Je... je suis...

Je veux m'excuser, me faire toute petite et partir.

Au lieu de ça, j'ai les pieds bien ancrés au sol, les joues brûlantes et la tête qui tourne à cause de cette proximité troublante.

C'est un trop-plein de confusion qui me domine.

— Tu permets que je vérifie quelque chose ?

Sa voix est bien plus rauque qu'à la normale. Il me pose la question, mais n'attend aucune réponse, car il sait déjà qu'il n'en aura pas.

Une main posée sur ma nuque et l'autre dans le creux de mon dos, le voilà qui fond sur moi pour capturer ma bouche, de manière plus franche cette fois. L'osmose de mon tout premier baiser m'étourdit sur le moment. Que faire ? Comment réagir ? Quelle est la bonne ligne de conduite à adopter ?

Je le déteste. Je le déteste. Je le...

Un épais brouillard encombre mon esprit et me fait perdre tous mes repères. Les bras ballants, je ferme les yeux et n'essaye plus de comprendre ce qui se passe.

Ses lèvres s'entrouvrent et se referment divinement bien sur les miennes. On dirait qu'il souhaite que je m'imprègne de lui, que je suive la même cadence. Mes mains se plaquent sur son torse, mais je ne le repousse pas malgré ma raison qui me hurle de le faire. Ma tête vacille à mesure qu'il agrippe un peu plus fort mes cheveux. La pression de ses doigts sur moi grimpe au fil des secondes, preuve qu'il bataille contre lui-même pour rester dans la retenue.

La chaleur de mon corps s'élève sans que je puisse la contrôler. Son emprise, sa malice, sa gestuelle appliquée… tout me semble indomptable chez cet homme. Et sans aucune brusquerie, afin de ne pas m'effrayer, Oswald prolonge le baiser en inclinant son visage sur le côté pour mieux avoir accès à ma bouche. Il exerce sur elle de lentes et profondes pressions.

Les frémissements que je ressens au fond de mon ventre me déboussolent. Au gré de ses mouvements, une décharge d'adrénaline se déverse le long de mes veines. La sensation de bien-être qui m'envahit et me consume n'est pas anodine. Je ne la comprends pas. C'est de la pure folie de céder à ses manœuvres lascives. À quel moment ai-je perdu la tête ?

Le Corbeau met fin à son baiser surréaliste par un coup de langue sur mes lèvres avant de se détacher de moi. Il ricane en remarquant mes joues qui ont viré au cramoisi, puis il essuie le coin de sa bouche.

— Un baiser salé, qui avait le goût de tes larmes. J'espère découvrir une autre saveur la prochaine fois. Peut-être… cacaotée ?

Sa pique me fait immédiatement redescendre sur terre et je reprends du poil de la bête.

— Il n'y aura pas de deuxième fois ! Tu prends tes rêves pour la réalité ! aboyé-je.

— Je croyais que tu n'aimais pas les papillons, me nargue-t-il en glissant un œil en bas de mon ventre. Tu as dû en sentir en toi, n'est-ce pas ?

Encore une fois, sa fourberie me prend de court. Je secoue la tête. Mes ripostes restent bloquées au fond de ma gorge malgré moi. Je ne veux pourtant pas lui donner raison.

— Je craque quand tu rougis, ma Louve. Ne m'oblige pas à recommencer, parce que j'aurais du mal à rester doux avec toi.

Je manque de m'étrangler avec ma salive. Le bout de mes oreilles chauffe, je décide de lui tourner le dos. Lorsqu'il se redirige vers moi d'un pas tranquille, mon cœur bat à tout rompre. Il ne me touche pas, mais glisse un papier dans le creux de ma paume, ainsi que les trois billets qu'il a promis de me donner à l'avance.

— Voici l'adresse du théâtre dans lequel tu dois me dégoter mon précieux sésame. Dans deux jours, je te retrouverai devant chez toi. Si tu n'as rien, alors je garderai cette jolie liasse au fond de ma poche. Alors que si tu me rapportes ce que je veux… là…

Il frôle mon oreille du bout de ses lèvres, ce qui déclenche un millier de frissons le long de mon échine.

— … tu auras droit à ta récompense. À toi de choisir ce que tu veux vraiment. La balle est dans ton camp.

Oswald s'écarte de moi et siffle sa chienne, qui se lève d'un bond. Tous deux prennent la tangente, tandis que je ramène une main contre ma bouche, encore sous le choc de ce qui vient de se produire.

Chapitre 20

Embuscade

Armance

— Rattrapez-moi ce sale pouilleux ! Vite ! Ne le laissez pas s'échapper ! beugle cette vieille peau derrière moi avec une voix si stridente qu'elle pourrait percer les tympans de tout le quartier.

Courir. Courir. Courir.

Ne pense à rien d'autre, Armance.

Sur ma lancée, je baisse sur mes yeux le béret dans lequel j'ai coincé mes longs cheveux blonds et ne peux m'empêcher de sourire à chaque fois que je parviens à brouiller les pistes sur ma véritable identité. J'ai même joué le jeu à fond en collant une fausse moustache au-dessus de ma lèvre.

Mais comme d'habitude, lors de ces moments chargés en adrénaline, l'heure est aux grandes introspections et je remets ma vie en question.

Pour quelle raison valable je me tue à la tâche de la sorte ?

Pourquoi suis-je aussi avide d'émotions fortes ?

N'était-ce pas le vol de trop ?

Quand vais-je cesser toute cette mascarade ?

Faut-il que j'aille me repentir, que j'expie tous ces péchés incrustés en moi comme la crasse chez les plus misérables de l'échelle sociale ?

Pendant que je suis plongée dans mes réflexions, je cavale le long d'un poulailler, provoquant un mouvement de panique chez ces dames aux plumes blanches et aux crêtes rougeoyantes. Si ça ne tenait qu'à moi, j'aurais mis l'une de ces poules bien grasses au fond de mon sac pour la cuisiner le soir même. Mais c'est leur jour de chance, le temps presse et c'est tout sauf le moment de penser à mon prochain repas.

Ma victime du jour n'en démord pas. Bien plus téméraire que je ne l'aurais cru, elle traverse les pavés froids de sa petite place privée pieds nus. Emmitouflée dans son peignoir en satin, ses cheveux grisonnants enroulés dans des bigoudis, avec un concombre collé sur l'œil droit, elle s'est lancée à mes trousses et essaye d'avertir tout le quartier de mes méfaits du jour en continuant de s'égosiller.

Une combativité admirable je dois dire, bien que son âge avancé lui porte préjudice. Elle se montre déjà essoufflée, en train de cracher ses poumons au milieu des poules. Alors je saisis la balle au bond afin de creuser la distance entre elle et moi, qui s'agrandit encore plus lorsque je saute par-dessus la clôture en bois. Incapable de l'escalader, elle hurle de nouveau. Je me réceptionne en roulant sur le sol. Une fois sur mes deux pieds, je prends une impulsion et me propulse en avant. Il ne faut surtout pas que je me repose sur mes lauriers, tout se passe toujours très vite et le moindre petit retard pourrait changer la donne.

D'autant plus que les renforts arrivent. En effet, l'une de ses voisines, parée d'un long jupon, surgit de son logement et tente de m'arrêter en me donnant un coup de balai sur la tête. Heureusement pour moi, je protège le haut de mon crâne en croisant les bras dessus et l'évite de justesse. Je prends la tangente aussi vite que possible, m'éloignant de ces cris d'alerte qui attirent tous les regards sur moi.

En deux temps trois mouvements, je rejoins la voie publique.

Dans ma course, je manque de me faire renverser par un énorme cheval tirant un fiacre. Et lorsque je mets un pied sur le trottoir d'en face je bouscule par mégarde un homme au chapeau melon.

— Petit empoté ! Reviens t'excuser !

Le sac calé contre mon ventre, je me décide au dernier moment à tourner la tête dans sa direction pour lui tirer la langue. Sa moustache épaisse remue, un sacré flot d'injures semble jaillir de sa bouche. À vrai dire... je n'ai pas l'opportunité de le vérifier, car je me trouve déjà loin de lui.

Même si je reste rapide et très réactive, mes tentatives de fuite ont définitivement besoin de quelques mesures de perfectionnement. Je continue néanmoins de courir au milieu de ce cortège d'automobiles, d'autobus et de piétons provenant de tous les côtés.

Au bout de l'intersection, j'emprunte le chemin sur la droite et je file au travers de ce dédale de ruelles étroites et sinueuses qui m'emmènera jusque chez moi. Ici, les températures sont plus froides à cause de la lumière qui peine à filtrer. Je plisse les yeux pour m'adapter à la pénombre et prends garde où je mets les pieds. Ma vigilance me vaut d'éviter une flaque pleine de fange.

Quand je suis certaine d'avoir enfin semé mes poursuivants, je ralentis la cadence. Tout au fond de l'allée que j'arpente à pas feutrés se trouve un très jeune cireur de chaussures. Il me paraît à peine plus âgé que mon petit frère et je le regarde en train de compter ses sous au fond d'un petit gobelet. Prise de pitié, je passe devant lui et ajoute une pièce de monnaie à son butin du jour avant de lui souffler un discret « Courage ». L'instant suivant, j'ai déjà déguerpi de son champ de vision. La misère est un lourd fardeau et j'espère qu'il aura les épaules assez solides pour ne pas se laisser écraser par son poids.

Une bonne demi-heure de marche plus tard, je retrouve mon faubourg. Pas d'escale à ma cabane, puisque celle-ci demeure un champ de ruines depuis l'intervention du Corbeau. À présent, je range les quelques déguisements que j'ai pu récupérer dans un coin de la chambre que je partage avec ma mère. Ce n'est peut-être pas le grand luxe, surtout en termes d'espace, mais c'est déjà mieux que rien.

Je me plante devant mon immeuble et m'assois ensuite sur le rebord d'un muret, le temps de reprendre mon souffle. Profitant de ce moment de répit, j'arrache la fausse moustache au-dessus de ma bouche d'un seul geste, et quand mes poumons sont moins en feu je fouille au fond de mon sac pour en ressortir l'objet qu'Oswald Serendas m'a demandé de subtiliser aujourd'hui.

Une améthyste.

Ou disons plutôt... un pauvre caillou ne payant pas de mine de l'extérieur, mais qui en définitive ne se révèle pas trop mal au niveau de sa face intérieure, recouverte de petits cristaux violets. Nullement impressionnée, je l'inspecte sous tous les angles, jusqu'à pousser un soupir qui trahit mon ennui.

À mes yeux, il s'agit une fois de plus d'une vulgaire babiole.

Après le papillon, un vase en porcelaine, une boîte à musique, de vieux livres de sciences naturelles... me voilà chargée d'une mission à risque pour une vieille pierre. Tout cela m'interroge davantage sur le véritable objectif du chef de la pègre. Pourquoi une telle obsession pour ces objets ? J'aimerais obtenir quelques réponses, qu'il m'éclaire sur certains points, mais depuis que je travaille officiellement pour lui il a pris soin de prendre ses distances avec moi.

Voilà que maintenant il me traite comme un membre de son escouade.

Autoritaire. Froid. Plus aucune marque affective ni forme de taquinerie.

Son changement d'humeur m'a surprise au départ, toutefois je m'y fais. Du moment qu'il me paye et que je peux subvenir à mes besoins, le reste m'est bien égal.

Chacune de nos rencontres est définie par le même protocole : le Corbeau m'attend devant chez moi, accompagné par quelques sbires planqués dans ma rue, prêts à intervenir à la moindre menace. Généralement, lorsque je le retrouve, Oswald redresse à peine sa tête à moitié camouflée par son chapeau. C'est à peine s'il cherche à établir un contact visuel avec moi. Pendant qu'Alba me fait des fêtes, il analyse longuement l'objet dérobé, s'abstenant de tout commentaire. Puis sans me souffler un merci, qui est pourtant le strict minimum selon moi, il me tend une liasse de billets, me communique les consignes pour ma prochaine mission et s'éloigne, mutique et l'air ailleurs. Comme si le bibelot en question qu'il tenait entre les doigts avait aspiré toute son âme.

À force de le voir changer de comportement, je ne sais plus sur quel pied danser avec lui. Peut-être est-ce là que réside toute son ingéniosité, puisqu'en l'état actuel des choses je suis incapable de prédire le moindre de ses faits et gestes. Oswald Serendas a toujours un coup d'avance sur l'échiquier. Il tient les rênes et me dirige là où il le désire. J'ignore pourquoi, mais je sens que ce côté imprévisible aura ma peau un jour.

Même quand je finis par l'embrasser accidentellement, il réplique pour reprendre le dessus, jusqu'à me faire tourner en bourrique.

Pourquoi je repense à cela d'ailleurs ?

Sans m'en rendre compte sur le moment, j'effleure le coin de ma lèvre avant de secouer vigoureusement la tête pour me reprendre. Malgré tout mon bon vouloir pour rayer cet écart de conduite de ma mémoire, le souvenir demeure impérissable dans mon esprit. Les émotions qui coulent en moi se montrent encore plus désordonnées que la fois précédente. Je ne dirais pas non à ce qu'on me remette les pendules à l'heure.

Ce moment de perte de contrôle est dur à assumer et je me le remémore bien plus que je ne devrais. M'enivrer d'un tel contact en sa compagnie... quelle inconsciente je suis.

Mon corps réagit et je ne peux lutter contre sa volonté d'abattre la muraille que je me suis forgée. Je croise les jambes et clos mes paupières. Une première vague de picotements s'abat sur ma peau, et circule jusqu'au bout de mes doigts. Viens ensuite cette étonnante chaleur qui flambe en moi et se diffuse telles des bulles de champagne en plein cœur de ma poitrine. Cette pléiade de sensations grisantes me fait honte et j'aimerais les dompter, pour ensuite mieux les éliminer.

Voilà pourquoi j'apprécie le fait que le chef de la pègre cesse de me faire la conversation.

Quelle foutue situation.

Un brin de lucidité retrouvé, je rouvre les yeux et époussette la blouse amidonnée que j'ai dégotée à une brocante la semaine dernière. Le tissu est assez ample pour pouvoir faciliter mes mouvements. Mais l'accessoire qui me rend le plus fière est sans aucun doute ces souliers sans trou que je porte tous les jours désormais. Depuis que je me fais de l'argent grâce aux magouilles d'Oswald, j'ai fait en sorte d'améliorer mon propre confort. J'ai acheté des fleurs, des rideaux neufs ainsi que de nouveaux ustensiles de cuisine pour la maison. J'ai même pu agrandir ma garde-robe ainsi que celle de ma famille. Chaque soir, nos repas se montrent assez copieux pour nous réchauffer le ventre plusieurs jours.

Faire le bonheur des miens grâce à de l'argent sali par les mains de mon ennemi, voilà le plus grand paradoxe de ma vie. Seulement… ai-je envie de rompre mon contrat avec Oswald aujourd'hui ? Absolument pas.

J'ai pourtant conscience qu'il me tient dans ses filets, m'offrant l'illusion que je garde mon libre arbitre, puisque apparemment je peux cesser mes activités quand je le souhaite. Mais en me confiant cette mission il savait que je n'allais pas m'en aller de sitôt. Je reste une personne dans le besoin et il se sert de cette faille pour me garder à son service.

« Subir des brimades ne doit pas te mettre plus bas que terre, mais te forger. Et tu es bien plus forte que tu ne le penses. »

En plus de cela, il sait jouer les beaux parleurs.

Je devrais me détester de m'attacher aussi fort à ses mots.

Me flatter autant fait seulement partie de son stratagème pour faire taire peu à peu ma raison.

Malin et calculateur, ce Corbeau.

D'un autre côté, avec un peu de recul et de réflexion sur ses dires, je me dis aussi que ce serait moche de vivre en voyant constamment le verre à moitié vide. Peut-être qu'un jour je parviendrai à trouver ma place dans la société et à me rabibocher avec elle. Peut-être qu'un jour j'arriverai à revoir la beauté dans ce monde.

Les jours défilent, l'usure du temps n'épargne personne, alors est-ce que je souhaite partir sans avoir pris la peine de rêver ? Sans poésie, sans même un soupçon d'espoir pour me sortir la tête de l'eau et respirer en toute tranquillité ?

J'enroule mon écharpe plus étroitement autour de mon cou et me frotte les mains assez vite pour batailler contre la morsure du froid. Quand soudain deux paumes se plaquent fermement sur mes épaules.

Je bondis du muret et pousse un cri d'effroi qui résonne dans toute la rue. Je pivote et à la seconde où je croise les yeux rieurs de mon petit frère je relâche la pression.

— Elliot ! Bon sang !

— Si tu voyais ta tête ! On dirait que tu as croisé un fantôme ! s'esclaffe-t-il, tout fier de lui.

L'index rageusement pointé en direction de notre fenêtre, je le sermonne comme l'aurait fait ma mère avant la guerre :

— Rentre tout de suite à l'intérieur ! Il fait un froid de canard !

Les cheveux en pétard, il s'assied en tailleur en haut du petit mur et me tire la langue.

— Non, pas envie ! Je m'ennuie !

J'ignore le petit pincement au niveau de ma poitrine et je me force à garder un air sévère.

— Il faut que tu veilles sur maman !

— Mais elle se débrouille très bien toute seule ! Moi j'ai envie de prendre l'air, de jouer aux billes ou de patauger dans la boue ! Rester à la maison quand j'ai pas école, c'est trop nul. Tu ne veux pas t'amuser avec moi aujourd'hui ?

Le timbre implorant qu'il adopte attendrit aussitôt mon regard. Son envie de croquer la vie à pleines dents est tout à fait légitime, surtout pour son âge. Plus que quiconque, les enfants ont besoin de se nourrir de pensées positives. Couper les ailes de la sorte à Elliot me fait à chaque fois culpabiliser. Peut-être suis-je trop dure, peut-être que mes instincts protecteurs sont beaucoup trop éveillés pour lui ? Mais si je lui laisse trop de liberté j'ai peur qu'il lui arrive quelque chose. Et si c'est le cas un jour jamais je ne me le pardonnerai.

Je m'approche et lui ébouriffe affectueusement les cheveux tout en écoutant ses éclats de rire insouciants.

— Écoute, Elliot, j'ai un rendez-vous important d'ici à quelques minutes... Une fois que ce sera terminé, on ira te chercher un bon chocolat chaud et des bonbons, d'accord ?

Je regarde à gauche, puis à droite, afin de surveiller les alentours, car Oswald Serendas ne devrait pas tarder à venir chercher son dû.

— Je ne peux pas rester avec toi ?

Sa petite moue boudeuse m'arrache un sourire. Je lui pince la joue.

— Non, petit ange. Rentre à la maison et attends-moi, je n'en aurai pas pour longtemps.

— Est-ce que par hasard tu travailles pour un gros monsieur ?

Cette question me fait froncer les sourcils sous le coup de l'incompréhension.

— « Un gros monsieur » ? Pourquoi tu dis cela ?

Il fixe un point derrière moi et sa mine pâlit à vue d'œil.

— Parce que... je croyais que... ATTENTION, ARMANCE !

Son avertissement arrive trop tard, je n'ai pas le temps d'intercepter ce méchant coup que je reçois à l'arrière du crâne. Je bascule en avant, tandis qu'une douleur lancinante éclate sur toute la surface de mon cuir chevelu. Mon béret tombe et ma chevelure se libère. Je me rattrape *in extremis* à l'aide du muret en face de moi et me retourne, à moitié sonnée par la violence de la frappe.

Mes sens se mettent en alerte dès lors que je découvre Alexis Ivanovitch Petrov, alias le Korol', chez qui j'ai dérobé la bague en or.

Décidément... ce bijou de malheur ne m'apporte qu'un flot de malchance ! Je suis maudite !

Telle une louve protégeant sa meute, je me place devant mon petit frère, une main posée sur ma tête encore douloureuse. Les dents serrées et le torse bombé, le Russe est visiblement prêt à prendre sa revanche sur moi. Ses doigts se resserrent autour de l'arme qu'il vient d'utiliser pour tenter de m'assommer.

J'aurais dû prévoir que cette virée dans son cabinet de curiosités allait me valoir son lot de représailles, surtout venant d'un homme aussi fier et matérialiste que lui. Cela ne m'étonnerait pas d'apprendre qu'il n'a pas fermé l'œil plusieurs nuits d'affilée après avoir été roulé dans la farine par mes soins.

Je l'affronte du regard, or je déchante vite lorsque je remarque qu'il n'est pas seul. Deux grands colosses se tiennent à ses côtés. Ces armoires à glace sur pattes cognent leurs poings l'un contre l'autre dans un élan d'intimidation. Je sens Elliot trembler derrière moi et un vent de panique m'assaille lorsqu'ils nous lancent des sourires vicelards à nous donner des sueurs froides dans le dos.

— Petite *suka*[1]. Tu croyais t'en tirer à si bon compte ?

Son fort accent russe, mêlé à sa voix grave et bourrine, sonne comme une réelle menace.

— Elliot ! Rentre tout de suite !

Je le pousse de toutes mes forces vers l'entrée de l'immeuble, hélas il est rapidement rattrapé par l'un des sbires d'Alexis. Mon petit frère hurle et se contorsionne dans tous les sens. La peur me noue violemment les entrailles et mon mode survie s'active. Je réagis au quart de tour. Aussi vif qu'un chat sauvage,

1. *Chienne* en russe

je me précipite vers l'assaillant et saute sur ses épaules pour tenter de libérer Elliot.

— Lâchez-le ! m'époumoné-je, pleine de rage, en le rouant de coups.

Le deuxième homme fonce sur moi. Il m'attrape par la tignasse et tire dessus sans ménagement pour me propulser en arrière. Je m'effondre par terre, avec les yeux pleins de larmes de douleur. Mes râles de souffrance ont l'air de réjouir Alexis. Cette vision de lui ne fait qu'attiser ma haine, c'est le début d'un long combat acharné.

Alors que je tente de me relever, ma joue se retrouve brutalement plaquée contre le sol glacé à cause de la lourde godasse du Russe. Neutralisée et impuissante, je grogne de fureur, pareille à un animal enragé.

— Tu as abusé de ma confiance et tu le payeras au prix fort.

Il intensifie la pression, de sorte que ma peau s'écrase davantage contre les pavés. Comme deux prédateurs, nous nous lorgnons du coin de l'œil.

— Allez au diable ! riposté-je.

— Rends-moi la bague et je t'épargne.

— Elle est revenue à son propriétaire ! C'est trop tard ! sifflé-je les mâchoires crispées.

— Tu as brisé notre marché en toute impunité. Et si j'écrasais ta vieille cervelle de moineau devant ton *mladshiy bra*[1]*t* ?

— Laissez ma sœur tranquille ! sanglote Elliot toujours emprisonné dans les bras du colosse.

Je vois le Korol' sourire malicieusement et, quand il soulève sa chaussure à quelques centimètres de ma joue, je comprends alors que je suis finie.

Il va m'écraser le visage de tout son poids.

— Arrêtez ! Pas ça ! Pas ça ! Non ! Non ! Non ! hurle mon petit frère terrorisé.

Je déglutis, les muscles tétanisés afin de préparer mon

1. *Jeune frère* en russe.

corps au choc fatidique... mais une ombre surgit à côté de mon tortionnaire et quelque chose vient s'abattre avec fracas contre sa nuque. Tout se passe bien trop vite pour que je puisse distinguer tous les éléments. Alexis pousse un grognement profond et guttural. Il chancelle et sa silhouette massive bascule en arrière. Libérée de son emprise, je roule sur le côté et me remets en position offensive, un genou posé à terre et les poings prêts à cogner.

Poings que je desserre très vite lorsque je reconnais l'individu qui a volé à ma rescousse. Mon sang ne fait qu'un tour et mes yeux s'écarquillent.

Ma mère est là, debout, une casserole à la main. Non seulement elle vient d'assommer mon adversaire avec, mais en plus de cela une colère insoupçonnée déforme les traits de son visage délicat. Ses iris ne sont plus vides, ses épaules ont cessé d'être voûtées et ses joues creusées ont pris une teinte rouge vif. Cet éclat qui jaillit comme une flamme dévastatrice au milieu de ses prunelles me paraît si irréel que j'en viens à me demander si je ne nage pas en plein délire.

— Qu'est-ce que...

Le Korol' se redresse avec difficulté à l'aide de ses coudes. L'un de ses hommes de main retient toujours Elliot, tandis que l'autre s'avance en direction de ma mère, l'air menaçant. Je me prépare à m'interposer entre eux avant d'être coupée dans mon élan par un sifflement joyeux qui résonne dans la rue. Tout le monde marque un temps d'arrêt. Nos regards convergent ensuite à l'autre bout de l'allée.

Un homme au visage anguleux et à la stature longiligne marche droit dans notre direction. Sans s'arrêter de siffler, il s'amuse à jeter des coups d'œil distraits aux fenêtres de mon voisinage. Son pas léger et souple, ses mains dans les poches, le tout accompagné par ce rictus en coin... on dirait qu'Oswald Serendas sort tout droit d'une paisible balade printanière. Derrière lui, Alba couvre ses arrières. Et pas très loin d'eux Léon et Edgar, ses fidèles larbins, analysent la scène avec une mine imperturbable. Le Corbeau s'immobilise à quelques mètres de nous et sort sa montre à gousset. Dans un long soupir ennuyé, il déclare :

— Je suis en avance aujourd'hui, mais je crois que ce n'est pas plus mal. Vous savez pourquoi ?

Il dégaine un couteau de sa manche et le fait ensuite tournoyer entre ses doigts agiles avec une telle facilité que nous frémissons tous sur place. Son regard vairon se braque sur le Russe, tandis que l'aura qu'il dégage est comme à l'accoutumée écrasante, comme s'il se plaisait à s'approprier tout l'air autour de lui.

— Parce que, si les festivités avaient commencé sans moi, vous auriez réussi à me faire perdre mon humeur badine. Et ça aurait pu mal finir... Oh... mais attendez ?

Il se fige un instant, feignant d'être profondément outré avant de finalement esquisser un sourire riche de sombres promesses.

— En fait, elles ont vraiment commencé sans moi, se réjouit-il, les yeux brillants de malveillance.

Chapitre 21

Korol' détrôné

Armance

Les grognements féroces d'Alba percent le silence de cathédrale qui s'est installé dans ma ruelle, toutefois ce n'est pas l'élément déclencheur de notre nervosité. Non… toute notre attention est centrée ailleurs. En particulier sur ce couteau qui ne cesse de virevolter entre les longs doigts du Corbeau, jusqu'à ce que la pointe s'immobilise en direction du Korol'. Ce dernier déglutit et pâlit à vue d'œil.

Le sourire carnassier d'Oswald ne perd pas en intensité et atteste de toutes les intentions cruelles qui l'animent. Ses yeux vibrant d'animosité oscillent entre ses différents adversaires. Il s'attarde quelques secondes de plus sur moi et je crois même apercevoir un tressautement subtil au niveau sa mâchoire dès qu'il repère ma joue amochée par le Russe.

— Mais c'est quoi tout ce foutoir ? tonne Edgar.

— Notre nouveau terrain de jeu préféré, lui répond Léon dans un calme sinistre.

Les deux camps se regardent en chiens de faïence. L'atmosphère est chargée en électricité et je suis convaincue que, si l'on craquait une allumette, l'air prendrait feu immédiatement.

Pendant que ce duel de regards s'éternise, je détourne vivement la tête vers l'endroit où se tenait ma mère quelques instants plus tôt, avec sa mine aussi enragée qu'un taureau sur le point de charger sa cible. Mais voilà qu'elle a disparu. Alors je la cherche activement des yeux, scrutant toutes les directions et analysant chaque angle de la rue pour espérer la retrouver.

La réalité me rattrape lorsque je distingue du mouvement au cœur de la mêlée. Poings serrés à hauteur du visage, l'un des hommes du Korol' vient de se mettre en position d'attaque. Mais du plomb me tombe vite dans l'estomac au moment où je réalise que le Corbeau observe attentivement mon petit frère. Lentement, le chef de gang redresse les épaules, tandis que sa main se serre autour de la lame aiguisée.

— Un conseil, gamin : ferme les yeux. Et surtout... ne te retourne pas. Ce qui va suivre ne va pas être beau à voir, l'avertit Oswald d'un ton doux.

Ce dernier coopère bien plus vite que je ne l'aurais cru. Ses paupières s'abaissent et tout son corps se rigidifie. Le Corbeau en profite pour me couler un regard en biais avant de se concentrer à nouveau sur mon frère.

— Je rêverais que ta grande sœur puisse m'obéir comme toi.

À peine cette remarque pince-sans-rire prononcée, les hostilités commencent. Ni une ni deux, Oswald place le tranchant de la lame dans sa paume. Son bras se plie vers l'arrière et part ensuite en avant, propulsant le couteau à pleine vitesse en direction de l'homme qui retient toujours prisonnier Elliot. L'arme tourne dans les airs avant de se planter entre les deux yeux de la cible. La frappe est sans appel, la poigne de fer sur mon petit frère se desserre et notre ennemi s'effondre.

Elliot rouvre des yeux remplis d'effroi. Tremblant comme une feuille, il s'efforce de regarder droit devant lui afin de ne pas se confronter à la mort. Lorsque nos regards se croisent, il accourt dans ma direction et cherche refuge dans mes bras. Je lui offre une solide étreinte protectrice pendant que j'observe Léon qui s'occupe de l'autre énergumène, qui souhaitait s'en prendre à ma mère. Le blond dégaine son pistolet, fait tourner le barillet après l'avoir chargé de cartouches, puis vise la poitrine de sa victime. Le bruit assourdissant de la détonation fait voler dans le ciel plusieurs oiseaux affolés.

Deuxième individu à terre.

Je caresse les cheveux d'Elliot, qui reste cramponné à moi, et lui répète le conseil d'Oswald, à savoir ne pas regarder la scène. Le Corbeau s'avance vers celui qu'il vient d'achever sous nos yeux, continuant à siffloter une mélodie joyeuse qui, dans ces conditions, n'a jamais paru aussi lugubre. Il récupère son couteau ensanglanté et l'essuie ensuite sur la veste de sa victime.

— Mon roi... ou Korol', ne crois-tu pas qu'il est temps de descendre de ton piédestal ? chantonne-t-il sans se retourner vers son adversaire.

Alexis est peut-être un homme fier, à l'ego surdimensionné, mais il est loin d'être né de la dernière pluie. Il sait pertinemment qu'il n'a aucune chance face à Oswald et ses hommes qui gravitent autour de lui. Il est pris au piège, au milieu des vautours qui ne demandent qu'à voir le sang couler et la chair à vif. D'autant plus que le Korol' n'a rien pour se mettre à couvert alors qu'ils peuvent rouvrir le feu à tout moment.

— Qu'est-ce que vous me voulez ? crache-t-il avec un mépris évident malgré sa position de faiblesse.

Oswald se tapote la joue du bout de l'index et fait mine de réfléchir longuement. Sa chienne, à ses pieds, montre ses crocs acérés à Alexis, lui intimant silencieusement l'ordre de rester à sa place et de ne pas chercher à blesser son maître sous peine de terribles représailles.

— Que tu t'agenouilles devant ma Louve et que tu lui présentes tes excuses.

Je me liquéfie à la mention de mon surnom.

— Ta Louve ? Je...

Le Corbeau clappe de la langue et secoue la tête pour le couper.

— Ma Louve, oui. Celle que tu viens de blesser. Pas de négociation possible, je le crains.

Le Russe reste statique et a du mal à déclarer forfait. Seulement aucune issue ne se présente à lui. La lueur incandescente et meurtrière inscrite dans les pupilles d'Oswald devrait le convaincre d'adopter une position de soumission d'ici peu.

— On ne t'a jamais appris dans ton pays qu'il ne fallait pas toucher au visage des femmes ? Il lui a fait une sale entaille, Os' ! lance Edgar avec un regard soucieux dans ma direction.

Son chef m'examine à nouveau, les lèvres pincées. Derrière ses traits austères, j'ignore les pensées qui l'envahissent. Quand tout à coup… il vrille.

— Dépêche-toi, sale fils de pute ! hurle-t-il soudain à Alexis.

Le Korol' sursaute devant cet accès de colère, en revanche il ne ploie toujours pas le genou. Moi, je reste tétanisée devant un Oswald qui, pour la première fois depuis que je l'ai rencontré, est en train de perdre ses moyens. Léon soupire longuement et prend les commandes.

— Je vais faire en sorte que l'information lui monte au cerveau !

Il joint l'acte à la parole lorsqu'il lui tire dans le mollet. La balle se loge dans sa chair et Alexis crie de douleur avant que ses jambes ne cèdent.

— Et voilà le travail ! s'excite le blond en soufflant sur la fumée qui s'échappe de l'extrémité de son arme.

Genoux à terre et poings tremblants sur ses cuisses, le Russe ancre ses yeux bleus dans les miens. Très lentement, ses lèvres remuent :

— *Yob tvoyu mat*[1] !

Même si je ne comprends pas un traître mot, je devine que c'est tout sauf des excuses. La façon dont il vient de me cracher ces termes sonne même comme la pire des insultes. Son arrêt de mort est signé, pourtant il redresse le menton

1. *Baise ta mère* en russe.

fièrement, le regard plus hargneux que jamais. Oswald lâche un rire mauvais à glacer le sang et se rapproche vivement de sa victime.

— Au fait, joli globe terrestre sur ton bureau, lui souffle-t-il à l'oreille. Je me demande bien où est-ce que tu as pu le dénicher...

Les larges épaules d'Alexis se raidissent. Quelque chose d'anormal traverse son regard, une sorte de peur viscérale qui le condamne à ne plus bouger ni parler.

— Oui..., reprend Oswald, le visage enténébré. Tu savais comment elle avait terminé et, toi, tu t'es approprié son bien en toute impunité, l'exposant comme un trophée dans tes appartements.

Ce qu'il reproche au Korol' me plonge dans la perplexité. Mon regard fait des allers-retours entre les deux hommes, essayant de trouver un indice précieux pour résoudre ce mystère qui plane autour d'eux.

— Tu étais... c'était toi...

Le Russe n'a pas l'opportunité de terminer sa phrase. En une poignée de secondes, Oswald l'attrape par le cou et plante son couteau en plein dans sa jugulaire. À la vue du sang qui dégouline le long de sa pomme d'Adam, je pousse un cri d'horreur, suivi de celui d'Elliot. Nous fermons les yeux en même temps, nous serrant fort l'un contre l'autre.

— Maintenant... *Tvoye pravleniye zakonchilos', lozhnyy korol'*[1], susurre Oswald avec en fond sonore les gémissements d'agonie d'Alexis.

Lorsque les râles de douleur s'atténuent, j'entends un poids tomber comme une masse au sol. C'est à ce moment précis que je daigne soulever les paupières pour me heurter au corps sans vie du Korol', échoué sur le ventre, une flaque de sang dessinant une auréole sinistre autour de sa tête. Mon estomac se révulse et un haut-le-cœur me saisit. Je frissonne d'emblée lorsque les yeux vairons d'Oswald se

1. *Ton règne est terminé, faux roi* en russe.

concentrent à présent sur moi et mon petit frère, que je ne lâche pas d'une semelle.

— Tu vois à quel point je suis prêt à trancher dans le vif pour toi ?

Son rictus sans une once de bienveillance m'arrache une farandole de frissons, qui recouvre ma peau de chair de poule. Par la suite, il se redresse et sort de sa poche intérieure une plume noire qu'il laisse tomber sur le dos d'Alexis.

— Celui qui est capable de tromper une fois est traître pour toujours. Et d'un traître le Corbeau ne veut pas, récite-t-il sur un ton solennel.

Un rire fourbe m'arrache à cette contemplation morbide.

— J'adore quand ils se mettent à tomber comme des châteaux de cartes ! Il n'y a rien de plus satisfaisant ! s'esclaffe Léon.

Mon petit frère tressaille contre moi. Je tente une nouvelle fois de le rassurer en lui caressant les cheveux. Pendant ce temps, Oswald claque des doigts et ordonne à ses hommes de nettoyer cette boucherie. Léon est le premier à accourir vers le Korol'. Il sautille presque sur place, sans jamais se départir de ce sourire que je trouve de plus en plus malvenu dans ce contexte. Mais mauvaise surprise lorsqu'il tente de soulever le cadavre d'Alexis en le prenant en dessous des bras. Le corps est bien trop lourd pour qu'il puisse y arriver tout seul. Le criminel marmonne un chapelet d'insultes et fait volte-face vers Oswald.

— Merde ! Le Russe pèse plus lourd qu'un char d'assaut ! Les gars ! Dépêchez !

D'autres sbires du Corbeau, qui se tenaient cachés dans l'allée, font leur apparition, tous vêtus de la même manière avec ce sempiternel manteau noir. Ils viennent lui prêter main-forte, lâchant au passage quelques rires railleurs qui hérissent le poil de Léon.

— C'est donc toi la pire des gourdasses ! lui lance Edgar, qui fume paisiblement son cigare, appuyé contre un muret.

— Qu'est-ce qu'il a, le borgne ? Il veut perdre son second œil peut-être ?

Son compagnon bâille d'ennui et poursuit :

— Viens, ramène ta tête de con que je te dégomme en cinq secondes !

— Moi je crois plutôt que tu le mets à terre en seulement trois secondes, intervient Oswald en regardant sa montre à gousset.

Edgar sourit et le désigne avec son cigare.

— Heureusement que le patron a gardé toute sa tête, lui !

Prêt à se répandre en invectives, Léon frappe ses poings l'un contre l'autre, bombant le torse d'une façon si comique que je doute que quelqu'un le prenne réellement au sérieux.

— Bon écoute, le cyclope, ça te dit que j'arrache tes cils un par un pour en faire un pinceau, pour ensuite peindre ton portrait avec ton sang ? Connard !

— Artistiquement beau. J'ignorais que t'avais autant d'imagination, se moque Edgar en prenant une nouvelle taffe.

— Ouais, pour dépecer les enflures de ton acabit, je donne tout et... Aïe !

Oswald vient d'expédier une tape sur la nuque de Léon pour le faire taire.

— Arrête de te donner en spectacle et va aider les autres à transporter les corps !

— Mais...

Son chef brandit sa dague ensanglantée et place la pointe sous son menton.

— Maintenant ou je t'embroche.

Léon déglutit et prend la tangente dès qu'il retire son couteau. Oswald se tourne vers moi et me regarde avec insistance.

— Je ne m'attendais pas à voir un bout de femme se battre avec panache en débarquant ici. C'était ta mère ? m'interroge-t-il.

Aussitôt, je détourne mon visage de lui et reporte mon attention sur la casserole par terre, celle qu'elle a utilisée pour me sauver la mise.

— Elle… elle est…

Elle n'est plus censée être aussi vive d'esprit. Je ne comprends pas… Serait-il possible que…

À défaut de sortir les bons termes, j'agis spontanément à la seconde où la réalité m'explose en pleine figure. En quatrième vitesse, je laisse en plan le Corbeau et entraîne mon petit frère jusqu'à notre appartement. Nous gravissons les marches deux à deux et fonçons dans la chambre. Mon cœur tambourine fort dans ma poitrine lorsque nous retrouvons notre mère étendue de tout son long dans le lit, recouverte par les draps épais qui sentent encore la lessive fraîche.

Elliot prend l'initiative de s'approcher d'elle tandis que, moi, je reste pétrifiée sur le seuil. Elle s'est de nouveau plongée dans un état végétatif. C'est à n'y rien comprendre, alors je me contente de regarder mon petit frère lui presser délicatement l'épaule. Forcément, elle ne réagit pas. J'examine sa silhouette ensevelie sous l'édredon. Sa respiration est calme, lente et régulière, signe qu'elle va bien.

— Maman… réveille-toi… Allez ! Maman ! Tu peux bouger, on le sait ! Allez !

Je me sens bête et démunie.

Bête d'avoir espéré.

Démunie face à une situation qui s'éternise contre notre volonté.

— Elliot, murmuré-je, le cœur au bord des lèvres.

— Je ne suis pas fou, Armance ! Je ne suis pas fou ! Tu l'as vue aussi bien que moi ! Elle nous a défendus ! Maman est encore là ! Elle a encore toute sa tête !

Des larmes chaudes ruissellent sur ses joues roses.

— Viens là.

Il ne bouge pas, alors c'est moi qui me déplace pour l'enlacer.

— Elle est toujours avec nous… je sais qu'elle l'est encore… je le sens, sanglote-t-il.

Ma gorge se noue.

— On continuera de prendre soin d'elle, d'accord ? Si on veille sur maman, peut-être qu'elle arrivera un jour à communiquer avec nous, comme avant. On ne doit pas... perdre espoir.

J'articule avec peine ces deux derniers mots, quand soudain des pas retentissent, rompant ainsi ma tentative de réconfort. Je fais volte-face vers l'entrée, où se tiennent à présent ces deux larbins d'Edgar et Léon.

— Eh bien... sacré plumard ! siffle Léon. Cet endroit ne ressemble à rien. On dit que notre chez-soi nous définit. Je suis d'accord quand je te vois au milieu de ce taudis, Armance.

Mon regard se durcit et je montre les dents.

— Primo, sors de chez moi ! Deuzio, maintenant tu as la décence de m'appeler par mon prénom ?

Ses éclats de rire sordides rebondissent dans la pièce.

— Ne te méprends pas. C'est par contrainte que je le fais. Si j'ose t'insulter à nouveau, Os' me coupera les couilles.

— Tu retiens bien la leçon, retentit une voix familière au loin.

Je l'entends emprunter l'escalier sans se précipiter, puis Oswald fait irruption dans la pièce, observant notre décoration modeste dans un calme olympien. Sa chienne passe devant lui et commence à renifler chaque meuble de la chambre étroite.

— Qui êtes-vous ? l'interroge mon petit frère, le visage apeuré.

Il ajuste le col épais de son manteau et noue les mains devant lui.

— Un oiseau charognard au bec souvent ensanglanté.

Elliot se cache derrière moi, tremblant et intimidé. L'instant d'après, il sursaute lorsque Alba s'approche de lui pour lui renifler le visage. Et lorsqu'il s'y attend le moins l'animal lui lèche la joue.

— Beurk ! C'est dégoûtant ! s'exclame-t-il.

Oswald nous fixe tour à tour, puis s'agenouille pour se trouver à la même hauteur que mon petit frère.

— Comment tu t'appelles ?

— Elliot. Vous n'allez pas nous faire du mal, pas vrai ?

Le Corbeau incline la tête sur le côté.

— Et si je te faisais plutôt un tour de magie ?

Les yeux de mon petit frère s'écarquillent de surprise, tandis que je me raidis.

— Comment ça ?

Oswald le gratifie d'un clin d'œil joueur et tend le bras pour lui toucher le lobe. En un geste rapide et plein d'adresse, il fait mine de récupérer une pièce dans son oreille. Il glisse ensuite l'écu d'or à l'intérieur de sa paume, souffle dedans et rouvre la main. La monnaie a disparu.

— Oh ! Vous pouvez m'apprendre ce tour ? lâche Elliot d'un air ébahi.

Son insouciance refait surface et cela me donne encore plus envie de le protéger.

— Je peux t'en montrer un encore plus spectaculaire.

— C'est vrai ?

— Faire disparaître ton chez-toi en un claquement de doigts.

Changement d'ambiance radical. Elliot recule d'un pas et j'enroule mon bras autour de ses épaules avant de cracher sans vergogne à l'intrus :

— Tu n'as rien à faire là ! Sors d'ici ! Tout de suite !

Oswald se redresse et me domine de toute sa taille. Il m'affronte du regard avec un sourire en coin.

— Oh, le torchon brûle entre vous ! rigole Léon.

— Est-ce là une scène de ménage ? surenchérit Edgar.

— Tu vas me suivre, Armance, décrète le Corbeau.

— Je te demande pardon ?

— Ce soir, tu sors avec moi.

— Non.

— Alors je ne te donnerai pas l'argent pour l'améthyste que tu as récupérée pour moi.

Je pique un fard.

— Ce n'est pas ce qui était convenu ! l'informé-je.

— Si tu coopères, tu seras payée le double. Avec en prime un buffet à volonté mondain, composé de bourgeois fortunés réunis dans une seule et même salle de bal, rien que pour toi.

Tu peux en tirer le gros lot. Tu veux vraiment gâcher cette opportunité que je te donne ?

Une salle de bal ?

Des bourgeois fortunés ?

Où souhaite-t-il m'embarquer cette fois-ci ?

Cette beauté insolente qui émane de lui réveille des sensations puissantes et je me fais violence pour ne pas les laisser éclater en moi. Restant de marbre et la posture bien droite, je lance :

— Tu as autre chose en tête.

Il hausse les épaules.

— Peut-être est-ce juste un prétexte pour profiter de ta compagnie ?

— Ça te plaît à ce point que je mange dans ta main, n'est-ce pas ?

Ma voix glaciale ne contribue qu'à renforcer son sourire éclatant. Cet homme est imbuvable et m'irrite davantage lorsqu'il fixe mes lèvres.

— Je préfère te donner la becquée pour être honnête. Quand tu veux, on remet ça, ma Louve.

C'est plus fort que moi, mes joues s'empourprent.

— Est-ce que vous... vous draguez ma sœur ? hasarde Elliot.

— Non, j'essaye de l'apprivoiser. Et c'est bien plus amusant.

— Je refuse de t'accompagner, réponds-je avec un aplomb qui l'enchante. Hors de question que j'abandonne mon petit frère et ma mère ce soir. Imagine si les hommes du Korol' rappliquent ici et...

Ses yeux continuent à faire une fixette sur ma bouche avant de venir se planter farouchement dans les miens. Tout à coup, toute trace de raillerie disparaît.

— Le Korol' est mort, Armance. Tu ne risques plus rien. Si cela peut te soulager, je ferai surveiller les environs pour assurer la protection des tiens.

— Je ne fais confiance à personne. Encore moins à tes petits soldats meurtriers.

— Je ne te laisse pas le choix, c'est ça que tu n'as pas compris… Veux-tu que je sévisse, ma Louve ?

D'une seule œillade en direction de mon petit frère, il parvient à me calmer. Je déglutis. La mise en garde devient d'autant plus perceptible à travers ses traits durs comme la pierre. Aucune négociation possible.

La ferme et plie-toi à mes quatre volontés.

C'est ce que semblent me crier ses yeux.

Quand il comprend qu'il a gagné la partie, Oswald fait un signe de tête à Léon.

— Emmène ma cavalière dans la voiture. Et attention où tu mets ta main, elle mord.

Le blond se réjouit de cet ordre. Il étire les bras, fait craquer ses jointures et commence à avancer dans ma direction.

— Armance… j'ai peur, murmure Elliot d'une voix chevrotante.

Je me retourne et lui saisis les épaules.

— Surtout, tu ne sors pas. Ferme à double tour notre porte et si jamais quelqu'un frappe tu n'ouvres pas. D'accord ?

Il s'agrippe aux pans de ma veste, apeuré. Je caresse sa joue et me force à lui sourire.

— Je reviens dès que je peux. Veille sur maman en attendant. Notre sortie entre frère et sœur n'est que partie remise.

Je la joue décontractée, alors qu'à l'intérieur de moi je suis aussi morte de trouille que lui, mais il est inconcevable pour moi de lui communiquer mes peurs.

— D'accord… d'accord, je vais rester avec elle.

Je me redresse et dès que Léon arrive à mon niveau je le bouscule avant de le fusiller du regard.

— Ne pose même pas le petit doigt sur moi, l'avertis-je dans un grognement furieux.

Léon se mord l'intérieur de la joue et se retient de m'insulter. Je vois Oswald sortir le premier de la pièce, alors je le suis, jetant un dernier coup d'œil à mon frère et à ma mère. Saisie d'une vive appréhension, j'ai tout à coup les mains moites et j'ai déjà hâte de les retrouver pour prendre soin d'eux.

Chapitre 22

Dentelle et satin

Armance

Je tourne en rond, tel un fauve dans sa cage rendu totalement marteau à cause de l'isolement. C'est plus fort que moi à chaque fois que je délaisse ma famille : mon ventre se noue sous le coup d'une terrible paranoïa.

Rien ne s'arrange au moment où je me remémore l'allure chétive et la mine apeurée d'Elliot lorsque le Korol' nous a attaqués, puis quand le clan Serendas a décidé d'entrer par effraction chez nous.

Nous avons frôlé la catastrophe à plusieurs reprises et je me rends compte à quel point les affaires louches dans lesquelles je trempe peuvent compromettre la sécurité de mes proches. Il faudra sérieusement que je réfléchisse à une nouvelle stratégie, afin d'éviter que la même scène se répète à l'avenir.

En attendant...

Pourvu que mon petit frère reste sagement au chevet de ma mère et ne fasse rien d'irresponsable.

Pourvu qu'il parvienne à se faire à manger correctement, tout en partageant les bonnes portions avec maman.

Et pourvu que personne ne tente de s'infiltrer dans l'appartement durant mon absence.

Et si pour une fois... tu te détendais et arrêtais de penser au pire, Armance ?

La tête remplie de scénarios catastrophe, j'aimerais écouter cette petite voix dans ma tête et cesser de jouer nerveusement avec la pointe d'une mèche de cheveux que je vais finir par arracher si je continue sur ma lancée. En même temps... comment souffler un peu lorsqu'on est prisonnière d'une pièce dans laquelle on n'a aucun repère.

J'ignore si je me trouve toujours dans la capitale, puisque Edgar a pris soin de me bander les yeux durant tout le trajet pour éviter que je retienne la localisation de notre destination. Peut-être ont-ils pensé que j'allais mémoriser le chemin pour prendre la fuite ou alors les dénoncer aux forces de l'ordre ?

Avec la vue obstruée, le temps m'a paru interminable. L'idée de m'assommer contre la vitre de la voiture m'a même traversé l'esprit. Encore plus lorsque j'ai dû subir les rires de Léon. Ce saligaud, fidèle à lui-même, prenait un malin plaisir à se moquer de mon cas dans l'automobile. Quant à Oswald, qui se tenait juste à côté de moi, il n'a pas cherché à remonter les bretelles de son laquais. Il s'est plongé dans un mutisme si lourd que j'ai fini par oublier sa présence. C'est finalement Edgar qui a interrompu les brimades de Léon en lui portant un robuste coup sur la tête si je me fie à ce que j'ai entendu dans l'habitacle.

Ils m'ont ensuite traînée dans cette demeure, m'intimant l'ordre d'arranger mon apparence pour la soirée qui débutera dans quelques heures.

« Ouais... bien que cela relève de l'impossible, essaye d'être un minimum présentable ! » m'a piquée Léon avant de me pousser dans cette salle et de verrouiller la porte derrière moi. C'est seulement à ce moment que j'ai pu retirer le bandeau sur mes yeux.

Rien qu'à ce souvenir j'enrage.

Alors pour tenter d'apaiser mes nerfs mis à rude épreuve à cause de toutes les magouilles d'Oswald Serendas, je laisse mon regard se promener sur les nombreuses peintures qui me tiennent compagnie, toutes représentant des animaux ou alors des paysages. La décoration de cette curieuse chambre se révèle fastueuse avec cet énorme tapis aux formes géométriques qui s'étire jusqu'aux quatre coins de la pièce, ainsi que ces meubles Art déco bien entretenus valant certainement une petite fortune. Une dizaine de plantes exotiques envahissent chaque angle, me donnant la sensation de me trouver au cœur d'une jungle. Sans parler de ces impressionnants miroirs aux finitions d'or sur tous les murs. Je crois que mon élément préféré de cet endroit à l'atmosphère intimiste reste le lit à baldaquin recouvert de coussins soyeux, car il renforce mon envie de m'emmitoufler dans les draps pour ne plus jamais en ressortir. Mais je suis bien trop sur mes gardes pour réussir à fermer un œil.

Je repasse devant la coiffeuse encombrée de tout un tas de produits de beauté et de maquillage dont je me suis servie pour faire ma toilette.

La bouche pincée, je me confronte à nouveau à mon reflet dans le miroir et en profite pour ajuster la position de mes ondulations claires, que je viens de brosser sur toute leur longueur. Après m'être poudré le visage et redessiné l'arc de Cupidon à l'aide d'un rouge à lèvres vermillon, j'ai pris soin de recourber mes cils. Avec le bleu de mes iris qui ressort, on pourrait presque dire que j'arbore le visage d'une jolie poupée. Presque. Puisque je suis loin d'avoir un teint lisse de porcelaine à cause de la petite coupure à ma joue que j'ai du mal à camoufler malgré tous mes efforts.

Je grimace en tapotant la plaie et décide de chasser ce mauvais souvenir par une ultime inspection de la robe que j'ai enfilée. Elle se trouvait étalée sur le lit lors de mon arrivée. La matière est souple au toucher : du lamé or. Elle resplendit de mille feux, comme des vagues de lumière qui ondoient au gré de mes mouvements. Même les fines bretelles composées de petites perles enserrent parfaitement mes épaules. On dirait que cette tenue de soirée a été faite sur mesure pour ma silhouette frêle.

L'ourlet remonte jusqu'au niveau de la malléole et le décolleté est plus profond que je n'en ai l'habitude. Un filet d'air caresse ma colonne vertébrale totalement découverte. Ma chute de reins est bien visible, à la limite de la décence. Parée de boucles d'oreilles ainsi que d'un collier assorti à l'or de ma robe, je constate que tout a été pensé pour que j'attire les regards.

Je devrais m'en offusquer et ruiner chaque élément tapageur de ma tenue, sauf que je n'en fais rien. À vrai dire, plus le changement d'apparence est drastique, plus je me sens bien. Car plus je brille, plus j'oublie ma situation peu reluisante.

Cet accoutrement, aussi clinquant que provocant, m'aide à incarner quelqu'un d'autre que moi-même et c'est ce que je recherche quand je me grime.

Jouer un rôle.

Effacer mon identité.

Laisser mon imagination déborder, comme lorsque j'étais petite.

Je pivote sur moi-même et mime une révérence, jouant avec les pans de la robe qui virevoltent joliment. Ce faisant, je croise le regard curieux d'Alba. Depuis tout à l'heure, elle ne me lâche pas d'une semelle. Allongé de tout son long sur le tapis, l'animal me suit des yeux, les pattes élégamment croisées devant lui. Cette vision m'arrache un sourire amusé et je m'agenouille pour tendre la main dans sa direction. Elle se lève d'un bond et accourt immédiatement jusqu'à moi. Au moment où Léon s'apprêtait à me claquer la porte au nez, la chienne a visiblement réussi à se glisser dans l'entrebâillement pour me rejoindre.

Je lui offre les caresses qu'elle me réclame par son doux regard. Rien à voir avec la bête sauvage à laquelle j'ai dû faire face lors de notre première rencontre. Un frisson dévale mon échine rien que de repenser à ses lourdes pattes me plaquant au sol et à ses crocs acérés à quelques centimètres de mon visage. Elle m'a filé une peur bleue sur le moment et j'ai bien cru qu'elle allait me déchiqueter sur place, sur les ordres de son maître diabolique.

Comme quoi les apparences ne veulent rien dire. Alba peut bien arborer le physique d'un loup féroce, son attitude reste similaire à celle d'une grosse peluche duveteuse.

Je caresse sa fourrure épaisse, d'un gris me rappelant les nuages maussades qui ont l'habitude de recouvrir la ville. Mes doigts glissent ensuite sur son museau jusqu'à la base de son cou, bien repérable par des nuances plus claires. Puis je prends l'initiative de cheminer jusqu'à l'arrondi de ses oreilles... Erreur fatale.

La chienne pousse un gémissement douloureux, avant de reculer, la queue entre les pattes et le corps recroquevillé, se faisant toute petite. Sous le coup de la surprise, je lève les mains en l'air pour calmer le jeu et lui chuchote avec douceur :

— Désolée, ma grande... Je ne voulais pas te faire de mal. J'ignorais que cette zone était...

Lorsque j'aperçois les brûlures cachées derrière ses oreilles abaissées, je n'achève pas ma phrase. Un pli soucieux barre mon front en même temps que mon cœur se serre.

— Qui t'a fait ça ? Ce n'est tout de même pas...

Comprenant que je n'ai aucune mauvaise intention, elle se rapproche et me lèche la joue, signe qu'elle me pardonne. Le nœud dans ma gorge se décoince un peu et je m'applique à lui caresser le poitrail, de façon à éviter les endroits sensibles.

— Non... bien sûr que non. Ce n'est pas Oswald qui t'a fait ça. C'est peut-être un truand qui ne laisse aucune chance à ses ennemis de s'en tirer vivants, mais il tient à toi comme à la prunelle de ses yeux, ça se voit. Un jour, il m'a dit que tu étais sa meilleure amie.

Son regard sauvage pétille.

« Elle est ma meilleure amie et pour rien au monde je ne lui ferais du mal. Jamais. »

— Comment fais-tu pour supporter ton maître ? Il est sacrément dérangé par moments. Et encore, le mot est faible.

Ses oreilles se redressent. Elle penche la tête sur le côté, comme si elle m'écoutait attentivement.

— Oui... je sais. Quoi que ton maître fasse, tu ne le jugeras jamais et tu continueras à l'aimer comme au premier jour. Et il semble te donner en retour toute l'affection que tu mérites, ce qui a l'air de le maintenir à flot. C'est sûrement grâce à toi s'il lui reste un cœur... enfin si j'ose dire.

Je me fige en me rendant compte de ce que je viens de souligner à voix haute avec un naturel déconcertant.

Ai-je vraiment affirmé qu'il lui restait une part d'humanité ?

Et cette interrogation en entraîne une seconde...

À quel moment ma vision de lui a-t-elle à ce point basculé ?

La chienne, surprise par mon immobilité, me donne un coup de museau dans la main afin que je reprenne les caresses. Sauf qu'au même instant un coup de feu résonne au loin. Je sursaute, tout comme Alba, qui à présent est à l'affût de la moindre menace. Dans un élan de panique, je pars me réfugier sous la coiffeuse. Un grincement de porte retentit par la suite, suivi de pas calmes. Le battant se referme dans un claquement sec et mon pouls s'emballe.

Alba apparaît dans mon champ de vision. L'animal tire la langue et remue activement la queue. Elle doit certainement penser que je souhaite m'amuser, alors je lui fais non de la tête et entreprends de l'éloigner de moi à grand renfort de gestes, pour qu'elle ne me fasse pas repérer.

Tentative couronnée d'échec puisque, à peine une seconde plus tard, je découvre Oswald, qui tire le fauteuil devant moi avant de se laisser choir dessus. Je me recroqueville sous le meuble et ne bouge plus. Le Corbeau s'appuie sur l'accoudoir, bloquant son menton sur sa paume. Je déglutis lorsque ses iris vairons se verrouillent sur moi.

— Tu m'expliques ce que tu fais ici ?

Sa voix traînante ne me dit rien qui vaille.

— Est-ce que tu me crois si je te dis que je jouais à cache-cache avec ta chienne ?

Il reste parfaitement statique, ce qui me pousse à écarter la carte de l'humour.

— Simple réflexe de défense. Et puis je déteste le bruit d'une détonation.

Tout ce à quoi j'ai droit en retour est un imperceptible haussement de sourcils. Dans son costard élégant et ses chaussures cirées, il est beau à couper le souffle et ça me coûte de l'admettre. Sa veste de costume noire épouse parfaitement ses larges épaules et laisse entrevoir sa chemise blanche rehaussée d'un nœud papillon. Cette posture à la fois nonchalante et majestueuse m'évoque celle d'un prince venu tout droit des tréfonds de l'enfer, prêt à jouer avec ses sujets et à se réjouir du chaos qu'il va créer autour de lui par pure envie de distraction.

— Qu'est-ce que tu détestes d'autre, Armance ?

— Toi.

Son visage demeure figé, comme s'il était taillé dans la pierre la plus solide, bien qu'une lueur de défi soit perceptible dans la teinte perçante de ses yeux.

— Tu deviens prévisible.

J'ignore la provocation et je soutiens son regard.

— C'est toi qui as tiré ?

Le Corbeau approuve par un hochement de tête.

— Pourquoi ?

— Parce que j'ai entendu quelque chose qui m'a déplu.

Il redevient froid, peu bavard. Et en effet, en observant ses doigts sur l'accoudoir, je vois à quel point il est crispé.

— Tu es en colère ?

— Tu te montres bien loquace aujourd'hui, ma Louve.

L'ombre d'un sourire se dessine à la commissure de ses lèvres et j'inspire profondément, prête à vider mon sac.

— C'est perturbant de ne pas savoir ce qui te trotte dans la tête. Puis… tu es bizarre. Voilà que tu m'adresses à nouveau la parole, alors qu'à nos dernières rencontres tu osais à peine me regarder dans les yeux. On aurait dit que tu m'évitais. Et aujourd'hui tu souhaites que je te tienne compagnie à l'une de tes ridicules soirées mondaines. J'ai du mal à te comprendre, tes actions sont si contradictoires. Tu restes une énigme et je n'aime pas me retrouver dans la position de l'ignorante.

— Et est-ce que ça t'a gênée ? Que je t'évite ?

Je mets un moment à encaisser la vérité derrière ses mots. Il souhaitait réellement creuser la distance entre nous. Et en avoir la confirmation me fait un drôle d'effet.

Poitrine qui se serre.

Cœur qui bat vite.

Bouche qui s'assèche.

Je hausse le menton, prétextant que ça ne m'atteint pas.

— Alors c'était une attitude délibérée de ta part. Pour quelle raison ?

Il pousse un soupir las et se masse la tempe.

— Je souhaiterais qu'on ne s'éternise pas sur ce sujet. Pour être franc avec toi, je ne suis pas d'humeur.

Son regard s'attarde maintenant sur ma joue. Un simple petit coup d'œil qui suffit à faire se contracter les traits anguleux de son visage.

— Cette blessure me rappelle qu'on s'en est pris à toi.

— C'est ta faute si je me suis mis le Korol' à dos, craché-je avec dédain.

Mon ton se montre plus ferme que je ne l'aurais cru. Oswald me dévisage et ne fait aucun commentaire sur le moment. Attitude étonnante de sa part. Il continue de me scruter, d'une façon si intense que mon ventre se noue.

— Je ne supporte pas qu'on touche à ton visage, c'est la dernière fois que ça arrivera.

Je hoquette de surprise à cause de mon cœur qui vient d'entreprendre plusieurs rondades dans ma cage thoracique. Rester là, immobile sous la coiffeuse, son regard rivé sur moi, est la plus atroce et douce torture qu'il m'ait été donné d'endurer. Pour mon plus grand malheur, je me mets à rougir, et comme il est hors de question qu'il soit témoin de mon émoi je détourne la tête.

— Arrête un peu, sifflé-je entre mes dents.

— Quoi donc ?

— De te moquer de moi. C'est épuisant à force.

Le silence qui s'ensuit renforce mon trouble.

— Tu n'as pas de bas ?

— Je ne les ai pas encore enfilés, avoué-je.

Ce changement de sujet me plonge dans une profonde confusion. Il se lève et me lance en disparaissant de ma ligne de mire :

— Prends ma place. C'est moi qui vais te les mettre.

Bouche bée, j'ai d'abord un mouvement de recul. J'écarquille ensuite les yeux et je me lève d'un bond, évitant de justesse de me cogner la tête contre le rebord de la coiffeuse.

— Je peux très bien me passer de ton aide ! m'écrié-je.

Faisant la sourde oreille, il saisit la petite boîte sur le lit et soulève le couvercle. Ses doigts effleurent les bas satinés et transparents, au bout desquels sont cousues des jarretières en dentelle blanche. La sensualité de son geste me fait perdre contenance. Le pire, c'est qu'il me prend au dépourvu lorsqu'il me regarde par-dessus son épaule. Je le vois arrêter de respirer en même temps que moi. Mon visage est en feu, à la différence du sien qui demeure imperturbable.

Muet et statique, Oswald inspecte ma tenue de haut en bas. Il finit par pincer les lèvres et secouer la tête négativement.

— Qu'est-ce qu'il y a ?

Ma voix est si basse que je la reconnais à peine. Il pivote lentement dans ma direction et son regard s'arrime au mien.

Grave. Licencieux. Transperçant.

— Je crois que j'ai envie de te sauter dessus.

Cet aveu signe ma perte. J'ignore s'il est sérieux ou non, et ne pas réussir à déceler la vérité a de quoi me rendre folle.

Impossible pour moi de recouvrer mes esprits, alors je prends un air renfrogné, extériorisant mon tumulte intérieur par une réponse acerbe :

— J'ai dit : ne te moque plus de moi !

Il se dirige vers moi et mon cœur bat de plus en plus fort.

— Je fais l'effort de te révéler le fond de ma pensée parce que tu me disais il n'y a pas plus tard qu'une minute que tu trouvais ça « perturbant » de ne pas savoir ce qui me trotte dans la tête, et voilà ce à quoi j'ai droit en retour ? Une mine boudeuse ? Ce n'est pas cher payé.

L'une de ses mains se pose sur mon épaule dénudée et me pousse en arrière, suffisamment fort pour que je me retrouve les fesses dans le fauteuil.

— Maintenant... reste sagement assise, m'intime-t-il.

Oswald s'agenouille devant moi et continue à me donner des ordres.

— Remonte ta robe et tends ta jambe.

— Non.

— Fais attention à toi, je risque vraiment de me fâcher.

Son avertissement me fait ricaner, toutefois, à la seconde où je me confronte à ses yeux réellement menaçants, je cesse de faire la maligne. Une drôle de sensation émerge en moi, ce n'est pas vraiment de la peur... plutôt une forme de curiosité malvenue qui me pousse à déplier une jambe devant lui. Je flirte avec un interdit auquel je n'ai pas l'habitude de me mesurer. Aucune personne saine d'esprit ne s'amuserait à entrer dans son jeu. Moi, je fonce tête baissée, attirée vers lui comme un aimant. J'ai du mal à comprendre ce qui m'arrive quand Oswald saisit le bas et s'approche de la pointe de mon pied. Avec précaution, il passe le bout fin par-dessus et le déroule tout le long de mon mollet. Ses phalanges entrent en contact avec ma peau et j'ai la sensation que je suis retenue prisonnière dans un cercle de feu tant mes joues me brûlent. Je dois me faire violence pour éviter de lui montrer à quel point son toucher ne me laisse pas indifférente. Pas d'esquive possible, il me malmène à sa guise.

J'en viens même à me demander s'il m'en voudrait vraiment si je courais le risque de lui balancer mon pied dans la figure.

Une série de picotements se propagent là où il me frôle.

Une chaleur irradie là où il me regarde.

Il y a comme une force invisible qui me retient d'une poigne de fer dans ce fauteuil et m'empêche de battre en retraite.

J'avale discrètement ma salive et je reprends mon souffle lorsqu'il termine d'étirer la fine étoffe au milieu de ma cuisse. Il jette un œil dans ma direction et le sourire qui apparaît sur ses lèvres charnues creuse sa fossette. Il ne tarde pas à réitérer avec le deuxième bas satiné sur mon autre jambe. Ses gestes sont d'une extrême minutie, permettant ainsi de ne pas abîmer le tissu fragile.

Les nombreux frissons qui envahissent ma poitrine pour ensuite descendre bien plus bas ont de quoi me désarçonner. Une fois sa tâche accomplie, je prie pour qu'Oswald s'écarte de moi. Je n'ai qu'un seul souhait : me précipiter vers la fenêtre et l'ouvrir pour laisser l'air frais me fouetter le visage. Je constate que je prends mes désirs pour des réalités quand le Corbeau m'attrape fermement par la cheville.

Dans un sursaut, je baisse la tête vers lui tandis qu'il la relève. Un moment passe. J'aimerais lui dire de me lâcher, seulement je n'en ai pas le courage. Pas l'envie. Sa main remonte doucement le long du collant et s'amuse à tracer des formes abstraites sur mon mollet.

Un contact léger et précis qui devient la source d'un trouble immense en moi. Ce n'est pas la première fois que cela m'arrive. Et mon côté le plus déraisonnable se plaît à me souffler avec malice qu'il ne s'agira pas de la dernière non plus.

— C'est agréable n'est-ce pas ? me lance Oswald, insondable.

Seigneur… je cours à ma perte.

— Quoi donc ?

Voilà que ses paumes épousent désormais la courbe de mes

genoux, et elles s'y attardent tellement que j'ai l'impression que nos peaux provoquent des étincelles à l'unisson.

— De se faire toucher par la personne qui nous obsède.

Sa voix est basse, rauque. Des notes sensuelles en découlent et s'enroulent délicatement autour de mon cou, à l'instar d'une corde qui me prive de tout mouvement. J'agonise lentement sous ses caresses incendiaires. Malgré mes efforts, le Corbeau remarque mes difficultés à respirer lorsqu'il fixe ma poitrine en train de s'abaisser et remonter bien trop vite.

— Je peux vivre sans, nié-je. Et surtout... tu ne m'obsèdes pas.

Je décide de me flageller moi-même en me remémorant son baiser.

Le mouvement de ses lèvres sur les miennes et ses mains possessives se pressant sur ma peau.

Cette sensation d'être protégée qui m'a galvanisée entièrement...

Prétendre que je n'ai pas apprécié ces moments partagés avec lui serait un pur mensonge de ma part. C'est bien cela qui me fait le plus peur. Car je le voulais. Et aujourd'hui encore j'en redemande. Et si par un concours de circonstances je devenais dépendante de lui ?

S'il parvenait à prendre le contrôle de moi-même d'un simple effleurement ?

Si tout devenait simple de son côté et difficile du mien ?

Oswald me refait perdre la tête dès qu'il dirige le dos de sa main sur ma cuisse. Un soupir tremblant m'échappe. Mon cas s'aggrave quand du bout de l'index il joue avec le petit ruban attaché sur la jarretière en dentelle.

— Tu prends un risque énorme en voulant me contredire, ma Louve.

Sa voix n'est plus qu'un souffle fébrile.

— Un risque « énorme » ? Et à quoi s'apparente-t-il ?

— Si je te le disais, tu en ferais des cauchemars à coup sûr.

Ses pupilles se dilatent et sa pomme d'Adam tressaute. Oswald poursuit son assaut en traçant des petits cercles sur le haut de ma jambe. Et à chaque rond inscrit sur ma chair il remonte doucement, lentement… érotiquement… jusqu'à ce que ses doigts disparaissent sous l'ourlet de ma robe. Mon souffle se coupe, son effleurement délicat m'ébranle. Je frissonne et gémis lorsqu'il caresse l'intérieur de ma cuisse. Les battements de mon cœur deviennent assourdissants. Je tremble, j'ai chaud et je me sens défaillir. Ma poitrine gonfle, j'ai peur qu'elle n'explose d'une minute à l'autre. Comme s'il venait d'entendre mon appel de détresse, Oswald retire les doigts de sous ma robe et se redresse brusquement pour se planter à quelques centimètres de mon visage. Ses mains posées sur les accoudoirs du fauteuil, il est maintenant penché sur moi.

— Je crois que tu veux ma mort, Armance Faure.

Ses lèvres sont en suspens au-dessus des miennes et les frôlent dangereusement. De la lave coule dans mes veines, je ne bouge plus d'un iota lorsqu'il caresse ma nuque brûlante.

— Arrête…

J'articule difficilement ce mot, parce qu'en réalité… je désire tout l'inverse.

Continue…

Je t'en supplie…

— Oui… évitons de saccager cette splendide robe.

La fièvre retombe aussitôt qu'il prend la décision de s'éloigner de moi en se passant une main sur le visage. Je le vois reprendre sa respiration, quand plusieurs coups s'abattent contre la porte. Léon entre sans même attendre l'autorisation de son chef et se fige en croisant mon regard. Ses yeux noirs détaillent ma tenue sans vergogne, puis il fait mine de vomir sur le tapis avant de recentrer son attention sur Oswald.

— La voiture est prête, patron.

Le Corbeau se tourne dans ma direction, mais prend soin d'éviter mon regard désormais.

— Enfile tes chaussures et mets ton manteau, on ne va pas tarder.

J'opine du chef, encore confuse de ce qui vient de se produire entre nous.

— Ensuite Léon te bandera les yeux.

— Pourquoi tu ne le fais pas toi plutôt ? peste ce dernier.

— Parce que si je la touche encore une seule fois je vais la...

Oswald se mord l'intérieur de la joue pour se retenir de finir sa phrase. Et en quatrième vitesse il déguerpit, sous le regard médusé de Léon.

Chapitre 23

Désenchantement

Armance

Une heure plus tard, après un trajet des plus silencieux, voilà que je traverse une avenue bordée de hauts bâtiments haussmanniens et de lampadaires éclairant les pavés au sol, que je m'évertue à esquiver avec mes hauts talons. Aux côtés d'Oswald, de Léon et d'Edgar, je me laisse guider jusqu'à l'entrée d'une salle de réception grouillante de monde. Au milieu de la cour extérieure, les rires et les conversations vont bon train. Je découvre que les femmes ont sorti leur plus belle robe. C'est un défilé de fourrures, kimonos, gants longs, boas en plumes, chapeaux et paillettes qui me fait face. À travers le flot de musique festive, le Corbeau fume paisiblement sa cigarette, tandis que je scrute l'élite parisienne qui se donne en spectacle. Le mélange des différentes eaux de toilette m'agresse les narines et me provoque un haut-le-cœur. Je ne m'attendais pas à ce qu'il y ait autant de monde ce soir. C'est impressionnant.

— Tout le gratin est là. Un tas d'invités triés sur le volet rien que pour toi. Tu vas pouvoir les dépouiller à ta guise, me glisse Oswald à l'oreille, tout en faisant attention à ne pas m'effleurer.

— Je tiens quand même à recevoir la paye que tu me dois personnellement.

J'ai retrouvé un peu de mon aplomb. Maintenant que j'ai les idées claires et l'esprit aéré, j'ose lui faire face.

— Tout ce que tu désires, ma Louve, me répond-il en soufflant un nuage de fumée au-dessus de sa tête.

— Armance ? m'interpelle quelqu'un dans mon dos.

Prise par surprise, je fais volte-face et une onde de choc me traverse. Les poils sur ma nuque se dressent devant la dernière personne que je pensais croiser ici.

À un mètre de moi, Léandre m'observe, l'expression aussi éberluée que la mienne. Il est méconnaissable dans son costume trois pièces à rayures blanches et noires, sans parler de ses cheveux gominés. Ce n'est plus le garçon débraillé, avec son béret et ses cigarettes, que j'ai l'habitude de côtoyer. Son allure tirée à quatre épingles a de quoi me déstabiliser et je présume que c'est également son cas lorsqu'il me découvre aussi apprêtée qu'une star de cinéma.

Marie, cramponnée à son bras, est toujours à la pointe de la mode dans son énorme manteau en fourrure. Son regard de biche oscille entre Léandre et moi, puis elle s'arrête sur Oswald, la mine pétrifiée. Son teint livide aurait pu me faire rire si je n'étais pas aussi paniquée.

— Je n'étais pas au courant que les chiens galeux étaient invités ce soir, attaque Oswald en s'adressant directement à Léandre.

De la provocation pure et dure de sa part. L'huile est jetée sur le feu et tout s'embrase. Les poings du Loup de la Butte tremblent de rage. L'entendre grincer des dents si fort me fait comprendre que cette soirée n'était pas destinée à commencer sous les meilleurs auspices.

Encore moins lorsque je surprends mon ami en train de sortir de sa poche un canif qu'il brandit en direction du Corbeau.

J'ignore ce qui se passe dans ma tête, mais je ne reste pas les bras croisés. Mon premier réflexe est de lui asséner un coup au niveau de la gorge. Ma frappe se montre suffisamment forte pour lui couper la respiration et lui faire lâcher son couteau.

Léandre bascule en arrière et porte une main à sa trachée. Il est saisi par l'incompréhension et je crois bien que je suis tout autant choquée que lui d'avoir protégé Oswald Serendas sans la moindre hésitation.

J'ai à peine le temps de battre des cils que Léon et Edgar se jettent sur mon ami pour le plaquer au sol.

— Lâchez-moi ! s'époumone Léandre telle une bête enragée.

La situation ne pouvait pas être plus critique.

C'est un cauchemar.

Les syncopes du jazz s'interrompent et le rythme des danses échevelées ralentit sous l'effet de la surprise générale. La foule s'écarte autour de nous. Certains individus affichent des mines horrifiées à la vue du couteau situé à quelques centimètres de mes pieds. Je me penche pour le ramasser, seulement Oswald me devance et l'attrape bien avant moi.

Sans le moindre coup d'œil dans ma direction, il me dépasse et reporte toute son attention sur le Loup de la Butte parfaitement maîtrisé par ses hommes. Même s'il se trouve en mauvaise posture, mon ami se démène vaillamment pour se libérer de leur prise, mais il ne peut lutter face à la force titanesque d'Edgar et l'esprit malin de Léon. Chacune de ses tentatives se conclut par un échec, et bientôt son regard chargé de haine me prend pour cible.

— Qu'est-ce qui t'a pris, Armance ? Ne me dis pas que tu as changé ton fusil d'épaule !

Sa réprimande prend la forme d'un cri furieux qui résonne à travers la cour entière. C'est la première fois qu'il hausse le ton contre moi et j'en suis mortifiée. Mes lèvres tremblent, je me sens nauséeuse, incapable de lever ne serait-ce que le petit doigt pour voler à son secours. Mon inaction est compensée par l'intervention de Marie, qui s'interpose entre le chef de la pègre et l'homme dont elle est éperdument amoureuse.

— S'il te plaît ! Ne lui fais pas de mal ! Par pitié, Oswald !

— Oswald ? Pourquoi tu fais preuve de familiarité avec lui ? enrage à nouveau le Loup de la Butte.

Sa dulcinée vient de mettre les pieds dans le plat, elle le réalise bien trop tard. La bouche du Corbeau se retrousse. Le couteau coincé entre les doigts, il fixe attentivement la bourgeoise à la coupe garçonne.

— Il n'est donc pas au courant de notre petit marché ? Comme c'est... intéressant. Je crois bien que cette soirée s'annonce mémorable pour certains.

Les paroles du criminel sont teintées d'une lourde tension et ont certainement l'effet escompté, puisque le visage de Marie se pétrifie d'angoisse. Livide, elle jette un œil affolé en direction de Léandre, qui la regarde avec incompréhension.

— Au courant de quoi, Marie ? Un marché ? Je ne comprends pas... Dis-moi qu'il ment...

— Léandre, je...

Malheureusement, les mots ne lui viennent pas pour désamorcer la bombe qui est sur le point d'exploser. Le moment est critique, son histoire d'amour est en jeu. Tout peut s'effondrer d'une minute à l'autre. Elle panique, hésite et paraît bien trop apeurée à l'idée de faire le faux pas qui pourrait l'éloigner définitivement de son grand amour.

Je vois Oswald rire sous cape et se rapprocher de Léandre. La peur me ronge le ventre, je sais de quoi il est capable. Je l'ai déjà vu ôter des vies en gardant son sang-froid pour moins grave qu'une tentative d'assassinat. Et c'est exactement ce que mon ami a voulu faire : le poignarder. Alors j'ignore comment il peut se dépatouiller de cette situation après avoir lâché la bride à ses pulsions assassines.

Mauvais endroit. Mauvais moment. Mauvaise personne.

Il n'y a aucune issue possible.

Non... je ne peux pas le laisser faire ça !

Mes jambes s'activent d'elles-mêmes et voilà que je prête main-forte à Marie pour faire barrage au Corbeau.

— Épargne-le, c'est tout ce que je te demande !

Ma supplique l'immobilise aussitôt. Son œil bicolore passe de Léandre à moi et s'ensuit un long échange visuel, si dense, si effrayant, que je me retrouve presque à courber l'échine devant lui.

— Deux sublimes créatures qui sont prêtes à te sauver la mise... T'es un sacré veinard, Léandre.

Il articule ces mots tout en me scrutant. Le Loup de la Butte grogne de fureur dans mon dos. Je déglutis à la seconde où Oswald fait un pas dans ma direction.

— Épargne-le..., répété-je dans un souffle désespéré.

Il tend la main vers moi et j'ai un mouvement de recul, ce qui a l'air de le surprendre. Ses longues phalanges entourées de chevalières se figent à quelques centimètres de mon visage, puis replacent l'une de mes mèches derrière mon oreille tout en délicatesse.

— Je souhaite seulement discuter avec ton ami, ai-je ta permission ?

Sa douceur soudaine arrive à m'apaiser sur le moment. En revanche, ce n'est que de courte durée puisque Léandre n'est pas prêt à baisser les bras et continue de s'agiter.

— Pourquoi je perdrais mon temps à causer avec toi ? Tu as tué l'un des miens ! vocifère-t-il.

Comme une traînée de poudre, une étincelle meurtrière éclate au fond des iris d'Oswald. Il se détache de moi et épingle mon ami du regard, tout en arborant la mine sombre de celui qui prémédite la vengeance.

— Et si c'était à refaire je le referais.

Léandre redouble d'efforts pour se délivrer. L'envie et la fierté de se battre jusqu'au bout ne semblent pas le quitter.

— Bon sang ! Ce type est coriace ! Il ne veut pas lâcher l'affaire ! se plaint Léon, qui encercle son bras gauche.

— Contracte les biceps, mauviette ! le réprimande Edgar, qui se charge du droit.

— Armance... pourquoi tu es avec lui ? Est-ce qu'il te fait encore des menaces ? Est-ce qu'il te force à travailler pour lui ?

Je serre les poings, entrouvre les lèvres, mais aucun son ne sort. Tout reste bloqué au fond de ma gorge et j'ai beau vouloir lui déballer tout ce que j'ai sur le cœur, il y a comme un nœud coulant autour de mon cou, qui se serre, serre et serre... me rendant inapte à sortir le moindre son.

— Au lieu de lui poser ces questions sans grand intérêt, ne voudrais-tu pas plutôt t'occuper de tes affaires. Comme ta gentille meute de bras cassés, à laquelle tu es malencontreusement greffé, par exemple ? riposte Oswald.

— Je te tuerai !

Arrête... arrête de le menacer... tu signes ton arrêt de mort !

Le Corbeau contourne Marie et moi, afin de lui faire face.

— Ton ego te perdra. D'autant plus que tu t'obstines à regarder dans la mauvaise direction. Alors si tu espères survivre dans ce milieu de charognards surveille tes rangs, parce que les traîtres pullulent bien plus que tu ne le penses. Ça extorque des infos à tout va, pour ensuite les communiquer à vos ennemis. Les loups ne sont-ils pas un exemple de fidélité et de loyauté ? Ah... je crois bien que vous avez certaines bases à revoir.

— Besse, celui que tu as fait tuer par tes hommes, n'était pas un traître !

— Il travaillait pour le Balafré. C'était un espion parmi les vôtres.

Le choc parvient à statufier mon ami. J'essaye de lire entre les lignes et de comprendre le sens de cette conversation houleuse entre les deux hommes. Léandre le traite de menteur, mais Oswald ne cille pas.

Qui est le Balafré ?

— Tu sais ce que je fais aux individus qui tentent de me la faire à l'envers ? lui glisse Oswald en s'agenouillant devant lui.

Au lieu de lui balancer une remarque cinglante, le Loup de la Butte s'abstient pour une fois de tout commentaire.

— Je les brûle. Vifs. Et je me délecte de leurs cris d'agonie tout en regardant leur chair fondre.

Un frisson d'horreur me glace l'échine. Du côté de Marie,

des larmes brûlantes dévalent ses joues, ruinant au passage son maquillage.

Le Corbeau fait tournoyer le couteau à seulement quelques centimètres des yeux de Léandre.

— Si tu oses encore me toucher, ne serait-ce que m'effleurer… je t'envoie six pieds sous terre pour que tu passes le bonjour à ton cher et regretté Beck. Est-ce que l'information est passée ou je dois répéter plus lentement pour que mes mots s'imprègnent bien dans le peu de cervelle qu'il te reste ?

— C'est pas Beck, ricane Léon.

— C'est Besse, chuchote Edgar.

Ces derniers baissent la tête lorsqu'ils se font incendier du regard par leur chef. Léandre, quant à lui, le dévisage silencieusement, ce qui fait soupirer Oswald de lassitude.

— Je suis en train de me ramollir… Dis merci aux beaux yeux d'Armance, car si je ne m'y étais pas confronté je t'aurais déjà coupé l'oreille pour te l'enfoncer jusqu'au fond du gosier.

Le chef de la pègre se relève. Sans plus de cérémonie, il range la lame dans sa veste de costume et intime l'ordre à ses hommes de le relâcher. Et voilà qu'en quelques secondes tout le clan Serendas disparaît au milieu de la foule.

Il l'a épargné… Dieu merci !

La musique revient et les conversations continuent là où elles s'étaient arrêtées. Les gens se regroupent et les festivités reprennent. J'inspire difficilement pendant que Léandre se remet debout, complètement désorienté. Mais une fois ses esprits recouvrés il revient à la charge.

— Qu'est-ce que tu fabriques avec ce meurtrier ? Et toi, Marie ? Tu… tu as réellement pactisé avec lui ? Même en sachant ce qu'il a fait aux miens ?

— Je peux tout t'expliquer ! s'écrie cette dernière en continuant à pleurer.

Elle tente de poser ses mains gantées sur son épaule, mais d'un seul geste il la repousse. Son air blessé me laminerait presque le cœur s'il ne m'observait pas avec autant de dégoût.

Comme si je n'étais qu'une malpropre pour lui…

Comment est-ce possible ?

Comment a-t-on pu en arriver là ?

La bile remonte, je suis pleine d'aigreur et de colère moi aussi.

— Et toi ? Où tu étais quand j'avais le plus besoin de toi ? riposté-je enfin.

Léandre accuse le coup en contractant les mâchoires.

— Oui… avec Marie, en train de savourer ta nouvelle petite vie parfaite et remplie de fête ! Pendant que tu buvais du champagne et savourais des toasts le petit doigt levé, moi… je crevais de faim ! Littéralement ! J'étais en train de dépérir et, le pire, c'est que tu ne t'en es même pas rendu compte. C'est Oswald qui a réussi à me sortir de tout ce merdier ! C'est grâce à lui si je me trouve encore devant toi aujourd'hui, parce que j'allais abandonner !

— Il ne fait que te manipuler ! Cet homme est dangereux, je t'avais déjà prévenue à ce sujet !

Une rage sourde bourdonne jusque dans mes oreilles et s'embrase de plus belle le long de mes veines. Des paroles acerbes me viennent en tête et c'est finalement les plus cruelles qui franchissent la barrière de mes lèvres.

— Eh bien, tu aurais dû avertir Marie dans un premier temps ! Tu sais que c'est à cause d'elle qu'Oswald m'a retrouvée ? La bague en or avec l'emblème du Corbeau gravé dessus… tout faisait partie de son plan. C'était elle qui devait la récupérer pour Oswald et, comme j'ai déjoué ses plans, elle m'a balancée. Je te le confirme, elle a bien pactisé avec lui. J'ai dû participer à sa vengeance personnelle, qui consistait à ôter la vie à son propre père ! J'ai risqué ma vie pour elle !

Je me tourne vers la bourgeoise sans prendre en considération son désespoir, ni la profonde stupeur qui a figé les traits de Léandre, après avoir lâché la bombe.

— Tu sais quoi, Marie ? Je devrais te remercier. Juste… merci de m'avoir mise sur la route d'Oswald Serendas ! Car tu m'as fait ouvrir les yeux sur Léandre, que je pensais être un ami fiable et sur lequel me reposer en cas de situation critique.

Mon emportement les assomme tous les deux. Le Loup de la Butte dévisage Marie, le corps figé et le regard vide.

— Tu disais que ton père était mort d'une pneumonie.

— Léandre, s'il te plaît. Viens avec moi et laisse-moi te donner ma version des faits...

La jeune femme tente une nouvelle approche, sauf qu'il secoue la tête pour décliner.

— Et tu ne nies même pas en plus... Je n'en reviens pas. Je n'arrive pas y croire... Alors tout est vrai ? Comment j'ai pu à ce point me laisser berner ? Comment j'ai pu à ce point être aveugle ?

Léandre ose à peine nous regarder dans les yeux. Il passe de l'ébahissement à la haine en quelques secondes, une transition brutale qui ne présage rien de bon pour la suite.

— Vous me décevez tellement. Je ne sais pas qui est la pire de vous deux.

Je sens mon cœur s'arrêter de battre et je ne peux m'empêcher de répliquer, malgré ma gorge obstruée :

— Toi aussi... Toi aussi tu t'es montré décevant. Ce n'est pas pour rien qu'on nous rabâche que c'est dans les pires moments qu'on reconnaît ses véritables amis.

Le rire qui lui échappe est chargé de sarcasme. Je carre les épaules et me prépare au retour de flamme.

— Il y a à peine quelques minutes, Oswald Serendas s'est retrouvé en mauvaise posture et tu as préféré le défendre plutôt que de me soutenir. On peut dire que Loyauté est ton deuxième prénom, hein ? Tu as raison, on voit qui sont nos vrais alliés lors de ces instants critiques.

J'encaisse à grand-peine. Chaque syllabe prononcée est comme une nouvelle épine plantée dans ma poitrine. Les plaies saignent et la douleur est lancinante. Mais puis-je le blâmer ? Nous avons chacun nos torts, nous avons fait des erreurs, et apparemment ni lui ni moi ne sommes prêts à desserrer les dents et à hisser le drapeau blanc. J'ai l'impression d'être bloquée dans un cul-de-sac. Nous n'avançons plus et aucun de nous deux ne souhaite porter le chapeau. Alors on s'entête à rejeter la faute sur l'autre. Ce dialogue de sourds est une véritable perte de temps.

Léandre recule d'un pas, puis d'un autre. L'espace d'une seconde, j'espère qu'il va se calmer et me demander plus d'explications. Seulement la réalité se montre bien plus sombre puisque, à la place, il nous tourne le dos après nous avoir adressé un dernier regard brillant d'amertume.

— Bien, ainsi soit-il. Profitez de votre soirée. Je rentre chez moi.

Et il s'éloigne.

Sans se retourner une seule fois.

Sans ralentir le rythme.

Marie poursuit sa crise de larmes et tente de le rattraper, sauf que Léandre la rejette encore. Quelque chose se brise à l'intérieur de moi.

Alors... c'est ainsi ? Serait-ce la fin d'une longue amitié ?

Chapitre 24

Coupe de champagne

Armance

Je réprime un sanglot et tourne les talons pour disparaître à l'intérieur du bâtiment.

Un domestique apparaît et retire mon manteau afin de le ranger dans le vestibule.

Bouleversée par tout ce qui vient de se passer, je ne pense même pas à le remercier et fonce dans l'immense salle de bal. Je me fraye un passage au milieu des invités prestigieux. Culture, divertissement, sophistication et luxe prennent une place prédominante dans tous les sujets de conversation.

Je dépasse des tables élégamment dressées avec des nappes en lin, des verres en cristal et tout un assortiment d'argenterie. Je lève ensuite les yeux sur les hauts plafonds décorés de moulures, de lustres et de fresques. Tout l'espace est éclairé par des lanternes en verre, créant une atmosphère tamisée et relativement intime.

Impossible de prendre mes marques.

Plus j'avance, plus je me perds au milieu de cette cage dorée.

Tristesse, colère, solitude… ce mélange d'émotions néfastes me broie les entrailles.

Je trouve refuge dans un coin de la pièce, les poings serrés et dos à la foule. Un imposant miroir entouré de dorures et encadré par un rideau en velours rouge me fait face. Je me heurte à mon reflet au milieu de toute cette opulence et je me sens comme la tache noire au milieu du tableau. Celle qui est disgracieuse et gâche toute la beauté de l'œuvre. Je me détourne du miroir et clos mes paupières.

Je ne suis pas à ma place.

J'ai envie de disparaître pour ne pas attirer l'attention.

Je veux rentrer chez moi et retrouver les miens.

— Bois, ça te fera du bien.

Je rouvre les yeux et découvre Oswald à mes côtés, qui me tend une coupe de champagne. J'observe un moment les bulles qui remontent à la surface et se muent en mousse, puis je lui arrache le verre pour boire d'une traite l'alcool pétillant. Les picotements sur ma langue ont le mérite de me faire oublier la douleur qui m'oppresse durant un court instant.

Le Corbeau s'adosse au mur et fixe un point droit devant lui, une cigarette entre les doigts.

— Tu as pleuré ?

— Non.

— Tes yeux sont rouges.

— Parce que je me retiens encore de pleurer. Est-ce qu'on pourrait parler d'autre chose ? Je n'ai pas envie de remuer le couteau dans la plaie.

Il me tend sa cigarette et je secoue la tête.

— Tu n'aimes pas la marque Gitanes ? Elle propose un mélange de tabac brun qui donne un goût très doux, je suis sûr que tu aimerais.

— Je ne fume pas.

Oswald intercepte un serveur qui passe devant nous afin de saisir sur son plateau une nouvelle coupe de champagne, qu'il glisse ensuite entre mes mains.

— Alors continue à boire du Moët & Chandon. Profites-en pour voler quelques bouteilles, ça se revend à prix d'or.

Je ne fais aucun commentaire et me contente de tapoter nerveusement mon verre de l'index.

— Quel est ton rêve, Armance ?

Sa question me prend au dépourvu.

— Pardon ?

— Tu souhaitais parler d'autre chose. Alors dis-moi ce qui pourrait te donner une envie furieuse de vivre. Quelque chose qui t'épanouirait.

Je croise son regard, il attend patiemment que je prenne la parole.

— Tu... tu vas te moquer de moi.

Il hausse les épaules et reprend une latte.

— Qui suis-je pour juger, ma Louve ? Je serais même honoré d'apprendre que tu souhaites passer le restant de tes jours à mes côtés.

Son trait d'ironie arrive à me faire ricaner discrètement. Le sourire qu'il me renvoie est si éblouissant que je me surprends à détourner le visage de lui pour me concentrer sur la foule.

— Devenir comédienne.

Voilà, c'est dit.

Ce n'était pas si compliqué de le confesser en vérité !

Le problème, c'est que le Corbeau ne dit rien durant un long moment, alors je jette un œil dans sa direction, craignant qu'il n'arbore une mine moqueuse. Mais il n'en est rien. Il se contente de m'observer. Son regard s'est même adouci.

— C'est ridicule, je sais, mais...

— Mais ça ne l'est absolument pas, me coupe-t-il.

Je bois une petite gorgée de champagne, histoire de me redonner un peu de courage.

— Je... j'aime me glisser dans la peau d'un personnage et l'incarner pleinement. Travailler ses mimiques, sa voix, son allure, sa posture... je me sens à l'aise dans cet exercice, alors pourquoi pas un jour jouer sur les planches d'un théâtre. Enfiler des costumes époustouflants, se déplacer sous des éclairages avec des tas de décors pour être en totale immersion… je pense que ça me plairait.

— Si tu devais me citer un acteur important pour toi, ce serait qui ?

Je souris.

— Je rêve secrètement d'une carrière à la Sarah Bernhardt. Quand j'étais plus jeune, j'ai réussi à m'incruster à l'une de ses représentations ! Une pièce de Shakespeare en plus ! Si tu voyais à quel point elle est charismatique sur scène ! Sa voix est unique en son genre et elle a un talent inné pour les rôles dramatiques ! Elle peut aussi jouer dans des comédies musicales ! En plus de cela, elle voyage à travers le monde et est acclamée partout où elle va ! C'est époustouflant, vraiment. Mais je préfère ne pas prendre mes désirs pour la réalité. Les metteurs en scène ne se bousculent pas pour collaborer avec moi ! ricané-je.

— J'imagine qu'il faut passer par de nombreux refus avant de décrocher une première opportunité de jouer.

— Oui… c'est un milieu très restreint, alors il faut savoir se montrer persévérant et résilient.

Le Corbeau retire la cigarette au coin de ses lèvres et rebondit sur ce que j'ai dit :

— Je n'y connais pas grand-chose, mais le plus important est sans doute de rester fidèle à soi-même et de ne pas essayer de séduire tout le monde. Parce que je présume que l'expérience est d'autant plus belle lorsque le comédien est capable de se connecter avec son public de manière honnête et authentique, non ?

— Oui… oui c'est comme cela que j'imagine les choses aussi. Mais, bon, ce n'est pas ma priorité…

Je rougis à mon plus grand désarroi. Je crois bien que c'est la première fois que je me livre à cœur ouvert devant Oswald Serendas. Cette sensation est à la fois étrange et agréable. Je me sens écoutée, importante et… appréciée ?

— Je serai aux premières loges pour te voir jouer, ma Louve.

Je pouffe de rire, mais lui reste sérieux.

Parce qu'il n'était pas en train de plaisanter ?

Cette façon qu'il a de me toiser, à la fois admirative et soucieuse, me désoriente. Quand je sens que je commence à perdre pied, je décide de reprendre les rênes de la conversation et de changer radicalement de sujet.

— Quelle est ta plus grande peur ?

Et là, tout son corps se pétrifie.

Suis-je allée trop loin ?

Tout me porte à croire que oui à la seconde où je me confronte à un Oswald muré dans le silence, en train de contempler l'agitation qui règne dans la salle de bal, faute de pouvoir me regarder dans les yeux. Je rêverais d'avoir accès à toutes ces pensées dans lesquelles il s'est volontairement emprisonné.

Son malaise est palpable, je le vois à ses épaules crispées, son dos raide et la courbe tranchante de sa mâchoire qui ressort. Je n'aurais jamais pensé qu'une simple question puisse à ce point le mettre en déroute.

Qu'a-t-il vécu de si horrible pour qu'il se mette dans un état pareil ?

— Le « noble et impérieux Maître Corbeau qui joue les beaux parleurs juste pour me manipuler et servir ses intérêts » serait-il à court de mots ?

La taquinerie est ma dernière carte à jouer. Je me détends enfin lorsque son petit ricanement s'invite dans mes oreilles. Un son si charmant que je surprends mon cœur à battre un peu plus vite qu'à la normale.

— Tu me poses une colle là.

— Tu n'es pas obligé de répondre, ce n'est pas comme si je t'avais mis un couteau sous la gorge.

Même si l'idée est plutôt tentante.

— L'argent.

Je referme la bouche et le scrute.

— L'argent ? Alors tu te détestes toi-même ? Vu que tu es plein aux as !

Cette fois, ma plaisanterie ne lui arrache aucun rire. Son regard se balade sur les différents invités et il me répond d'une voix grave :

— Il nous obsède quand on est dans le besoin, il nous gouverne lorsque nous en avons trop. L'argent nous monte facilement à la tête, à tel point qu'on peut finir par vriller. Une soif insatiable de richesses entraîne parfois des comportements égoïstes. On repousse nos limites, on ose aller plus loin dans nos actes, quitte à bafouer nos propres valeurs. On se plie à ce besoin compulsif de s'enrichir, jusqu'à devenir une personne corrompue et complètement obsédée. On se sent alors supérieur, puissant, indomptable. L'argent a la capacité de rendre un être humain dangereux. C'est son pouvoir de destruction qui m'effraye le plus.

— Est-ce que tu penses à un cas précis ?

Ses lèvres se pincent et je crois lire sur son visage anguleux une réelle affliction, or ça ne dure qu'une infime seconde, puisque tout à coup ses yeux vairons se couvrent d'un voile opaque, m'empêchant de le sonder.

— Mieux vaut s'arrêter là.

— Je vole pour de l'argent. Ton argent. J'ai bafoué mes valeurs depuis que je baigne dans l'illégalité. Alors cela fait-il de moi une mauvaise personne ?

Il secoue la tête en signe de dénégation.

— Tu fais cela pour assurer la survie de ta famille. Tu gardes tes repères, ta lucidité, et surtout tu continues de te battre pour ceux que tu aimes. Tu as beau côtoyer notre monde infesté de souillures, ton âme reste la plus pure qu'il m'ait été donné de voir et ça m'impressionne.

— Tu as une trop haute estime de moi.

— Tu as une si basse estime de toi, reformule-t-il doucement.

Pour la première fois, j'ignore ce qui me prend et je lui rigole au nez. Un rire spontané et franc qui le fige instantanément. La stupeur dans son regard me rend immobile à mon tour.

— Qu'est-ce qu'il y a ?

Il se cache le visage avec une main, comme si je venais de faire quelque chose de terriblement embarrassant pour lui.

— C'est la première fois que je t'entends rire.

Je fronce les sourcils.

— C'est mal ?

— Très mal, me susurre-t-il.

— Pour quelle raison ?

— Parce que tu es en train de me rendre fou. Et je ne sais pas si je dois en rire aussi, ou bien te haïr pour tout ce que cela provoque chez moi.

— Tout ce que cela provoque chez toi ? répété-je dans un souffle fébrile qui trahit mon trouble.

— Tu n'as même pas idée. Tes éclats de rire et tes sourires peuvent me mettre totalement à ta merci.

— Ce n'est pas digne d'un oiseau carnassier au bec ensanglanté.

Trêve de plaisanterie.

Jusqu'ici, je m'en sortais plutôt bien pour me confronter à lui, surtout après l'épisode chaud et particulièrement sensuel des bas. Sauf qu'à présent l'air commence tragiquement à me manquer. Et comme si ça ne suffisait pas le chef de la pègre n'hésite pas à remettre un coup de pied dans la fourmilière dès qu'il m'examine avec insistance. Tout s'agite à l'intérieur de moi. Ce n'est pas ma tenue qu'il inspecte, ni même mes bijoux ou encore mes longs cheveux. Non. C'est mon visage, sous tous les angles, et je me rends compte à quel point il aime me regarder droit dans les yeux.

L'échange visuel se prolonge et un courant difficilement définissable passe entre nous. Une sorte de connexion indépendante de notre volonté, dont on ne peut se départir aussi facilement.

Incompréhension. Désir.

Mon palpitant s'affole sous l'effet de ces émotions contradictoires qui se livrent une bataille féroce dans mon crâne.

Sa proximité me terrasse.

Son eau de Cologne me fait chavirer.

Ses yeux bicolores me fascinent.

Je plane. Je me disperse. Je n'ai plus les pieds sur terre.

Oswald caresse du regard mes lèvres entrouvertes et je jurerais le voir grappiller quelques centimètres pour se rapprocher d'elles. Ou alors est-ce moi qui viens de réduire l'espace entre nous car je suis incapable de me tenir à distance de lui ?

Je ne me suis jamais autant posé de questions qu'à ce moment précis.

Comment parvient-il à briser d'un simple battement de cils la carapace que j'ai érigée autour de moi ?

Comment puis-je me laisser écraser par ce pouvoir d'attraction qu'il exerce sur moi ?

C'est contre mes principes.

Contre les plans que je me suis fixés.

Contre tout ce que je m'interdis formellement...

— Monsieur Serendas, je vois que vous êtes bien accompagné !

Une voix mélodieuse et non familière nous arrache à ce moment ensorcelant. Le pire, c'est que j'ignore si j'en suis soulagée ou bien déçue. Machinalement, je pivote vers l'homme d'un certain âge qui avance dans notre direction, vêtu d'une veste à deux boutons et d'un pantalon à la coupe droite. Avec sa barbe taillée avec soin et ses cheveux poivre et sel bien coupés, j'imagine qu'il s'agit d'un homme aimant prendre soin de son apparence.

— Lieutenant Gabin, le noir vous sied à merveille, lance Oswald en guise de salut.

Lieutenant ?

— N'est-ce pas là votre teinte favorite, monsieur Serendas ?

— La meilleure pour se dissimuler dans l'ombre.

Je l'examine de haut en bas, sur mes gardes, et finis par bloquer sur ses boutons de manchette représentant un serpent. Peut-être est-ce là l'emblème de sa famille ? En tout cas, le choix de l'animal ne m'inspire guère confiance.

Comme s'il venait d'entendre mes dernières pensées, ce

drôle d'individu se tourne vers moi et son regard d'un gris métallique absolument saisissant s'ancre dans le mien.

— Et à qui ai-je l'honneur ?

Son intonation sonne faux à mes oreilles. J'y perçois une sorte de douceur hypocrite qui ne fait que renforcer ma méfiance.

— Armance Faure.

L'homme me dévisage durant une éternité, on dirait bien que ma petite personne attise sa curiosité. Dommage… parce que je ne ferai absolument rien pour l'étancher. Je ne suis pas du genre à engager la conversation avec de parfaits inconnus… sauf si je décide de leur faire les poches, bien entendu.

— D'où venez-vous ?

— Montmartre. Vous êtes ?

Je reste brève et concise. Quelque chose me dérange dans la façon qu'il a de m'examiner.

— Victor Gabin. Le maître des lieux.

Alors…

Je parcours des yeux l'imposante salle de réception au décor fastueux, soudain mal à l'aise.

… tout cela lui appartient ?

— Un ancien officier de la Grande Guerre, devenu un redoutable homme d'affaires aujourd'hui, souligne Oswald.

Le mot « guerre » a toujours le don de me hérisser le poil. Je reporte mon attention sur ce dénommé Victor et lâche avec peut-être un peu trop d'acrimonie :

— Vous dirigiez une unité de soldats sur le terrain ?

— Oui, j'étais directement impliqué dans les combats. Mon rôle était de préserver le sentiment patriotique dans mes rangs, et de faire preuve de courage et de détermination pour mener mes hommes à la victoire. Et c'est avec fierté que j'ai accompli cette noble mission !

Il se vante.

Il s'attribue tous les mérites.

Il ose prendre un ton présomptueux alors que la guerre a causé la mort de plusieurs centaines de Français chaque jour sur les champs de bataille. Un détail qu'il semble avoir oublié.

Et je vais me faire un plaisir de lui rafraîchir la mémoire.

— Vos pertes, la chair à canon des tranchées, ont été lourdes ?

Surprise par ma hardiesse, il sursaute. Victor se frotte ensuite le nez et met un certain temps à se ressaisir, tandis qu'Oswald me regarde avec amusement.

— Pardon, je me suis montrée trop impolie.

Mes excuses comptent pour du beurre, puisque je n'en pense pas un traître mot. Visage fermé, bouche close et yeux assombris, je ne suis plus que colère.

Est-ce que les vétérans qui ont survécu à ces batailles meurtrières apprécieraient le fait que leur ancien lieutenant prenne la grosse tête de cette manière ?

Il ne les a pas conduits à la victoire, mais directement au cimetière.

Car même ceux qui s'en sont tirés vivants sont en train de périr d'une autre manière : en ne mangeant plus, en ne dormant plus et en tressaillant au moindre bruit. Ils dépérissent dans la spirale infernale de leurs traumatismes. C'est la raison pour laquelle je tenais absolument à faire disparaître la mine triomphante qu'arborait fièrement ce cher Victor Gabin, car il est bon de rappeler que les assauts militaires dirigés sous ses ordres ont détruit la vie de ses soldats. Tous. Sans exception.

Personne ne peut ressortir indemne d'une monstruosité de cette ampleur.

— Ce n'est rien. Tout cela est derrière nous maintenant. Êtes-vous la compagne d'Oswald ?

J'avoue ne pas m'être préparée à ce genre de question, mais voyant que je suis à bout de nerfs le Corbeau se charge de répondre à ma place :

— Non. C'est mon associée. Aussi mordante et redoutable que sa mère, vous savez !

Pourquoi évoque-t-il ma figure maternelle ?

Prise de court, je sens mon pouls s'agiter.

— Votre mère, vraiment ?

Je n'aime pas qu'on parle d'elle, les gens la prennent pour une folle en général. Son état léthargique me rend toujours aussi sensible, alors j'ai tendance à fuir ce sujet comme la peste. Ce lieutenant que je ne connais ni d'Ève ni d'Adam attend que je réagisse et il est hors de question qu'il détecte chez moi la moindre faille. Par conséquent, je garde le menton bien droit et réponds avec une décontraction que j'espère crédible et à la hauteur de mes talents de comédienne :

— Disons qu'elle a de l'énergie à revendre et que j'ai hérité de certains de ses gènes, mens-je effrontément.

Victor se plonge dans un silence curieux et paraît reprendre ses esprits une bonne dizaine de secondes plus tard. Je retrouve mon souffle lorsque Oswald prend la relève et se met à échanger des banalités avec Victor, sur les nouveaux restaurants et bars branchés qui ont ouvert leurs portes dans la ville ou encore les dernières actualités politiques qui ont fait bouger la scène européenne et mondiale. Mode, culture, style de vie... les sujets s'enchaînent et je fais mine d'écouter avec la plus grande attention.

Victor renifle et passe une main sur sa cravate soyeuse. Je réprime un soupir de soulagement lorsqu'il finit par mettre fin à leur conversation.

— Nos convives vous réclament, monsieur Serendas, l'informe-t-il.

— Je ne vais pas tarder alors.

L'ancien lieutenant hoche la tête, nous souhaite une agréable soirée et s'éloigne de nous après une révérence pleine de grâce.

— C'est un client fidèle, comme tu as pu le voir.

— Pardon ?

— Cocaïne.

Il tapote l'arête de son nez droit et poursuit :

— Victor n'a pas arrêté de faire ce geste sous tes yeux.

Maintenant qu'il le dit...

J'étais tellement aveuglée par la colère que je n'ai pas tiqué sur le moment.

— N'est-ce pas là un trafic illégal ?

Le Corbeau me toise comme si je venais de lui sortir la plus drôle des blagues.

— Et ça n'empêche pas les vilains garçons de mon genre de s'en procurer pour ensuite la distribuer aux plus offrants.

— Les affaires sont bonnes ?

— Il y a toujours des clients prêts à tout pour trouver un moyen d'échapper à la morosité et aux difficultés de la vie quotidienne. Nous sommes en temps d'après-guerre, les gens veulent oublier, plonger dans les décadences de la vie nocturne pour ne plus y penser.

— Et qui sont les personnes qui t'attendent ?

— Des types de ma trempe. On va renégocier quelques traités de paix, redessiner les frontières de nos territoires respectifs et parler de plusieurs marchés sympathiques comme la contrebande d'alcool, le trafic de drogue et quelques jeux illégaux pour finir sur une note ludique.

Cette décontraction pour me parler des affaires illicites dans lesquelles il trempe me donne la chair de poule.

— Une belle réunion de criminels, en définitive, conclus-je.

— Une belle réunion de criminels. Sur ce, profite de la soirée pour moi. Ah oui ! Et surtout...

— Vole des bouteilles de Moët & Chandon ?

Il me tapote le haut du crâne, un geste que je pourrais très bien interpréter comme : « Bonne fille. »

— Ne t'avise surtout pas de me suivre, d'accord ?

Cette demande qui ressemble fortement à un avertissement me fait arquer un sourcil.

— Pourquoi ?

— Tu as peur que je te manque durant mon absence ?

Je relève la tête et lui jette un petit coup d'œil effronté.

— L'art de détourner le sujet en posant une autre question, monsieur Serendas.

Il se penche vers moi et marque un arrêt à quelques centimètres de mon visage, une action qui me déstabilise même si je m'efforce de rester de marbre.

— L'art de me donner envie de te coller une bonne fessée devant tout le monde, madame Faure.

J'écarquille les yeux et le sourire triomphant qui s'épanouit sur sa bouche me laisse voir ses dents d'un blanc éclatant.

— Je crois qu'en plus...

Ses lèvres frôlent mon lobe et j'en loupe mon inspiration.

— ... ça te plairait.

Oswald caresse mon dos nu de la main, propageant mille et un frissons sur ma peau, avant de s'écarter de moi. Et je le vois foncer en direction d'une arche éclairée par plusieurs guirlandes lumineuses. Appuyée contre un pilier, une belle brune à la peau mate et à la bouche pulpeuse attire tous les regards avec sa robe moulante, décorée de perles et de strass. Ses cheveux d'ébène sont réunis en un chignon sophistiqué, accessoirisé par un bandeau en dentelle. Le Corbeau passe devant elle et lui glisse discrètement un billet, qu'elle range tout de suite dans son sac à main. Le sourire enjôleur qu'elle lui adresse en retour me transperce la poitrine.

La jolie inconnue se décolle ensuite de l'arche et suit le chef de gang, jusqu'à ce qu'ils disparaissent dans la pénombre.

Je ne sais pas ce qui se passe. Non seulement des milliers d'interrogations explosent dans ma tête, mais en plus de cela une drôle de sensation vient me comprimer le ventre. Comme si je sentais quelque chose se fendiller en moi.

Qui est cette fille ?

Pourquoi Oswald vient-il de lui donner de l'argent ?

Que vont-ils faire ensemble ?

Souhaite-t-il prendre du bon temps avec elle avant de rejoindre la bande de malfrats ?

À cette dernière éventualité, j'éprouve une douleur plus vive. Elle me prend aux tripes, contamine ma tête et m'oppresse de toutes parts.

Je veux avoir tort, et il n'y a qu'une seule solution pour le savoir.

Ni une ni deux, je dépose ma coupe de champagne sur un meuble et m'apprête à désobéir au Corbeau : je vais le suivre à la trace. Qu'est-ce que je risque après tout ? Une fessée ? Je survivrai.

Toutefois, au moment où je souhaite emprunter le même chemin qu'Oswald, une silhouette apparaît devant moi pour me barrer le passage.

— Oh non… tu vas rester sagement ici, la paria, me prévient Léon avec ses grands airs farouches.

Évidemment, le laquais de service est toujours là pour m'enquiquiner !

— Je comptais me servir à manger. Puis-je ? Ou bien as-tu reçu l'ordre de me voir affamée, afin d'immortaliser le moment pour le restant de tes jours ?

— Tu sais comment me parler, toi !

— Tu n'es pas le premier possédé du démon que je rencontre, j'en ai même plusieurs à mon actif.

N'appréciant pas cette petite appellation qui pourtant lui va comme un gant, il me lâche un désagréable « Va manger ».

Je lui offre mon meilleur sourire hypocrite et pivote sur moi-même pour me diriger vers l'un des buffets les plus proches, avec Léon sur mes talons. Le chien de garde d'Oswald Serendas veille au grain, alors à moi de le duper.

Je parcours des yeux la quantité impressionnante de nourriture et saisis le petit écriteau en papier sur lequel est inscrit en lettres dorées : Caviar.

— Ce sont des œufs d'esturgeon, commente le bouffon dans mon dos.

Je lève les yeux au ciel et me retiens de lui briser une assiette sur le crâne.

— Je sais ce que c'est.

— Mais pas sûr que tu aies un palais assez bien développé pour savoir l'apprécier à sa juste valeur.

Parce que lui, oui ?

— Où est Edgar ?

— Sans doute en train de fricoter avec des femelles.

Son ton las m'encourage à prendre la balle au bond pour le déstabiliser.

— Serais-tu par hasard… jaloux ?

Le blond décroise les bras et me dévisage comme si je venais de lui annoncer que j'étais sa mère.

— Hein ? Qu'est-ce que tu es en train de sous-entendre là ? Tu crois que je… Aïe ! Putain de merde ! Qu'est-ce que tu fous !

Voilà qu'il se met à jurer comme un charretier lorsqu'il remarque que je viens de le couper avec le morceau de papier que j'ai récupéré.

« Certaines choses qui nous paraissent bien innocentes peuvent être en réalité les armes les plus redoutables. »

« Plus discret et précis qu'un couteau. »

Je me demande si Oswald Serendas serait fier de savoir que j'applique ses conseils à la lettre. Pendant que Léon est littéralement en train de pisser le sang à cause de la coupure que je viens de lui infliger au doigt, je prends la poudre d'escampette et fonce enfin dans la direction qui m'intéresse.

— Sale garce ! Je vais te crever les yeux avec une fourchette et servir tes viscères à tous les convives !

Mes yeux s'écarquillent. Je réalise avec horreur que Léon n'a pas perdu une minute pour se lancer à mes trousses. Dans un élan de panique, je fonce sur la première porte qui apparaît à ma gauche et l'ouvre en grand pour me jeter à l'intérieur sans savoir ce qui m'attend.

Action que je regrette à la seconde où je relève la tête.

Une dizaine d'hommes, tous plus charismatiques les uns que les autres dans leur costume taillé sur mesure, m'observent comme une proie à abattre sur-le-champ. Installés sur des sièges autour d'une longue table ovale qui occupe presque tout l'espace dans la salle, ils transpirent la mesquinerie, le pouvoir et la violence. Certains fument et jouent avec le pontet de leur arme à feu posée devant eux, tandis que d'autres n'ont pas leurs yeux dans leur poche lorsqu'ils repèrent mon décolleté,

Mon sang ne fait qu'un tour lorsque je reconnais Oswald en bout de table, les doigts crispés sur ses accoudoirs. Il m'avait formellement interdit de le suivre... et je comprends mieux pourquoi.

C'est la fameuse bande de criminels.

Une colère silencieuse transparaît dans le regard vairon du Corbeau et m'indique que je vais sûrement passer un sale quart d'heure.

Bien pire qu'une bonne fessée devant tout le monde.

Chapitre 25

Fureur silencieuse

Armance

C'est un véritable déluge dehors. Le vent hurle. Des nuages s'amoncellent jusqu'à dissimuler les lueurs argentées de la pleine lune. J'entends même les gouttes de pluie qui martèlent le toit. Pourtant, ce n'est pas cette atmosphère des plus sinistres qui me donne la chair de poule, mais bien Oswald Serendas.

Là, en l'occurrence, j'ai réellement affaire au chef de gang. Celui qui se montre froid, autoritaire, impitoyable, et qui nous écrase de son indéniable charisme. Le pouvoir qu'il dégage sature la pièce et me fait presque tituber en arrière. On dirait que des ténèbres rugissantes dansent autour de lui. Tout nous pousse à nous écarter de son chemin, mais malheureusement pour moi il s'avère que je suis pile dans son viseur.

Ses yeux bicolores aussi affûtés que des couteaux semblent entailler mon visage. Leur intensité est telle que je baisse le regard et fixe ses longs doigts arrimés aux accoudoirs de son fauteuil. Je me demande s'il n'est pas en train de s'imaginer me tordre le cou avec.

Puis-je le blâmer pour ça ? Je l'ai bien cherché après tout.

Tout est ma faute. Je n'aurais jamais dû lui désobéir et j'ai à l'esprit qu'Oswald ne laissera pas passer cet écart de conduite. Il va me le faire payer d'une quelconque manière. Je le sens. Ou plutôt…

… il me le fait comprendre.

La bande de criminels attablée à ses côtés continue de me reluquer sans vergogne. Les rictus s'agrandissent, les yeux pétillent d'une lueur lubrique et certains d'entre eux échangent quelques paroles dégoûtantes à propos de la robe que je porte. Un homme quitte son siège capitonné et s'avance dans ma direction d'un pas traînant tout en me détaillant de la tête aux pieds. C'est un chauve assez grand et mince, avoisinant la cinquantaine. Il porte un frac à rayures blanches et noires par-dessus une chemise et un nœud papillon. Lorsqu'il me sourit, un frisson de répulsion dresse les petits cheveux sur ma nuque. Ses dents sont en fer.

J'esquisse un mouvement de recul et percute quelque chose de dur derrière moi. Ou plutôt quelqu'un.

C'est Léon. Je ne l'ai même pas entendu débarquer dans la salle pour venir me chercher. À en juger par son teint livide, je présume que lui non plus n'a rien à faire ici. C'est la première fois que je le découvre aussi peu confiant et j'avoue que ça ne me rassure pas.

— Ex… excusez-nous pour la gêne occasionnée ! Nous allons vous laisser…, bafouille ce dernier en m'attrapant par le bras.

Tandis qu'il est sur le point de me traîner jusqu'à la sortie, nous sommes retenus par l'homme au sourire d'acier, qui s'écrie :

— Déjà ? Allons ! Toi, pars ! Mais laisse-nous profiter de la présence de cette sublime créature ! D'où vient-elle ? Quelqu'un la connaît ?

— Elle est à moi.

Mon sang se glace. La voix grave d'Oswald claque comme un fouet dans la pièce et calme tout le monde. Silence absolu. Même s'il s'adresse à ses pairs, c'est mon visage que son regard transperce.

Le glas sonne pour moi.

L'homme pivote dans sa direction et lui adresse en retour un sourire vicelard qui ne me dit rien qui vaille.

— Pouvons-nous te l'emprunter durant la soirée ? Ou est-ce ta propriété privée sur une longue durée ?

« M'emprunter » ? « Propriété privée » ? Rien que les termes utilisés me retournent l'estomac. D'autant plus que je n'ose imaginer les scénarios écœurants qui lui traversent l'esprit en ce moment même. Avec un calme olympien, le Corbeau congédie Léon d'un simple geste de la main, puis reporte son attention sur son camarade. Un rictus qui n'atteint pas ses yeux étire ses lèvres, jusqu'à découvrir ses dents blanches.

— Elle a autre chose de prévu après notre réunion.

— Quoi donc ?

Oswald pose les coudes sur la table et lie ses phalanges couvertes de chevalières avec une lenteur mesurée.

— Réchauffer mon lit.

Ma poitrine se soulève au rythme de ma respiration saccadée. À force de jouer avec mon cœur, celui-ci va finir par me lâcher véritablement. Je veux m'exprimer pour l'envoyer balader, hélas aucun son ne sort de ma bouche. Et j'imagine que si je ne veux pas que mon cas s'aggrave il est préférable que je me fasse toute petite.

Tous les regards convergent aussitôt dans ma direction. Certains éclatent d'un rire fourbe en comprenant très bien les sous-entendus équivoques derrière les mots du Corbeau. Mon malaise ne fait que s'intensifier. Je veux partir d'ici. Un souhait qui est réduit en poussière à la seconde où Oswald se redresse et tapote ses genoux. J'ai peur de comprendre ce qu'il désire.

Voyant que je demeure aussi inactive qu'un mort, il réitère son geste. Ses iris assombris se révèlent en parfait accord avec le ciel menaçant de ce soir. Un signe évident que sa patience est désormais épuisée. Je dois m'asseoir ici. Sur lui.

Pas le choix que de me soumettre à sa volonté. Ma bouche s'assèche, ça fait sûrement partie de sa punition. Je n'ai aucune envie d'empirer la situation, alors je m'approche de lui, essayant de reprendre mon souffle à chacun de mes pas.

Il doit savoir ce qu'il fait...

Cet homme a toujours un coup d'avance sur tout le monde...

Pendant que je longe la table, mes poings se serrent et je garde la tête haute en dépit de la vague d'inquiétude qui me donne des maux de ventre.

Je m'arrête à moins de un mètre de mon tourmenteur et me statufie en regardant ses cuisses fermes sur lesquelles je dois prendre place. Le Corbeau paraît amusé de la situation et, sans crier gare, son bras encercle ma taille et me presse contre lui d'un geste sec et dominant. Le sang bouillonne dans mes veines, je mobilise tous mes efforts pour paraître le plus désinvolte possible, mais rien n'échappe à l'œil aiguisé d'Oswald. Cernant ma petite comédie, il se penche vers moi et promène les lèvres le long de l'arrondi de mon oreille.

— Essaye de rester en vie, ma Louve, on a des comptes à régler toi et moi, me murmure-t-il pour que je sois la seule à l'entendre.

C'est une plaisanterie déguisée en réelle menace. J'ai les lèvres qui tremblent et Oswald a l'air de s'en réjouir puisque je sens les vibrations de son rire discret sur ma peau.

— Où en étions-nous déjà ? reprend-il comme si de rien n'était.

Je respire à grand-peine, surtout quand je remarque l'expression qu'il arbore face à ses semblables. Son visage tranchant semble promettre de terribles représailles à tous ceux qui oseront poser la main sur moi. Cette puissance qui se dégage de lui me fait me recroqueviller sur moi-même. Malgré tout, les conversations reprennent.

J'apprends que ces individus viennent d'un seul et même gang nommé « la bande de Gabin ». D'après les informations transmises au fil de leurs échanges, ils se spécialisent dans les vols de banque et les hold-up. Oswald leur certifie qu'il continuera de couvrir leurs arrières en échange d'une part des butins récoltés. Apparemment, le Corbeau connaît un grand nombre de policiers et de politiques avides de pots-de-vin. Il les paye assez généreusement pour acheter leur silence, et c'est ainsi qu'ils ferment les yeux sur certaines activités criminelles, comme les cambriolages et les transactions illégales qui s'organisent dans les bas-fonds de la capitale.

Le « Balafré » est ensuite évoqué. Ce mystérieux individu qu'Oswald a déjà mentionné devant Léandre semble représenter une réelle menace pour ces délinquants. Il pille leurs marchandises, divulgue la localisation de leurs bases secrètes aux forces de l'ordre et envahit une partie de leur territoire pour se l'approprier. J'ignore qui est cet homme assoiffé de sang et de pouvoir, mais rien qu'à l'évocation de son surnom je sens le corps d'Oswald se tendre contre le mien.

Sa respiration régulière, ses jambes musclées et moulées dans son pantalon de costume, ses doigts qui jouent avec la bretelle fine de ma robe, ainsi que son parfum qui fait naître des frissons sur ma peau... je perçois tout. Mes sens sont décuplés et c'est une explosion de sensations à l'intérieur de moi, dont l'onde de choc se répand du sommet de mon crâne jusqu'au bout de mes orteils.

— Je dois admettre que j'ai du mal à me concentrer avec cette femme sous nos yeux, intervient tout à coup un homme au fond de la salle.

La façon dont il me déshabille du regard me révulse. Au même moment, la main d'Oswald se pose sur mon genou. Son contact me brûle comme une lame chauffée à blanc et il me marque tellement la peau que j'en oublie les éléments autour de moi.

— Pourquoi cela ? réplique Oswald d'une voix traînante pendant que ses doigts remontent très lentement sur ma cuisse.

— Elle a l'air vraiment appétissante. Cette bouche rouge, je rêverais d'en connaître le goût.

Les autres acquiescent et se permettent des remarques déplacées sur mon physique. Ils parlent de moi comme d'un vulgaire jouet. Un morceau de viande qui ne demande qu'à être dévoré. Les regards lubriques continuent de me peser et de me mettre mal à l'aise. L'autre main d'Oswald se met à caresser mon épaule, faisant tomber ma bretelle au passage.

— Elle l'est. C'est bien pour cela que je ne la prête à personne.

Ses yeux s'attardent un long moment sur les pointes érigées de mes seins qui ressortent sous les plis de ma robe.

— Parfois... elle tend à me désobéir, mais ça me plaît. Elle aime quand je lui donne une bonne correction, et moi j'adore lui en donner une. C'est gagnant-gagnant. Vous devriez voir quand je la force à s'agenouiller devant moi.

Son pouce effleure la couture de mon décolleté et je m'appuie davantage contre lui, hors d'haleine. S'il continue sur cette lancée, je crois bien que je vais me transformer en torche humaine devant toute l'assistance.

— Vos punitions durent combien de temps en général ? s'intéresse un autre de la bande.

— Jusqu'à ce qu'elle ne soit plus capable de tenir debout.

Il glisse délicatement ma chevelure sur le côté et parsème ma nuque de doux baisers. Une boule de chaleur implose dans mon ventre, c'est à la fois douloureux et si bon. Partagée entre le désir et le dégoût d'être exposée ainsi, je perds contenance. Ce que j'éprouve est bien trop fort, alors j'ai pour réflexe de fuir. Je tente lâchement une dérobade. Le Corbeau ne l'entend pas de cette oreille et me maintient contre lui. Son bras me ceinture, tandis que sa bouche frôle ma joue brûlante.

— Tu ne bouges plus, compris ? chuchote-t-il.

Je me fige et écoute les battements assourdissants de mon cœur.

— N'aggrave pas ton cas, Armance Faure. Parce qu'il m'arrive d'être très rancunier quand on ne m'écoute pas.

— Elle a vraiment l'air d'aimer te désobéir ! ricane l'un de ses pairs.

— Poursuivons ! clame Oswald pour détourner l'attention de moi.

Il se renverse dans son fauteuil et m'entraîne avec lui. La discussion reprend là où elle s'était arrêtée. Je n'arrive plus à me concentrer sur ce qui se dit. Oswald écoute lui aussi d'une oreille distraite. Il hoche par moments la tête, mais je sens son regard se braquer sur moi assez souvent. Les crispations de son corps sous le mien trahissent sa fureur silencieuse. Au bout de quelques minutes, sa main atterrit à nouveau sur ma jambe. Il s'applique à tracer des ronds nonchalants sur ma peau. Malgré ma résistance, je finis par m'abandonner à ses lentes caresses et me laisser aller contre son torse chaud. L'air déserte mes poumons lorsqu'il place ensuite sa paume à plat sur mon ventre. Ses doigts s'écartent en éventail et son pouce frôle dangereusement l'arrondi de mon sein.

Oswald me colle un peu plus étroitement à lui quand il remarque qu'un de ses camarades se passe la langue sur les lèvres en me scrutant. Et comme si ça ne suffisait pas le Corbeau en rajoute une couche en plongeant dans mon cou pour embrasser ma gorge. Le message qu'il veut faire passer est assez clair : je suis sa proie et il est le seul prédateur qui ne fera qu'une bouchée de moi.

Apprivoisée par son toucher, je reste bien sagement assise sur ses genoux durant toute la réunion. La pluie continue de tomber et des éclairs zèbrent à présent le ciel, ce qui me fait à chaque fois sursauter. Je me sens délestée d'un poids lorsque tous les sujets de conversation sont bel et bien clos. Les hommes s'en vont après une longue série de mains serrées. Seulement mon soulagement est de courte durée puisque, à présent... me voilà seule en compagnie d'Oswald, qui ne bouge pas d'un pouce.

J'inspire un grand coup et attends désespérément qu'il daigne me libérer de sa prise.

— Pourquoi tu m'as suivi ?

Il n'y va pas par quatre chemins. Me voilà au pied du mur, entièrement démunie.

Parce que j'ai vu cette femme te suivre et j'ai cru que...

non. Je ne peux pas admettre cela à voix haute. Encore moins devant lui !

Honteuse à l'idée de lui révéler la véritable raison, je garde ma bouche scellée.

— Réponds-moi.

Son ton autoritaire me rend pantelante. Je secoue la tête.

— Parce que je ne me voyais pas t'attendre en sirotant du champagne le petit doigt en l'air. Vois le bon côté des choses ! Si je n'avais pas atterri ici, je me serais certainement jetée sur le pain avant l'arrivée du plat principal et j'aurais parlé la bouche pleine devant toute cette bande de gros richards. Tu devrais me remercier de ne pas avoir commis d'impairs devant eux !

La carte de l'humour est un échec. Je ne parviens pas à récolter l'ombre d'un sourire. Suis-je en train de creuser ma tombe ?

Certainement.

— Tu joues avec mes nerfs là, fais attention à toi.

— Navrée de ne pas être une grande papesse des bonnes manières. Et puis pourquoi te faut-il absolument une raison ? soupiré-je, feignant l'agacement. Est-ce mes remords que tu souhaites entendre ? Si cela te tient tant à cœur, alors… je te prie d'accepter mes plus plates excuses. Heureux ?

— Tu prends certaines choses beaucoup trop à la légère. Tu sais ce que ces hommes auraient été capables de te faire si je n'avais pas été là ?

Je préfère ne pas y penser.

— Je te demande pardon, répété-je en espérant qu'il coupera court à la conversation.

— Pourquoi tu m'as suivi ? Et cette fois évite de me déballer tes inepties.

Un nouveau silence accueille sa question épineuse. Mon mutisme ne fait que rajouter de l'huile sur le feu, j'en ai bien conscience, mais je suis véritablement tétanisée par ce que je suis en train de réaliser.

— Dernière chance, Armance Faure.

— Je veux rentrer chez moi.

J'opte pour la fuite. Bien évidemment, Oswald éclate de rire et c'est presque insultant à entendre.

— Tu n'iras nulle part tant que tu ne me diras pas pourquoi tu m'as désobéi.

Il coince mon menton entre ses doigts et m'oblige à le regarder. Tous ses instincts de tueur sont à présent braqués sur moi.

— Dis-le. Même si j'ai ma petite idée… je veux te l'entendre dire.

Je pensais que tu étais en compagnie de cette femme. Et t'imaginer prendre du plaisir avec elle m'a affectée bien plus que je ne l'aurais cru.

— Tu veux jouer la muette ? D'accord. Je vais bien finir par trouver un moyen de te faire parler.

— Je veux rentrer chez moi, répété-je d'une voix chevrotante.

Et m'éloigner de toi, car ce que tu me fais ressentir me terrifie plus que tout.

Tout à coup, il me pousse, m'obligeant à me mettre debout, et capture ma main.

— Tu n'iras nulle part.

Et sur ces mots il me fait sortir de la salle en pressant le pas.

— Où est-ce que tu m'emmènes ? m'affolé-je.

— Tu le sais très bien, j'en ai parlé tout à l'heure.

— Non ! Je ne vois pas ! Et, bon sang, marche moins vite ! J'ai du mal à te suivre !

Au milieu du couloir, il ralentit enfin la cadence et tourne la tête vers moi, un rictus collé aux lèvres, recelant de sombres promesses.

— Tu vas réchauffer mon lit. Toute la nuit. Histoire que je te punisse en bonne et due forme.

La peur bloque mes pas. Oswald s'enivre déjà du chaos dans lequel il compte me plonger et je ne crois pas pouvoir en ressortir indemne cette fois-ci.

Chapitre 26

Temps orageux

Armance

Ici, dans cette chambre que je devine être celle d'Oswald, les murs sont décorés de nombreux tableaux, des clairs-obscurs qui, selon moi, ne font qu'assombrir davantage la pièce. Il y a aussi quelques photographies encadrées, seulement elles sont toutes ravagées par ce qui semble être des brûlures de cigarette, il m'est donc impossible d'en distinguer les visages.

Le reste de la pièce est occupé par des meubles élégants, des livres et d'autres objets de décoration. Il y a aussi une cheminée en marbre, ornée d'une grande horloge et de chandeliers à plusieurs branches dont les mèches sont éclairées. Oswald s'est installé dans l'un des fauteuils près du feu. Il tient dans sa main un verre de cognac, qu'il s'amuse à remuer de temps en temps, les yeux rivés sur l'immense plumard sur lequel il m'a forcée à m'installer.

J'ai retiré mes chaussures et je me suis recroquevillée contre la tête de lit sculptée. Me voilà entourée d'oreillers dont la disposition me fait penser aux remparts d'un château fort. Hélas, cette barrière de protection reste fictive, surtout que le Corbeau la brise d'un simple coup d'œil. Sa colère est si évidente au fond de ses prunelles que j'en ressens la brûlure sur ma peau.

— Dis quelque chose, chuchoté-je dans une supplication qui sonne de manière bien pathétique à mes oreilles.

Depuis que nous avons quitté la soirée mondaine, j'aurais pu me sentir beaucoup plus détendue et libre, comme si j'avais enfin quitté un monde empli d'artifices pour renouer avec la vraie vie. Toutefois il n'en est rien, puisque Oswald s'échine à me donner l'impression d'être inexistante. Aucune parole à mon égard, juste des regards qui en disent long sur la fureur qui l'anime à cause de moi.

Tout au long du trajet, Edgar m'a bandé les yeux comme à l'aller et Léon, cette satanée bouche ordurière, n'a fait que me répéter son envie de m'étriper sur la place publique. Ils m'ont ensuite escortée jusqu'ici, et maintenant j'attends avec la boule au ventre la sentence que le chef de la pègre souhaite me réserver, sachant qu'elle pourrait m'être fatale.

La pluie frappe toujours aussi fort sur les vitres et j'étouffe un cri lorsqu'un violent coup de tonnerre déchire le ciel et fait trembler les murs de la demeure. Je crispe mes doigts sur le couvre-lit en soie et mobilise toutes mes forces pour penser à des choses positives. Il ne faut pas céder à la panique, mais se maîtriser en situation de crise est un sacré défi à relever, même pour les plus expérimentés d'entre nous. La tâche se révèle plus périlleuse lorsque nous nous retrouvons en présence d'un truand qui a désormais des pistolets à la place des yeux. Mes épaules s'affaissent et ma tête s'incline vers le bas instinctivement, je ressens le besoin de me mettre à l'abri.

Pour ne pas arranger mon cas, j'ai peur de l'orage depuis que je suis toute petite, en partie à cause de sa force et du bruit assourdissant qui m'évoque le choc fracassant entre deux géants de pierre.

Lors des tempêtes, mes parents avaient l'habitude de rester à mes côtés pour me rassurer et me protéger. Je n'oublierai jamais leurs voix si apaisantes qui parvenaient à dissiper mes peurs, ainsi que leurs douces caresses sur mon front. Afin de distraire mon esprit et m'aider à trouver le sommeil, ils me racontaient des histoires, en particulier des contes de fées où des princesses et des preux chevaliers étaient investis d'une noble quête, toujours avec des fins heureuses. Une technique imparable, puisque je m'endormais rapidement, emportée par toutes ces aventures fantastiques que mes parents me mettaient dans la tête.

Même des années plus tard, l'orage ne cesse de me rappeler cette époque et à chaque fois j'en souffre, car cela ravive mon envie de chercher du réconfort auprès de ceux que j'aime.

Mais qui est là pour prendre soin de moi aujourd'hui ?

Pas de soutien moral, la solitude continue de me peser. Elle m'étreint jusqu'à me comprimer les côtes. Puis elle m'arrache le cœur et savoure la souffrance que je subis à cause du vide qui me ravage de l'intérieur.

Les grondements dans le ciel se font de plus en plus fréquents et de plus en plus forts. Je suis prise de sueurs froides et de tremblements, pour la plus grande indifférence d'Oswald Serendas, qui sirote sereinement son verre d'alcool.

— ... Ren... trer... chez... moi.

Mes dents claquent si fort que je peine à articuler.

— Pleure en silence. Je ne veux pas t'entendre, me rétorque-t-il sévèrement.

Les mots cruels qu'il vient de proférer sont pareils à des piques empoisonnées qui se plantent dans mon cou. L'air se bloque dans mes poumons. Oswald se masse les tempes et soupire, comme si toute cette situation ne l'intéressait pas le moins du monde.

— J'ai du mal à réfléchir ce soir. Je ne sais plus trop ce que je fais, me confesse-t-il.

Ses yeux vairons se posent sur moi, j'y décèle encore une certaine noirceur. Tout ce que je veux, c'est naviguer en paix, sans être engloutie par les flots agités d'une mer en furie. Seulement quand le Corbeau me toise de cette manière je sais que le naufrage de mes espoirs est imminent. Le danger approche et je crains que tout ne se termine mal pour moi.

— Mais j'aime te voir comme ça, ma Louve...

Je renifle et remarque que des larmes silencieuses perlent sur mes joues.

— En pleurs ?

Nouveau coup de tonnerre. Nouveau sursaut de ma part.

Il inspire et passe un doigt sur l'extrémité de son verre.

— Vivante. Émotive. Vulnérable. J'ai remarqué que tes yeux étaient souvent ternes, malgré ta détermination à survivre, qui force mon respect. Mais tu te fermes à toute source de plaisir. Ce comportement boudeur et impénétrable que tu affiches au quotidien n'est-il pas épuisant à la longue ? Cela me rassure de te voir aussi démunie. Je me demandais combien de temps tu allais mettre pour enfin sortir de ta coquille.

Je reste estomaquée durant un temps considérable. Ses paroles me remuent de l'intérieur et impossible pour moi de les digérer. J'aimerais trouver le courage de riposter, trouver les arguments nécessaires pour me défendre et lui dire qu'il n'a pas la moindre idée de la personne que je suis... mais ce serait me détourner de la vérité. Car Oswald a raison. Et c'est bien le premier à toucher cette corde sensible chez moi.

Je ne vis pas.

Il n'y qu'à voir ma posture raide et défensive, qui en dit long sur mon état d'esprit. Je suis constamment tendue et sur mes gardes. Mes pensées sont si absorbées par les besoins de ma famille que j'en viens à négliger mon propre bien-être. La nourriture n'est plus un plaisir, mais une question de survie. Sortir n'est pas non plus une activité que j'apprécie, plutôt une mission pour repérer mes prochaines cibles et planifier mes larcins.

Je reste cloîtrée dans ma carapace, en proie à mes angoisses et mes sombres pensées. En fin de compte... pourquoi continuer à se battre s'il n'y a pas une seule perspective pour moi d'accéder au bonheur ?

Je me considère parfois comme une étoile vacillante et solitaire au milieu d'un ciel brumeux. J'ai beau briller, personne ne me remarque. Alors j'ai appris à être seule et à le gérer au quotidien. Hélas... je crois qu'en cette soirée saugrenue j'ai atteint mes limites.

Je crois que je n'y arrive plus. Et je donnerais n'importe quoi pour qu'un rayon de lumière transperce mon armure et me réchauffe le cœur.

— Je pensais que tu n'aimais pas me voir pleurer, répliqué-je, la voix pleine de trémolos.

Oswald s'enfonce dans son siège et boit une lampée.

— Je n'ai jamais dit que je passais un bon moment.

— Arrête.

Ses yeux se plissent.

— Est-ce que tu m'en veux d'être toujours franc avec toi ?

Un éclair aveuglant illumine le ciel une seconde, avant qu'un ultime grondement de tonnerre ravive mon angoisse. Je me recroqueville sur moi-même, le cœur au bord des lèvres.

— Tu ne vaux pas mieux que ces types dégoûtants de tout à l'heure, craché-je.

C'est bas de ma part. Puéril et mesquin même. Mais cette mise à nu de ma personne qu'entreprend Oswald Serendas me terrifie plus que tout.

— Sur ce point, je pense que tu as raison.

Étonnée qu'il aille dans mon sens, je lève la tête pour le dévisager d'un air suspicieux.

— La façon dont ces hommes t'ont regardée m'a profondément déplu, ce qui m'a poussé à te mettre sur mes genoux et à te caresser sous leurs yeux pour leur faire comprendre qu'ils n'avaient aucune chance de t'approcher. Mais ce n'est pas le pire.

— Je ne t'appartiens pas.

Ignorant ma remarque, il finit d'une traite son verre et le pose sur la petite table ronde à sa gauche sans me quitter des yeux.

— Le pire..., poursuit-il, c'est que j'ai moi aussi imaginé toutes ces choses salaces qu'ils ont rêvé de te faire.

Je me fige, les muscles tendus. Les extrémités de mon corps se réchauffent anormalement. Je devrais plutôt me sentir souillée par de telles confessions, mais l'idée que je sois l'objet de son fantasme ne me scandalise pas. À vrai dire, tout ce que je ressens est de l'ordre… d'un désir inavouable.

Une mince pellicule de sueur recouvre mon front et je mords ma lèvre inférieure jusqu'au sang pour me ressaisir.

— Tu n'es qu'une pourriture.

C'est tout ce que j'arrive à articuler dans un souffle chaotique. Je ne le pense pas, même s'il fut un temps où je le considérais comme une bête sanguinaire sans la moindre conscience, mais à force de le côtoyer j'ai appris à voir l'humain soucieux et observateur en lui.

À présent, j'ai juste besoin de le heurter, de susciter une réaction. N'importe laquelle. Parce que je veux récupérer un peu de contrôle sur la situation.

Et je ne veux plus penser à ce que j'éprouve pour cet homme.

Oswald claque des doigts et se redresse dans son fauteuil.

— Nous y voilà enfin ! Donc tu me traites de pourriture ? Je suis consterné de savoir que je suis quelqu'un d'odieux ! Au point que tout à l'heure, au lieu de soutenir ton ami Léandre, tu as choisi de me protéger, moi. C'est affligeant de voir que tu me détestes autant.

Il me met le nez dans mes contradictions avec son ton sardonique. Dois-je mentir comme un arracheur de dents pour m'en sortir ?

Non. Rien ne fonctionnera.

— Pour couronner le tout, parce que oui… évidemment tu ne t'es pas arrêtée en si bon chemin ! Malgré mon ordre de ne pas me suivre, tu l'as pourtant fait. Est-ce que par hasard tu t'es imaginé des choses sur la fille que j'ai payée devant toi ?

Il me pose la question, mais il connaît déjà la réponse.

Il a deviné…

Bien sûr qu'il a deviné.

Mon silence est assez éloquent. Oswald tapote sa pommette avec son index et moi j'ai envie de disparaître.

— On a un problème. Si je suis une pourriture... pourquoi tu as été jalouse ? Au point de te mettre en danger ? Explique-moi ta logique, car je crois que quelque chose m'échappe.

— Je ne suis pas jalouse.

Mes lèvres tremblent. Mon pouls s'emballe. Une goutte de sueur dégouline sur ma tempe et Oswald la suit du regard avec une délectation non feinte.

— Finalement, tu n'es pas une aussi bonne comédienne que tu le prétends.

Il détruit les dernières bribes de fierté qu'il me reste pour mieux me manipuler à sa guise.

— Moi, je suis devenu jaloux à la seconde où tu es apparue dans la salle de bal. Les hommes t'ont immédiatement remarquée, même certaines femmes ont été captivées par ta beauté, c'est dire. À ce moment-là, j'ai regretté de t'avoir invitée et de t'avoir exhibée de cette manière, car je crois qu'en réalité...

Il marque un temps d'arrêt.

— ... je ressens une forte envie de te garder rien que pour moi, ce qui peut parfois me rendre possessif et difficile à vivre. Je ne te remercie pas, cela s'avère épuisant à long terme.

Dans un mouvement souple et plein de grâce, il se lève et s'avance jusqu'au lit, laissant ses doigts traîner presque paresseusement sur les draps pourpres.

— En conclusion, tu es jalouse. Et je suis jaloux. Ma Louve... il y a quelque chose qui ne tourne pas rond entre nous, tu ne trouves pas ?

Il s'approche inexorablement, chaque pas résonne dans la chambre et me fait tressaillir. J'abandonne ma forteresse de coussins dans la précipitation pour me retrouver à l'opposé du Corbeau. Désormais, seul un matelas nous sépare.

— Alors quoi ? Maintenant on débute un duel de regards ? Le premier qui cligne des yeux a perdu ? raille-t-il.

Bien sûr, Oswald n'en a pas terminé avec moi. Il contourne

le lit et vient dans ma direction. Je recule pour l'empêcher d'empiéter sur mon espace vital, bien que j'aie conscience que ce petit jeu ne va pas s'éterniser et que la partie va vite prendre un nouveau tournant.

Je marche à reculons tandis qu'il esquisse un pas vers moi. Nous répétons cette action plusieurs fois. Je prends quelques respirations saccadées, essayant de calmer les battements frénétiques de mon satané palpitant. Mais rien n'y fait, la peur m'envahit peu à peu. C'est tellement fort et irraisonné qu'un vertige me saisit, et je n'ai d'autre choix que de m'appuyer contre l'une des commodes derrière moi pour ne pas m'écrouler.

— Laisse-moi partir, le supplié-je.

Oswald défait ses boutons de manchette et retrousse les manches de sa chemise noire après s'être débarrassé de sa veste par terre. En dépit de sa gestuelle nonchalante, il garde le visage d'un dangereux diable prêt à m'entraîner dans les neuf cercles de l'enfer.

— Est-ce que j'ai dit que j'allais arrêter de te punir ? Et honnêtement je ne pense pas que c'est ce que tu veux non plus. J'adore être à couteaux tirés avec toi, mais ce soir je suis épuisé. Tu as bien fini par me la voler, Armance.

— Quoi donc ?

— Ma patience.

Au fur et à mesure de ses avancées, mon armure se fendille, jusqu'à ce qu'elle se brise entièrement. L'âme à vif, je ne peux plus me défendre et il peut faire ce qu'il veut de moi.

Oswald abolit les derniers mètres entre nous, et alors que je m'apprête à m'enfuir sur la droite il m'intercepte en m'attrapant fermement par les hanches. En un rien de temps, il me soulève et me pose sur le bord d'une console en bois. Ses mains capturent mes genoux pour écarter mes jambes d'un seul geste. Puis il se fraye un chemin entre elles, prenant soin de maintenir mes poignets au-dessus de ma tête. Ses doigts qui se referment sur ma peau sont comme de solides menottes.

Je suis prise au piège.

Chapitre 27

Passion dévastatrice

Armance

Son visage se retrouve dangereusement proche du mien. Je sens même sa respiration calme me caresser les lèvres, ce qui provoque des frissons sur ma nuque. Oswald se contente de river son regard brûlant au mien, sans dire un mot. C'est effarant cette manière qu'il a de lire en moi comme dans un livre ouvert. Comme si mes désirs, mes peurs et mes faiblesses n'avaient pas le moindre secret pour lui.

— Je dois t'avouer quelque chose, ma Louve.

— Tu crois que je suis idiote à ce point ? Je sais déjà que tu es atteint de crétinisme depuis ta plus tendre enfance ! Inutile de me le rappeler ! Mais, bon, il paraît que c'est incurable, alors je te pardonne !

Je m'entête à lui tenir tête. Mais à quoi bon hésiter maintenant qu'il m'a dans ses filets ? Soit je me laisse écraser, soit je reste fière et offensive. Pas question de choisir la première option.

Oswald me déclare sur un ton pince-sans-rire :

— La déflagration que tu as entendue tout à l'heure dans mon manoir, c'était moi. J'ai surpris l'un de mes hommes qui clamait haut et fort que tu n'avais pas ta place ici, mais plutôt au fond d'un bordel sale et mal fréquenté.

La stupeur me foudroie et une seule question me vient à l'esprit.

— Tu l'as tué ?

Le sourire qu'il m'adresse me donne la chair de poule.

— Non, ça aurait été trop facile. Je lui ai troué le pied en lui interdisant de retirer la balle, histoire d'augmenter ses chances d'infection. Léon se chargera de son amputation à venir.

Mes lèvres restent scellées, tandis qu'Oswald incline la tête sur le côté en m'interrogeant du regard.

— Normalement, tu es censée me dire que je me suis montré un poil excessif, mais je constate que tu as l'air d'aimer cette marque d'attention de ma part. J'ai l'impression d'être un grand romantique.

— Tu constates mal. Tes manœuvres m'écœurent. Tu n'as aucun respect pour les autres, tu te fiches des sentiments et joues même avec des vies humaines. Tu es monstrueux, Oswald.

Il relâche l'un de mes poignets et caresse ma joue.

— J'adore te faire cet effet. Serait-ce le fait que tu n'aies plus aucun contrôle sur la situation qui te met dans un tel état ?

Je plaque ma main libre sur son torse, mes doigts se referment sur sa chemise sans parvenir à exercer la moindre pression pour l'écarter de moi.

— Qu'est-ce que tu comptes faire maintenant ? M'aider à retirer mes bas peut-être ? lui craché-je au visage.

Son rictus arrogant s'approche de mes lèvres tremblantes. Je panique et scrute la pièce dans le vain espoir de l'assommer avec un objet à portée de main.

— Et toi ? Est-ce que tu penses vraiment m'achever avec un vase ?

— Tu mérites bien des éloges ! Tu continues à me pousser à vouloir te tuer un peu plus chaque jour !

Il laisse l'ongle de son pouce glisser sur mon cou, imitant un couteau qui tranche une gorge.

— Toutes mes félicitations, tu rejoins officiellement la liste des personnes qui ont souhaité ma mort. Sache que tu es loin d'être la première, la concurrence est plutôt rude. J'espère que tu n'es pas... Ah pardon ! J'ai failli oublier que c'est dans ta nature d'être jalouse. Tu tiens le coup ?

Il appuie davantage sur le mot « jalouse ».

— Va au diable.

— Essaye autre chose pour me meurtrir le cœur, ma Louve.

— Je n'ai aucune envie de faire un brin de causette avec toi. Lâche-moi !

Je force sur mon poignet encore emprisonné, or sa prise ne fait que se raffermir.

— C'est ce que tu veux vraiment, Armance Faure ?

Soudain, il effleure mes lèvres du bout des siennes. J'arrête de gesticuler dans tous les sens. Mon sang ne fait qu'un tour. Je me surprends à vouloir plus, à réclamer un baiser empli de fougue et de passion. La part réfléchie de moi-même, elle, m'intime l'ordre de lui donner un coup de tête.

— Tu le sens toi aussi ? chuchote-t-il.

Son souffle léger s'abat sur ma bouche telle une étoffe de soie.

— Quoi ?

— Que le corbeau vole un peu trop près de sa louve ?

— Je...

— ... trouve que tu es l'homme le plus désirable de toute la capitale ? Tu ne m'apprends rien de nouveau.

Les nerfs à vif, et sans que je puisse rien contrôler, j'entends les mots jaillir bien trop vite de ma bouche :

— J'aime la façon dont tu me regardes et j'ai envie de me fustiger pour cela. Heureux ?

Ma franchise lui coupe le souffle. Toute trace d'ironie disparaît aussitôt de son visage. Il me regarde, l'air profondément éberlué. Moi, mon cœur me fait si mal que j'ai l'impression qu'il va se décrocher de ma poitrine d'une minute à l'autre. Oswald relâche mes poignets et attend que je poursuive.

— J'aime quand tu me prends dans tes bras et me serres

fort contre toi, cela me donne la sensation d'avoir de la valeur. C'est quand tu me touches que j'arrive le mieux à oublier mes soucis. Et j'aimerais que tu sois là plus souvent pour combler ce vide en moi. Oui, j'ai été jalouse tout à l'heure. Alors bon sang... qu'est-ce qui cloche chez moi à la fin ? Tu me fascines... malgré ta facette monstrueuse. Ce n'est pas normal, rien n'est logique, alors s'il te plaît... fais-moi retrouver la raison.

Voilà que je deviens un véritable moulin à paroles. Je n'arrive plus à me taire. J'ai la voix qui tremble à mesure que je lui livre ce que je ressens au plus profond de moi. Les yeux d'Oswald deviennent indéchiffrables. Il ne bouge plus, ne respire plus et ne bat même plus des cils. Je prends ses mains et les pose sur mes hanches. D'emblée, ses doigts s'enfoncent dans ma chair et il reprend enfin sa respiration après être resté un long moment en apnée.

— Est-ce un rêve ? Tu peux répéter, ma Louve ? Au moins une dizaine de fois ?

J'aimerais trouver la force de rire et entrer dans son jeu. À la place, mes larmes reprennent et ma vue se brouille. Parfois, je maudis cette bague en or frappée du sceau de mon plus grand tourmenteur.

Est-ce que tout aurait été plus simple si je n'avais pas croisé sa route ?

— Tu as raison, je ne veux plus m'empêcher de vivre. J'en ai assez.

— Un second souffle, c'est ce qu'il te faudrait.

— Aide-moi à le trouver.

Les yeux mi-clos, le Corbeau colle son front contre le mien. Avec lui, j'ai le sentiment que mon cœur peut s'ouvrir sans crainte.

— Alors lâche prise, Armance... c'est juste entre toi et moi...

Sans préambule, il écrase ses lèvres sur les miennes, laissant échapper un profond soupir de satisfaction. Je réponds à son baiser immédiatement. Il passe les mains dans mes cheveux tandis que je noue les bras autour de son cou. Nous

nous livrons une bataille acharnée pour savoir qui aura le dessus sur l'autre, sauf qu'aucun de nous deux n'en ressortira indemne. On ne combat pas l'un contre l'autre, on marque une trêve pour s'unir. Nos âmes s'entrelacent et une sorte de lien mystique se crée entre nous.

C'est ainsi que le corbeau noir, au cœur aussi sombre que de l'encre, apprivoisa la louve sauvage et solitaire. Et c'est à travers cette alliance presque irréelle qu'ils sont prêts à affronter le monde ensemble.

Peut-être que c'était écrit depuis le début. Mais connaîtrons-nous le même dénouement heureux que les contes de fées ?

Non.

La violence, le sang, la mort et le chaos représentent les quatre piliers du royaume d'Oswald Serendas. Rien n'est beau, tout est dévastateur. Peu importe la suite de nos péripéties, je suis en pleine renaissance grâce à lui.

Nos gestes se montrent pressés et frénétiques, nos respirations saccadées. Ma bouche s'entrouvre d'elle-même et Oswald y glisse la langue afin d'en explorer chaque recoin. Je le goûte enfin. Une farandole de notes alcoolisées et sucrées qui me fait tourner la tête comme dans un tourbillon délirant. Les yeux fermés, je me laisse emporter, abandonnant toute résistance à la force qui me pousse vers lui.

Le Corbeau intensifie son baiser avec passion et je le suis avec la même ardeur que la sienne. Je pose une main sur sa poitrine, son cœur bat aussi la chamade sous ma paume. Sa voix chaude frôle mes lèvres écarlates lorsqu'il murmure à bout de souffle :

— Comment ai-je pu te résister pendant tout ce temps ?

Il continue de mettre en péril ma raison à l'aide de ses baisers ravageurs, puis capture ma lèvre inférieure entre ses dents. Oswald tire sur ma chevelure pour me rapprocher de lui pendant qu'il plonge dans mon cou. Je penche la tête sur le côté, le souffle haletant. Il mordille ma peau, la dévore et m'arrache plusieurs gémissements avant de m'embrasser à pleine bouche une nouvelle fois.

Nous sommes pris tous les deux dans cette avalanche de plaisir, là où prime une passion qui nous embrase. L'étreinte se resserre, nos bouches s'épousent et nos langues dansent, comme une dernière valse.

— Dis-moi d'arrêter ou je vais faire de très vilaines choses, m'avertit-il, le regard fiévreux.

— Torture-moi à ta guise. Je veux te sentir.

— Ça aussi il faudrait que tu me le répètes une bonne dizaine de fois...

Je suis essoufflée, la respiration erratique, et pourtant j'en réclame davantage. Brutalement, Oswald m'arrache de la console et me porte jusqu'à son lit, où il me dépose à plat ventre.

L'instant d'après, il se couche sur moi et mord mon oreille. Son entrejambe dur se plaque contre mes fesses.

— Tu me sens assez, ma Louve ?

Sa voix sombre m'enlise davantage dans cette terre de débauche et de sensualité que j'explore à ses côtés. Je me redresse sur les coudes et lui m'enlace par-derrière. Il baisse les bretelles de ma robe pour découvrir ma poitrine.

Du dos de la main, il caresse l'un de mes seins. Un simple contact qui m'électrise et me ranime de toutes parts. Son souffle chaud s'écrase dans mon cou pendant qu'il ne cesse de me répéter que je suis belle. Il se colle plus étroitement contre moi, ses mains parcourant mon corps avec une passion dévorante. Je gémis lorsqu'il pince l'un de mes tétons entre ses longs doigts agiles. La douleur laisse vite place au plaisir.

— On ne t'a jamais touchée de cette façon, n'est-ce pas ? devine-t-il.

— Jamais.

Jamais je n'ai pris le temps de penser réellement à moi.

À cette pensée, un sanglot me serre la gorge, je me suis rarement sentie aussi vivante, comme si rien d'autre n'existait en dehors de cette bulle intimiste. Et je sais qu'au plus profond de moi je veux que jamais cela ne s'arrête. La redescente m'effraye, je redoute qu'elle m'achève et me brise en mille morceaux. Je me cambre sous son buste brûlant, cherchant à m'imprégner de chaque parcelle de lui. J'entends sa respiration s'alourdir et je sens son sexe durcir. Je halète près de sa bouche.

— Tu veux que j'aille plus loin ?

Dans une urgence irrépressible, je me retourne pour lui faire face et, à la seconde où nos regards se croisent, Oswald se tétanise. L'orage gronde une nouvelle fois et je ferme les yeux très fort, tremblant des pieds à la tête. Ma poitrine est tellement douloureuse que je finis par craquer. Les larmes coulent abondamment sur mon visage et rien ne semble pouvoir les arrêter. Le Corbeau s'assoit sur le matelas et me prend dans ses bras, un contact léger et si salvateur que j'en crève un peu plus. Je me blottis contre lui et tache sa chemise par mes pleurs incessants.

La douleur lancinante qu'il provoque en moi est pareille à une addiction, je sais qu'il vaut mieux que je m'en éloigne, mais je ne peux m'empêcher de vouloir y retourner.

— On arrête là. Tu n'es pas en état.

Sa main se pose sur l'arrière de mon crâne et il me berce contre lui, jusqu'à ce que je réussisse à me calmer. Oswald se détache ensuite lentement de moi et s'allonge sur son lit. Ses cheveux sombres sont décoiffés et sa bouche est gonflée par nos baisers passionnés. Il se penche vers la table de chevet pour saisir une cigarette, qu'il allume avant de s'appuyer contre la tête de lit.

— Approche.

Il me tend la main et malgré la confusion qui règne dans mon esprit je la saisis sans la moindre hésitation. Je m'installe contre lui après qu'il a remonté les bretelles de ma robe. Ma tête trouve naturellement sa place dans son cou et cela m'arrache un frisson dès l'instant où je sens à nouveau sa peau contre la mienne. Oswald dépose un baiser sur mon front, me procurant une sensation de sécurité et de réconfort.

Le silence s'installe entre nous tandis que nous restons allongés dans cette position. Je me concentre sur le crépitement de la cigarette d'Oswald, essayant d'oublier la tempête qui continue de faire rage autour de la demeure. La fumée flotte dans l'air et je la respire de bon cœur, car cette odeur âcre me rappelle sa présence.

Je ne sais pas vraiment quoi dire ni comment réagir après ce qui vient de se passer entre nous. Après quelques minutes de calme, Oswald brise le silence :

— Comment tu te sens ?

Je hoche la tête pour lui faire comprendre que je vais mieux. Toutefois je prends vite conscience qu'il attend plus qu'une simple réponse.

— Je ne sais pas, soufflé-je finalement. C'est compliqué et…

— Je comprends, me coupe-t-il. Tomber sous mon charme n'est pas facile. Si tu savais combien de femmes ont perdu la tête avant toi… et elles ne se comptent pas sur les doigts d'une seule main.

Je voudrais répliquer avec une remarque cinglante, mais je n'en ai plus la force. Dehors, la nature continue de se déchaîner. Je me crispe contre lui et il glisse les doigts dans mes cheveux tout en délicatesse.

— Qu'on t'attribue la couronne de lauriers, ma Louve.

— Pourquoi cela ?

— Tu déjoues tous mes plans. Je n'arrive même pas à te donner la fessée. Même si je reste convaincu que tu adorerais.

— La ferme…

— Et en plus tu es d'une impolitesse… Sérieusement, qu'est-ce que je vais bien pouvoir faire de toi ?

— Je suis sûre que tu le sais déjà. Tu es un beau parleur.

— Beau tout court.

Mes paupières se font plus lourdes, je me rends compte que je suis morte de fatigue et que cette soirée a drainé toute mon énergie. Oswald le remarque et poursuit ses caresses sur le haut de mon crâne.

J'aimerais qu'il me berce de cette façon à l'infini. Et j'aimerais qu'on reste ensemble dans l'obscurité de la nuit et que l'aube ne se lève plus jamais.

— Dors, Armance. Je n'ai peut-être pas le pouvoir d'arrêter les orages, mais je peux veiller sur toi.

Chapitre 28

Rien ne sera comme avant

Oswald

L'aube s'est levée, le ciel est à présent teinté de pourpre. La lueur tamisée qu'offre le petit matin se fraye un chemin à travers la cime des arbres et vient caresser mon visage. Je respire à pleins poumons et applique une légère pression contre les flancs d'Onyx, mon étalon noir, le lançant ainsi dans un galop vif.

Mes mains gantées s'agrippent aux rênes tandis que le vent s'engouffre dans mes cheveux, emportant momentanément avec lui toutes ces emmerdes qui me collent à la peau. Au cœur de la forêt qui borde mon manoir, je prends le temps de contempler ce tableau vivant de verdure et de tranquillité que j'explore sans crainte.

Les feuilles bruissent sous les sabots de mon destrier. Mon cœur bat au diapason du galop. Chaque foulée de mon cheval renforce mon sentiment de liberté.

Je me perds dans l'ivresse de la vitesse. Certaines de mes préoccupations se dissipent. Je tente en vain de m'imprégner de ce havre de paix, même si je suis conscient que cela ne sera plus possible.

Rien ne sera comme avant.

La quiétude de l'esprit, le réconfort et la lumière… toutes ces choses-là ne me tiennent plus compagnie, même ici, en plein cœur de cette nature qui était autrefois ma principale échappatoire.

Je mets un terme à cette brève escapade solitaire en faisant ralentir mon cheval. Je le guide ensuite jusqu'aux écuries situées à l'arrière de ma demeure. Un sentiment doux-amer s'installe en moi. Je descends de selle avec une lenteur pesante, comme si le poids de mes tourments était réapparu pour se répercuter dans chacun de mes mouvements.

Cet endroit était un véritable refuge pour Onyx et moi, mais aujourd'hui il semble dépourvu de chaleur et de vie. Presque mécaniquement, je détache le harnais et les sangles. Le cliquetis des boucles et le bruit sourd des sabots sur le sol dur me rappellent douloureusement l'effervescence qui faisait vibrer ces murs il y a quelques années de cela.

J'entre dans l'écurie et je prends soin d'éviter du regard les stalles vides, preuve tangible de l'absence de mes autres compagnons. L'odeur du foin frais et du bois poli emplit mes narines dès lors que je reconduis Onyx à son box. Je change son eau, lui donne une nouvelle ration de nourriture et en profite pour brosser sa robe.

— Si tu n'avais pas été là… je n'aurais sans doute pas survécu, lui murmuré-je.

Ma main caresse avec tendresse son chanfrein et évite de toucher la profonde balafre qui remonte jusqu'à son œil droit. Son regard patient et empli de sagesse m'apaise brièvement, comme s'il comprenait ce qui est en train de me détruire de l'intérieur. Nous partageons une connexion silencieuse, forgée au fil des années de complicité.

— Je te dois une fière chandelle, tu sais ?

Je n'avais que dix ans lorsque Onyx a été trouvé par mon père au bord d'une route de campagne. Il était à l'agonie, les yeux ternes, le corps amaigri, à endurer la faim et le froid.

Touché par son triste sort, il l'a pris sous son aile et l'a recueilli ici, sous ce toit. Des efforts qui ont porté leurs fruits, puisque peu à peu l'étalon a repris des forces et a retrouvé de sa prestance d'antan.

Ce cheval a toujours été là quand j'avais besoin de lui. Il m'acceptait… il ne me faisait pas me sentir comme un étranger au milieu de cette cage dorée.

Mon respect envers ces animaux reste et restera à jamais absolu. Dotés d'une intelligence remarquable, ils ont la capacité de ressentir, comprendre et interagir avec les hommes. Derrière leur apparence majestueuse se cachent un esprit vif et une profonde sensibilité. Par un simple regard attentif, une oreille dressée ou un hennissement distinct, ils savent manifester leur écoute et leur empathie envers nous.

— Je m'en veux de ne pas pouvoir te tenir compagnie plus souvent. Mais… on a déjà retrouvé notre foyer, toi et moi. Il ne nous manque plus que la paix à présent, lui susurré-je doucement.

Au même moment, ma chienne débordante d'énergie fait irruption dans les écuries. Alba tourne joyeusement autour de nous, la langue pendante et les yeux pétillants de malice. Sa bonne humeur est si contagieuse qu'elle m'arrache un sourire. Même si elles ne sont pas dotées de la parole, ces bêtes arrivent toujours à combler ma solitude. Elles ne demandent rien de plus que mon attention, et en retour elles m'offrent une présence et une affection sans faille.

— Alors, Os' ! Tu as passé une belle nuit ? Tu lui as montré que t'étais monté comme un étalon ? me pique une voix dégoulinante de sarcasme que je saurais reconnaître entre mille.

Le moment de répit s'achève.

Je réplique en continuant de brosser Onyx :

— Merveilleuse, Léon. Tu souhaites avoir tous les détails ?

C'est plus fort que moi, je suis assailli par l'image de ma Louve emprisonnée dans mes bras. Les souvenirs de ses lèvres gonflées par mes baisers, de nos corps se réclamant avec empressement et de son regard éperdu se bousculent dans ma tête. Les charmes d'Armance ont réussi à amadouer mon cœur endurci. Je voulais la punir, rester ferme et ne pas me laisser attendrir par sa vulnérabilité. Mais il a fallu qu'elle ait une peur bleue des orages pour réveiller mes instincts protecteurs.

J'aurais dû lui rappeler avec sévérité qui je suis vraiment, mais la tentation était trop grande, l'attraction irrésistible. Je sais pertinemment que cela va compromettre les choses par la suite.

— Plutôt me crever les yeux que de les entendre, renâcle Léon.

— J'ai toujours rêvé de te voir avec des globes oculaires en moins. Tu ne fais que m'encourager à délier ma langue, là.

— J'espère juste que tu n'as pas oublié l'essentiel, radote mon acolyte.

Cette fois, je me tourne pour me confronter à lui.

— Est-ce une réflexion que je décèle dans l'intonation que tu viens d'emprunter ?

Même s'il perçoit la tension dans ma voix, il refuse de fléchir. Aujourd'hui, il n'a pas froid aux yeux et veut me tenir tête. Léon retrousse la manche de sa chemise pour me montrer les horribles cicatrices sur ses bras : les mêmes qui figurent dans mon dos. Une piqûre de rappel bien plus assommante qu'un coup dans le ventre.

Son regard flambe d'une haine viscérale et les muscles de sa mâchoire se contractent à cause de ses dents qu'il serre avec férocité.

— Notre revanche est enfin à notre portée, Oswald. On doit faire payer le Balafré. Et toi... tu... tu préfères te divertir avec cette voleuse insignifiante, en lui confiant de temps à autre des larcins sans grande importance !

— Ils ne sont pas « sans grande importance » et tu sais très bien pourquoi. C'était le seul moyen de garder un œil sur elle.

— Tu n'étais pas obligé d'accepter... on aurait pu très bien se passer de tout cela ! Tu ne fais que nous ralentir !

Ce dialogue de sourds ne mènera à rien. Inutile de gaspiller notre temps, alors je m'abstiens de tout commentaire. Après avoir lâché mon cheval dans son paddock, où il peut galoper et brouter l'herbe fraîche en toute liberté, je quitte la sellerie, ignorant la présence de Léon.

— Tu as eu le malheur de t'attacher à Armance, n'est-ce pas ? Et dire qu'on misait sur toi pour nous diriger, parce qu'on pensait que t'étais le plus apte à garder les pieds sur terre !

À bout de patience, je fais volte-face et l'attrape par le col de sa chemise pour le plaquer contre le mur de pierre.

— Cette question qui ne cesse de sortir de ta bouche m'exaspère. Tu me prends pour le dernier des imbéciles ? Crois-tu qu'il y ait la moindre place pour des sentiments dans notre monde, Léon ?

Je sors un canif de ma poche et dirige la lame vers son bras.

— Tu veux que je poursuive le travail du Balafré ?

La pointe de la lame pénètre sa peau, libérant une minuscule goutte de sang. Léon grimace, seulement il soutient mon regard.

— C'est moi qui devrais douter de ta place dans mes rangs, enchaîné-je d'un ton furibond. Toi… le crétin qui a été incapable de surveiller une femme pendant une soirée. Une seule tâche à accomplir et tu échoues lamentablement !

— Armance m'a échappé parce qu'elle a utilisé ta maudite ruse contre moi !

Je penche la tête sur le côté. Dans mon geste, une épaisse mèche de cheveux me barre l'œil droit, ne laissant apparaître que le bicolore.

— Laquelle ?

— Celle avec le papier tranchant ! Elle m'a entaillé le bras, cette garce !

Surpris par cette révélation, je ne réagis pas dans l'immédiat. Puis quand j'assimile enfin l'information un sourire éclot sur mes lèvres. Ma colère s'apaise et je me remémore le moment où j'ai utilisé cette petite feuille pour lui faire peur, l'approchant près de son œil.

Donc ma Louve m'écoute quand je lui parle ? Mieux encore... elle retient les leçons ?

Je vais de surprise en surprise avec elle et je sens que je pourrais très vite m'habituer à sa nature obéissante et audacieuse.

— Contentons-nous de faire ce qui doit être fait et concentrons-nous ensuite sur notre objectif ultime ! me rappelle à l'ordre Léon. Nous prenons du galon, amassons un paquet de blé, augmentons nos effectifs... tout marche comme sur des roulettes pour le moment ! Nous pourrons bientôt frapper fort et le vaincre une bonne fois pour toutes. Nous nous rendrons justice nous-mêmes et...

— J'ai fait un rêve ! s'exclame un nouvel arrivant.

Je relâche Léon et découvre Edgar, debout à l'entrée du manoir, en train de caresser le haut du crâne d'Alba.

— Ah, ça y est ! Notre grand mystificateur est sorti du lit pour nous déballer ses absurdités quotidiennes ! Voilà ma journée égayée ! souffle Léon, exaspéré.

Edgar le salue d'un geste du menton sans se départir de son petit sourire en coin.

— Pour ton plus grand bonheur, Léon ! Je suis un peu ton rayon de soleil au milieu des ténèbres !

— Sérieusement ? Os' ! Permission de vomir sur ses chaussures ?

— Permission refusée.

Je recule d'un pas et observe mes compagnons d'armes qui se chamaillent. Dire qu'ensemble nous avons traversé tant d'épreuves... L'horreur de la guerre nous a rapprochés. Nous avons testé notre loyauté dans les conditions les plus terribles, au fond de ces étroits et sombres boyaux creusés dans le sol boueux.

Nous avons survécu au milieu des barbelés et des pièges mortels, de la puanteur des corps en décomposition et des mutilations aussi banales que nos rations de pain journalières. Et juste au moment où nous pensions trouver la paix en rentrant chez nous, dans la capitale… tout a commencé à empirer pour nous.

En continuant de me côtoyer, Léon et Edgar se sont tiré une balle dans le pied. Je les ai entraînés dans ce tourbillon de violence sans le désirer et je me suis donné pour mission d'assouvir leur soif de vengeance. Ainsi que la mienne.

Je ne dois jamais l'oublier.

Rien n'arrive par hasard.

— Os' ? Tu es dans la lune ? s'agite Léon, qui me ramène à la réalité.

Je cligne des yeux rapidement et lance la première chose qui me vient à l'esprit, dans l'intention de nous orienter vers des sujets de conversation plus légers.

— Vous saviez qu'Armance Faure rêve de devenir comédienne ?

Mon bras droit m'assassine du regard et me répond avec son irritation habituelle :

— Oh, génial ! Je serai là pour lui jeter des tomates pourries à son premier spectacle alors !

— Elle a un bien beau rêve, commente Edgar. C'est quoi le tien, Léon ?

— Tenir un bar, baiser toutes les puterelles du coin, boire des coups jusqu'à ce que ça déborde de mon gosier et piller les poches de mes clients. Et toi ?

— Explorer le monde.

Léon lâche de grands éclats de rire dédaigneux et fait mine de lui tirer dessus avec l'arme qu'il a coincée sous sa ceinture.

— Si tu insistes, je peux t'offrir un aller simple vers l'au-delà ! Tout de suite, même !

— Ton humour à la con me manquerait trop, je ne suis pas encore prêt à te quitter, tu sais ?

Edgar lui renvoie un tendre sourire qui déstabilise quelque peu Léon, comme s'il trouvait son aigreur matinale attendrissante.

— Tu… Je…

Le borgne le prend de court en lui donnant une grosse tape dans le dos qui le pousse vers l'avant. Il trébuche.

— Petit gringalet, va falloir t'endurcir si tu veux survivre à ce qui nous attend !

— Peu importe le gabarit, moi je n'hésite pas à trancher des gorges. Tu le sais ! se défend Léon.

Agacé par leurs joutes verbales, j'entre dans mon manoir, bientôt talonné par mes deux acolytes qui se sont enfin calmés.

— Préparez la voiture, nous partirons en début de soirée ! Vérifiez au passage s'il n'y a pas de piège posé sous la carrosserie. Même si j'ai brûlé vif l'artificier, nous ne sommes jamais trop prudents, n'est-ce pas ?

Leur sérieux retrouvé, ils hochent la tête dans un mouvement synchronisé et débarrassent le plancher en seulement quelques secondes. Je m'apprête à emprunter l'escalier principal pour accéder au premier étage, seulement je suis coupé dans mon élan lorsque je distingue une silhouette qui s'aventure tout en haut sur le palier.

Armance.

Elle a enfilé ses vêtements d'homme de la veille et semble désorientée d'être ici. Son regard parcourt prudemment ce qui l'entoure et elle se fige net dès qu'elle me repère. Son visage doux et ses longs cheveux dorés comme les blés accentuent son apparence angélique. Elle oscille entre surprise, méfiance et curiosité. Il y a comme une étrange connexion qui se forme entre nous et, lorsque je prends l'initiative de gravir les premières marches pour la rejoindre, ma Louve brandit son misérable couteau, qu'elle pointe dans ma direction sans grande conviction.

— Tu es toujours aussi charmante le matin ? lui demandé-je.

Les mains dans les poches, je poursuis mon ascension, scrutant avec attention le moindre de ses gestes. Elle recule légèrement, ce qui me fait sourire. Son manque d'assurance m'amuse beaucoup. Elle ne sait visiblement pas comment m'aborder après les événements de la veille.

— Si par charmante tu veux dire prête à te sauter à la gorge, oui. Peu importe ce qui s'est passé entre nous, je ne baisse pas ma garde, Serendas !

— Et qu'est-ce qui s'est passé entre nous, Armance Faure ? Explique-moi, je crois que j'ai perdu la mémoire.

Mes paroles chassent l'air de ses poumons. Elle se montre si facile à berner et c'est bien pour cette raison que je ne me lasse pas de la faire tourner en bourrique. Surtout quand je vois ses joues se colorer d'une sublime teinte rougeoyante.

— Tu veux me tirer les vers du nez, n'est-ce pas ? Je ne vais pas entrer dans ton jeu, je t'avertis !

Je hausse les épaules, feignant un air innocent qui la débecte.

— Quel jeu ?

— Comment fais-tu pour être aussi infernal dès ton réveil ? Je n'ai même pas le temps de prendre une gorgée de café sans que tu commences à semer le désordre dans ma vie !

Son mordant retrouvé, elle la joue offensive, rendant ainsi la partie plus intéressante. En quelques enjambées, je la rejoins et fixe la lame qu'elle pointe toujours entre mes deux yeux.

— Donc tu aimes le café ?

— C'est tout ce que tu retiens ?

Avec la plus grande précaution, je repousse sa main qui enserre le couteau, de façon à éloigner l'arme de mon visage.

— Tu es magnifique, même vêtue en homme. C'est un crime d'avoir une telle beauté. Cela me donnerait presque envie de te garder enfermée dans ma chambre, pour ne pas prendre le risque que quelqu'un d'autre te contemple avec intérêt.

— Je... je n'arrive jamais à savoir si tu es sérieux ou si tu plaisantes. C'est assez perturbant.

Et c'est exactement l'effet escompté. Je veux que tu sois incapable de me déchiffrer.

Elle n'aura que mon sourire narquois en guise de réponse, un stratagème bien rodé que j'affectionne pour brouiller les pistes. D'un geste assuré, mon doigt glisse sous son menton, soulevant sa tête pour qu'elle puisse capter l'étincelle espiègle qui jaillit au fond de mes prunelles. Il y a une pointe de provocation à travers ce contact subtil. Une invitation à se perdre dans l'énigme que je représente à ses yeux.

Arriveras-tu à me percer à jour, ma Louve ?

Sauras-tu démêler le vrai du faux ?

— Bien dormi ? m'enquiers-je.

— Peut-être trop même. Tu aurais dû me réveiller.

— Tu avais besoin de récupérer.

— Je...

— Je vais te ramener chez toi, ne t'en fais pas.

Sous le coup de l'étonnement, elle entrouvre ses jolies lèvres et je baisse les yeux sur celles-ci en m'humectant la bouche. Je perçois la tension qui traverse son corps et qui se greffe à ma propre peau. Les mots deviennent superflus. Cette tension tangible qui flotte entre nous ne cesse de s'amplifier jusqu'à saturer l'air.

Je suis captivé par cet échange silencieux.

Hypnotisé par la force de son regard.

Prisonnier de cette atmosphère électrisante et suspendu à chacun de ses battements de cils.

— Il vaudrait mieux que j'aille prendre un bain et me changer... Mes vêtements sont sales. À moins que tu veuilles me laver, ma Louve ?

Armance détourne le regard et je me retiens de prendre en coupe son visage pour plonger la langue dans sa bouche. Reprendre là où nous nous sommes arrêtés dans mon lit, et se perdre dans mille et une étreintes passionnées.

Rien qu'elle et moi...

Je la veux si fort... si violemment...

— Non merci ! Sans façon ! Tu pues le cheval.

— Avant que j'y aille, redis-moi que tu veux me sauter à la gorge s'il te plaît, ça m'a beaucoup plu.

— Dans tes rêves !

J'attrape la main d'Armance, ce qui la fait tressaillir. Nos doigts s'entrelacent, nos paumes s'épousent dans une fusion délicate. La douceur de sa peau se répercute à travers tout mon être. Ma Louve ne sait plus où elle en est. Je suis dans le même cas. Entre tiraillements, regrets et esprit vindicatif... je suis pris au piège dans cet enchevêtrement d'émotions contradictoires.

Mais je ne peux pas la laisser me distraire de la sorte.

Il est temps de reprendre les rênes et de retrouver le bon cap.

Elle n'est qu'une pièce maîtresse. Un rouage dans le mécanisme.

Dans mon royaume impitoyable, les limites sont floues et tous les coups sont permis, peu importe le prix à payer.

Je dépose un baiser sur le dos de sa main tout en plongeant mon regard dans le sien. Elle me sonde en retour, comme si elle cherchait à s'aventurer dans les profondeurs de mon âme, mais je reste impénétrable afin de garder mes secrets bien dissimulés.

— Les rêves n'ont pas leur place ici. Tu le découvriras bien vite.

Sur ces mots, je m'éloigne d'Armance, serrant les poings pour contenir mon envie de faire demi-tour.

Plus rien ne sera comme avant.

Chapitre 29

Chaque chose arrive pour une bonne raison

Oswald

Comme convenu, nous nous sommes éclipsés de mon manoir en début de soirée après avoir pris soin de bander les yeux d'Armance. Je suis ravi de constater que le trajet se déroule sans accroc. Léon reste sagement à sa place, muré dans un silence complice. À côté de lui, Edgar est au volant de la berline, tandis que sur la banquette arrière ma Louve ne pipe mot, sans doute impatiente de retrouver sa petite tribu.

Alors que notre voiture file le long des boulevards de la capitale, je pose une main sur l'épaule d'Armance. Cette dernière sursaute et se met en position défensive en voûtant les épaules.

— Tout va bien, la rassuré-je en défaisant le nœud du bandeau qui lui obstrue la vue.

Au moment où je libère ses yeux, son regard trouve le mien, puis dévie sur ma bouche située à seulement quelques centimètres de la sienne.

Une seconde. Deux secondes. Trois secondes...

Mais aussitôt elle me tourne le dos, reportant son attention vers l'extérieur, à travers la vitre. Son trouble ne m'a pas échappé, mais je m'abstiens de tout commentaire. Ce soir, la

Ville lumière est plus resplendissante que jamais. Grâce aux lueurs des lampadaires qui jaillissent de la pénombre, des reflets d'or ressortent sur les pavés mouillés par la pluie de la veille. Les passants déambulent dans les rues, galvanisés par le son enivrant du jazz qui s'échappe des bars et des cabarets. L'atmosphère est teintée d'une effervescence festive, émaillée d'éclats de rire et de conversations animées.

Je me réinstalle sur mon siège et surveille Armance du coin de l'œil. Elle se triture les mains, baisse la tête, la relève par moments pour observer la route avant de se mordiller l'intérieur de la joue. Je me concentre ensuite sur sa gorge et réalise qu'elle peine parfois à déglutir. Tous les signes de nervosité sont là.

Est-ce qu'elle pressent quelque chose de mauvais ? Son sixième sens est-il à ce point affûté ?

Je serre le poing sur mon genou et inspire une grande goulée d'air. L'envie de m'approcher d'elle et de lui prendre la main m'obsède. Il est compliqué de nier cette alchimie qui s'est tissée entre nous hier soir. Sans même me regarder, cette fille continue à me mettre dans de beaux draps. La frontière entre la raison et la passion devient floue dans ma tête. Je me demande si j'ai été trop faible en cédant à ses charmes ou bien si j'ai simplement succombé à quelque chose d'inévitable.

Mes devoirs s'opposent à mes désirs, les deux se livrent une bataille féroce à l'intérieur de moi. C'est éreintant et je sais d'avance que les choix à faire seront déchirants.

Si elle savait...

Quand nous arrivons à bon port, Edgar coupe le moteur. L'immeuble d'Armance se dresse misérablement devant nous. Les briques qui composent sa façade sont ébréchées et décolorées à cause de l'usure du temps et de l'absence d'entretien. Ma Louve a un temps d'arrêt lorsqu'elle fixe la fenêtre encrassée de l'appartement familial.

— Un problème ? l'interrogé-je en sortant une cigarette.

— Le verre est fissuré... c'est... c'est bizarre.

Une lourde tension s'installe dans l'habitacle.

Que le spectacle commence.

Sa main tremble quand elle ouvre la portière et son regard nous fuit toujours.

— Merci de m'avoir ramenée, lâche-t-elle en nous saluant brièvement.

Son appréhension est palpable. Elle s'éloigne de notre véhicule et disparaît à l'intérieur du bâtiment. Alors que Léon ricane dans sa barbe, Edgar, lui, s'appuie contre son siège et me regarde dans le rétroviseur collé à l'extérieur de la voiture, la mine grave.

— Alors tu as vraiment fait ça, Os' ?

— Oh que oui il l'a fait ! renchérit Léon, pince-sans-rire.

Je prends une première latte et laisse errer mon regard sur l'immeuble de ma Louve.

— Si je devais le refaire, je n'hésiterais pas une seule seconde, Edgar.

— Je l'apprécie, cette petite. La loyauté dont elle fait preuve, même dans les situations les plus dangereuses, est à la fois belle et réconfortante à voir. Elle reste droite dans ses bottes en côtoyant ce monde où les alliances sont fragiles et les trahisons fréquentes. Une qualité précieuse que tu risques de compromettre avec le plan que tu as en tête, en as-tu au moins conscience ?

Oui, j'ai conscience que dans l'ombre de mes desseins je risque de fracturer l'humanité qu'il lui reste.

Je fume en silence, le regard dans le vide.

— Tout à l'heure, tu as dit que tu avais fait un rêve. De quoi s'agissait-il, cette fois-ci ? le questionné-je.

— Je ne cesse de voir des couteaux plantés dans le dos d'Armance. Elle est en pleurs et seule au milieu de l'obscurité. Et surtout... elle paraît fuir quelque chose... ou quelqu'un qui la terrifie plus que tout. Un monstre la traque.

Un sourire quasi imperceptible vient ourler le coin de mes lèvres.

— Les mauvais présages ne t'échappent pas donc. C'est intéressant.

Je sors ma montre à gousset et patiente encore une bonne dizaine de minutes avant de me hisser hors de la voiture.

— Elle va être détruite, Os'.

— Nous obtiendrons gain de cause. Ne bougez pas de là et surveillez les environs.

D'un ton ferme et implacable, je communique mes ordres à mes hommes.

J'entre dans l'immeuble, dépassant la porte mal fixée qui s'ouvre sur un hall sombre et inhospitalier. J'emprunte l'escalier en colimaçon. Le bois craque sous mon poids. Une odeur d'humidité et de moisissure flotte dans l'air. Ma respiration maîtrisée, je sors mon arme et la charge en rasant les murs. Mes doigts se pressent contre le métal froid tandis que les ombres m'enveloppent et me permettent de me fondre dans l'obscurité. Chaque pas est calculé, chaque mouvement précis. Je deviens le soldat solitaire au milieu du champ de bataille, prêt à tout pour ne pas faillir.

Je me faufile furtivement jusqu'à l'entrée de l'appartement d'Armance. Comme sa porte est à moitié entrouverte, je me penche pour espionner ce qui se passe à l'intérieur.

Un fracas assourdissant retentit. Le chaos et le désespoir, c'est tout ce que cela m'inspire lorsque je repère ma Louve au milieu des débris. Elle déplace les meubles, fouille les moindres recoins, s'arrache les cheveux et se griffe le visage. Une terreur absolue déforme ses traits.

— Non... pas ça... pas ça..., sanglote-t-elle.

Les échos de sa voix brisée résonnent dans le vide tandis que les larmes dévalent sur son visage. Elle sombre peu à peu dans les abîmes de la folie.

— Elliot ! Maman !

Seule... elle est si seule...

Je la vois courir et disparaître dans une autre pièce. J'en profite pour m'introduire chez elle en catimini. Le canapé est éventré, la vaisselle cassée, le papier peint arraché et les tapis brûlés. La décrépitude des lieux est encore plus flagrante ici. Le sol est recouvert d'un épais tapis de poussière et de débris. Plus rien n'est intact. Je tousse dans le pli de mon coude à cause de l'odeur très forte de la poudre.

La tension monte, l'adrénaline court dans mes veines. Mon esprit s'aiguise, prêt à affronter toute forme de danger.

Je me déplace à pas de loup jusqu'à la pièce où Armance s'est réfugiée. Je la retrouve tétanisée dans la chambre. La scène qui s'offre à nos yeux est cauchemardesque. Le sang a coulé dans tous les recoins, maculant les draps, les murs écaillés et les meubles saccagés. Une vision d'horreur qui témoigne de cette violence déchaînée.

— Vous ne pouvez pas être morts... vous ne pouvez pas être morts... je ne suis rien sans vous...

Elle murmure ces paroles glaçantes pendant qu'elle reste témoin du spectacle effroyable autour d'elle. Dans ses yeux, il y a l'éclat d'une peur viscérale.

Je range mon arme et, lorsque ma Louve me repère, je ressens toute cette peine qui la consume dans la nuit noire. Sous le choc, elle peine à trouver ses repères dans son foyer familial qui s'est transformé en scène macabre.

Aucun survivant.

Rien ne sera comme avant...

Elle est devenue l'élément central de ce tableau mortifère. J'entends presque son âme en pleurs.

Comment fait-elle pour rester encore debout, si fragile et si solitaire ?

— Tue-moi, me supplie-t-elle.

Je lui adresse un sourire glacial et me récite mentalement ce credo que j'applique à la lettre.

Mon œuvre à moi, c'est la déchéance.

Mon terrain de jeu, c'est l'enfer.

Pour quiconque croisera ma route, je ne ferai qu'exacerber sa noirceur ainsi que sa douleur.

Et ma Louve n'est malheureusement pas l'exception qui confirme la règle.

— S'il te plaît... Achève-moi...

Je m'extirpe de la pénombre et m'avance vers elle, grisé par quelque chose d'intrinsèquement mauvais, tel le monstre pétri de vices que j'ai dû devenir pour survivre.

Les morceaux de verre craquent sous la semelle de mes chaussures, et à chaque crissement aigu Armance tressaille. J'aimerais tant sécher ses larmes et apaiser son cœur en miettes, mais ma facette la plus monstrueuse me domine et souhaite la voir plonger dans cette démence.

Sa peur sera bientôt mise en sourdine. Elle s'effacera au profit d'un redoutable esprit vindicatif. Ma victime tremble des pieds à la tête lorsque j'arrive à son niveau, mais dans un élan de désespoir elle saisit ma main et la positionne sur sa gorge.

— Vas-y, m'encourage-t-elle, résignée à son sort.

Sa famille violemment éliminée, elle implore que je mette un terme à sa vie. Que je l'étouffe jusqu'à la libérer de sa douleur. Alors pour quelques instants j'accepte sa requête. Mes phalanges se resserrent autour de son cou gracile et aussi blanc que de la porcelaine. Sa respiration se bloque dans ses poumons et ses yeux qui s'écarquillent de terreur se plantent dans les miens. Armance agonise lentement et bientôt je sens ses forces céder. Elle faiblit à vue d'œil, mais ce n'est pas aujourd'hui qu'elle trouvera la paix. Je retire ma main et la regarde reprendre son souffle de façon chaotique, les doigts posés sur sa gorge endolorie par ma poigne de fer.

Son innocence mise en péril entre mes mains me fait doucement sourire. La bête avide que je suis se repaît de sa belle âme, désormais sous l'emprise de ma noirceur.

— Sais-tu pourquoi on me craint tant ?

Je me penche à son oreille et la sens frémir contre moi.

— Parce que j'ai tout perdu. Exactement comme toi. Et quand il n'y a plus d'enjeu dans nos actes on se fiche bien des conséquences à venir. Plus rien ne peut nous arrêter.

Aucune faiblesse ne viendra te freiner. Alors je me dois de te le rappeler : tu n'es et tu ne seras jamais plus forte qu'en cet instant de ta courte vie.

Ressens les émotions, ma Louve, laisse-les te dominer. Ne bataille plus et plonge dans cette spirale infernale avec moi.

Je pose les lèvres sur la blessure encore visible sur sa joue. Ses jambes flanchent, elle peine à tenir debout. Elle est un jouet si docile... je vais la briser et la modeler à ma guise.

— Plus la moindre contrainte pour te forcer à obéir. Fini d'être servile, oublie ta bonne foi et fie-toi à ton instinct. Bienvenue dans mon monde, Armance Faure.

C'est le coup de grâce. Ses yeux se plissent de douleur, elle flanche et sombre dans mes bras.

Délicatement, je la soulève et la transporte jusqu'à la voiture qui nous attend devant chez elle. Son corps inerte repose paisiblement contre moi.

Elle ne le sait pas encore, mais je serai bientôt son fléau. Je la détruirai si fort que mon emprise sur elle se renforcera de jour en jour. Qu'importe si ma Louve me déteste, elle sera liée à moi à jamais. Dans ce ballet macabre, c'est moi qui mène la danse.

J'embrasse son front perlé de sueur froide et lui murmure :

— Chaque chose arrive pour une bonne raison. Ne l'oublie pas...

Ne m'oublie pas.

Chapitre 30

Baiser de Judas

Armance

Mon crâne pèse autant qu'une enclume tandis que mes yeux sont secs et gonflés. Lentement, au fil des minutes, je commence à retrouver mes esprits. Sauf que mes paupières semblent si lourdes que les ouvrir s'avère être un véritable défi. Avec effort, ma main s'élève mollement pour venir se poser sur mon front couvert d'une fine pellicule de sueur. Ma respiration, elle, se fait laborieuse.

Une douleur lancinante me transperce de la tête aux pieds. J'ai mal partout. Aux jambes. Aux bras. Au cœur.

À l'âme.

J'ai l'impression d'avoir été rouée de coups, malmenée de tous les côtés. Sans guérison possible, condamnée à souffrir pour l'éternité. Est-ce cela que l'on appelle l'enfer ?

Je reprends une profonde inspiration, luttant pour garder les yeux ouverts. Je réussis à rentrouvrir péniblement les paupières, mais tout ce qui m'entoure m'apparaît flou, indistinct.

Nouvelle respiration.

Douleur aux côtes.

Battement de cils.

Souffle fébrile.

Peu à peu, je retrouve un peu de force dans mes membres, suffisamment pour me permettre de me redresser sur les coudes. Une grimace déforme mon visage alors que je passe une main dans mes cheveux blonds, qui me tombent devant les yeux. Certaines de mes mèches sont souillées et collées par du sang séché.

Une chevelure autrefois lumineuse maintenant maculée de taches sombres... en voilà une bien cruelle métaphore, qui me rappelle l'horreur que j'ai vécue.

Des images d'une violence inouïe affleurent des tréfonds de ma mémoire. Le cauchemar se rejoue en boucle dans mon esprit. Encore et encore... Les détails sordides de cette tragédie... tout s'est gravé profondément en moi, comme une couche de crasse indélébile sur ma peau.

Elliot, maman...

Je refuse d'y croire. Je refuse d'y croire. Je refuse d'y croire...

Lorsque ma vision s'éclaircit, je prends conscience que quelqu'un m'a allongée sur un canapé. Les arômes floraux des coussins en velours m'enveloppent... un parfum étranger qui m'indique que je ne me trouve plus chez moi.

Et en effet je ne suis plus dans mon appartement.

Mes yeux parcourent attentivement le sol en marbre lisse, orné d'un tapis d'Orient aux teintes chatoyantes. En relevant la tête, je découvre des lustres suspendus au plafond, scintillant de cristaux. Les murs sont drapés d'élégantes tentures au style rétro, sublimées par des fils d'or et d'argent. C'est une vaste salle de séjour dans laquelle je n'ai jamais mis les pieds auparavant. La pâle lueur de lune, filtrant à travers d'immenses fenêtres, m'indique que la nuit n'en est qu'à ses débuts.

Perdue en territoire inconnu, je suis sur le qui-vive. Et je me fige aussitôt que je me heurte à deux grands yeux obliques qui me fixent tout au bout du canapé.

Alba.

La chienne, à l'apparence de loup majestueux, a la tête posée sur l'accoudoir du divan et me scrute avec une empathie qui me déconcerte. C'est comme si elle pouvait sentir chaque parcelle de ma douleur. Elle s'approche de moi prudemment, émettant des petits couinements inquiets qui me serrent la poitrine.

Ma main glisse fébrilement sur le sommet de son crâne et, en réponse, l'animal dépose un coup de langue sur mes doigts. Un geste réconfortant, mais pas suffisant pour m'apaiser.

— Tu es réveillée.

Mon cœur loupe un battement.

Cette voix...

Je me retourne et tombe sur Oswald, adossé à un mur, en train de jouer avec sa montre à gousset. Ses yeux vairons accaparent immédiatement toute mon attention, chacun d'eux étincelant d'une teinte unique. Un œil d'un bleu profond, reflétant les abysses de l'océan, tandis que l'autre, d'un marron aux reflets d'or, m'évoque les rayons du soleil en fin d'après-midi.

Vêtu de son sempiternel costume noir, le chef de la pègre se déplace jusqu'à moi avec sa grâce naturelle. Oswald claque des doigts et ordonne à Alba de s'éloigner, ce qu'elle fait dans la seconde suivante.

— Je suis de retour chez toi ?

Ma voix est éraillée à cause de mes cordes vocales usées. Il acquiesce. Les ombres sur son visage aussi dur que le marbre accentuent la saillie de ses pommettes anguleuses. Mon corps tremble à mesure qu'il se rapproche. Je tente de refouler les nouvelles larmes qui se tassent dans le coin de mes yeux, mais je n'ai plus aucune force de résistance. Le chagrin m'enveloppe dans son voile sombre.

— Mon frère, ma mère... je ne comprends pas. Et je ne peux m'empêcher de m'imaginer le pire...

Le Corbeau range sa montre au fond de sa poche et attrape mes mains quand il s'agenouille devant moi.

Yeux dans les yeux.

Caresses rassurantes.

Chaleur qui irradie de ses longs doigts.

En l'espace de quelques secondes, Oswald Serendas devient mon point d'ancrage au milieu des décombres de ma vie. Je me réfugie contre son épaule et sanglote dans son cou. Me cramponner à lui de toutes mes forces pour ne pas devenir folle est la seule solution qui me vient en tête. C'est un appel à l'aide. Un élan de détresse.

Parce que j'ai cruellement besoin de lui.

Parce qu'il ne me reste plus que lui…

Il glisse une main sur ma nuque et me maintient contre son buste.

— Je suis là, ma Louve… je suis là…

Je secoue la tête, cherchant à tout prix à chasser ces horribles images qui me hantent. Je refuse catégoriquement d'accepter l'inacceptable.

Il reste de l'espoir…

Je n'ai vu aucun corps. Peut-être qu'Elliot et ma mère ont réussi à fuir. Peut-être ne s'agissait-il pas vraiment de leur sang…

Oui… il y a encore une toute petite lueur d'espoir…

— Je dois comprendre ce qui s'est passé et qui a commis de tels actes.

Oswald se détache de moi. Sa paume froide effleure ma joue, laissant derrière elle une sensation à la fois apaisante et troublante.

— J'ai demandé à mes hommes de fouiller ton appartement de fond en comble.

— Et tu as trouvé des indices ?

Le Corbeau me prend par surprise lorsque, de sa poche, il extrait un objet minuscule aux reflets argentés. Avec minutie, il le dépose au centre de ma paume. Il s'agit d'un bouton de manchette, orné d'un emblème qui… représente un serpent ?

— Fais travailler ta mémoire, ma Louve. N'as-tu jamais croisé cet accessoire quelque part auparavant ?

Je fronce les sourcils, me creusant les méninges. Les souvenirs s'entremêlent, se bousculent dans ma tête, mais rien ne m'éclaire sur ce mystérieux bouton de manchette.

— Je... je ne sais pas, Oswald. Rien ne me vient...

Son regard se durcit légèrement.

— Continue de chercher. Cette dernière pièce du puzzle est cruciale pour comprendre ce qui se trame autour de toi.

— C'est...

Je replonge dans mes pensées avec acharnement, quand tout à coup une image émerge de l'obscurité. Un fragment de mémoire qui s'illumine tel un éclair. Je me fige tandis que je me remémore un instant précis.

C'était à la soirée mondaine dans laquelle Oswald m'a traînée de force avec lui. Je me rappelle la foule élégante, les rires feutrés, les verres qui s'entrechoquaient. Et au milieu de cette effervescence un homme nous avait rejoints.

Un homme au regard perçant qui transpirait le pouvoir et était... le maître des lieux ?

Je me souviens plus précisément de sa présence, de la manière dont il semblait surveiller chacun de mes mouvements et chacune de mes interactions.

Oswald me sourit.

— Alors ça y est ? Tu te souviens maintenant ?

— Le lieutenant Gabin...

Il acquiesce.

— Nous y voilà, ma Louve.

Une lueur étrange apparaît au fond de ses prunelles.

— Je ne comprends pas... qu'est-ce qu'il aurait à voir avec toute cette histoire ?

— Armance..., me chuchote-t-il en prenant ma joue en coupe. Est-ce que tu connais le baiser de Judas ?

Avant même que je ne puisse formuler une réponse à sa question énigmatique, sa bouche vient à la rencontre de la mienne de la plus exquise des manières. Incapable de résister, je ne fais rien pour me dégager. Son baiser, où se mêlent des émotions insaisissables, est à la fois tendre et intense.

La pression de ses lèvres est minutieuse. On dirait qu'il cherche à capturer chaque détail de mes lèvres, à en retenir le goût, la forme et la chaleur. Les secondes s'écoulent. Au-delà de cette douceur infinie, une étrange inquiétude s'installe rapidement. Un soupçon de menace flotte dans l'air. Subtile et indéfinissable.

Je sens une délicieuse caresse se mêler à une pointe de félonie. Cette connexion éphémère semble marquer la conclusion d'un chapitre. Le point final d'une époque révolue. Est-ce que cette tendresse cache une vérité insidieuse ?

Tandis que nos visages se détachent lentement, je suis frappée par un tourbillon de sentiments contradictoires.

Déstabilisée, je fouille dans ses yeux profonds, cherchant des réponses à travers leurs reflets sombres. Soudain, tout bascule quand je sens un embout métallique et glacial se coller contre mon cœur.

C'est là que je comprends. Là que la vérité m'éclate en pleine figure.

Le baiser de Judas a été scellé sur mes lèvres pour une raison bien précise : signer la fin d'une illusion et le début d'une nouvelle réalité.

Il vient de sortir son revolver pour me viser.

Voilà les risques que cela implique de côtoyer un homme tel qu'Oswald Serendas, me nargue malicieusement ma conscience.

Le Corbeau laisse sa langue glisser sur ses lèvres avant de me renvoyer un sourire dégoulinant de menace.

— Peut-être que tout aurait été plus simple si ton père n'était pas venu se mêler de choses qui ne le concernaient pas, tu ne crois pas ?

Je sursaute. Ses mots me font l'effet d'une gifle violente, qui me ranime aussitôt.

— De quoi parles-tu ? Pourquoi tu mentionnes mon père ?

Des dizaines et des dizaines d'interrogations fusent dans ma tête, jusqu'à m'en donner le tournis.

— Tu vois, Armance… une grande partie de ma richesse provient des vengeances que j'orchestre pour le compte de mes clients. Et il se trouve que parfois le hasard fait bien les choses.

Une vague de frissons parcourt ma peau, dressant chaque poil sur mes bras. Je suis pétrifiée, inapte au moindre mouvement.

— Victor Gabin est venu me voir pour me demander de surveiller la famille Faure, poursuit-il. J'ai immédiatement fait le lien avec ta petite tribu, ma Louve.

Mon souffle se bloque dans ma poitrine. J'ai la gorge qui se noue.

— Pourquoi voudrait-il nous surveiller ? Et toi, pourquoi tu as accepté ?

— À quoi bon perdre mon temps à te l'expliquer ?

Il serre son arme contre ma poitrine, accentuant la pression sur mon palpitant. Un instant de terreur pure paralyse mes sens.

Les regards énigmatiques, les paroles ambiguës... Les indices disséminés ici et là prennent soudainement un sens sinistre. Oswald, l'homme pour qui mon cœur osait battre avec une intensité folle, n'est qu'un traître.

« Ta voix me fait toujours un effet incroyable. »

« Pourquoi je déteste à ce point te voir pleurer ? »

« Qui peut t'arriver à la cheville ? »

« Je n'ai peut-être pas le pouvoir d'arrêter les orages, mais je peux veiller sur toi. »

Que de belles paroles. Les promesses de protection et de loyauté qu'il a pu prononcer auparavant se dissolvent dans les airs.

Tout était calculé. Rien n'avait de valeur. Je tombe de si haut... et pourtant je ne peux m'empêcher de me fustiger moi-même. La séduction est la plus dangereuse des armes pour manipuler quelqu'un et je me suis fait avoir en beauté.

Comment ai-je pu laisser mes sentiments prendre le dessus sur ma lucidité ?

Les illusions s'effondrent comme des murs autour de moi, me dévoilant la réalité crue et dure. Oswald n'est pas l'homme que je m'imaginais. Même si je me doutais de ses intentions peu louables, je n'aurais jamais cru qu'il puisse se retourner contre moi. Mon cerveau cesse de fonctionner. Tout comme mon corps, dont je sens chacun des membres se raidir.

— Ce sont tes hommes qui ont provoqué le massacre de ma famille ? C'est toi qui les as tués sous les ordres du lieutenant ? lui demandé-je.

— Je t'avais prévenue, non ?

Mes tremblements ont repris. Des larmes brûlantes sillonnent mes joues. Le Corbeau remet en place une mèche de mes cheveux et me sourit, tandis qu'il oriente le canon de son arme sous mon menton. Ses lèvres effleurent mon lobe.

— De me considérer comme le grand méchant de l'histoire.

En effet, il me l'a confessé. Dès le départ, j'avais conscience de la véritable nature de cet homme. Toutefois... je nourrissais l'espoir qu'il pourrait être plus délicat, plus sensible, et peut-être même un brin plus... humain.

Que l'espoir peut être dangereux lorsqu'il se nourrit d'illusions...

Son souffle rauque contre ma peau me glace l'échine. Je déglutis, gardant la tête haute malgré cette sensation d'abattement sur mes épaules.

— Tu m'as emmenée à cette soirée mondaine dans le seul but de tuer Elliot et ma mère en mon absence. Depuis quand travailles-tu pour le lieutenant Gabin ?

— Depuis que je t'ai embauchée pour être ma voleuse attitrée, ma Louve. Tu te souviens ? C'était un jour de pluie. Tu étais tellement faible et désespérée que j'aurais pu te demander n'importe quoi, tu aurais accepté. Te confier tous ces larcins me permettait de garder un œil sur toi et ta petite famille.

— Et qu'est-ce qui a convaincu le lieutenant de nous tuer ?

— Ta mère, qui est intervenue pour te sauver lors de l'affrontement avec le Korol'.

— Qu'est-ce que ça veut dire ?

— Qu'elle vous protégeait, toi et ton frère, en vous faisant croire qu'elle était plongée dans un état végétatif.

Mon esprit est pris dans une sorte de spirale vertigineuse. Plus il m'apporte de réponses, plus je suis perdue.

J'accuse le coup difficilement. Puis-je me fier à ses paroles ? Je n'arrive même plus à démêler le vrai du faux. Mes pensées sont dans le chaos le plus total. Où est la vérité au milieu de ce réseau complexe de mensonges et de manipulations ?

Sa froideur et sa nonchalance me tuent à petit feu. Ses paroles pénètrent mon être comme des lames acérées, réduisant en lambeaux les quelques fragments de confiance que j'avais en lui.

— Tu vas me tuer ?

Le regard du Corbeau est désormais dénué de compassion. Qu'est-ce qu'il y a de pire entre perdre la vie et survivre avec le poids écrasant de la trahison ? Moi-même je n'ai pas la réponse.

— Ce n'est pas toi qui me l'as demandé il y a tout juste quelques heures ?

Un sourire suffisant étire ses lèvres. Il paraît se délecter de l'ironie cruelle de la situation. En un rien de temps, il réussit à briser mon cœur un peu plus. Je me demande même s'il m'en reste un. Mais dans toute cette douleur qui m'assaille une force émerge de mes entrailles.

Une résolution, teintée d'amertume et de détermination.

Me soumettre à la fatalité ?

— Oswald...

Le laisser gagner ?

— Oui, ma Louve ?

Devenir l'une de ses victimes parmi tant d'autres ?

— Est-ce que tu savais que parfois certaines choses qui nous paraissent bien innocentes peuvent être en réalité les armes les plus redoutables ?

Même égarée, la louve reste une prédatrice dangereuse, prête à infliger une morsure féroce au corbeau.

La confusion traverse son regard bicolore quand j'articule ces mots qu'il a lui-même prononcés un jour. C'est pile le moment que j'attendais. D'un mouvement vif et rapide, j'utilise toute ma force restante pour frapper l'arme pointée vers moi. Elle chute de ses doigts et tombe au sol. Son manque de vigilance flagrant, pour un criminel aussi aguerri que lui, me surprend, mais je n'ai pas le luxe de m'attarder dessus. Chaque seconde compte.

Je profite de l'effet de surprise pour attraper le vase posé sur la table basse à proximité de moi, puis sans la moindre hésitation je le fracasse de toutes mes forces sur le crâne d'Oswald. Le bruit du verre qui se brise résonne dans toute la pièce. Mon ennemi vacille. La douleur et la sidération se lisent sur son visage autrefois bien sûr de lui.

— Est-ce douloureux de subir le poids de ses propres trahisons, le Corbeau ? craché-je avec dédain.

Et je fuis la pièce en entamant une course effrénée. Mon cœur cogne si fort qu'il tambourine entre mes côtes, emplissant mes oreilles d'un rythme frénétique. Chaque pas que je fais résonne avec une urgence dévorante. Ce manoir m'oppresse et je veux le quitter au plus vite. Question de vie ou de mort. Littéralement.

J'emprunte des directions au hasard, zigzaguant entre les couloirs enténébrés pour éviter que les sbires du chef de la pègre ne me repèrent. Mes sens sont plus aiguisés que jamais, je scrute le moindre recoin, à la recherche d'une issue.

Enfin, je franchis à toute allure la porte qui me conduit vers l'extérieur. Une bouffée d'air frais me caresse le visage. Mon regard se pose sur une écurie solitaire, à quelques pas de là où je me situe. Grâce aux rayons de la lune, j'aperçois un cheval noir attaché à l'avant, prêt à m'offrir la liberté tant espérée. Mon corps se propulse instinctivement vers cette étincelle d'espoir.

Arrivée près de l'animal, je m'efforce de dissimuler la peur qui me consume afin de ne pas la lui communiquer. Mes mains tremblent de plus en fort pourtant. Je dois m'y reprendre à plusieurs fois avant de réussir à défaire le nœud qui le retient. Je saisis les rênes, puis me hisse avec agilité sur sa croupe.

Mais dès que je relève la tête une sombre armée vêtue tout

de noir et arborant des regards menaçants se dresse devant moi. Les hommes d'Oswald Serendas forment ensemble un sinistre arc de cercle. Ils sont environ une trentaine et Dieu sait que même avec toute la volonté du monde je ne ferai jamais le poids. L'atmosphère se charge d'une tension palpable. Mon ventre se serre d'angoisse quand je découvre Léon au premier rang, me fixant avec une haine ardente. À ses côtés, l'imposante silhouette d'Edgar arrive à me faire fléchir sur mon cheval. Il reste stoïque, imperturbable, dissimulant avec brio les émotions qui l'habitent.

Des pas lourds et précipités martèlent le sol. Certains des hommes s'écartent pour laisser passer Oswald, le visage en sang. Une aura de violence émane de lui. Son regard sombre se verrouille sur moi tandis qu'il brandit son pistolet. Il est bien déterminé à en finir avec moi.

— Tu comptes aller où comme ça ?

Bien sûr que ma tentative d'évasion n'allait pas finir comme je l'envisageais. Tout semblait trop simple, trop évident.

Mais j'aurai essayé...

Je me serai battue jusqu'au bout...

Son ton cynique signe le coup de grâce. La partie est terminée. Le piège mortel se referme sur moi. La mort me semble inéluctable.

Pourtant, au dernier moment, Oswald fait quelque chose d'insensé et d'inattendu : il abaisse son arme, sous les regards incrédules de ses pairs.

— Non... non, ce serait bien trop simple d'en finir de cette manière. Te coller une balle dans la tête serait rapide et indolore, murmure-t-il d'une voix teintée de sadisme et d'une étrange satisfaction.

La chair de poule hérisse les poils de mes bras. L'incompréhension se mêle à la terreur qui m'étreint.

Qu'a-t-il en tête ? Dans quel jeu cruel veut-il se lancer avec moi ?

Oswald jette une œillade autoritaire à ses hommes, leur

ordonnant de dégager de mon chemin. Malgré leur grande perplexité, ils s'exécutent sans broncher. Léon grogne de frustration, alors qu'Edgar esquisse un sourire discret que je ne parviens pas à décrypter.

— Pars ! me lance le Corbeau, me faisant face une fois de plus. Prends mon cheval et enfuis-toi loin d'ici ! Trouve une cachette sûre, ma Louve... Et vis dans la peur de me revoir, car je te promets qu'à partir de cette nuit je te traquerai sans relâche. Jour après jour...

En dépit de la douleur qui me déchire, je rétorque :

— Si jamais nos chemins se croisent à nouveau, je me ferai un plaisir de te tuer de mes propres mains.

Son rictus s'agrandit.

— Et je n'en attendais pas moins de toi. Tu vas me manquer.

Je ravale mes larmes et m'empresse de lancer le cheval au grand galop pour quitter ce manoir maudit. Pas de dernier regard en direction d'Oswald. Les liens qui me retenaient au clan Serendas sont à présent rompus définitivement. C'est fini.

Les vastes étendues défilent sous mes yeux à une vitesse effrénée. Je me sens à la fois libérée et démunie, comme si le monde entier s'ouvrait devant moi, mais sans réel point de repère.

Où aller ? Que faire ? Comment vais-je m'en sortir ?

Seule et abandonnée à mon propre sort, je progresse vers un avenir incertain dans lequel Oswald Serendas me pourchassera sans aucun moment de répit.

Chapitre 31

Que la traque commence

Oswald

Deux cadavres, ensanglantés et défigurés par une série de balafres au niveau du visage, gisent à mes pieds. Ceux d'une femme et d'un petit garçon.

— Beau boulot, me félicite le lieutenant Gabin, qui se prélasse dans l'un des fauteuils de mon salon.

Ses épaulettes dorées brillent à la lumière ambiante. Il porte son uniforme militaire, arborant fièrement divers insignes et médailles avec lesquels cet imposteur aime se pavaner pour entretenir l'illusion d'une belle et honorable carrière.

D'un claquement de doigts, j'ordonne à deux de mes hommes qui se tiennent derrière moi d'envelopper les corps sans vie dans un linceul avant de les emporter hors de la pièce.

Pendant que Victor Gabin fait tourbillonner un liquide ambré au fond de son verre, je joins mes mains gantées et redresse le menton, me préparant à la question épineuse qui s'apprête à franchir la barrière de ses lèvres.

— Qu'en est-il d'Armance Faure ?

Si prévisible que je me retiens de sourire.

— Elle a réussi à s'évader.

Il se tourne légèrement pour me dévisager du coin de l'œil.

— Elle est robuste, vous savez. Et maligne. Très, très maligne, renchéris-je.

— Partez à sa recherche. Je la veux. Vivante. Comme il était convenu, monsieur Serendas.

— Dès l'aube, nous partirons à la chasse.

— Je dois avouer que...

Il marque une pause. Mes jointures ressortent sous la pression de mes poings serrés. Je me fais violence pour ne laisser aucune trace de ma haine transparaître.

Je sais ce qu'il pense.

Je sais ce qu'il va dire.

— ... j'ai une envie particulière de m'amuser avec elle avant de l'éliminer. Dire que vous auriez pu me l'amener maintenant... me voilà frustré.

Toute sa perversité luit au fond de ses prunelles perçantes et cela me révulse. Je me contente de pincer les lèvres et de hocher la tête tel un bon petit toutou obéissant qui ne commettra aucun impair. Je sens des fourmillements au niveau de mes doigts lorsqu'ils frôlent la crosse de l'arme que j'ai coincée sous ma ceinture.

Ça me démange de l'utiliser...

Mais garde ton calme.

Surtout reste bien à ta place.

— Vos désirs sont des ordres, lieutenant.

— Ma réputation est en jeu. Plus aucun Faure ne doit respirer sur cette planète. Une simple mesure de sécurité, vous comprenez, n'est-ce pas ?

— Absolument.

Il finit son verre d'un seul trait et attrape son manteau posé sur le haut du siège en velours. Il fouille ensuite dans sa poche et me tend un morceau de papier.

— Retrouvez-moi à cette adresse une fois que vous aurez capturé Armance.

Tout se passe comme prévu.

Respire. Reste naturel et n'éveille pas ses soupçons...

J'attrape ce morceau de parchemin, arborant un rictus élargi que je ne peux réprimer.

— Vous pouvez dormir sur vos deux oreilles, je ne prévois pas d'éterniser la traque.

Il acquiesce silencieusement, puis se retire. Alors que je m'apprête à le raccompagner, il m'interrompt net d'un signe de main. Je ne vais donc pas plus loin et attends qu'il disparaisse définitivement. Ce faisant, je me poste près de la fenêtre pour l'observer en cachette. Lorsque sa voiture s'engage dans l'allée principale de ma demeure, je me retourne vers Léon qui vient de faire irruption dans le salon.

— Alors ? Puis-je savoir où tu as trouvé ces cadavres qui exhalent l'odeur de la mort à plein nez ? lui demandé-je de but en blanc.

— J'ai trouvé notre bonheur à la morgue, bien évidemment !

Edgar apparaît à son tour.

— Entre ça et Oswald qui oublie le prénom de ses victimes, nous n'avons définitivement aucun respect pour les morts. Peu importe notre rédemption, nous finirons tous en enfer, c'est une certitude désormais, commente-t-il.

— Avec quoi avez-vous taché les corps ?

— Du sang de porc. Une autre question ? C'est bon ! Le lieutenant Gabin n'y a vu que du feu ! Toutes ces magouilles pour gagner sa confiance, tu es complètement taré, Os' !

— J'aime les mises en scène, tu le sais.

Léon souffle furieusement sur une mèche blonde qui lui obstrue la vue.

— Armance Faure a échoué. Elle aurait dû te fendre le crâne en deux avec ce vase.

Je passe une main sur le sommet de ma tête et grimace lorsque j'effleure ma bosse.

— Elle sait donner des coups, c'est indéniable.

— Tu es fier de toi ? m'interroge Edgar.

— Oui. Je dois admettre que je suis très satisfait de moi-même.

Et il semblerait que personne parmi vous n'ait envie de me lancer des fleurs, ce que je trouve... désolant.

Sans attendre une réponse, je quitte le salon. Mes bras droits me suivent de près et j'essaye de ne pas écouter les messes basses qu'ils s'échangent dans mon dos. Nous avançons le long d'un couloir jusqu'à atteindre la bibliothèque, où nous faisons halte.

Sans que j'aie le temps d'émettre l'ordre que je m'apprêtais à leur donner, Edgar et Léon s'activent déjà avec diligence. Ils m'apportent leur aide pour déplacer l'étagère qui dissimule une porte en bois. Je la déverrouille et m'engage dans un escalier qui nous emmène jusqu'à un souterrain que j'ai aménagé, le rendant ainsi habitable et fonctionnel.

Ici, les murs sont en pierre brute. La faible lueur de quelques ampoules suspendues au plafond permet de mieux nous repérer au cœur de cette pièce spacieuse. Quelques meubles en bois vieilli sont chargés de livres et de vieux parchemins. Des chaises sont disposées autour d'une table centrale où j'ai pu élaborer mes derniers plans. Tout au fond, il y a une petite cuisine rustique, équipée d'un poêle en fonte ainsi que d'un évier en porcelaine.

Je dépasse des étagères que j'ai pris soin de remplir de conserves et de provisions et m'arrête à quelques mètres d'une femme recroquevillée dans un coin. Dans ses bras, un petit garçon tremble de peur.

Je lève les mains en signe de pacification.

— Je ne vous ferai aucun mal. Vous avez ma parole. Même si je me doute bien qu'elle vous paraît peu fiable.

Je m'agenouille devant la mère d'Armance et Elliot qui vient de nicher la tête dans son cou.

— Est... est-ce qu'il est parti ? Le... le lieutenant Gabin ? me demande-t-elle.

La terreur qui se manifeste dans sa voix ne m'étonne guère.

— Oui, Victor est parti.

Elle retrouve son souffle et ferme les yeux, essayant de se

calmer. Elliot se blottit davantage contre sa mère. Ses yeux rouges et encore brillants m'indiquent qu'il vient de pleurer à l'instant. La femme lui caresse les cheveux et lui murmure des paroles rassurantes au creux de l'oreille.

Comment a-t-elle réussi à feindre la folie durant toutes ces années ? C'est un véritable coup de génie.

— Ici, vous serez en sécurité. Ne prenez pas le risque de partir, car si les hommes du lieutenant vous tombent dessus vous êtes fichus.

Elle hoche la tête, une détresse palpable dans son regard.

— Et Armance ?

Encore la question épineuse.

— Elle a cru dur comme fer à ma mise en scène. Cela se voit, non ? Que j'en ai payé les pots cassés. Littéralement si je puis dire.

J'aurais dû éloigner ce maudit vase d'elle, bon sang.

— S'il vous plaît, faites qu'il ne lui arrive rien.

— Vous devriez plutôt vous inquiéter pour moi, répliqué-je, pince-sans-rire. Votre fille veut ma peau et m'a promis de m'étriper si elle me recroisait. Et je suis loin de la sous-estimer.

J'époussette mon manteau en poursuivant d'un ton résolu :

— Je ferai tout mon possible pour la retrouver et la ramener saine et sauve.

— Merci...

Quelques larmes glissent sur ses joues. Je vois bien qu'elle est partagée entre le soulagement et une vive crainte, ce qui n'est pas vraiment surprenant. Ces dernières heures ont été éprouvantes pour elle et son fils. Ils ont besoin de repos, alors je décide de les laisser tranquilles, leur offrant un moment de répit dans cet abri sécurisé. Je tourne les talons et quitte le souterrain, accompagné d'Edgar et Léon qui continuent de me suivre comme mon ombre.

D'ailleurs, le blond s'esclaffe derrière moi. Je l'interroge du regard et sais déjà que je vais regretter de lui demander des explications.

— Dire que tu l'as laissée te désarmer et que tu lui as donné ton cheval préféré ! Je n'en reviens pas de savoir que tes couilles sont devenues molles à ce point !

— Tu confonds avec de la galanterie, c'est navrant.

— Si pour toi faire croire à une fille respectable que tu as décimé sa famille est une marque de galanterie… alors je crois que nous n'avons pas la même définition, réplique Edgar.

Je hausse les épaules.

— Que veux-tu ! Elle m'impressionne. Et parfois je perds un peu le fil.

— Ah, tu vois ! Donc tu as bien les couilles molles maintenant !

— Parle-moi de cette manière devant tous mes hommes et je t'émascule sur place ! l'avertis-je froidement.

Il marmonne dans sa barbe quelque chose du genre « De toute façon, on ne peut jamais rire avec toi » et « Mes couilles sont plus grosses que toutes celles de tes clampins réunies ».

— Maintenant on fait quoi ? me questionne Edgar.

— On retrouve Armance et on la ramène chez Victor Gabin.

C'est risqué. Périlleux. Osé. Mais l'art de la manipulation est l'une de mes meilleures cartes. Créer des illusions, jouer avec les émotions… Je tire les ficelles et dirige le spectacle comme je l'entends.

Les risques sont grands. Les enjeux encore plus.

Dire que j'ai déjà contrecarré les plans du lieutenant deux fois pour empêcher Armance de tomber entre ses griffes. Et personne ne s'en est douté. Pas même ma Louve, pourtant si perspicace et réfléchie.

La première fois s'est déroulée lors de la soirée mondaine, lorsque j'ai dû m'absenter et abandonner Armance après notre rencontre avec cette pourriture. J'ai veillé à payer une prostituée pour aller divertir l'officier, sachant qu'il était déjà attiré par ma Louve et qu'il ne manquerait pas de batifoler avec elle avant de la faire condamner. La petite distraction que je lui ai réservée a heureusement porté ses fruits et m'a fait gagner un temps précieux.

La seconde fois, c'était il y a seulement quelques heures. J'ai facilité l'évasion de ma Louve en faisant en sorte que mes hommes désertent mon manoir et en lui confiant mon cheval, que j'avais attaché devant l'écurie à cet effet. Tout s'est passé comme je l'avais envisagé… à l'exception de ce fichu coup de vase.

Nos retrouvailles s'annoncent charmantes. J'ai déjà hâte de voir ce que cette petite teigneuse me réserve. Peut-être envisage-t-elle de me piétiner avec mon propre cheval ? Ou alors d'expérimenter la torture de la fourchette sur moi ? Surprise, surprise…

— Tu vas vraiment la livrer à ce détraqué ? s'enquiert Edgar.

— J'ai autre chose en tête…

— C'est quoi le plan ?

— Je n'ai qu'une ébauche pour le moment.

— Comme d'habitude.

— Mais il faut que j'entre dans la demeure de ce salopard avec son entière confiance. Et je suis sur la bonne voie, déclaré-je dans un élan de détermination en repensant au papier qu'il m'a remis.

Et pour cela il est nécessaire que ma Louve me haïsse plus que tout.

Je secoue la tête pour chasser l'image de sa détresse, de ses crises de larmes et de la profonde solitude chevillée à son être alors qu'elle quittait mon manoir sur le dos de mon cheval.

Ce n'est pas le moment de m'égarer à cause de quelques instants de compassion et d'empathie.

Je dois retrouver ma nature de monstre. Cruelle, sanguinaire et sans pitié.

Mes yeux reflètent l'âme d'un démon. Je suis le bras vengeur qui embrase le monde autour de lui. Le tyran des nuits sans étoiles.

Nous sortons du manoir avant de nous arrêter au milieu

de la place gravillonnée. Mes hommes me font face. Ceux du lieutenant Gabin aussi. Ce dernier me les a gracieusement confiés pour me prêter main-forte dans mes investigations.

Je sors une cigarette et l'allume devant l'assemblée en prenant tout mon temps. L'obscurité coule dans mes veines. J'embrasse la souffrance, j'étreins le mal.

Un être maudit, damné pour l'éternité... voilà ce que je suis.

— Ne perdons pas de temps. Que la traque commence, messieurs !

Ils se hâtent vers leurs véhicules et font vrombir les moteurs, à l'instar d'une meute de prédateurs prêts à fondre sur leur proie. Le vent siffle à mes oreilles et me caresse le visage, tout sonne comme une promesse de chaos. Je savoure ma latte, levant les yeux vers l'aube baignée de nuances écarlates.

— Cours, cours, ma jolie Louve... le Corbeau est à tes trousses.

À suivre.

Édité par HarperCollins France

Composition et mise en pages
Nord Compo à Villeneuve-d'Ascq

Achevé d'imprimer en février 2024.

FIRMIN-DIDOT

à Mesnil-sur-l'Estrée (Eure)

Dépôt légal : mars 2024.

Pour limiter l'empreinte environnementale de ses livres, HarperCollins France s'engage à n'utiliser que du papier fabriqué à partir de bois provenant de forêts gérées durablement et de manière responsable.

Imprimé en France